Antes ódio do que nada

Também de Chloe Liese:

Dois erros, um acerto

CHLOE LIESE

Antes ódio do que nada

Tradução
JULIANA ROMEIRO

paralela

Copyright © 2023 by Chloe Liese

A Editora Paralela é uma divisão da Editora Schwarcz S.A.

Grafia atualizada segundo o Acordo Ortográfico da Língua Portuguesa de 1990, que entrou em vigor no Brasil em 2009.

TÍTULO ORIGINAL Better Hate than Never
CAPA Rita Frangie Batour
ILUSTRAÇÃO DE CAPA Kelly Wagner
PREPARAÇÃO Marília Nantes
REVISÃO Bonie Santos e Aminah Haman

Dados Internacionais de Catalogação na Publicação (CIP)
(Câmara Brasileira do Livro, SP, Brasil)

Liese, Chloe
    Antes ódio do que nada / Chloe Liese ; tradução Juliana Romeiro. — 1ª ed. — São Paulo : Paralela, 2024.

    Título original: Better Hate than Never.
    ISBN 978-85-8439-391-6

    1. Ficção norte-americana I. Título.

24-202792   CDD-813

Índice para catálogo sistemático:
1. Ficção : Literatura norte-americana   813

Cibele Maria Dias – Bibliotecária – CRB-8/9427

Todos os direitos desta edição reservados à
EDITORA SCHWARCZ S.A.
Rua Bandeira Paulista, 702, cj. 32
04532-002 — São Paulo — SP
Telefone: (11) 3707-3500
editoraparalela.com.br
atendimentoaoleitor@editoraparalela.com.br
facebook.com/editoraparalela
instagram.com/editoraparalela
twitter.com/editoraparalela

*Para todas as mulheres fortes e francas
que já foram chamadas de megeras e
que um dia o mundo tentou domar.*

*E para todos que as enxergaram e as
amaram pelo que realmente são:
mulheres de coração generoso, de voz
corajosa e que acreditam que o mundo
pode ser um lugar melhor.*

Quando dois fogos violentos se defrontam,
consomem logo tudo que lhes alimenta a fúria.
William Shakespeare, A *megera domada*

Caro leitor, cara leitora,

Esta história apresenta personagens com realidades humanas que, acredito, merecem mais destaque na literatura por meio de uma representação positiva e autêntica. Sendo uma pessoa neurodivergente com condições crônicas (frequentemente) invisíveis, me dedico a escrever histórias gostosas de amor que reforçam a minha crença de que todos nós somos dignos e capazes de encontrar um "felizes para sempre", se for isso que o nosso coração desejar.

Em especial, esta história explora as particularidades de uma pessoa neurodivergente — TDAH — e outra que convive com uma condição crônica — enxaqueca. A experiência com qualquer condição ou diagnóstico nunca será a mesma, mas a partir da minha própria experiência, bem como das observações e da ajuda de leitores sensíveis, eu me esforcei para criar personagens que honrem as nuances de suas identidades. E acho importante frisar que este livro também aborda o tema da perda dos pais na juventude e o impacto disso na vida de alguém.

Se algum desses assuntos for delicado para você, espero proporcionar conforto ao dizer que apenas relacionamentos saudáveis e amorosos — consigo mesmo e com outras pessoas — são defendidos nesta narrativa.

Beijos,
Chloe

Playlist

1. "Beatnik Trip", Gin Wigmore
2. "Atomized", Andrew Bird
3. "no friends", mazie
4. "Doin' Time", Sublime
5. "Lonely", Mean Lady
6. "La Cumparsita", Sabicas
7. "Beautiful Dreamer", Sara Watkins
8. "Mess Around", Cage The Elephant
9. "Wishful Drinking", Tessa Violet
10. "Hallucinogenics", Matt Maeson, Lana Del Rey
11. "Paper Bag", Fiona Apple
12. "Medicine", Radio Fluke
13. "This Is Love", The Hunts
14. "The Next Time Around", Little Joy
15. "Between My Teeth", Orla Gartland
16. "Punchin' Bag — Unpeeled", Cage The Elephant
17. "Guilt", Mountain Man
18. "Howlin' for You", The Black Keys
19. "Move Me", Sara Watkins
20. "Work Song", Hozier
21. "My Repair (Ghost Mix)", The Noises 10, Brandi Carlile
22. "Simple Song", The Shins
23. "White Flag", JOSEPH
24. "Electric Love", BØRNS
25. "I Like (the idea of) You", Tessa Violet

26. "Painting Roses", Dresses
27. "Mantras", Ellen Winter
28. "Feeling Good", Muse
29. "Hurricane", Bandits on the Run
30. "Katie Queen of Tennessee", The Apache Relay
31. "Baby Blue", Martina Topley-Bird
32. "I Want You In My Dreams", Edith Whiskers
33. "Summertime Sadness", Vitamin String Quartet
34. "Cracking Codes", Andrew Bird
35. "Honest", JOSEPH
36. "Freshly Laundered Linen", Boom Forest, Phox
37. "Things We Never Say", Bad Bad Hats
38. "You and I", Johnnyswim
39. "You and I", Ingrid Michaelson

1

KATE

A minha vida agora se resume a isto: todos os meus bens materiais enfiados na minha velha e fiel mala, mesmo que só com três rodinhas e um tanto capenga; 7,59 dólares na conta e nenhuma ideia do que vem pela frente.

É nisso que dá acreditar no meu horóscopo mensal.

Com o alinhamento dos astros, o seu caminho vai mudar. A mudança gera novas possibilidades. Velhas feridas oferecem sabedoria. O seu futuro te aguarda. Resta saber: você terá a coragem necessária para abraçá-lo?

Essa porcaria de horóscopo.

Estatelada na cama da Juliet, minha irmã, olho para meu reflexo no espelho de corpo inteiro e pergunto: "Onde você estava com a cabeça?".

Meu reflexo franze a testa em resposta, como quem diz: *Você tá perguntando pra* mim?

Com um gemido, apalpo o colchão à minha volta até encontrar o celular estropiado, mas que ainda funciona, para colocar uma música. Está silêncio demais aqui dentro, e preciso abafar os pensamentos.

Logo o quarto é inundado por uma música da minha playlist muito bem intitulada TOMA JEITO NA VIDA. Mas a música não ajuda — nem o mais poderoso hino feminista pode mudar o fato de que sou do tipo que age primeiro e pensa depois, que me deixo levar com tanta facilidade por um desafio, e que basta uma pequena crise na família coincidir com um horóscopo zombeteiro e olha só onde eu vim parar.

Em casa, onde fazia quase dois anos que eu não aparecia e onde não durmo mais que uma semana seguida desde a formatura na faculdade. Especificamente no quarto da minha irmã mais velha, Juliet, enquanto ela sobrevoa o Atlântico a caminho de uma viagem bucólica para a casa de campo que eu alugava no interior da Escócia. Uma casa que, logo descobri — depois de fraturar o ombro e ter que abrir mão do meu trabalho freelancer em fotojornalismo —, não sou capaz de bancar (nunca fui boa em fazer orçamento nem em economizar).

Como eu estava alugando uma casa pela qual não podia pagar, e Juliet precisava mudar de ambiente, trocar com ela pareceu óbvio. Agora, deitada aqui no apartamento dela, sozinha e com tempo para contemplar as minhas escolhas, já não tenho tanta certeza disso.

Como se soubesse que estou me afundando nesses pensamentos, Beatrice, minha outra irmã mais velha e gêmea de Juliet, me manda uma mensagem. Com umas poucas frases simples, sinto a alegria dela e sou tomada por uma onda de calma, como um lembrete tranquilizador: voltar para casa foi a coisa certa. Não só dei a Jules uma chance de fugir daqui, como Bea ficou livre para se reconciliar com o namorado.

> BEEBEE: Oi, KitKat. Desculpa ter saído logo depois de você chegar. Sei que você entende por que eu precisava falar com o Jamie naquela hora, mas volto hoje à noite e a gente passa um tempinho juntas, ok?

Mordo o lábio, pensando em como responder. Nem Bea nem Jules sabem quanto *eu* sei da situação delas ou da resolução que a minha volta proporcionou. Isso porque as minhas irmãs não têm ideia de que a mamãe abriu o bico na nossa ligação mensal e contou tudo o que tinha acontecido na minha ausência:

Juliet e o noivo dela tinham apresentado Bea a Jamie, um amigo de infância dele. Acontece que o noivo era um belo de um cafajeste, e Jules terminou com tudo. Embora Jamie também tenha se afastado do cafajeste, Bea deu um tempo no namoro porque sabia que se Jules o visse seria uma lembrança dolorosa do homem que a magoou. Até a irmã estar mais bem resolvida emocionalmente, Bea achou que era melhor não ver Jamie, mesmo isso sendo uma tortura para ela.

Enquanto ouvia minha mãe explicar — numa voz cada vez mais rápida e tão aguda quanto a sua preocupação — o problemão em que as minhas irmãs tinham se metido, percebi que, pela primeira vez, eu *queria* voltar pra casa. Pessoas que eu amava estavam sofrendo e, uma vez na vida, parecia que eu podia ajudá-las, ainda que só com um empurrãozinho.

Tudo bem que meu método exigiu algumas... inverdades. Mas valeu a pena. Foram só umas mentirinhas por omissão. Nada de mais.

Nada de mais, é? Que nem aquele horóscopo? Meu reflexo me lança um olhar cético.

Mostro o dedo do meio para o espelho e volto para o celular, enquanto digito uma resposta para Bea.

> KITKAT: Se você aparecer aqui hoje, BeeBee, vou te fazer dar meia-volta e marchar direto para o lugar de onde veio.
> BEEBEE: Só não queria te deixar sozinha na sua primeira noite em casa. ☹

Sinto uma pontada de afeto no peito e deixo escapar um suspiro. Irmãs mais velhas.

> KITKAT: Urgente: eu gosto de ficar sozinha. Assim eu posso acabar com toda aquela comida que a mamãe deixou na geladeira e dançar pelada ouvindo Joan Jett.
> BEEBEE: Urgente: você faria isso mesmo que eu estivesse aí.

Dou uma gargalhada, levanto da cama e sigo até o corredor.

> KITKAT: Eu vou ficar bem. Sério.
> BEEBEE: Certeza?
> KITKAT: Claro! Eu juro.
> BEEBEE: Se estiver precisando de companhia, você pode dar um pulinho na casa dos pais, né?

Faço uma careta para o celular, lembrando do vizinho dos meus pais, que, desde sempre, foi uma pedra no meu sapato.

Eu é que não vou para a casa dos meus pais, onde corro o risco de esbarrar em Christopher Petruchio — meu inimigo mortal, praga da minha vida, aquele grandessíssimo filho da puta —, porque o universo é bem sacana e, se houver a infeliz possibilidade de eu esbarrar em Christopher, ela vai acontecer.

> KITKAT: Eu tô bem. Agora desgruda do celular e vai dar pro seu namorado.
> BEEBEE: Feito.
> BEEBEE: Ah, tava esquecendo! O Cornelius tem que jantar. Você pode dar a comida dele? Tá na geladeira com uma etiqueta com a data de hoje.

Dou uma espiada no quarto de Bea e vejo seu ouriço de estimação andando na gaiola toda decorada. Ele ergue a cabeça e fareja o ar, o que me faz sorrir. Adoro animais e, embora nunca tenha cuidado de um ouriço, sei que vou dar conta.

> KITKAT: Pode deixar.
> BEEBEE: Muito obrigada!!
> KITKAT: De nada, agora PARA DE ME MANDAR MENSAGEM E VAI TRANSAR.
> BEEBEE: TÁ BOM! JÁ QUE INSISTE!

Enfio o celular no bolso de trás e recosto na parede do corredor, esfregando o rosto. Estou com um jet lag terrível, exausta, mas com a cabeça a mil. Detesto quando estou cansada e agitada, mas a vida é assim. Só porque meu corpo está esgotado, não significa que meu cérebro recebeu o recado.

Com um gemido patético, atravesso a sala e me jogo no sofá no exato instante em que o celular apita de novo. Pego o aparelho do bolso.

> BEEBEE: Espera, só mais uma coisinha!
> BEEBEE: Caso você mude de ideia, a festa de Amigos de Graças que te falei vai ser das quatro às oito da noite. Vai ter TORTA DE ABÓBORA.

Abro o aplicativo para responder revirando os olhos. Sim, tenho um fraco por torta de abóbora. Mas meu ódio por Christopher, que estará na festa, é muito mais forte.

kitkat: Não tem a menor chance, BeeBee. Mas valeu a tentativa.

Tá bom, então talvez meu vício em torta de abóbora seja um *tiquinho* mais forte do que eu gostaria de admitir.

Não tão forte assim a ponto de eu decidir passar na Amigos de Graças e correr o risco de esbarrar no Christopher. Mas tem a Nanette's, uma padaria maravilhosa a poucos quarteirões do apartamento, para onde estou indo neste momento. Depois de uma conferida rápida (tradução: uns belos trinta minutos) nas redes sociais, descobri que a Nanette's estava com uma promoção nas tortas de abóbora hoje, compre uma, ganhe cinquenta por cento de desconto na segunda.

Posso ter apenas 7,59 dólares na conta, mas tenho um cartão de crédito para emergências que estou disposta a usar. Por sorte, não vai ser preciso — achei um envelope na bancada da cozinha com meu nome escrito na caligrafia arredondada da mamãe e cinco notas de vinte dólares dentro. Nem mesmo o orgulho ferido pelo fato de ela ter presumido meu estado financeiro e ter deixado um dinheiro para mim me impediria de pegar duas das notas e sair marchando porta afora.

Afinal, está na cara que o universo decidiu que era pra eu comer torta de abóbora.

Indo em direção à padaria, recebo o vento cortante de novembro que faz as folhas de outono girarem em redemoinhos pela calçada. Ouvindo minha playlist para caminhar no último volume no fone de ouvido, sinto uma onda de alegria. Ar puro. Duas tortas inteirinhas de abóbora só pra mim. Sem ter que ir a uma festa de Ação de Graças. Nem ter que enfrentar...

Bum.

Viro a esquina e dou de frente com alguém, acertando a testa no que parece ser uma quina de concreto, mas talvez seja a mandíbula da pessoa, e sinto o esterno rígido dela no meu ombro dolorido. Dou um passo para trás, ofegando de dor.

Alguém segura meu outro braço para me sustentar, e sinto o calor do corpo pela manga do casaco. Olho para cima, para saber se estou sob ameaça, mas esse canto da calçada está escuro e as feições dele estão encobertas pelas sombras.

Antes que eu surte, o aperto enfraquece, como se a pessoa tivesse percebido que já consegui me equilibrar. Como se, quem quer que seja, essa pessoa entendesse algo a meu respeito que acho que ninguém nunca entendeu: que, embora eu seja ferrenhamente independente, às vezes tudo o que quero é ter alguém para me ajudar a me manter de pé quando me desequilibro, mas que me solta assim que percebe que já consegui me recuperar.

Sinto uma voz rouca reverberar na minha pele, fazendo todos os pelos do meu corpo se arrepiarem. Então tiro os fones de ouvido para ouvir melhor.

"... desculpa", é tudo que consigo entender.

Uma palavra. É só disso que preciso. Mesmo sendo uma palavra que nunca o ouvi dizer antes, é o que me basta para reconhecer uma voz que conheço tão bem quanto a minha.

Sou tomada pela raiva. E não é porque meu ombro lateja de dor nem porque parece que tem um sino tocando dentro da minha cabeça. Mas porque acabo de dar um encontrão justamente na pessoa da qual estava tentando fugir:

Christopher Petruchio.

"Que *merda*, Christopher?" Puxo o braço para longe e dou um passo para trás, para a parte iluminada por um poste de rua.

"Kate?" Christopher arregala os olhos e o vento sopra seus cabelos escuros, jogando seu perfume na minha direção, um cheiro que eu daria qualquer coisa para esquecer. Alguma colônia que custa o olho da cara e evoca o calor amadeirado de um cochilo à beira de uma lareira, com o aroma temperado de velas que acabaram de ser sopradas. O ressentimento faz meu estômago revirar.

Toda vez que olho para ele, sinto aquele soco na barriga de novo. Os detalhes que já tinham desaparecido ressurgem muito vívidos. As feições marcantes — nariz forte, queixo definido, maçãs do rosto salientes, aquela boca que é geneticamente construída para seduzir qualquer mulher.

Não eu, claro. E falando de um ponto de vista estritamente profissional. Como fotógrafa, passo muito tempo analisando rostos fotogênicos, e o rosto de Christopher é o epítome disso. É um tantinho assimétrico, com traços marcantes suavizados por olhos cor de âmbar de cílios grossos, a sensualidade preguiçosa daqueles cabelos escuros sempre caindo no rosto.

Meu Deus, só de olhar para ele já fico irritada. "O que você está fazendo aqui?", ataco.

Ele esfrega a lateral do rosto, estreitando os olhos. "Obrigado por perguntar, Katerina. Está tudo bem com a minha mandíbula, apesar da sua cabeça dura..."

"Que bom", interrompo-o com uma alegria fingida. Estou cansada e dolorida demais para brigar com ele. "Só que se você estivesse onde tinha que estar, isso não teria acontecido."

Ele me encara com um olhar de dúvida. "E onde eu 'tinha que estar'?"

Sinto um calor cobrir as bochechas. Odeio o jeito como fico ruborizada. "Na festa de Ação de Graças."

Christopher abre um sorrisinho de canto que faz o rubor se intensificar. "Está me espionando, é?"

"Só para não ter que aturar a sua companhia desagradável."

"E ela voltou." Ele confere o relógio. "Em vinte segundos, Kate já mostrou as suas garras."

Um rosnado salta da minha garganta. Passo por ele segurando o braço dolorido junto do corpo, porque Christopher tem essa capacidade enervante de me irritar com umas poucas palavras bem escolhidas e o agravante daquela porcaria de sobrancelha arqueada. Se continuar aqui, posso virar mesmo uma fera, como ele acabou de me chamar.

Mas Christopher me segura pelo cotovelo do braço bom e me detém. Olho feio para ele, detestando o fato de que tenho que erguer o rosto para encontrar os seus olhos. Sou alta, mas Christopher é maior ainda, e tem o corpo largo e robusto, com braços tão grossos que minhas mãos nem conseguem segurar direito.

Não que eu já tenha pensado nisso. Não, se estivesse pensando em segurar alguma coisa dele com as mãos, seria aquele pescoço, para apertar...

"O que aconteceu com você?", ele pergunta.

Pisco, interrompendo os pensamentos diante da aspereza do seu tom. Determinada, levanto o queixo e o desafio a desviar o olhar primeiro.

Ele não desvia.

Ao perceber quão próximo o meu rosto está do dele, sinto a respiração falhar. Christopher continua me encarando. Ele também parece estar com dificuldade para respirar. "Aconteceu um monte de coisa enquanto eu estava fora", digo, enfim, entre os dentes cerrados. "O que é meio que inevitável quando você sai da sua bolha. Explora lugares novos. Encontra obstáculos."

Como uma paisagem rochosa escocesa que, há dois meses, me fez quebrar um ombro, agora já quase curado.

Não que eu vá admitir isso para ele.

Ainda assim, Christopher contrai a mandíbula. A alfinetada funcionou.

Apesar de ser um homem sofisticado e bem-sucedido, o sonho de qualquer capitalista corporativo, Christopher nunca saiu da cidade. Sem jamais pisar fora do seu reino, com um simples gesto das mãos, o sucesso *veio* até ele. Tudo no mundo dele é contido e controlado, e ele sabe que eu o julgo por causa disso. Assim como ele me julga por viver de forma tão despreocupada — e, aos olhos dele, imprudente — e pela velocidade com que abandonei a minha cidade natal e a minha família assim que me formei.

Desde que perdeu os pais, quando era adolescente, Christopher não tinha uma família de verdade, tirando a avó, agora já falecida, que foi sua responsável legal até ele completar dezoito anos. A minha família foi sua segunda família, e ele tem um instinto protetor em relação a ela, o que é bom, embora ele não entenda como é para mim. Ele não vê que me sinto um peixe fora d'água dentro do meu próprio núcleo familiar, que sei que sou amada, mas que muitas vezes não me sinto amada da forma que preciso. Ele não entende como, para mim, é mais fácil me sentir próxima de quem amo de longe.

Christopher por fim desvia os olhos, franzindo a testa mais uma vez para o braço que estou segurando junto do corpo. Meu ombro já está curado — apesar do que contei para a minha família —, mas ainda está frágil o suficiente para o encontrão com o peito de Christopher, que mais parece uma parede de tijolos, o fazer latejar.

Ao observar a forma como estou segurando o ombro, uma ruga surge na testa dele.

"Você sabe que não tem sete vidas *de verdade*, né?", ele pergunta, com a voz grave e rouca.

Antes que eu possa dar uma respostinha ácida, sinto o polegar dele na parte interna do meu braço, me fazendo arfar. Minha voz morre na garganta.

Christopher me solta abruptamente e dá um passo para trás. "Eu te levo pra casa."

Fico boquiaberta. Quanta ousadia!

"Obrigada pela dose diária de condescendência patriarcal, mas não preciso de escolta para casa. E estou indo ali", aponto para a Nanette's por cima do ombro dele, "comprar uma torta de abóbora e levar outra pela metade do preço. Não bati de cara com você só pra esbarrar na sua arrogância e voltar pra casa de mãos abanando."

Ele está contraindo a mandíbula de novo. "Tá bom. Vai lá comprar as suas tortas. Eu espero."

"Christopher." Bato com o pé no chão. "Eu tenho vinte e sete anos. Não preciso de babá."

"Vai por mim, tô dando graças a Deus por isso. Era um inferno ter que cuidar de você."

"Ah, muito engraçado." Christopher é seis anos mais velho que eu, mas me trata com uma superioridade que seria de imaginar que são dezesseis.

Passo por ele e entro na padaria. Enquanto espero as tortas serem embaladas, sou envolvida pela gentileza do pessoal atrás do balcão e pelo cheiro tentador de abóbora e baunilha, chocolate e manteiga, o que diminui um pouco a minha irritação, mas não por muito tempo. Assim que piso fora da loja, segurando duas caixas de torta, vejo que ele ainda está ali.

Christopher as tira das minhas mãos e aponta com o queixo na direção do apartamento das minhas irmãs — agora também meu. "Você primeiro."

Tento pegar as tortas de volta, mas ele as afasta de mim.

Olho feio para ele. "Eu sou capaz de andar seis quadras sozinha, muito obrigada."

"Parabéns. E a mulher que foi assaltada aqui na outra noite também."

"Que horrível", digo, com sinceridade. "Mas eu dou conta de..."

"Só com *um* braço bom?", ele argumenta. "Como você ia se defender?"

Agindo de forma completamente irracional, giro o braço de um lado para o outro, e me odeio ao sentir a dor que pulsa no meu ombro. Fiz um hematoma ao topar com ele, se não algo pior. "Eu tô bem, tá legal? Eu tô bem."

Ou estava, até esbarrar em Christopher. Contei a verdade para a minha família, mas não toda a verdade: *quebrei* de fato o ombro na Escócia enquanto trabalhava para um longo artigo sobre adaptação às mudanças climáticas nas montanhas escocesas — só que isso aconteceu dois meses atrás.

Enquanto me recuperava, precisei recusar todo e qualquer trabalho, então tive que encarar o peso do alívio e, por conseguinte, da culpa que senti por ter uma folga daquele projeto, testemunhando e capturando as realidades sombrias da instabilidade política, do aquecimento global, das violações dos direitos humanos, de atrocidades que eram ao mesmo tempo tão importantes para mim, mas tão desgastantes.

O dinheiro foi minguando e então chegou a hora de tentar retomar o trabalho, mas foi como se nada desse certo pra mim. Então, quando a minha mãe contou da situação entre Jules e Bea, arranjei a solução perfeita para todo mundo. Eu me ofereci para trocar de lugar com Jules por um tempo, e convenientemente deixei de explicar *quando* quebrei o ombro, só falei que tinha quebrado, e fiz questão de aparecer de tipoia hoje de manhã ao chegar.

Tá, não foi honesto da minha parte, e não, eu não gosto de mentir para a minha família. Mas sabia que, sem uma lesão legítima que explicasse um retorno tão atípico pra casa, Jules não aceitaria minha oferta, e a minha mãe podia ficar cheia de esperanças de que eu estivesse voltando de vez, e que bem isso ia fazer?

Christopher me encara, estreitando os olhos. Desconfiado.

Droga, eu tinha que esbarrar nele sem a tipoia e *ainda por cima* ficar sacudindo o braço pra mostrar que estou bem? Agora tenho que dar um jeito de mantê-lo calado sobre isso, quando todo mundo na minha família acha que acabei de quebrar o ombro.

Estou tão cansada, tão irritada, tão dolorida que não consigo pensar direito. Esse é um problema para a Kate do futuro resolver. A Kate do presente precisa de um banho quente, uma cama quentinha e uma torta de abóbora comida diretamente da fôrma.

Pegando-o desprevenido, tomo as tortas da mão dele. "Agora, se você me dá licença, tenho uma caminhada e algumas tortas para curtir *sozinha*."

Passo por ele, viro a esquina e sigo pisando duro pelos cinco longos quarteirões que faltam até o apartamento. Não olho para trás nem uma vez sequer, mas sinto os olhos dele cravados em mim o caminho inteiro.

Quando a porta do saguão do prédio se fecha atrás de mim, faço uma cara feia para as caixas em minhas mãos. "É melhor você ser a melhor torta de abóbora do mundo." Depois de abrir a porta interna, subo as escadas, com uma raiva imensa borbulhando dentro de mim. "Qualquer coisa menos que isso não valeria o que acabo de sofrer."

2

CHRISTOPHER

O céu escurece e assume um tom agourento de cinza, com trovões ressoando. Atravesso às pressas o gramado na frente da casa dos Wilmot, olhando feio para as nuvens. Graças à mudança súbita da pressão barométrica e ao hábito que meu cérebro tem de considerar meus raros dias de folga como uma boa oportunidade para ter enxaqueca, preciso me esquivar de uma nesse momento com a ajuda de uma boa dose de medicação pesada que engoli no segundo em que senti a dor fincar as garras nas minhas têmporas e arranhar meu crânio.

Há trinta minutos, eu não sabia se os remédios iam funcionar a tempo — se eu iria passar o Dia de Ação de Graças debaixo das cobertas e com as cortinas fechadas, ou na casa dos meus vizinhos, os Wilmot.

Se bem que agora que Kate voltou, não sei se passar o feriado com eles vai doer menos que uma enxaqueca.

Enquanto subo os degraus da entrada da casa deles de dois em dois, cerro os dentes e me preparo mentalmente.

Sempre passo as festas de fim de ano com os Wilmot, mas não estou acostumado a passá-las com Kate. A filha mais nova deles, a viajante, que está sempre desbravando o mundo, passa tão pouco tempo em casa que não lembro a última comemoração da qual participou desde que se formou na faculdade. O que tem sido um alívio, porque, desde que a conheci — ela ainda uma recém-nascida, que foi colocada nos meus braços quando eu tinha seis anos, para então prontamente sujar a fralda e cobrir a minha roupa de cocô —, Kate é uma ameaça à minha existência. Uma percepção que me veio naturalmente quando éramos crianças e à qual me apeguei depois que nos tornamos adultos.

Kate me despreza, e me convenci de que isso é uma coisa boa. Desprezo significa que ela mantém distância de mim. E distância significa segurança. Se tivesse visto as pessoas que eram tudo para você entrarem num carro para nunca mais voltar, se uma escolha insignificante tivesse resultado na morte deles e em uma alteração permanente na sua vida, você também daria valor à segurança.

Paro diante da porta da casa do Wilmot e, ao ver meu reflexo no vidro da janela, faço uma careta.

Estou com a cara tão ruim quanto uma hora atrás, no espelho do banheiro. A culpa não é só da enxaqueca de que estou me esquivando — dormi muito mal na noite passada. Nunca durmo bem, mas ontem, depois de encontrar Kate, foi ainda pior.

Mexo o rosto para cima e para o lado, examino meu reflexo, com o hematoma verde-arroxeado no queixo, onde a cabeça dura da Kate bateu. Fiquei na dúvida se raspava a barba rente, que estava escondendo tão bem a mancha. Se deixasse, ninguém ia perguntar nada, ninguém ia demonstrar a preocupação que tanto cobiço ao mesmo tempo que rejeito.

Mas se eu *fizesse* a barba e o hematoma aparecesse, Maureen — a mãe de Kate, Jules e Bea, uma mãe para mim também — não só iria ver, como iria ficar toda nervosa, além de me pedir uma explicação.

E aí eu ia ter que contar que a Kate estava perambulando pela cidade à noite, sozinha, com os fones de ouvido, praticamente com um alvo na cabeça para os ladrões, quando deu de cara comigo.

Claro que optei por fazer a barba.

Agarro a maçaneta e abro a porta da frente. Querendo ou não, vou ter que encarar essa garota de novo. Pelo menos dessa vez não vou ser pego de surpresa.

"Bu!"

"*Jesus.*" Viro, com o coração disparando, e me deparo com Kate. Olho feio para ela e começo a fechar a porta, mas o vento a empurra, e a maçaneta escorrega da minha mão, batendo-a com um baque violento.

Ela está com Puck, o gato ancião da família, empoleirado no ombro, acariciando o longo pelo branco feito uma vilã fria e calculista. O cabelo castanho-avermelhado está preso, como sempre, num coque bagunçado no alto da cabeça. E ela exibe um brilho nos malignos olhos azul-acinzentados com pontinhos esverdeados. Kate pisca esses olhos para mim, com ar de inocente. "Ops."

"*Ops* uma ova." Ajeito a bolsa com as minhas contribuições de comida e vinho no ombro. "Como se isso fosse menos intencional do que qualquer um dos seus sustos."

"Tadinho do Christopher. Eu te *assustei*?"

Aperto a mandíbula com tanta força que os dentes chegam a ranger. "Você *não* me assustou."

Muito.

De repente, ela se aproxima. Dou um passo para trás. Meu instinto é manter distância entre nós.

Kate franze a testa. "Dá pra parar com isso? Eu só preciso te falar uma coisa, e aí cada um segue seu rumo."

"Então fala logo." Tensiono a mandíbula de novo. Não aguento ficar tão perto dela, ver as sardinhas no nariz, o fogo em seus olhos. Contrariando a minha vontade, corro os olhos por seu rosto, analisando-a. O pescoço comprido. A linha da clavícula...

É então que percebo que ela está usando uma tipoia no braço direito.

O mesmo braço que estava segurando com força junto do corpo, ontem à noite.

Franzo a testa, sentindo uma coisa ruim no peito. Nós nos esbarramos feio ontem — o hematoma na minha mandíbula é prova disso —, só que não foi tão ruim a ponto de o ombro dela precisar de uma tipoia. Deu pra ver que a nossa colisão doeu, mas ela até girou o braço para me mostrar que estava bem...

Mas conheço muito bem os joguinhos de que a Kate é capaz. Vim preparado, com o rosto machucado. Ela tem a tipoia. Talvez não esteja machucada, mas sim planejando fingir que está para a mãe, para me fazer de vilão.

Mas, *de novo*, se ela fizesse isso, sabe que eu ia contar à mãe dela como nos encontramos — Kate perambulando pela cidade, desatenta, absorta no próprio mundinho usando fones de ouvido para bloquear todos os sons e qualquer aviso de perigo. Maureen iria surtar.

Então, só posso presumir que ela está mesmo machucada.

Não que eu me importe.

Se me importasse com Kate e os riscos que ela corre, saltitando por aí pelo mundo afora — caminhando na beira de penhascos, mas com a cabeça em outro lugar; fazendo amizade com estranhos que, até onde sabe, poderiam ser assassinos; dormindo sozinha em albergues, sem a menor proteção; perdendo a carteira; esquecendo de comer; deixando o celular cair tantas vezes que, de tão danificado, nem dá mais pra confiar naquele aparelho —, eu enlouqueceria.

Então não estou nem aí. Me recuso a me importar com ela. Simples assim.

"Christopher."

Pisco. Não ouvi uma palavra do que ela falou. Só fiquei encarando aquela tipoia maldita que mantém seu braço direito junto do corpo, meus pensamentos a mil. Sinto um aperto no peito. "Pode repetir?"

"Tenta prestar atenção desta vez", ela rebate. Então se aproxima e olha para os dois lados, para conferir se tem alguém vindo. Ouvimos vozes na cozinha, nos fundos da casa, onde os preparativos para o jantar de Ação de Graças estão a todo vapor. "Eu não fui totalmente sincera, ontem", ela diz. "Eu machuquei o ombro."

"Quando deu um encontrão em mim."

"Foi *você* que deu um encontrão em *mim*. Mas não, foi antes disso."

Examino os seus olhos. Tem mais coisa acontecendo. "Então por que você não estava de tipoia ontem?"

Mudando o peso de perna, Kate suspira, com impaciência. "É complicado."

Arqueio uma sobrancelha. "Faz um esforço. Acho que dou conta de uma explicação 'complicada'."

"Eu não *te devo* explicação, Petruchio, complicada ou não."

"Se você não quiser que os seus pais saibam que você estava perambulando pela cidade sozinha, à noite, sem tipoia e usando fone com cancelamento de ruído, então deve sim."

Ela me olha feio. "Você está me *chantageando*, seu..."

"Quem chegou?", pergunta Maureen, da cozinha. E então, mais alto e mais perto, ela continua: "Christopher?".

Sorrio para Kate. "Como você ia dizendo..."

"Tá bom", ela cede, olhando freneticamente para a porta da qual a mãe vai sair a qualquer momento. "Eu tropecei e quebrei o ombro há uns dois meses. Já tá curado, só continua meio dolorido, só isso. Agora, boca fechada sobre ontem."

Ela mantém os olhos fixos nos meus. Cruzo os braços na frente do peito. "Tá bom, mas vai custar mais do que só uma explicação."

Ela parece prestes a me estrangular.

Merda, estou sorrindo. Devo ter algum problema.

"O que você quer?", ela pergunta entre os dentes cerrados.

Olho para o seu braço, grudado junto do corpo, e tento ignorar a angústia que a visão me causa.

A minha vontade é saber exatamente o que ela fazia e que risco estava correndo quando quebrou o ombro. Mas é melhor não. Porque não é assim que a gente funciona. Não penso na Kate quando ela vai embora. Não me preocupo nem me importo com ela, e não preciso saber como ela se machucou.

Forçando um sorriso largo e demorado, digo: "Quando me convier, eu cobro a dívida".

"Ótimo." Sua voz chega a pingar de sarcasmo. "Extorsão. Mal posso esperar."

"Feliz Dia de Ação de Graças!", diz Maureen, aparecendo no hall e me dando um abraço com cheiro de lavanda. Os olhos azul-acinzentados meio esverdeados que as filhas herdaram brilham, e ela me oferece um sorriso distraído, prestando atenção na cozinha, onde o timer do forno começou a apitar. "O que você tá fazendo aqui no hall, como se fosse um convidado?", ela pergunta.

"Fui encurralado pela Kate." Aponto para ela com a cabeça, que olha feio na minha direção.

Maureen olha de mim para ela e pousa as mãos no quadril. "Dá pra vocês serem civilizados pelo menos uma vez?"

"Pode deixar", resmunga Kate, dando meia-volta e seguindo para a cozinha.

"Bom." Maureen solta um suspiro cansado, enquanto caminhamos atrás de sua filha. "Acho que fim de ano envolve mesmo manter as tradições."

"Christopher não precisa de tradição de fim de ano para ser um idiota", comenta Kate, por cima do ombro. "Ele é assim o ano inteiro."

"E como você está sempre aqui, deve mesmo saber, né?", devolvo, secamente.

Kate me mostra o dedo do meio sem nem olhar para trás.

"Katerina!", repreende Maureen. "Depois dessa, você é quem vai lavar a louça."

Kate vira-se para trás com tanta violência que deve ter travado o pescoço. "Mãe! Estou com o ombro quebrado."

"E a outra mão saudável o bastante pra fazer gestos obscenos no meu corredor, então com certeza está boa pra lavar uns pratos."

Kate me fulmina com os olhos, em resposta ao meu sorriso presunçoso.

"E você", continua Maureen, severamente, enquanto Kate entra furiosa na cozinha.

Meu sorriso desaparece. "Eu?"

"Você tem energia o bastante para provocar a Kate. Também pode dar conta da louça."

E Maureen me deixa ali na porta, olhando para ela, boquiaberto.

"É muita gentileza sua, West."

O namorado de Bea — *West*, como todos o chamam menos Bea — está em pé ao meu lado na pia, enquanto atacamos a louça suja. Ele gesticula com a mão como quem diz: *não é nada*. "É um prazer ajudar. E estava falando sério quando disse que você pode me chamar de Jamie. Na verdade, eu prefiro."

Eu o observo, notando como parece mais descontraído e feliz desde que o conheci, no início do outono, quando logo ficamos amigos. "Tem certeza?"

Ele me lança um olhar irônico. "Tenho."

O homem de lábios contraídos, camisa engomada e jeito sério que se apresentou como West uns poucos meses atrás sumiu por completo. Agora ele é Jamie Westenberg — e está lavando a louça comigo, com as mangas da camisa arregaçadas de um jeito casual e uma jovialidade descontraída.

Ele dá um sorrisinho enquanto seca uma panela, até que me percebe olhando para ele. "O que foi?"

"É só que você... tá com uma cara boa. Parece feliz."

O sorrisinho se abre completamente. "E estou. Muito feliz de passar as festas com pessoas que realmente *parecem* uma família, em vez de com a minha, que de família não tem nada. Foi por isso que andei pensando no nome que uso, aquilo que eu falei na hora da sobremesa... Não quero mais usar West. Me deram esse nome no internato e usei ele que nem... uma armadura, para manter as pessoas à distância. Não quero mais essa armadura."

"Todos nós precisamos de uma armadura. Não tem nada de errado em manter distância."

"Não das pessoas que não são dignas do nosso convívio", ele concorda. "Vai por mim, gosto muito de estabelecer limites. Mas não quero esse limite com as pessoas com as quais eu me importo. É por isso que quero ser o Jamie, e não só com a Bea, mas com todas as pessoas que são importantes pra mim. Você é uma delas."

"Bom, é uma honra, Wes... quer dizer, Jamie." Depois de uma pequena pausa, olho para ele e mexo as sobrancelhas. "Quer dizer então que o nosso bromance tá firme e forte?"

Ele ri. "E como. Estava escrito nas estrelas, segundo a Bea. Não que eu acredite em astrologia ou no zodíaco, mas tenho que admitir que quanto mais a Bea me mostra essas coisas, mais interessantes algumas delas me parecem."

"Não entendo muito disso. Qual é a sua teoria?"

"Bom", ele começa, "nós dois, por exemplo. Eu sou capricórnio. Você é touro. As pessoas desses signos têm várias características divergentes, mas também muitas compatibilidades: os dois signos são de terra e se concentram em torno de valores fundamentais, como confiabilidade, estabilidade e pragmatismo."

Dou risada. "Já estou até ouvindo a rebelde da Bea explicando isso pra você e dizendo que, basicamente, somos dois chatos."

Jamie ri também. "Segundo ela, temos uma 'propensão a ser protetores, práticos e, apesar de muito queridos, uns retrógrados'."

"Bom, alguém tem que tomar as rédeas da situação e manter as coisas em ordem."

Ele faz que sim. "Concordo totalmente. É por isso que você está preso nesse bromance astrologicamente certinho. Eu tô nessa pra valer."

"Eu também." Sem nenhum parente por perto e com a minha aversão a envolvimento romântico, os amigos são o único tipo de relacionamento de longo prazo que tenho ou me permito ter. E valorizo as minhas amizades profundamente.

Voltando a me concentrar na louça que nos cerca, pego a assadeira do peru e mergulho na água com sabão. "Obrigado de novo pela ajuda", digo a ele. "Não precisava ter se preocupado."

"Não me importo de ajudar. Mas, a julgar pela tensão no jantar, imagino que você esteja me agradecendo menos pela ajuda com a louça e mais pelo fato de que a minha insistência em tomar o lugar da Kate significa que ela está lá fora, enquanto você está aqui."

Olho para a assadeira gordurosa e queimada e me concentro em esfregá-la até cansar. "Ela tá com uma tipoia. Não ia ajudar muito."

"Aham." Ele pousa a panela que estava secando e pega a seguinte, no seu lado da pia dupla.

Olho para Jamie e o flagro sorrindo. "O que foi?"

"Você tá esfregando muito bem essa assadeira, Christopher."

"Está toda engordurada!"

Seu sorriso aumenta. "Aham."

"Quer parar de falar 'aham'?"

"Larga essa assadeira, cara." Ele a pega das minhas mãos e passa a enxaguar no seu lado da pia. "Vai acabar estragando o revestimento."

Com um suspiro profundo, pego uma travessa grande demais para a máquina de lavar e me obrigo a pensar somente nela. Mas a minha mente não me obedece e fica voltando para o jantar.

Eu sentado à mesa do lado de Kate, as pernas compridas dela sacudindo constantemente do lado das minhas.

Quando ela se esticou na minha frente para pegar a cesta de pão, e inspirei o seu perfume suave — um jardim depois de uma chuva quente e demorada.

Quando Maureen perguntou do hematoma no meu queixo e o osso do joelho de Kate bateu no meu, e então ficou por ali, como se ela estivesse atordoada por eu ter cumprido a minha promessa — em vez de contar o que tinha acontecido, falei que estava lutando boxe.

Para ser sincero, *foi* uma luta meu encontro com Kate. A gente só briga.

Lá fora, ela grita: "De três!", nos fazendo olhar na direção da garagem, onde ela e Bea estão jogando basquete.

"Mentira!", devolve Bea. "Você pisou na linha!" Um carro esportivo passa na rua fazendo barulho e encobrindo o que ela diz em seguida.

Digo a mim mesmo para desviar os olhos, enquanto Kate se curva, histérica, com a mão boa apoiada num dos joelhos e rindo tanto que chega a sair um chiado da sua garganta. Bea joga a cabeça para trás e dá uma gargalhada.

"O trabalho continua estressante?", pergunta Jamie, pegando outra panela do seu lado da pia para secar.

Afasto o olhar e continuo esfregando a travessa. "É sempre assim nessa época do ano."

Jamie me encara, me avaliando. "Mas imagino que agora esteja um pouco pior."

"É", admito. "Mas não é nada que eu não dê conta."

Já tem um mês que estou dando conta, desde que a minha empresa de investimentos perdeu dois membros da equipe no mesmo dia: Jean-Claude, que demiti, e Juliet, a ex-noiva dele, que estava sofrendo com tudo o que tinha causado a demissão dele e a feito terminar o noivado. Tem um mês que ela está de licença, e vai continuar pelo tempo que precisar, com meu apoio.

Não digo nada disso em voz alta, porque meu ex-funcionário, Jean-Claude, era amigo de Jamie, dividia um apartamento com ele e é um assunto delicado. Mesmo sem dizer nada, sei que Jamie está pensando o mesmo que eu.

Ele olha fixamente para a panela em suas mãos, enquanto um silêncio pesado se instaura entre nós.

Não tem como negar que Juliet está fora do trabalho há um mês e do outro lado do oceano por causa do abuso emocional de Jean-Claude. O ciúme possessivo e irracional que ele tinha da minha relação próxima com ela o fez sair no braço comigo durante a minha reunião regular com Jules, que trabalha como relações-públicas na empresa.

Jean-Claude saiu da nossa vida para sempre. Agora que já passou um tempo e que Jules está cuidando de si mesma no seu refúgio, a minha esperança é de que as feridas do dano causado por ele enfim cicatrizem.

Acho que é uma esperança factível, considerando que a festa de Ação de Graças ontem foi animada, apesar da foto que mandamos para Jules, todos nós com os olhos cheios de água e dizendo que estávamos com saudade. Ainda hoje, a família Wilmot conseguiu fazer uma chamada de vídeo com ela depois do jantar que deixou todo mundo com um sorriso na cara. Bea e Kate parecem felizes lá fora, depois de conversarem com a irmã. Maureen e Bill parecem satisfeitos na varanda da frente, ainda com o laptop entre os dois, tomando um café enquanto continuam a conversa com Jules.

"Esses últimos tempos não estão fáceis", comento com ele. E nós dois sabemos que não estou falando só do trabalho. "Mas vamos superar. Tenho confiança nisso."

Jamie faz que sim com a cabeça, com uma pequena ruga na testa. Em seguida, ele me olha, me examinando de um jeito intenso. "E depois que encerrar esse ano agitado, pretende fazer o quê no recesso, pra recarregar as energias?"

Dou de ombros. "Não tenho tempo pra isso."

"Não tem tempo ou não arruma tempo?", ele pergunta, enfaticamente.

"Dou férias coletivas pro meu time desde a semana que antecede o Natal até uma semana depois do Ano-Novo, mas eu mesmo não tiro férias. Não importa se o ano foi movimentado ou não, eu pessoalmente não preciso de folga no fim do ano pra nada."

Ele estranha. "Não precisa de folga pra nada? Que sacrilégio é esse?"

Solto um gemido. "Jamie. Não vai me dizer que você é um desses fanáticos por Natal."

"Fanático, não. Mas gosto de andar na neve, de cantar músicas de Natal ao piano, com uma caneca de gemada e uma árvore recém-decorada, mas não a gemada caseira, com clara de ovo — por mais gostoso que seja, não vale o risco de pegar salmonela." Ele faz uma pausa e acrescenta, com todo o cuidado: "Por que você não gosta de tirar folga no final do ano? É... é por causa dos seus pais? Deve ser difícil... imagino que você sinta muita saudade, principalmente nessa época".

Olho para a água com sabão, refletindo sobre quanto quero me abrir. "É, eu sinto saudade, sim, principalmente nesses meses. E é em parte por causa disso que não gosto tanto das festas de fim de ano hoje em dia. Mas é principalmente por causa da aura de estresse autoimposto que recai sobre tudo no fim do ano. Parece que todo mundo perde a noção de quanto *já* tem, com essa pressão para ser e fazer ainda mais. A minha vontade é de agarrar as pessoas pelos ombros, sacudir e dizer: 'Pelo menos você tem dinheiro pra comprar presentes, pra colocar comida na mesa e manter a casa quentinha e os filhos aquecidos no inverno. Pelo menos você tem uma família pra quem comprar presentes. Pelo menos eles estão aqui'."

Inclinando a cabeça para o lado, Jamie comenta: "Talvez eu esteja pensando no meu pai, que é um símbolo desse tipo de raciocínio, mas isso também acontece no trabalho, com gerenciamento de patrimônio? Você lida com gente que tem tanta coisa que perde essa noção?".

Nego com um aceno. "Nem um pouco. Aí é que está a beleza do nosso método de trabalho. A maioria dos fundos de cobertura não liga para a forma como eles fazem dinheiro, e nem os clientes deles, mas a gente sim, e os nossos clientes também. O objetivo da nossa forma de administrar e investir é dar perspectiva, reconhecer o privilégio da riqueza e aplicar essa riqueza em iniciativas, empresas e organizações revitalizadoras e igualitárias."

"Investimento ético", ele resume.

"Exatamente."

Os risos de Kate e Bea nos distraem de novo. Kate pega a bola a seus pés e vai driblando na direção da cesta, enquanto Bea marca a irmã, tomando cuidado com o braço na tipoia.

Kate abre um sorriso travesso do qual não consigo desviar os olhos. Entre um drible e outro, ela cutuca Bea na axila, fazendo a irmã gritar e cambalear. Aproveitando o momento de desatenção, ela arremessa e acerta de bandeja.

"Jogo sujo", murmuro.

Jamie dá uma gargalhada. "Ela está jogando só com uma das mãos. Acho que tem direito de ser um pouco criativa."

"Desde quando você tá no time da Kate?"

Ele sorri, com os olhos fixos em Bea, secando a panela. "Desde que ela voltou e colocou aquele sorriso no rosto da minha namorada."

Bea segue driblando na direção da cesta, enquanto Kate faz uma marcação ridícula, que mais parece uma dança psicodélica. Bea ri tanto que mal consegue quicar a bola, então Kate a rouba da irmã, corre na direção da cesta e faz outra bandeja.

Quando ela se vira, com o braço bom erguido num gesto triunfal, nossos olhos se encontram. O olhar de aviso que ela me lança é tão intenso que poderia até me corroer.

"E como você ficou ontem, com aquela enxaqueca?", pergunta Jamie.

Pisco, olhando para ele. "O quê?"

Jamie bate com o indicador em uma das têmporas. "A enxaqueca que estava vindo ontem à noite."

"Ah. Humm. Não foi a pior do mundo."

Estou arrependido de ter contado para o Jamie que tenho enxaqueca, ainda mais de ter comentado que tive uma ontem. Mas eu estava prestes a sair mais cedo da festa de Ação de Graças, quando ele e Bea chegaram para comer torta de abóbora e tomar uma bebida, parecendo muito felizes juntos, e ele pareceu tão decepcionado por eu estar indo embora. Acabei simplesmente... falando a verdade. Disse que estava sentindo que tinha uma enxaqueca vindo e pedi para ele não comentar com ninguém.

"Há quanto tempo você tem essa enxaqueca crônica?", ele pergunta.

"Segura a onda, o nosso bromance ainda não está assim *tão* evoluído."

Ele pigarreia. "Desculpa, eu entro em modo médico quando me preocupo com as pessoas mais chegadas. É um vício meu."

"Não precisa se desculpar", digo a ele, com sinceridade. "É uma gentileza sua, só não estou acostumado a falar dela."

"Bom", diz Jamie, "eu respeito isso. Mas se quiser desabafar ou estiver precisando de alguma coisa, é só falar. Prometo não ficar receitando remédio nem dizendo que, mesmo que diminuir o estresse e descansar mais, principalmente em períodos agitados como nas festas de fim de ano, não vá *curar* a sua condição crônica, não seria uma má ideia tirar uma folga e cuidar de você mesmo."

"Ah, mas aí quem seria o Scrooge da família, enriquecendo enquanto tá todo mundo se preparando para o Natal?"

Ele me lança um olhar irônico e solta um suspiro.

"Tadinho do Jamie", comenta Kate. Ela marcha cozinha adentro, com Bea atrás, e então a porta se fecha com um baque. Está com o rosto corado do exercício e traz junto o cheiro do ar fresco de outono. "Ele tá te envolvendo em um dos esquemas capitalistas dele, não tá? É a cara do Christopher."

Reviro os olhos, enquanto ela vai direto para o que sobrou da refeição. "E é a cara da Kate perder a maior parte do que aconteceu e depois aparecer, agindo como se soubesse de tudo."

Kate me olha feio, abrindo a tampa de um potinho com uma etiqueta com o seu nome.

"Uau", diz Bea, animada, obviamente tentando ignorar as nossas alfinetadas. "Vocês dois lavaram a louça toda. Obrigada, Christopher." E então abraça Jamie pelas costas, e a sua voz fica mais suave. "E você também, Jamie."

Ele se recosta contra Bea e tira o cabelo do rosto dela. "Não tem de quê."

Desvio o olhar do momento íntimo e me concentro na cuba com água e sabão na pia, procurando por algum talher que não tenha sido lavado ainda.

"Droga", murmuro, tirando a mão da água. Enfiei o polegar numa faca. Ao olhar com mais cuidado, fico aliviado de ver que mal sangrou.

"Estragou o esmalte?", pergunta Kate.

Olho feio para ela, mas Kate ou não está prestando atenção, ou está me ignorando de propósito, concentrada na comida que está espetando com um garfo. "E se tivesse estragado? É muito machista insinuar que um homem que faz as unhas é motivo de piada."

"Eu não insinuei nada", ela se defende, despreocupada. "Só fiz uma pergunta."

Nossos olhos se encontram. Duvido dela telepaticamente. Kate sorri e transmite um "vai se ferrar" silencioso na minha direção.

Fico parado junto da pia, agarrado à beirada da bancada com tanta força que meus dedos chegam a ficar brancos, enquanto Kate permanece recostada de lado na bancada, me encarando feio. Uma raiva crua e elétrica estala no ar entre nós.

Por que sou capaz de controlar *tudo* na vida, menos isso?

Como se olhar atentamente para Kate fosse responder à minha pergunta, eu a encaro, odiando o fato de que reparo em cada fio de cabelo avermelhado tocando a sua nuca. Meu olhar desce para as suas roupas, o macacão jeans rasgado, a blusa cinza de manga comprida tão fina que dá para ver a pele através do tecido.

Passo bastante tempo com gente rica e sei que o guarda-roupa dela não é o estilo desarrumado chique pelo qual algumas pessoas pagam cifras de três ou até quatro dígitos. Suas roupas estão velhas, desbotadas pelo sol e sem forma. Eu me pergunto se ela está com dificuldade para arrumar trabalho ou manter um emprego, se é por isso que está assim — com roupas surradas pendendo de um corpo magro. Se voltou para casa porque está com problemas financeiros.

Sinto o peito comprimir com força.

Kate estreita os olhos, ainda sustentando meu olhar. "Para de me encarar."

"Não estou te encarando", minto, enxaguando o polegar cortado com água fria. "Estou tentando não vomitar diante dessa cena, você comendo peru vegano de tofu frio."

"Ah, bom, pelo menos eu posso ficar tranquila de saber que nenhum animal foi morto para que eu comemorasse o feriado do genocídio em massa dos povos indígenas." Ela me oferece um sorriso falso. "Não que você entenda, Christopher, mas tem gente que gosta de dormir com a consciência tranquila."

Tensiono a mandíbula. Fecho a torneira e enrolo o polegar com papel-toalha. "Claro. Porque eu sou uma pessoa moralmente falida."

Ela me lança um olhar de desprezo e espeta outro pedaço de tofu. "Não sei do que mais podemos chamar uma pessoa que vive de aumentar a disparidade na distribuição de riqueza nessa porcaria de país, mas..."

"Se você tivesse a mínima ideia do que eu faço, Katerina, entenderia que estou tentando alavancar a riqueza desse país para *diminuir* essa disparidade, para direcionar capital para iniciativas e organizações destinadas a *combater* as desigualdades sociais..."

"Ah, claro!" Ela joga o garfo na cuba da pia agora vazia. "Como eu fui esquecer? 'Investimento ético'." As aspas que ela desenha no ar não têm o mesmo impacto, por causa do braço na tipoia, mas ainda me irritam. "É isso que você finge que faz."

A porta da sala de jantar se abre, e Bill e Maureen aparecem na cozinha, Bill com o laptop que estava usando para conversar com Jules debaixo do braço, e Maureen com duas xícaras pequenas de café. Estou nervoso demais para dar atenção a eles.

"Que eu *finjo*?", pergunto a Kate. "Você nem sabe o que está falando, mas também, como é que ia saber de alguma coisa? Você foi embora assim que teve uma oportunidade e nem olhou pra trás. Você não sabe nada da minha vida. Você não sabe da vida de ninguém aqui. Adivinha o que acontece quando você vai embora, Kate?" Eu me aproximo dela, com a voz contida e furiosa. "Você *perde* o que está acontecendo. Que nem a festa de aposentadoria do seu pai. O lançamento do programa de aulas de jardinagem da sua mãe. A última exposição da Bea antes de parar de pintar. O prêmio da Jules por ser uma das trinta pessoas com menos de trinta mais promissoras da cidade."

"E você faz da sua *missão de vida* jogar isso na minha cara, não é?", ela rosna, dando um passo à frente. "Como o Christopher é perfeito. Como o Christopher sabe de tudo. Como o Christopher está sempre presente porque a terrível Kate foi embora."

"Eu não falei..."

"Nem precisava", ela interrompe. "Está implícito em todo julgamento que sai dessa sua boca. Eu não sou boa o bastante. Eu estou fazendo as coisas erradas. Eu sou um zero à esquerda. Mas quer saber de uma coisa, Petruchio? Você não tem o direito de me fazer me sentir um lixo por ser quem eu sou ou por levar a vida que eu levo." Ela empina o queixo e levanta a voz, apontando para a família ao dizer: "Eles sabem que eu amo a minha família. Eles sabem que eu me importo. Eu ligo. Mando e-mail. Mando presentes. Eu venho quando precisam de mim".

"Todo mundo precisa de você aqui *sempre*!"

"Eu tô aqui agora, não tô? Eu tô aqui, porra!"

"Até que enfim!" Eu me aproximo tanto que nossos corpos chegam a se roçar, o que assusta a nós dois. "Já estava mais do que na hora."

Estou com a respiração rápida e ofegante, sentindo um calor pulsando nas veias. Kate me encara, corada e de olhos arregalados. Percebo que ela acabou imprensada contra a bancada, e que estou com as mãos plantadas de cada lado dela, prendendo-a ali. Ordeno que minhas mãos se movam. Digo ao meu corpo todo para se afastar.

Mas estou enraizado no lugar, com raiva dessa habilidade que Kate tem de me tirar do sério, me odiando por não ser capaz de não discutir com ela, por mais que tente.

E agora estou fitando a sua boca macia, os lábios entreabertos, o seu pescoço, engolindo em seco. Kate também está olhando para a minha boca, com a respiração ofegante. Então ela pousa a mão em meu peito, bem ao lado do meu coração agitado. Fico sem ar.

Ela enrola os dedos no tecido da camisa e, com uma força surpreendente, me afasta dela.

"Por mais divertida que tenha sido a noite", diz, com a voz contida, as bochechas rosadas de raiva, "acho que está na hora de eu fazer o que o Christopher diz que faço tão bem."

Sem mais uma palavra, ela vai até a porta da frente, aparentemente lutando contra o casaco e a bolsa, por causa do braço machucado.

Quando a porta bate atrás de si, as janelas chegam a chacoalhar pelo estrondo.

3

KATE

Sou uma fotógrafa muito boa, mas minha melhor habilidade é me esquivar das coisas. Passei as últimas trinta e seis horas maratonando filmes e checando minhas redes sociais para não pensar no quanto a rixa entre Christopher e eu saiu do controle.

Temos o nosso ritual. Eu cutuco o Christopher. Ele revida. Me provoca. Eu faço cara feia e mostro as minhas garras. E então o ciclo recomeça.

Mas dessa vez foi *mais* que isso.

Nunca o senti me observando como ele fez na cozinha, como se o seu olhar pudesse queimar as minhas roupas, direto na minha pele. Nunca enfiei a mão na camisa dele e o senti perdendo o fôlego, como se *eu* tivesse o poder de fazer aquilo. Nunca o vi me encurralar daquele jeito, com os olhos cor de âmbar ardendo em fogo.

Todo mundo precisa de você aqui sempre.

Sinto um arrepio descer pela coluna ao lembrar de Christopher dizendo isso. Fecho os olhos diante da lembrança, ele tão perto de mim e tão intenso e... tão... *irritante*, então dou um gole no café.

Que está fervendo.

"*Merda.*"

"Bom dia pra você também, KitKat!" A porta da frente se fecha, e Bea entra no apartamento com as bochechas coradas do ar frio de outono e o cabelo preto com mechas loiras preso num coque de bailarina.

Ela desaba no sofá ao meu lado. Afasto a caneca de mim, quase derramando o café.

"Desculpa", ela diz, pousando na mesa de centro um saco de papel kraft com um cheirinho divino. "Trouxe donuts."

Fico olhando para o saquinho e sentindo a culpa se revirar no meu estômago. Desde que voltei para casa, consegui aparecer sem aviso prévio no apartamento das minhas irmãs para ficar por sabe-se lá quanto tempo e sem dinheiro para ajudar com o aluguel (por enquanto); tive uma briga com Christopher que acabou com a porcaria do feriado de Ação de Graças, na frente dela e do seu namorado novo; e, desde o momento em que fui embora da casa dos meus pais e peguei o trem para o centro da cidade, estou evitando a minha irmã.

Em outras palavras, tenho sido uma irmã de merda. E o que a Bea faz? Me traz donuts.

Com um suspiro, fito os olhos dela. "Obrigada, BeeBee."

"Não se preocupe." Ela sorri. Então enfia a mão no saco e tira a única coisa que supera meu amor por torta de abóbora.

"Quantos donuts!", sussurro, olhando dentro da embalagem.

"Creme Boston. Confeitos coloridos. Melado com bacon vegetariano..."

"Passa pra cá." Pego um donut de melado com bacon vegetariano, dou uma boa mordida e sinto a explosão de sabores, o equilíbrio perfeito entre salgado e doce. "Que delícia."

Acomodando-se de novo no sofá, Bea dá uma mordida no donut de confeitos. Depois de uma segunda mordida, ela olha para mim. "E aí, tudo bem? Você sumiu no jantar de Ação de Graças e não apareceu mais."

"Desculpa o sumiço, BeeBee. Eu precisei de um tempo pra me acalmar. E desculpa pelo que aconteceu no jantar."

Ela fita o donut e pega um confeito colorido. "Não tem problema."

"Tem sim." Pouso o donut na mesa e pego a sua mão, traçando com o polegar o contorno da tatuagem maravilhosa que fecha seu braço, onde uma trepadeira frondosa se enrosca em seu pulso. "As coisas foram tão complicadas pra você e pro Jamie, e eu não ajudei no Dia de Ação de Graças. Perdi a cabeça e deixei todo mundo desconfortável."

O que não é novidade, no meu caso. Sei que é como se eu sentisse as coisas de uma forma mais intensa do que as outras pessoas, e sei que tenho pavio curto, mas ter consciência disso nem sempre ajuda a prevenir uma reação. Ainda bem que a Bea entende.

Como eu, Bea é neurodivergente, embora ela seja autista, e eu tenha TDAH. E, mesmo não tendo meu temperamento explosivo, ela entende como é difícil regular as respostas quando você está sob muito ou pouco estímulo, quando os seus pensamentos estão se dividindo em centenas de direções, a pele está zumbindo e o cérebro parece uma bola de discoteca em tecnicolor. A medicação ajuda — faz os meus pensamentos fluírem melhor, me permite completar tarefas de várias etapas nas quais, do contrário, eu teria dificuldade para manter o foco por tempo suficiente. A medicação impede que eu me sinta frustrada o tempo todo, com os pneus girando em falso, como se a vida *fosse acontecendo* comigo em vez de ser algo que eu possa controlar ativamente.

Mas a grande ironia é que meu cérebro naturalmente avesso à rotina, sempre curioso e propício a se distrair precisa seguir uma rotina para manter a medicação. Além do mais, tomar certinho os remédios, que já é difícil pra mim, fica ainda mais complicado com uma profissão tão inconstante quanto a minha. Quando surge um trabalho que interrompe a minha rotina, acabo perdendo uma dose, quando tenho que viajar às pressas não faço ideia de onde os remédios foram parar.

"KitKat", Bea me chama com carinho. "Pra onde você foi agora?"

Balanço a cabeça. "Desculpa. Tô aqui."

Bea vira a mão para que a palma encontre a minha e me dá um aperto firme. "Eu não falei do Dia de Ação de Graças pra fazer você se sentir mal. Eu mencionei porque queria saber como você está. Tá tudo bem?"

Puxo a minha mão de volta. "Tá."

"Tem certeza? Porque parece que o que o Christopher falou te machucou. E eu quero que você saiba que ele não pode falar pela gente. A gente não fica pensando no que você perdeu aqui enquanto estava fora."

É claro que não. Esse é o cerne da minha família. As minhas irmãs mais velhas são gêmeas muito unidas. Os meus pais são profundamente apaixonados um pelo outro. E aí tem eu, o estorvo. Eles me amam. Sei disso. Mas eu não tenho a mesma conexão com eles que eles têm entre si.

Quando eu era mais nova, isso me entristecia, quando era difícil encontrar gente que entendesse meu corpo e minha mente agitados, essa curiosidade interminável e os meus interesses em constante mudança, e eu me sentia muito sozinha. Mas agora encontrei meu próprio caminho, tenho uma vida cheia de experiências novas e aventuras, novos amigos dos quais posso me afastar e perder o contato com a mesma velocidade com que os conheci. Passo muito tempo sozinha, mas não me sinto mais sozinha.

Pelo menos não com frequência.

E, no entanto, o que o Christopher falou me atingiu em cheio, fazendo-me lembrar quão profundamente eu me sentia excluída. As coisas que perdi. E agora a Bea acaba de confirmar como isso pouco importava para eles.

"KitKat?"

Pisco, forçando um sorriso para a minha irmã. "Eu tô bem. Juro."

Bea estreita os olhos. "Tá bem coisa nenhuma. E se a Jules estivesse aqui, ela ia fazer você contar tudo."

"Se a Jules estivesse aqui, ia ficar do lado do Christopher."

"Não ia, nada!"

Arqueio uma sobrancelha. "Ela trabalha com ele. Ela é amiga dele por vontade própria. Ela está sempre no time dele."

"Muitas vezes, mas não sempre. Ela não concorda com tudo o que ele faz. Eles têm as suas divergências, ainda mais agora que ele a contratou para fazer consultoria de relações públicas na empresa."

"Aquela empresa", murmuro, com uma voz sombria, enfiando o restinho do donut de melado e bacon vegetariano na boca. "No mínimo é uma fachada."

"Uma *fachada*?"

"'Empresa de investimento ético'?" Dou risada, com desdém. "Isso que é paradoxo."

Bea morde o lábio e fica quieta.

"Qual o problema?", pergunto a ela. "Você nunca considerou que é o disfarce perfeito pra alguma coisa perversa? Lavagem de dinheiro! Fraude! Evasão de divisas!"

"Ah, lógico", comenta Bea, secamente, dando mais uma mordida no donut. "Por que eu não pensei nisso antes? O Christopher tem mesmo uma cara de mafioso."

"Ele *é* italiano."

Ela revira os olhos. "Então agora basta isto: família italiana, circular em ambientes ricos... bum, ele é o Don Corleone."

"Se você visse a quantidade de merda e falcatrua que eu vejo no meu trabalho, BeeBee, não ia me culpar pelas minhas suspeitas."

"Mas a gente tá falando do *Christopher*."

"Exato!", devolvo.

Ela dá um suspiro. "Eu sei que ele não foi muito legal naquela noite, e admito que quando vocês dois estão juntos, em geral, ele não é nenhum santo, mas é tão impossível acreditar que ele seja capaz de coisas como generosidade e bondade?"

"É!"

Bea dá um suspiro cansado. "Acho que isso não é só por causa do seu trabalho. Acho que você virou uma cínica."

Ofendida, olho para ela boquiaberta. "Não virei, não. Sou uma pessoa realista. Sempre fui."

"Aham." Bea dá uma mordida no donut. "Tá bom."

"O meu trabalho me deixa *ligeiramente* calejada por causa das coisas que ele me obriga a ver? Sim. Mas não sou uma *cínica*."

"Você é aquariana, KitKat, essa é a sua bênção e o seu fardo — ver todas as possibilidades do mundo e também todas as suas falhas."

Solto um gemido. "Odeio profundamente o zodíaco por me tornar tão transparente."

"Isso, minha querida irmã, é só mais um exemplo de como você é totalmente aquariana. E eu te amo por isso."

Bea pousa a mão na minha coxa e dá uns tapinhas gentis num ritmo constante, um estímulo repetitivo que não fazia havia muito tempo. Sinto uma pontada de nostalgia no coração por ela retomar um hábito de quando éramos crianças — me tocar de um jeito que nunca foi confortável para Jules por um período mais longo. Jules era do tipo que gostava de dar abraços apertados. Era em mim que Bea tamborilava, porque isso acalmava meu corpo sedento por contato sensorial.

"Eu só..." Ela suspira, ainda batucando em mim. "Eu só queria que você enxergasse as partes boas do Christopher."

"Desculpa, as partes *o quê*?"

Ela afasta a mão e enfia no saquinho, em busca de outro donut. "Eu não estou conseguindo explicar. O que eu quis dizer é que eu queria que ele te *mostrasse* as partes boas dele."

"Eu não quero ver parte nenhuma do Christopher, muito obrigada."

Bea franze a testa, pensando. "Eu entendo. Parece que quando você vem, ele se torna a pior versão dele mesmo."

É como se o mundo parasse, como um disco sendo arranhado. Olho para ela, surpresa. "Você percebeu isso?"

"Claro que eu percebi. E percebi que *você* também é sua pior versão com ele." Ela se recosta no sofá, com o donut na mão. "O que eu não entendo é por que vocês dois se provocam tanto, por que têm que fazer o outro se sentir tão péssimo."

"Foi ele quem começou! Ele que me deixou péssima", deixo escapar, e, assim que vejo Bea arregalar os olhos, lamento a minha honestidade.

A minha família nunca enxergou o Christopher por quem ele é, alguém que sempre me fez me sentir uma estranha irritante, quando eu estava tentando encontrar meu lugar na nossa dinâmica. Os meus pais e as minhas irmãs entendem o comportamento dele como coisa de irmão mais velho preocupado, só uma provocação bem-humorada. Às vezes parece que eles simplesmente não veem o jeito como ele arqueia aquela sobrancelha com ar de desaprovação sempre que tem a oportunidade e diz a coisa certa para me irritar ou me fazer me sentir um lixo.

Bea pega a minha mão. "Como assim?"

"Deixa pra lá." A minha vontade é cobrir depressa o buraco gigante e vulnerável que a minha confissão abriu em meu peito e seguir em frente.

"Nada disso." Bea pega o saco de donuts e coloca do outro lado do sofá, bem longe do meu alcance. "Quem não chora não... ganha donuts."

Olho feio para ela. "Solta esses donuts, BeeBee."

Ela faz que não com a cabeça. "Tô falando sério. Eu vou..." Ela olha para o apartamento à nossa volta, até que tem uma ideia. "Eu vou jogar pela janela."

"Você não teria coragem."

Ela dispara na direção da pequena janela da cozinha. "Não me testa, KitKat. E só pra você saber: comprei todos os donuts de melado com bacon vegetariano da Nanette's. Quero ver você conseguir comprar mais."

"Tá bom!" Eu grito. "Eu conto. Agora, passa pra cá."

Bea arqueia uma sobrancelha. "Fala primeiro. Aí eu te passo."

Deixo escapar um suspiro pesado ao me recostar novamente no sofá, quase me afogando na abundância de almofadas que é a cara da Jules. É mais fácil falar a verdade olhando para o teto, então é isso que faço.

"O Christopher sempre me provoca sobre como eu quase nunca apareço em casa, ou sobre a minha escolha de viajar para todo canto por causa do trabalho. Ele fala comigo como se achasse meu estilo de vida imaturo ou... sei lá, inadequado. Quando ele era mais novo, ele me ignorava, era como se eu nem existisse. Quando eu fiquei mais velha, ele começou a analisar tudo o que eu fazia. Ou ele está me avaliando do alto da sua superioridade ou está me ignorando totalmente, e ninguém nunca fez nada sobre isso."

"KitKat." De canto do olho, observo o saco de donuts cair feito um balão esvaziado, até que vejo Bea o segurando junto de si. "Eu não sabia. Nunca percebi..." Há uma pequena pausa, e então: "Por que você nunca falou nada?".

Continuo olhando para o teto, enquanto Bea sai da cozinha e se senta ao meu lado no sofá. Pisco para afastar as raras e indesejadas lágrimas se acumulando em meus olhos. *Detesto* chorar. "Achei que todos estivessem vendo isso e nem ligassem."

"Não." Bea envolve a mão na minha e a aperta com força. "Eu juro que não. Sinto muito."

"Eu acredito em você. Além do mais, por que você ia notar? Ele sempre foi legal com você e com a Jules, então por que você ia presumir o pior quando ele só te mostrou o melhor lado dele? E é a mesma coisa com a mamãe e o papai — ele é o filho que eles nunca tiveram. Aos olhos deles, o Christopher não erra."

Bea torce o nariz. "Bom, eles obviamente não ficaram nem um pouco felizes com o jeito como ele falou com você no Dia de Ação de Graças. A mamãe fez o Christopher não só esfregar, mas guardar uma pilha gigante de pratos naquele dia. E depois que você foi embora ele levou o lixo orgânico pro papai até a composteira do jardim *e* limpou a areia do Puck."

E depois dessas duas tarefas ridículas, tenho certeza de que a mamãe e o papai já o perdoaram e esqueceram tudo.

Tentando interpretar meu silêncio, ela continua: "Acabei de piorar as coisas, né?".

"Não." Nego com a cabeça. "Tá tudo bem."

"Você pode me dizer se não estiver. Eu sei que você gosta de me proteger, KitKat, você sempre foi assim, mesmo sendo mais nova. Quando a Jules estava saindo por aí com os amigos e as pessoas vinham me provocar, já que eu estava sem a minha irmã gêmea por perto, você sempre vinha me salvar."

Dou um sorriso fraco. "Eu daria uma boa irmã mais velha."

"E como." Bea observa os meus olhos com cuidado, então se volta para as nossas mãos. "Mas eu não preciso mais da sua proteção."

Sinto um aperto no coração. Outra coisa que mudou. Outra função na qual não sou mais necessária. Faço que sim com a cabeça. "Tá bom."

Olhando para a minha mão, Bea inspira fundo, então encontra os meus olhos por tempo suficiente para dizer: "Deixa eu ser a irmã mais velha dessa vez e cuidar de você. Vamos parar de falar do Christopher e aproveitar o Dia da Irmã".

"Dia da Irmã?"

Ela aperta firme a minha mão e então solta. "O Dia da Irmã."

Me ajeito no sofá, nervosa. A menos que o Dia da Irmã seja ficar sentada comendo donuts, qualquer outra coisa iria custar um dinheiro que não tenho.

Acho que posso usar o cartão de crédito. E aí amanhã passo tempo dobrado procurando trabalho, mandando e-mail para contatos de fotografia na cidade e sondando se alguém precisa de ajuda para editar algumas fotos.

"Não esquenta", diz Bea, interpretando errado o mal-estar que sem dúvida está evidente na minha cara. "Pode ser uma coisa simples. Que tal passar em algumas daquelas lojas vintage que você adora, comer alguma coisa numa barraquinha de rua, depois voltar pra casa, pôr o pijama e ver um filme estrangeiro? Você sempre chora e finge que não, e eu sempre acabo dormindo no meio do filme. E eu tô mesmo precisando de um cochilo."

Acerto Bea com uma das cinquenta almofadas ridículas do sofá. "Eu não choro. Só fico com os olhos úmidos às vezes, mas é só por causa do ar seco dessa cidade."

"Com certeza, KitKat." Bea se esquiva de outra almofada indo na sua direção.

Assim que coloca o último pedacinho de donut na boca, o celular de Bea toca e ela fita o aparelho. Um sorriso que só vi nos últimos dias ilumina o seu rosto.

"É o Jamie?", pergunto, me recostando no sofá e dando outra mordida.

Ela faz que sim, sorrindo, enquanto digita de volta.

"Você não quer passar o dia com ele?"

Bea franze a testa e abaixa o celular. "Primeiro, já passei os últimos dois dias inteirinhos com ele. Segundo, ele tá trabalhando hoje, e depois vai sair com um amigo."

"Alguém que valha a pena apresentar pra sua irmã?"

Não que eu tenha a mínima ideia do que fazer com um homem, mesmo que ele valha a pena. Para mim, o caminho entre conhecer uma pessoa que acho atraente e desejar essa pessoa sexualmente não é bem um percurso em linha reta. Desde que percebi que a atração parece funcionar de forma diferente para mim e comecei a tentar ser sincera sobre isso com as pessoas pelas quais achei que poderia me sentir atraída, fui recebida com impaciência, rejeição, frustração e ignorância. Acabei cansando. Parei de tentar, me ocupei com o trabalho até me esgotar, ignorando aquele anseio silencioso dentro de mim de que alguém entendesse como eu funcionava e me quisesse como eu era.

Bea faz uma careta.

"O que foi?" Eu a cutuco de leve. "Você não gosta desse amigo dele?"

Ela faz que não com a cabeça. "Não. Eu gosto dele."

"Então, qual é o problema?"

Ela meio que solta uma gargalhada, meio que se engasga. "Posso reivindicar meu direito de permanecer calada?"

"Ah, qual é. Falar de outra pessoa que não o Jamie não é traição."

"Não." Ela balança a cabeça. "Não é isso. É só..." Com um gemido, ela enfia a mão no saco de donuts, tira um pedaço de massa coberto de açúcar de confeiteiro e enfia na boca, então responde, de boca cheia: "É o Christopher".

Fico boquiaberta. "O Jamie é *amigo* daquele neandertal?"

"Desde que começamos a namorar. Eles se dão muito bem."

Levanto a minha caneca de café, com um tom de solenidade na voz. "A mais uma alma corajosa que perdemos."

Ela dá uma risada e sorri. "Chega de falar do Jamie. Ou do Christopher. Hoje é o Dia da Irmã. Só nós duas. Entendeu?"

Sorrio de volta. "É. Parece perfeito."

4

CHRISTOPHER

O Fiona's é um dos meus bares preferidos, então quando Jamie sugeriu que nos encontrássemos aqui depois do trabalho, claro que topei.

Assim que entro, os sons e os cheiros familiares — o futebol na televisão e os velhinhos irlandeses sentados junto do bar, xingando a tela, cerveja gelada com colarinho e comida frita e crocante — me recebem como velhos amigos.

Jamie se levanta de seu assento numa cabine junto da parede e acena. Caminho por entre as mesas até ele e damos um aperto de mão, então trocamos um abraço rápido com tapas nas costas.

Com um metro e oitenta e sete, estou acostumado a ser o mais alto na maioria das situações, tendo que me abaixar e me curvar para cumprimentar as pessoas, o que não acontece com Jamie, que tem mais de um e noventa, além de um corpo magro de corredor. Nos afastamos e sentamos um de frente para o outro na cabine, que é um pouco apertada para duas pessoas da nossa altura, mas damos nosso jeito, esticando as pernas em direções opostas, e abrimos os cardápios.

"Vamos ver o que tem aqui", diz ele, antes de pigarrear duas vezes. Não o conheço há muito tempo, mas aprendi que é algo que faz quando está nervoso ou pouco à vontade.

Baixo o meu e olho para ele com atenção. Jamie continua profundamente concentrado no seu próprio cardápio.

"Jamie."

"Humm?"

"Você tá olhando as sobremesas."

Ele o solta como se estivesse em chamas, então o pega de volta. "Acho que estou com vontade de comer alguma coisa doce."

Arqueio uma das sobrancelhas. "Achei que você não gostasse de doce. Alguma coisa sobre como faz mal para o sistema endócrino."

"Bom." Ele limpa a garganta mais uma vez. "É verdade. Mas estou relaxando um pouco quanto a isso."

"Nem imagino quem deve estar te influenciando."

Bea é a pessoa que conheço que mais gosta de doce. O leve rubor no rosto de Jamie ao sorrir e virar a página confirma a minha teoria.

"É a primeira vez que você vem aqui?", pergunto a ele.

"Humm?" Ele olha brevemente para mim. "Ah. É. Pois é."

Corro os olhos pela já conhecida lista de aperitivos. "Os nachos Reuben são uma delícia, se você não tiver..."

"Ora, vejam só quem está aqui!" Como se tivesse se materializado do nada, Bill Wilmot aparece junto da nossa mesa, com um sorriso largo no rosto. Com o cabelo grisalho e os olhos azul-profundos levemente ampliados pelos óculos de armação de metal, ele aperta meu ombro com carinho. "Que bom te encontrar!"

Jamie solta o cardápio, com os olhos arregalados. "Bill! Que surpresa! Quer se juntar a nós?"

Olho de um para o outro. Não conheço homens mais honestos do que Bill Wilmot e Jamie Westenberg. Os dois estão tramando alguma coisa, e são péssimos em esconder isso.

Fecho o cardápio lentamente, observando Bill se sentar do lado de Jamie. Bill também não é baixo, então a cena é quase cômica, os dois homens de mais de um metro e oitenta amontoados na cabine.

"O que te traz aqui?", pergunto a Bill, que aceita imediatamente o cardápio que Jamie lhe oferece.

"Ah, sabe como é..." Bill funga, baixando o queixo para ler por cima dos óculos. "A Maureen disse para a Fee que ia mandar umas flores para o velório que vai ter aqui amanhã, e eu estava com vontade de comer torta de carne, então trouxe as flores pra ela, pedi uma quentinha, e aqui estamos."

"Então por que você está lendo o cardápio?"

Bill passa uma página. "Só dando uma olhada, pro caso de mais alguma coisa chamar a minha atenção."

Estreito os olhos. Maureen e a dona do pub, Fiona — ou Fee, como todo mundo a chama —, são velhas amigas, e Maureen é uma excelente jardineira que tem uma estufa lotada de flores que sempre distribui com muita generosidade. Além de dedicado à esposa, Bill, assim como Kate, não gosta de ficar parado, principalmente desde que se aposentou, então essa história sobre trazer flores da esposa para a cidade, para um velório que vai acontecer no Fiona's, é absolutamente plausível. Pode até ser verdade. Só não significa que é *toda* a verdade.

Jamie pigarreia. De novo.

Solto um suspiro, pousando os cotovelos na mesa para me inclinar na direção deles. "Tá legal, um de vocês. Pode desembuchar."

Bill olha para Jamie, piscando igual a uma coruja. "Jamie? Quer falar alguma coisa?"

Jamie arregala os olhos. "Eu? Isso foi ideia *sua*!"

"Bom, na minha cabeça pareceu mais fácil", murmura Bill. "Prefiro manter as minhas batalhas e confrontos exclusivamente na literatura." Inspirando fundo, ele coloca a mão no meu cotovelo e diz: "Christopher. Você sabe que eu te amo como se fosse meu filho".

Sinto um nó se formando no fundo do estômago. Odeio e amo quando ele fala isso. Tentei me proteger, não me aproximar muito de Bill e de Maureen, vê-los como um segundo pai e uma segunda mãe. Momentos assim me lembram de que agora já era.

Eu tinha treze anos quando os meus pais morreram, quando minha avó paterna veio morar comigo e me ofereceu tanto conforto quanto as almofadas cheias de alfinetes e agulhas que ela deixava pela casa. Então encontrei consolo na casa ao lado, com os melhores amigos dos meus pais, Maureen e Bill, e as filhas deles, que se tornaram mais irmãs para mim...

Bom, pelo menos duas delas.

Afasto os pensamentos negativos a respeito de Kate tão depressa quanto eles ressurgiram e me concentro em Bill.

"Eu sei", respondo baixo.

"Bom." Ele dá mais uns tapinhas no meu cotovelo. "Tenha isso em mente quando ouvir o que eu tenho a dizer." Ele dá uma tossida enquanto entrelaça os dedos das mãos diante de si, os cotovelos sobre a mesa. "O que aconteceu no Dia de Ação de Graças, e mais algumas outras... reflexões", ele se volta momentaneamente para Jamie, e então para mim, "levaram a uma epifania."

"Levaram quem a uma epifania?"

Bill inclina a cabeça de um lado para o outro. "Eu. E a Maureen. Não vou falar pelos outros."

Jamie continua em silêncio ao seu lado, apertando o relógio até quase cortar o pulso.

"E que epifania foi essa?", pergunto, tentando não soar na defensiva, mas o fato é que não estou acostumado a ficar na berlinda, à espera de uma revelação. Administro uma empresa e a minha vida com o máximo controle. Não funciono bem com incógnitas e surpresas.

Olhando para mim atentamente, Bill prossegue: "Permita-me fazer uma indagação socrática, Christopher".

Aperto a área entre os olhos. "Você pode tirar o professor da sala de aula..."

"Mas não dá para tirar a sala de aula do professor", completa ele. "É a mais pura verdade. E o método socrático de ensino me serviu bem por muitos anos, meu jovem, então tenha paciência comigo."

"Estou tendo."

"Bom. Certo. O que você imagina que a Kate acha da forma como vocês se relacionam?"

Pisco para ele. "O que ela acha? Imagino que ela ache péssimo."

"E por que você acha isso?"

"Porque a gente se dá muito mal. Porque desde que ela surgiu no mundo, ela me provoca, e eu respondo na mesma moeda. Porque, ao contrário de vocês, eu não escondo que discordo das escolhas dela, que me preocupo... digo, desaprovo a forma como ela vive."

"Como você sabe que a gente concorda com você?", ele pergunta.

Franzo a testa. "E não concordam? Como não? Como vocês vivem tranquilos com ela vivendo desse jeito, se arriscando tanto, se colocando em perigo?"

"Quando você tiver filhos, Christopher..."

Bufo em ceticismo.

"... você vai entender. É como se eles fossem o seu coração batendo fora do seu peito, mas não tem como colocar de volta lá dentro. Você aprende a conviver com o medo, porque é isso que é amar os filhos."

"Parece um inferno."

"Pode ser", admite Bill. "Mas o inferno mesmo é ver o seu filho machucado. E eu não estou falando só da Kate. O que a Juliet acabou de passar, o peso que isso foi para a Beatrice, o peso que *essa situação* está sendo para a Bea agora."

Olho para Jamie. "O peso para a Bea?"

Bill fita as mãos. "Bom. Pra ser..." Ele dá um suspiro. "Ah, merda, não sei como falar de uma forma que não te chateie, então vou ser sincero."

"Por favor."

"A Bea me ligou muito triste hoje de manhã. Ela disse que a Kate contou umas coisas sobre o relacionamento de vocês, explicou de uma maneira que ela nunca tinha percebido e que a fez se sentir horrível. Como se ela tivesse que escolher um lado. E agora ela está preocupada que vai ser igual ao que foi com a Juliet e o Jean-Claude de novo, ter que escolher entre pessoas que ela ama por causa disso, criando tensão e facções no grupo de amigos, na família."

Me recosto, confuso com o que estou ouvindo. "O que exatamente a Bea falou?"

Jamie hesita e comenta: "Eu acho que responder isso seria trair a confiança da Kate na Bea". Ele olha para Bill.

"Na verdade", sugere Bill, "eu diria que a *Kate* é a pessoa perfeita para conversar sobre isso."

Eu o fito, tentando encontrar um jeito de transmitir quão impossível é isso sem dar com a língua nos dentes.

Bom, Bill, o negócio é que há muito tempo estou preso na teia de animosidade da sua filha mais nova, e quanto mais eu tento me soltar, mais minha frustração me prende a ela. Porque eu não olho para a Kate e a vejo como vejo as suas outras filhas. Eu não olho para ela e penso "irmã". Olho para ela e vejo uma desgarrada que nunca está segura, uma arruaceira que odeia dinheiro e despreza o que eu cobiço por sua estabilidade e poder, uma mulher feroz e eletrizante, capaz de me incendiar se eu chegar perto demais.

"Quer você converse com ela ou não", continua Bill, lendo no meu rosto contraído o desdém que sinto pela sua ideia, "a forma como vocês dois interagem tem que mudar."

O pavor se infiltra no meu sistema. "Mudar? Como?"

"Eu preciso que vocês se resolvam, Christopher", explica Bill, sustentando meu olhar. "Eu sei que a Katerina não é... que ela não tem uma personalidade fácil, que vocês não têm nenhuma semelhança que os aproxime, mas eu acredito que vocês são capazes de ser mais gentis um com o outro. Vocês podem se dar bem o suficiente para que as festas de fim de ano e o retorno dela para casa não se transformem numa zona de guerra, com todo mundo que ama vocês sendo atingido pelo fogo cruzado."

"A Kate sabe que você acha isso?", pergunto. "Ela está ouvindo a mesma coisa?"

Bill ajusta os óculos. "Não."

"Por que diabos não?"

"Porque...", ele sorri com gentileza, "... eu conheço a minha filha. E sei que não dá pra falar pra ela repensar alguma coisa ou mudar de ideia; é preciso mostrar a ela e... talvez até... sem que ela saiba o que está acontecendo."

"Quer dizer, enganá-la?"

Seu sorriso desaparece. "Ser mais gentil com ela é enganar? Ser mais educado? Se você tentasse fazer as pazes? Faz diferença quem começou, quando tudo acaba bem?"

"Acho que para a Kate faria muita diferença."

Ele estuda meu semblante. "Então, talvez você encontre uma maneira de falar a verdade pra ela — que você não sabia quão nociva a dinâmica de vocês era para ela até que alguém o ajudou a reconhecer isso."

Suas palavras me acertam como um soco no estômago, me deixando sem ar. Nunca fomos tão longe assim, fomos? A nossa dinâmica era *nociva* para ela? Para a Kate, tão enérgica, forte e durona? Afetada por umas poucas palavras honestas, o choque natural entre as nossas personalidades, anos inócuos passados ignorando-a quando ela era mais nova, e depois mantendo a distância, uma vez que ela cresceu?

Eu queria distância da Kate. Queria ser indiferente a ela. Nunca a machucar.

Não posso tê-la machucado, posso?

"Acho que você está errado", digo a ele.

Bill volta a sorrir, divertindo-se. "Talvez esteja. Ou quem sabe é *você* que está errado. Logo você vai descobrir, se fizer o que pedimos e tentar consertar as coisas."

"'Consertar as coisas'." Suspiro, massageando as têmporas, que começaram a latejar.

"Conversa com ela", pede Bill. "E escuta o que ela tem a dizer."

"Ou que tal eu ficar na minha até ela sumir?", ofereço, sabendo que pareço desesperado, mas desesperado demais para me importar com isso. "Daqui a pouco ela vai embora. É o que ela sempre faz."

Bill dá de ombros. "Pode ser que sim. Ou pode ser que ela fique um tempo. Não dá pra saber..."

Sinto um peso no estômago. Como podemos morar na mesma cidade quando mal a aguento durante suas visitas de quatro dias? Desde que eu tinha dezoito anos e ela doze que não convivemos regularmente no mesmo hemisfério. Naquela época, eu era adolescente, quase adulto, e Kate era uma criança que se divertia em me aborrecer. Ela pulava dos cantos para me assustar, escondia aranhas de mentira nos meus sapatos, enfiava o dedo molhado no meu ouvido quando eu — desesperado para ter o conforto de uma refeição caseira e um pai com quem tirar dúvidas — ia fazer meu dever na casa dela. Ela era uma ameaça, e eu a ameaçava de volta; para o inferno os seis anos de diferença entre nós.

Quando fui para a faculdade e fiquei quatro anos fora, deixando a minha avó para viver a sua rabugice sozinha na minha casa de infância, Kate ainda era aquela garotinha ameaçadora. Aluguei um apartamento com a quantia absurda de dinheiro que herdei dos meus pais e me escondi dos Wilmot. Porque dois dias depois de entrar na faculdade, na cidade, percebi a falta que eu sentia deles. E eu tinha medo do que essa saudade significava — que eles importavam para mim, que eu os amava, que poderia perdê-los e que isso iria acabar comigo. Depois de perder os meus pais, jurei a mim mesmo que nunca mais iria amar e perder alguém de novo. A distância era a minha única estratégia para enfrentar aquilo.

Essa estratégia funcionou durante a faculdade e os dois anos de pós--graduação, até que a minha avó morreu. E aí não havia mais ninguém na casa que meus pais tinham enchido de lembranças. As fotos deles continuavam nas paredes. As colchas da minha mãe ainda cobriam as camas. As receitas da família do meu pai permaneciam na prateleira da cozinha. Eu não podia vender a casa, e não podia deixá-la vazia, abandonada, para apodrecer, esquecida.

Então voltei a morar nela. E lá estava Kate, na varanda dos pais, na casa ao lado, com alguma criaturinha indefesa nas mãos. Alta e magra como o pai, e com os olhos cor de tempestade da mãe. Sardas no nariz e mechas acobreadas no cabelo escuro, obviamente por causa do tempo que passava ao sol.

Olhei para aquela garota de dezoito anos na minha frente, que tinha se transformado numa mulher, de espírito livre e eletrizante, e mal a reconheci, embora um tipo muito diferente de reconhecimento tenha me atingido.

Naquele momento, soube que jamais teríamos paz.

"Christopher?", insiste Bill. "E então?"

Pisco, afastando meus pensamentos. "Eu... eu vou tentar."

E por "tentar", quero dizer que vou manter a distância, mesmo que Kate fique por mais tempo que o normal. Vou me manter afastado, e ela vai se acalmar. As coisas vão sossegar. Aí ela vai embora, e eu vou ter mantido a distância. Nada de briga, e isso vai apaziguar nossa família e nossos amigos.

Ouço o som do nome de Bill interrompendo o silêncio desconfortável em nossa mesa. Assim que percebe Fee o chamando, Bill olha na direção do bar, onde ela dá um tapinha numa embalagem com uma quentinha e lhe oferece um sorriso.

"Bom." Bill se levanta. "Eu já disse o que tinha a dizer. E agora a minha torta está pronta." Ele bate com os dedos de leve na mesa. "Aliás, não culpe o Jamie por essa intervenção. Eu perguntei a ele se podia invadir o encontro de vocês."

Jamie esfrega o rosto.

"Desculpa pelo que aconteceu naquele dia", digo a Bill. "E vou tentar acalmar as coisas entre a gente."

Ele aperta meu ombro com gentileza de novo. "Obrigado."

Bill se afasta, e Jamie se recosta no banco e esfrega os olhos por trás dos óculos. "Nossa, que conversa estressante."

"Falou o cara que nem tava na berlinda."

"Putz, me desculpa. Não queria te colocar nessa situação."

"Tudo bem", digo a ele. "Obrigado pela sinceridade. Acho que eu tô só... assimilando ainda o que aconteceu."

Um garçom serve dois pints de Guinness e um copo pequeno junto da minha cerveja, que, a julgar pelo cheiro, é um uísque irlandês dos fortes.

Jamie franze a testa, confuso, e diz ao garçom: "A gente não pediu isso".

"É por conta da casa." Ele aponta o bar com a cabeça. "Ela falou que vocês estão com cara de que estão precisando. Você principalmente", ele me diz.

"Um brinde a isso, acho." Levanto o copo de cerveja e brindo com Jamie.

Depois de um gole, soltamos um suspiro pesado. "Não vou tocar no uísque." Deslizo o copinho na direção de Jamie, que o desliza para perto da beirada da mesa.

"Nem eu", ele diz. "Um uísque e uma cerveja, e eu fico destruído. Estou velho demais pra isso."

Solto uma gargalhada. A gente só tem trinta e poucos anos, mas me sinto da mesma forma. "Depois dos trinta, a ressaca é pior."

"É verdade", ele concorda. "Ainda bem que não sou o único. Você tem o quê? Trinta e três?"

Minha risada desaparece. "Isso."

Em abril, vou completar trinta e quatro. Um ano mais perto da idade que meu pai tinha quando morreu. Desde que percebi quão perto estou de viver mais que ele, receio cada vez mais a chegada do meu aniversário.

"Algum problema?", pergunta Jamie.

Forço um sorriso e chamo o garçom. "Nada que uma porção de nachos Reuben não possa curar."

5

KATE

"Chegamos!", cantarola Bea. Abrindo a porta da Edgy Envelope, ela entra na loja e dá uma voltinha perigosamente desequilibrada, quase derrubando um display de cartões. "Foi dada a largada para o Dia de Levar a Irmã ao Trabalho!"

Fecho a porta ao entrar, com um suspiro. "Você é agressivamente feliz quando está apaixonada."

"Não sou?" Ela sorri para mim.

Reviro os olhos, com um sorriso de inveja. Bea está feliz de um jeito que não vejo há anos, talvez nunca tenha visto. Tento agir com alegria também, por ela. Mas a verdade é que nunca fui boa em fingir nada, ainda mais felicidade, e estou tensa demais agora para dar uma de feliz. Tem meia década que não passo tanto tempo em casa, e quando entro na Edgy Envelope, o lugar que parece unir o grupo de amigos das minhas irmãs, as preocupações viram um bolo de ansiedade pressionando as minhas costelas.

Como essas pessoas, que sempre foram mais próximas da Jules e da Bea do que de mim, vão me ver, o que vão pensar de mim, se eu não for a irmã rebelde, que aparece uma vez ou outra para se divertir, ir às reuniões de amigos de jogos de tabuleiro e beber uma cerveja, mas não por tempo o suficiente para ser conhecida por mais do que isso?

"Elas chegaram!", Sula acena por trás do vidro da caixa registradora. Sula é a dona da Edgy Envelope, a papelaria na qual Bea trabalha como designer e vendedora, e conheceu Jules primeiro, mas está na cara que também ficou muito próxima de Bea, que abraça com força e carinho.

Adoro abraços, a alegria sensorial de ser embrulhada e receber um aperto, mas algo em mim deve passar a ideia de que não gosto, porque já notei a facilidade com que as pessoas abraçam as minhas irmãs mais velhas, mas não a mim. Talvez seja a minha altura. Talvez seja a minha cara de megera. Talvez hoje seja só porque estou com a tipoia.

Sula olha para mim, radiante como a luz do sol lá fora, com o sorriso animado e o cabelo tingido de laranja-queimado. "Muito bom te ver, Kate. Que bom que você veio!"

"Elas chegaram!", exclama Toni, amigo de Bea, e então ele aparece com um sorriso e um aceno para mim, e outro abraço em Bea. "E... o momento pelo qual vocês estavam esperando", ele anuncia. Com um floreio, Toni ergue uma tampa com motivos florais em formato de abóbada que estava em cima da mesa, revelando uma torre de donuts cobertos de calda e com cheirinho de outono: maçã com canela, abóbora com noz-moscada, baunilha e melado.

Fico olhando para os donuts, com água na boca. "Uau."

Bea sorri para mim. "Um mimo de boas-vindas. Eu falei pra ele que você adora donuts e sabores outonais."

"Pois é." Toni sorri. "E vou te dizer que é bom dar uma folga das mesmas três receitas de biscoito que fazem essa daqui sorrir para os clientes."

Bea o cutuca de lado. "Eu sorrio para os clientes! No máximo eles acham que eu sou uma artista distraída."

Sula olha feio para Toni. "A Bea é ótima com os clientes."

"Muito obrigada!", diz Bea, com ar de superioridade. "Engole essa, Ton."

"Era uma piada!"

É bom e ruim ao mesmo tempo vê-los conversando com tanta intimidade e provocações carinhosas. Nunca fui próxima de ninguém assim.

As brincadeiras cessam quando Toni começa a arrumar os donuts, distribuindo-os em pratos coloridos e delicados da Edgy Envelope, feitos com material reciclado, de acordo com o que diz a etiqueta do verso, escrita com tinta de soja.

"Que pratos lindos", murmuro, dando uma mordida num donut de maçã com canela e levantando um prato que não está sendo usado para ver melhor sob a luz.

Bea me observa com um sorriso no rosto. "Você está com a sua cara de fotógrafa."

"Caramba." Sula arfa e solta o donut no prato.

"Que foi?" Toni segura o cotovelo da amiga. "Tá muito doce? Fritou pouco?"

"Os donuts estão perfeitos", digo a ele.

"Eu também acho", concorda Bea, antes de lamber a cobertura de melado do polegar. "O que foi, Sul?"

"Eu tive uma ideia maravilhosa", ela diz, orgulhosa. "Kate, você tem que trabalhar aqui! Tirar as fotos pro site. Fazer um turno de vendedora também. A Bea tá querendo diminuir as horas dela, pra se dedicar mais aos trabalhos que ela faz por fora, agora que está pintando de novo, então você podia pegar algumas das horas dela. Ou todas!"

Bea e eu nos engasgamos.

"Eu ainda preciso de *algumas* horas, Sula!", diz Bea.

Bato com o punho no peito e uso a desculpa-padrão de sempre que me sinto acuada ou sou pega desprevenida. "Não sei quanto tempo mais eu vou ficar aqui. Acho que não é uma boa ideia."

"Qual é a pressa?", pergunta Sula. "Você não vai passar as festas de fim de ano aqui? Falta só um mês."

Só um mês. Não passo um mês aqui desde que entrei na faculdade. Não posso negar que, nos últimos cinco anos, pensei em voltar toda vez que a saudade de casa batia nessa época e eu me via longe da família, mas sempre que pensava nisso, o medo de voltar na esperança de me sentir menos solitária, mas na verdade estar mais sozinha do que nunca, só que em meio às pessoas que eu mais amava, me detinha.

"Humm. Bom. É muita gentileza sua..." Pisco para ela, sem saber o que dizer. "Eu só não sei o que... o que fazer..."

Não tive resposta de nenhum dos poucos fotógrafos que ainda conheço na cidade, e nem quero pensar em quantos dos meus contatos não me retornaram quando eu ainda estava na Escócia, tentando voltar a trabalhar depois que meu ombro ficou bom. Fiz alguma coisa de errado? Tá, atrasei algumas fotos, furei alguns prazos, mas, em geral, acho que construí uma reputação decente entre as pessoas com quem trabalhei. Se a falta de perspectiva no trabalho é uma coincidência ou uma conspiração do universo, não posso negar que meu desespero atual faz com que a oferta de Sula seja tentadora.

"Ah, e eu posso te pagar em dinheiro", ela continua. "Manter as coisas informais."

Vejo cifrões dançando diante dos meus olhos. Minhas finanças se resumem ao restinho do dinheiro que minha mãe me deixou, e usei o cartão de crédito com moderação, mas daqui a pouco a Bea vai ter que pagar o aluguel, e eu queria contribuir ao menos com uma parte. Não sei quanto tempo tenho que ficar para fazer a minha desculpa de estar aqui parecer convincente o bastante para não levantar suspeitas quando eu for embora, mas sei que não vou me sentir confortável no apartamento da Bea sem ajudar nas contas.

"Sem pressão, claro. Quando quiser, me avisa", diz Sula, sorrindo para mim como se já soubesse que vou aceitar. Em seguida, ela pega o que parece um donut de chai e enfim muda de assunto. "Então, Bea. Como estão as coisas com aquele seu namorado alto e bonitão?" Ela sobe e desce as sobrancelhas. "Sexo de reconciliação é o melhor que existe, não é?"

"Tá bom", diz Bea, pousando as mãos nos ombros de Sula e virando-a gentilmente na direção dos fundos da loja. "Chega de papo. Pega o seu donut e vai lá digitar os seus números. Contabilidade não se faz por mágica."

Sula faz uma careta por cima do ombro enquanto caminha na direção do corredor dos fundos. "Crueldade, teu nome é gestão de negócios."

Toni balança a cabeça. "Parece que, agora que a Jules não está aqui, criou-se um vazio cósmico de intromissão, e a Sula tá ocupando esse espaço." Ele então se volta para mim e acrescenta: "Ela só quer que você se sinta bem-vinda e incluída. Aceitando o emprego ou não, espero que você passe bastante tempo aqui com a gente".

"Toni", Bea cantarola. "Por que você não fala logo por que você está puxando o saco dela?"

Toni ri, nervoso. "Quem, eu? Eu não sou puxa-saco."

Bea solta uma gargalhada. "Pergunta logo."

"Tá bom." Toni pousa o donut no prato e me encara, unindo as mãos como se estivesse rezando. "Eu meio que estou *superatrasado* no conteúdo da loja nas redes sociais."

"Ih, a Sula vai te matar", provoca Bea.

"Cala essa boca", ele devolve, então se vira para mim. "Mas se eu tivesse alguém com as suas credenciais criativas, a sua elegância fotográfica..."

Bea ri de novo. Toni lança um olhar mortal na direção da minha irmã, então abre um sorriso gigante para mim.

"... eu teria uma mínima chance", ele continua, "de resolver essa bagunça."

"Pagando", intercede Bea, enfaticamente.

"Claro que pagando", exclama Toni para ela, e então para mim: "Você aceita doces e bolos como pagamento?".

"Toni! Você não pode pedir pra ela fazer o seu trabalho e depois pagar em donuts."

"Bom, me desculpa, tá legal? Eu nem *queria* trabalhar com conteúdo digital, mas *ninguém* aqui parece interessado", ele diz, arregalando bem os olhos.

Bea fica de queixo caído. "Eu tava um pouquinho ocupada! Desculpa, eu só faço os projetos de arte da loja e cuido das vendas, não faço o marketing digital também..."

"Eu aceito!", digo, alto o suficiente para interromper a briga.

Toni é o primeiro a responder. "Ai, meu Deus. Você salvou a minha vida, sua deusa, sua..."

"Mulher que exige pagamento em *dinheiro*, e não em donuts", interrompe Bea, cutucando-o na lateral do corpo.

Ele dá um grito. "Claro. Não, você tem razão. Eu pago..."

"Uma consultoria", completa Sula, a poucos metros de distância, nos assustando e nos fazendo olhar na sua direção. "Eu não estava *espionando* ninguém, mas vocês falam alto demais. Sei que as coisas andaram meio caóticas neste outono, e todo mundo aqui tá fazendo coisas demais ao mesmo tempo." Sula aperta de leve o cotovelo de Toni e abre um sorriso gentil para Bea.

Então se vira para mim.

"Não precisa responder hoje, mas adoraríamos que você fizesse as fotos para as nossas mídias sociais. Você teria carta branca. Seja criativa, divirta-se. Eu também ia adorar atualizar as fotos do site, mas podemos discutir isso depois, se quiser. Eu não sei cozinhar nada, então a minha oferta é pagar em dinheiro vivo."

Sinto uma pontada de empolgação, um friozinho na barriga. Faz muito tempo que não faço o tipo de foto que ela está pedindo: puramente estética, de forma descontraída, poder brincar com a luz e experimentar diferentes ângulos. Passei anos pegando um trabalho depois do outro, me mantendo ocupada demais para processar o custo emocional de cobrir um conteúdo tão intenso. As notícias muitas vezes se concentram no pior que existe no mundo, porque é isso que vende, e acho importante mostrar o que tem de ruim por aí, para acordar as pessoas e obrigá-las a lutar por mudanças, então corri atrás de reportagens difíceis. E embora tenha sido um privilégio tentar fazer *alguma coisa*, dar voz e advogar por meio da minha câmera, isso também é desgastante para mim. Eu disse a mim mesma que era assim que tinha que ser, que eu tinha mesmo que me sentir sobrecarregada, triste e com raiva das injustiças e das falhas humanas que eu capturava, que não deveria me sentir alegre depois de ver em primeira mão quão errado está o nosso mundo.

Mas alguma coisa no fato de estar aqui, cercada de coisas bonitas, comida boa e pessoas gentis, me faz pensar que talvez querer sentir um pouquinho de alegria só por um tempo não seria assim tão terrível, afinal de contas.

Olho para a minha irmã e a vejo tentando esconder as esperanças antes de seu sorriso se alargar. É aí que percebo que também estou sorrindo.

Enfim, pergunto a Sula: "Quando eu começo?".

Dois dias depois, estou contratada e treinada, enfiando um pedaço de donut de abóbora (feito pelo Toni, claro) numa xícara de café frio que esqueci de tomar hoje de manhã.

"Nossa", digo a Toni e Bea, que estão sentados diante de mim nos fundos da loja, todos com os pés apoiados num caixote velho. "Que trabalho puxado."

Os dois fazem que sim.

"Mas também é empolgante."

"Você tem talento pra coisa", diz Toni. "Pegou tudo tão rápido."

Bea sorri para mim. "Ela é assim com tudo. Quando a Kate se empolga com alguma coisa e resolve que vai aprender, ela se dedica, enfia a cara e aprende. Toda vez. Sempre admirei isso."

Sinto uma onda de felicidade, grossa e doce feito mel, escorrendo do meu coração até os membros. "Obrigada, BeeBee. É muito gentil da sua parte."

"Eu tô falando sério, KitKat." Ela toca a minha bota com a dela. Lá no fundo, sempre amei que, embora a Jules jamais fosse capaz de chegar perto de uma Dr. Martens (que, segundo ela, não ajuda em *nada* na sua silhueta), a Bea sempre foi a minha gêmea de botas.

Toni dá dois estalos com a língua em desaprovação e aponta para os nossos pés com o queixo. "Por favor, me digam que vocês trouxeram um sapato sem sola de borracha pra hoje à noite."

"Merda." Bea solta um muxoxo, soltando as pernas no chão. "Esqueci."

"Esqueceu o quê?", pergunto.

Toni revira os olhos. "Eu juro por Deus, vocês duas precisam de uma secretária pessoal."

"A festa de aniversário da Sula", lembra Bea, baixando a voz. "Tacos e Tangos. Você falou que não sabia se queria ir."

Toni franze a testa. "Espera, por que não?"

Olho na direção do escritório, onde Sula entrou para trabalhar horas atrás e não saiu desde então, pouco se importando que seja o seu aniversário. Depois de dois dias trabalhando aqui e de todo o carinho com que ela me acolheu, posso ir à sua festa de aniversário. "Eu não sabia se ia estar me sentindo bem", minto para Toni, apontando meu ombro.

"Ahhhh", ele diz.

"Mas já estou melhor", digo aos dois, feliz de, ao menos uma vez, *não* estar mentindo de alguma forma. "Eu aguento."

"A gente só precisa passar em casa pra trocar os calçados", diz Bea.

"Tudo bem", digo a ela. "Eu esqueci o cachecol de tricô que fiz pra Sula em casa. Aproveito pra pegar isso também."

"Bora, criançada!", grita Sula, saindo do escritório. "Tá na hora de fechar a loja! Tacos e Tangos, aí vamos nós!"

Bea diz: "Só a Sula pra trabalhar no dia do *aniversário*".

"Os negócios não dormem só porque é seu aniversário", ela devolve. "Além do mais, tenho que fazer jus ao meu mantra: muito trabalho, o dobro de diversão. Todo mundo sabe que quando é noite de Tacos e Tangos, eu não tenho limites. Vocês, crianças, já vão ter ido dormir, e eu ainda vou estar dançando em cima de uma mesa."

Toni solta um suspiro. "Ela é tão sagitariana."

"Tacos e Tangos, é?" Olho para o apartamento em estilo industrial clássico — tijolos expostos, pé-direito alto, acabamento rústico.

"Tacos e Tangos", confirma Bea, observando as pessoas reunidas. O lugar poderia ter um eco terrível, mas as tapeçarias coloridas nas paredes e os grandes tapetes de estampa abstrata sobre o piso de madeira corrida absorvem o som. "Então", ela diz, tirando o casaco.

Tiro o meu com a ajuda de Bea, que o levanta do ombro com a tipoia. Ela pendura os nossos casacos juntos. "O que foi?"

"Tô só querendo saber como você está", ela diz, "confirmando que está tudo bem, já que..."

"Christopher!", grita Margo, da cozinha. "Para de dar açúcar pra minha filha."

Viro na direção de uma poltrona rosa-choque, onde o canalha em questão está sentado com um bebê no colo, segurando o que parece ser um churro para ela morder.

"Era o churro ou meu dedo!", ele retruca. "Ela está só chupando. Tá nascendo dente?"

"Quando que não tá nascendo dente?", devolve Margo, por cima do ombro, caminhando na nossa direção para abraçar Bea e eu, mesmo com a minha tipoia, o que compensa um pouco o fato de Christopher estar aqui. "Vocês vieram! Guardei uns tacos!"

"Desculpa o atraso", diz Bea. "Tivemos que passar em casa pra pegar uns sapatos sem sola de borracha."

"E buscar o presente da Sula." Levanto a sacola com o cachecol dela.

Bea entrega uma garrafa de tequila com um laço de fita.

"Obrigada pela gentileza. Deixa que eu levo isso." Margo pega os presentes e então confere os nossos sapatos. "Por favor, me digam que esses não são os sapatos sem sola de borracha."

Nós negamos com a cabeça. "Temos outros na bolsa", Bea diz a ela.

"Que bom", responde Margo. "Porque tango de coturno não rola."

"O Jamie já vem", comenta Bea. "Esta semana ele está trabalhando no abrigo, mas ele chega logo..."

"Logo", completa Jamie, bem atrás de nós.

Bea gira e praticamente pula em seus braços. Ele beija a têmpora dela, inspirando o seu cheiro. É como se fosse uma versão visual de ouvir uma língua que não sei falar — melódica e misteriosa. Me sinto como se presenciasse algo íntimo e privado, então desvio o olhar.

"O Christopher tá drogando a Rowan com açúcar refinado", Margo me diz. "Mas assim que ele terminar, quero que você a conheça! Já que a minha filha está feliz e ocupada, vamos te arrumar uma bebida e comida."

Vamos para a cozinha, que é aberta para a sala, e no caminho vejo Rowan. Ela tem cachinhos pretos lindos como os da Margo e parece olhar o Christopher como todo mundo — com um nível doentio de adoração.

Reviro os olhos.

De pé na cozinha, segurando um taco vegetariano, tento não olhar para Christopher. Mas a minha atenção insiste em se voltar para ele. Tem algo de estranho se revirando no meu estômago, ver Christopher segurando aquela pessoinha com tanta desenvoltura, lambuzando o terno de açúcar com canela, um terno que provavelmente custa mais que o aluguel da maioria das pessoas. Ele ainda está com o paletó, que tem um tom sombrio de carvão, contrastando com a camisa social muito branca. Está sem gravata, com o colarinho da camisa aberto, o suficiente para os meus olhos se fixarem numa faixa de pele dourada com uma sombra de pelos escuros.

Rowan enfia o churro na cara de Christopher, mas infelizmente ele o pega logo antes que ela consiga esmagá-lo em seu nariz. Ele sorri de forma lenta e gentil, enquanto diz alguma coisa que a faz rir, mas que não consigo ouvir.

O momento me lembra vividamente do pai dele, com quem ele se parece tanto, e penso no tipo de pai que Christopher seria. Meu estômago dá uma cambalhota estranha de novo.

Minha vontade é dizer que ele seria um péssimo pai. Ríspido. Impaciente. Sempre insatisfeito. Só que parece que ele é assim só comigo. Observando-o com Rowan, só consigo pensar que ele daria um pai incrível, sorrindo para a criança como agora, fazendo Rowan rir enquanto faz uma manobra rápida que envolve fazer cócegas nela até ela soltar o churro e escondê-lo da criança antes de voltar a fazer cócegas novamente.

"Pois é", comenta Sula, colocando um drink na minha mão que nem vejo qual é. Só dou um bom gole, porque Deus do céu, estou precisando disso. "Ele é um amor com ela. E não é nem estratégia pra pegar mulher.

Os únicos solteiros aqui são homens, e infelizmente o Christopher é um hétero convicto, senão o Phil seria *perfeito* para ele." Ela faz uma careta. "Não, espera, tem você. Você também tá solteira. Enfim. Oi! Você veio. Faz uma hora e meia que te vi. Você tá mais alta?"

Dou um tapinha no ombro de Sula. "Feliz aniversário, Sula. Você já bebeu bastante, né?"

"Já estou bem adiantada. A tequila me deixa tagarela e feliz." Ela olha ao redor e solta um suspiro contente. "Mesmo sem a ajuda da tequila, como eu podia não estar feliz? Que motivo teria para não estar?"

Meu olhar volta para Christopher, que agora está de pé, entregando Rowan para Margo, que após uma olhada para o terno dele, leva a mão ao rosto. Ele faz um gesto para demonstrar que não foi nada, limpando a gordura do churro com exagero. Quando Margo se afasta com Rowan, ele ergue o rosto e encontra os meus olhos.

Seu olhar brilha de surpresa, e então ele altera a expressão. Inclina a cabeça de leve. E arqueia uma das sobrancelhas, como num desafio.

Termino de virar a minha bebida, sem desviar os olhos dele. Christopher sustenta meu olhar, então arqueio a sobrancelha também e digo daquele jeito telepático que temos:

Desafio aceito.

6

CHRISTOPHER

Bom. Lá se vai a minha tentativa de evitar a Kate.

Segundo Jamie, quando pedi para ele ver com a Bea se a Kate viria para a festa da Sula, ela tinha dito que não. Obviamente, mudou de ideia.

Kate está do outro lado da sala, fazendo questão de me ignorar desde que os nossos olhos se cruzaram. Por mim, tudo bem. Posso lidar com ser ignorado, embora não esteja muito acostumado a isso, graças à minha genética, que tive a sorte de herdar. Posso não ter feito merda nenhuma para ter essa aparência e tipo físico, mas não tenho o menor escrúpulo de desfrutar com frequência dos prazeres físicos que advêm de possuir algo que atrai tantas mulheres.

Cerrando os dentes, observo a exceção mais incontestável: Kate.

"Só quando eu cheguei que a Bea me falou que foi uma decisão de última hora", explica Jamie ao meu lado, me passando uma cerveja. "Eu teria avisado se soubesse."

Dou um longo gole e desvio o olhar de Kate. "Vai ficar tudo bem."

"Já que você diz", murmura Jamie, antes de dar um gole ele mesmo.

"Certo, gente!" Sula bate palmas para chamar a atenção do grupo. Lógico que ela está em cima da mesa de centro, com as bochechas tão coradas que estão quase da cor dos cabelos.

"Ela tá animada, né?", comenta Jamie.

Concordo com a cabeça, sorrindo ao lembrar do primeiro Tacos e Tangos da Sula a que vim, há três anos. Foi alguns meses depois de a Jules me arrastar pela primeira vez para uma das noites de jogos do grupo delas, mas, ao redor daquele tabuleiro de War, tentando dominar o mundo, Sula e eu já tínhamos ficado muito amigos. "Todo aniversário é assim", digo a ele. "Tango, tacos e uma Sula muito bêbada."

Jamie sorri, enquanto ela faz uns passos de dança na mesa de centro e explica que as pessoas que sabem dançar tango devem ir para o lado esquerdo da sala, e as que precisam de uma aula, para o lado direito.

"Você sabe dançar?", pergunto a ele.

"Sei. A minha mãe fez questão de que todos os filhos fizessem aula de dança de salão. Você, eu imagino que já tenha aprendido, não?"

"Fui acolhido pelo mundo do tango há três anos."

Ele dá um assobio de admiração. "Temos um expert entre nós."

A risada rouca de Kate corta o ambiente feito um chicote e prende a minha atenção. Olho para ela e vejo que está conversando com alguém que tenho que admitir que é bonito, mais ou menos da altura dela, bem-vestido, elegante. É alguém que transmite uma vibe nerd de óculos e coração mole. Kate não está sorrindo, mas lhe oferece toda a sua atenção — e o que é pior, a sua risada.

Sinto uma irritação tomando conta de mim.

Volto a me concentrar em Jamie, que me observa com curiosidade. "Sei dançar um pouco de tango, mas não sou expert", digo a ele, tentando deixar de lado aquele pequeno deslize. "Como daqui a pouco você vai poder comprovar."

Como se tivesse ouvido a minha deixa, Margo aparece ao meu lado. "Vem", ela chama. "A Sula está muito ocupada gritando os fundamentos do tango pros novatos. Vem dançar comigo."

"Como quiser." Entrego a minha cerveja para Jamie, para tirar o paletó e deixar de lado. Então pego a cerveja de volta e viro num gole. Margo dá um gritinho de alegria. Em seguida, arregaço as mangas até os cotovelos e lhe ofereço a mão. "Vamos?"

Ela sorri. "Vamos! West... merda, quer dizer, Jamie. Desculpa."

Ele baixa a cabeça. "Não precisa se desculpar."

Margo aponta com a cabeça para Bea, que está procurando-o na pista de dança. "O seu par tá te esperando." Ela morde o lábio. "E eu digo isso com o mais profundo amor por Bea, não é por maldade, é a mais pura verdade — mas você sabe que os seus dedos do pé estão prestes a ser esmagados, né?"

Jamie sorri quando seus olhos encontram Bea. "Tenho alguma experiência dançando com a Beatrice." Ele deixa a cerveja na mesa ao seu lado e diz, já indo na direção da namorada. "Ela sabe que pode pisar nos meus pés o quanto quiser."

Margo suspira quando os vemos se encontrar e conversar, Bea sorrindo para Jamie enquanto ele a envolve pela cintura com um braço e as mãos deles se encontram. Eles dão um passo lento, e depois outro, então giram, depressa, Bea rindo quando eles esbarram um no outro. Jamie se abaixa e sussurra algo no ouvido dela.

"Eles são tão fofinhos", comenta Margo.

Solto um gemido.

Ela revira os olhos. "Ora, ora, sem reclamar. Algumas pessoas têm a felicidade de encontrar um par para a dança da vida, e nós ficamos felizes por elas."

"Nós dois sabemos que isso não é a minha praia. Por que seria?" Pego a cintura dela, e Margo se aproxima. "Quando eu já tenho você?"

"Para de flertar comigo." Ela ri, entrando no ritmo comigo, os nossos passos alinhados. "Sou uma mulher casada e feliz."

Sorrio para ela enquanto giramos e damos mais um passo lento e longo. Passamos por Kate, enquanto a pessoa nerd bonita estende a mão, como se a estivesse convidando para dançar. Erro o passo e quase torço o tornozelo ao tropeçar em Margo.

"Desculpa!", exclama Margo. "Minha culpa. A Sula diz que eu estou sempre tentando conduzir tudo. No tango também."

Pisco rápido, desviando os olhos de Kate e me concentrando em Margo. "Você não tem que pedir desculpa. Fui eu que errei."

Margo leva os olhos até onde os meus estavam antes e encontra Kate. Ela então sorri para mim. "Na verdade, é melhor eu dar uma conferida se Rowan não está comendo outro churro."

"Margo..."

"Obrigada pela dança!" Ela me beija no rosto e se afasta, me deixando a poucos metros de Kate, que acaba de ficar sozinha. Sem ninguém ao lado.

Nossos olhos se encontram. Kate me dá uma conferida desdenhosa. "Petruchio."

"Katerina."

"Perdeu o seu par bem rápido, hein?", ela comenta.

Só de olhar para ela, já me sinto perdendo a batalha contra meu autocontrole.

Seja gentil, sussurra a voz da razão dentro de mim.

Meu Deus, não quero ser *gentil* com Katerina. Quando olho para ela, tudo que passa pela minha cabeça é ser qualquer coisa menos *gentil*.

"E o que aconteceu com o seu?", pergunto. "Perdeu antes mesmo de começar a dançar. Você o fez chorar?"

Kate dá de ombros, como quem não quer nada. "Ele pode ter derramado uma ou outra lágrima quando recusei o convite."

Faço estalos com a língua, em desaprovação. "Tá muito longe de alcançar a sua cota diária ainda, né?"

"Ah, a noite é uma criança", ela devolve, animada. "Ainda tenho muito tempo para recuperar o atraso."

Cai um silêncio pesado entre nós. Esse é o momento em que tenho que pedir licença e cumprir a minha promessa para Bill e Jamie e me afastar, para a noite seguir em paz.

Só que não consigo sair do lugar. Eu simplesmente... fico aqui. Observando Kate, notando seu braço direito ainda na tipoia. Digo a mim mesmo para não ficar muito perto, para não me comover ao vê-la sozinha no canto da pista de dança, parecendo cansada e orgulhosa, o queixo erguido, aquele brilho ardente nos olhos.

Kate me flagra olhando para ela e arqueia uma sobrancelha. "Tá precisando de alguma coisa?"

"Estou." Estendo a mão para ela.

Kate olha como se estivesse com repulsa.

Um sorriso surge na minha boca. Estou absurdamente encantado com isso.

O que você está fazendo? Era pra você ir embora, e não para se aproximar dela, droga!

Ignorando a voz da razão, pergunto: "Não me diga que nas suas viagens pelo mundo você não aprendeu a dançar tango".

Devagar, Kate desvia o olhar da minha mão e encontra os meus olhos. "Eu... sei o suficiente pra não passar vergonha."

"Bom." Dou um passo na direção dela, com a mão estendida. "Vamos ver, então."

"Só tenho *um* braço bom", ela argumenta, enfaticamente. "Como você fez questão de ressaltar no dia em que esbarrou em mim..."

"*Você* que esbarrou em *mim*."

Kate revira os olhos, mas então a sua expressão muda ao me observar ali, de pé, com a mão estendida. Esperando. Ela sustenta meu olhar, e o mundo à nossa volta parece se transformar num borrão de corpos em movimento ao som pesado da melodia do bandoneon e do violão.

Prova que a sua família está errada, imploro a ela em silêncio. *Mostra que eu não destruí isso, como eles acham que eu fiz. Mostra o que você sempre faz, esse fogo com que você me alveja e que eu atiro de volta em você.*

Kate dá um passo na minha direção e coloca a mão sobre a minha com uma palmada. "Tá bom."

Eu a seguro e ignoro o calor intenso que inunda meu corpo ao sentir a palma leve e quente dela, os dedos firmes e inflexíveis. Ela não parece, mas nossa, como é forte.

Eu a puxo para junto de mim, até que os nossos corpos se encontram — peito, quadris, pernas.

Na mesma hora, percebo o que este momento representa: uma imprudência terrível.

Mas já é tarde demais, porque Kate me encara, com o rosto apenas alguns centímetros mais baixo que o meu. Então pergunta, com um brilho de desafio nos olhos: "Bom, Petruchio, quem vai conduzir? Eu ou você?".

Passo o braço pela sua cintura, aproximando-a de mim. Kate fica sem ar e cora ligeiramente. "Eu."

Com os olhos fixos nos meus, ela solta a mão da minha e então passa o braço pelo meu pescoço. O calor se infiltra pelas minhas roupas no ponto em que a sua mão pousa em minhas costas, onde o peso macio de seus seios pressiona meu peito e onde os seus quadris se aconchegam aos meus.

Dou o primeiro passo, sustentando o olhar, enquanto ela se move comigo, mais um passo lento. Quando aceleramos para girar, Kate vira a cabeça para o outro lado e levanta a perna, mexendo os quadris com um floreio.

Meu Deus.

Eu a encaro. "'Sei o suficiente pra não passar vergonha.' Foi o que você falou, não foi?"

Ela abre um sorriso largo e satisfeito para mim, deleitando-se com o momento. "Foi."

De forma imprudente, saboreio o sorriso, e minha mão desce por suas costas enquanto fazemos um giro rápido e seguimos num longo passo lento juntos. Levo a outra mão à sua cintura, para compensar o fato de ela não poder segurar na minha mão. O que é o único motivo pelo qual a minha palma está tão aberta em suas costas, segurando os seus quadris junto dos meus, e a outra mão está em suas costelas, o polegar logo acima da curva do quadril.

"Você tá me segurando meio apertado, não?", ela pergunta. Está um tanto ofegante. Eu também estou.

Verdade seja dita, estamos dançando como nunca. Mas não parece ser só isso — o corpo dela girando e se enroscando ao meu. É como estaríamos nos movendo se não houvesse camadas de roupa e décadas de implicância entre nós, a respiração quente no meu pescoço enquanto eu a movimento devagar e com firmeza, o rosto ruborizado, as unhas na minha pele.

"Petruchio."

Engulo em seco, fitando os olhos dela, tentando me acalmar. "O quê?"

"Eu falei que você tá me segurando *muito apertado*."

"E? Se eu não te segurar, com um giro, você vai parar longe."

"Eu tô te segurando com o braço esquerdo. Não vou cair."

Suspiro, exasperado. "Você pode confiar em mim pelo menos uma vez e não brigar comigo toda... *meu Deus*."

Kate esmaga meu dedo do pé com o salto do sapato. Olho para ela, que me encara serenamente e diz: "Opa".

"Acho bom você se segurar com esse braço esquerdo todo-poderoso aí", digo a ela.

Kate franze a testa. "O quê... *ai!*"

Não está na hora de curvá-la para trás, mas faço o movimento mesmo assim, rápido e com facilidade, debruçando-me sobre ela. Kate arqueia em meus braços num reflexo e arfa.

"Meu Deus, Christopher", ela sibila quando a trago de volta, trazendo-a para mais perto do meu corpo. "Você podia ter me deixado cair."

Aperto o seu quadril contra o meu e engulo em seco novamente. "Eu nunca te deixaria cair, Kate." Ela não responde, mas sustenta meu olhar com olhos quentes como chamas azuis, enquanto damos um passo lento, e então outro. "Você não confia em mim?", insisto.

Num giro rápido, ela me acerta na coxa com o joelho.

Solto um gemido de dor. "Vou entender isso como um não."

"Entenda como um 'não, e estou morrendo de raiva de você'. Você me deu um susto, me abaixando sem me avisar."

"Tem razão", respondo, com uma pontada de culpa no peito. "Eu te assustei de propósito, e isso foi errado."

Kate quase tropeça quando voltamos para o passo lento, virando a cabeça na minha direção. "O que foi que você acabou de dizer?"

"Eu disse que eu errei. Sei que é difícil de acreditar", digo, com ironia, "mas às vezes eu também erro."

Ela dá uma gargalhada rouca que atrai alguns olhares. "O que é difícil de acreditar é que você seja capaz de admitir!"

Cerro os dentes. "Você também não está muito habituada a fazer isso, não é, Katerina?" Apertando-a junto a mim, acelero o ritmo e aumento a dificuldade dos passos, sentindo uma emoção descer pela coluna à medida que ela me acompanha, passo a passo.

"Adivinha, Petruchio?", ela devolve, ofegante, com a mão firme nas minhas costas para se apoiar. "Tenho uma novidade pra você. É uma frase que eu tenho bastante familiaridade."

"Nem poderia imaginar", resmungo, apertando sua cintura.

"Porque eu guardo as minhas desculpas pra quem merece." Ela se aproxima de mim, a respiração quente no meu ouvido, a boca sussurrando junto do meu pescoço. Uma onda de calor vertiginoso me atravessa. "E você simplesmente não merece."

Kate finca o salto no mesmo dedo do pé, com o dobro da força dessa vez. E então se solta dos meus braços e vai embora.

7

KATE

Digo a Bea que estou cansada e que vou pra casa. Prometo a ela que vou pegar um táxi. Dou um abraço em Sula e desejo feliz aniversário de novo, não que ela vá se lembrar de alguma coisa, a julgar pelo tanto que bebeu. Dou um abraço em Margo e a deixo me convencer a tomar uma última dose, de que eu estava desesperadamente precisando.

Acabo voltando a pé.

E porque o vento terrivelmente gelado não parece ser o suficiente para dissipar o calor da raiva pulsando em minhas veias, tomo uma ducha bem gelada também.

Deito na cama tremendo, me enfiando debaixo das cobertas e, ainda assim, *continuo* ardendo. Devo estar com febre.

Deitada de barriga para cima, fitando o teto escuro, conto até cem em três idiomas diferentes que aprendi em minhas viagens e, como continuo acordada, sei que não vou conseguir pegar no sono tão cedo. Sinto uma pulsação entre as coxas, uma dor feroz e incômoda retorcendo os membros. Me sinto agitada e nervosa.

E com muita raiva.

Como o Christopher ousou dançar daquele jeito? Como ele pode ser tão bom não só no tango, mas também em me irritar?

Inquieta, afasto as cobertas e vou para o quarto da Bea, acendendo a luz fraca da sua cabeceira. Lá está Cornelius, o ouriço, fazendo o que os ouriço fazem à noite, farejando a sua gaiola.

Suspirando, me agacho junto da sua elaborada moradia e passo o dedo de leve na tela. "Oi."

Cornelius se anima ao me ver, os olhos grandes e escuros e o narizinho agitado. Ele se aproxima e cheira meu dedo, então, quando percebe que não é comida, dá as costas e se afasta.

Eu o observo farejando o minúsculo saco de dormir com estampa de donut que fiz para ele e mandei para Bea, com as minhas últimas lembranças, enquanto ainda estava fora. Estico o braço, abro a tampa e enfio a mão na gaiola lentamente. "Quer um pouco de companhia?", pergunto. "Eu não tenho petiscos de larvas, mas a mamãe falou que você não pode comer muitas por dia, que não é saudável, e a gente tem que obedecer."

Ele faz um barulhinho irritado.

"Eu sei. Ela é uma chata, né, fazendo de tudo pra você ter uma vida longa e feliz." Com cuidado, aproximo a palma da mão. Ele sobe nela, e eu o envolvo com a outra mão e o tiro da gaiola.

Recostando-me na cômoda de Bea, me delicio com as cócegas gostosas que as suas patas fazem na minha pele. Cornelius me olha. É fofo demais.

Ao contrário de outro alguém. Que — com as mangas arregaçadas até o cotovelo, a gola da camisa ainda meio que cheirando ao churro da garotinha que ele pegou no colo e em quem fez cócegas, o que combinou muito bem com o aroma do seu perfume — não tem nada de fofo. Ele é arrogante e teimoso e dança tango muito bem e me segurou com tanta força que parecia que o mundo podia girar para fora do eixo, direto para o universo, e mesmo assim eu ainda estaria segura.

"Eu não ligo para como o Christopher dança comigo", digo a Cornelius. "Ou para o que ele pensa de mim. Eu não me importo que ele veja meu cabelo bagunçado e as minhas roupas velhas."

Há muito tempo que digo a mim mesma que não ligo para o que o Christopher pensa de mim. Porque se ligar, então todo aquele tempo que ele passou me ignorando quando eu era criança não dói tanto, a severidade com que ele reprova minha escolha de vida não dói tanto.

Pelo menos, não na maior parte do tempo.

Cornelius pisca para mim com descrença e boceja.

"Já entendi", respondo. "Vou deixar você em paz."

Sentando-me, devolvo o ouriço à sua gaiola e o observo ir para sua pequena caixa de areia.

"Queria ter os seus espinhos, Cornelius. Ia ser muito mais fácil me proteger." Meus dedos deslizam pela grade, traçando o arco de seus espinhos. "Mas os meus são *internos*. E acho que doem muito mais. Em mim, mais do que em qualquer outra pessoa, acho."

Cornelius se vira e me olha, parecendo ligeiramente preocupado.

"Não se preocupa. Eu bebi um pouco demais e estou meio sensível, só isso." Fico de pé, cambaleando um pouco, sentindo o efeito da dose que tomei com Margo misturada ao drink que bebi quando cheguei na festa. "Vou dormir pra ver se melhora."

Apago a luz do quarto de Bea e volto, lentamente, pelo corredor, então desabo na cama, me encolho sob as cobertas e, por sorte, não muito depois disso, caio no sono, embora ele não seja nada tranquilo.

É repleto de sonhos. Sonhos terrivelmente intensos.

Um corpo quente e forte, guiando o meu numa pista de dança, pelo salão. A mão firme de alguém me equilibrando, até que ela me toca onde mais anseio e me *desequilibra* completamente.

E me curva num movimento lento e prazeroso até cair numa cama.

Uma dança nova e febril, que dura a noite inteira.

8

CHRISTOPHER

Se o incidente do tango na festa de aniversário da Sula confirmou alguma coisa, foi que o único jeito de sobreviver a isso é mantendo distância da Kate.

Principalmente se eu não quiser perder os dedos do pé.

E, no entanto, aqui estou eu, andando pela calçada da estação de trem mais próxima do apartamento das irmãs Wilmot.

Indo em direção a ela.

Em minha defesa, ao menos já faz dez dias. Fiquei uma semana e meia afastado, ocupado com o trabalho, e recusei convites dos amigos. Por dez dias, abri mão do meu mundo. Tinha certeza de que dez dias seriam mais do que o suficiente para Kate se cansar daqui e ir embora da cidade, como sempre.

Eu estava errado. E de jeito nenhum eu ia manter a distância para sempre, deixá-la tirar de mim as pessoas que são como uma família só porque ela decidiu ficar.

Mesmo sendo só uma noite de jogos, me sinto como se estivesse prestes a entrar numa batalha. Então, como qualquer pessoa sensata que está possivelmente marchando para o seu fim, trouxe meu braço direito comigo.

"Nossa, que frio", murmura Nick. Recebo o vento gelado que nos atinge feito um soco, um golpe frio que me ajuda a me firmar. Nick contrai os ombros junto do rosto. "Como você não está congelando?", ele pergunta.

Eu lhe ofereço um sorriso irônico. "Já viu alguém do meu tamanho reclamando de frio?"

Nossos reflexos nos encaram das janelas escuras de um prédio — Nick, magro e de altura mediana, e eu, alto e de ombros largos, como meu pai. Com o rosto na sombra, meu reflexo hoje poderia ser o dele, já que a única coisa que herdei da minha mãe está encoberta. O que me faz olhar de novo.

"Para de ficar se olhando", Nick me repreende.

Dou um empurrão nele, fazendo-o rir. "Eu não estava me olhando, seu idiota."

"Claro que não."

"Por que isso agora? Tá bravo que eu te dei uma carteira maior de clientes no trabalho? Chateado que ainda vamos entrar no nosso melhor trimestre?"

Ele revira os olhos. "Não é trabalho. Vai por mim, tem gente que pensa em outras coisas que não retorno e estratégias de investimento. Foi você dando em cima da minha irmã caçula."

"Eu não dei em cima de ninguém!"

"Talvez não de propósito", ele admite, "mas o resultado foi o mesmo. Desculpa se eu ainda não me recuperei do fato de que, depois que você foi embora na semana passada, a Gia disse, abre aspas, que 'deixava você fazer gato e sapato dela'."

Pigarreio, evitando os olhos dele de propósito. "Em minha defesa, tudo o que eu falei pra ela foi: 'Bom te ver de novo'."

Ele balança a cabeça, cansado. "Não tá certo isso. Você podia pegar a mulher que quisesse, mas se recusa a namorar. E aí tem homem que nem eu, doido por uma namorada, mas ninguém me quer. Elas querem você e a sua bunda redonda de Henry Cavill."

Paro no meio da calçada, fazendo Nick esbarrar em mim. "O *que* você acabou de falar?"

"Foi a Gia que falou. Sabe o que eu daria pra não pensar na minha irmã mais nova fantasiando com a sua bunda? Como eu queria não ter que procurar a bunda do Henry Cavill no Google — um spoiler pra você: a curiosidade ganhou de mim, e eu procurei —, só pra depois ter que olhar pra sua bunda para formar a minha própria opinião? Aliás, é com muito pesar que confirmo que a minha irmã tinha razão, você tem a bunda do Super-Homem."

Viro para a frente e volto a caminhar. "Não devia ter trazido você comigo."

"Ah, qual é, vai ser divertido. Pelo menos quando você admitir *por que* me trouxe aqui. Faz anos que você vem nessas noites de jogos e nunca me chamou. O que tem de diferente hoje?"

Lanço um olhar mortal na direção dele.

Ele ergue as mãos e arregala os olhos. "Ui, agora fiquei com medo."

"Acho bom. Eu não tenho só a bunda do Super-Homem, eu tenho os bíceps dele, e eles vão ficar muito felizes de te arremessar na direção da estação de trem mais próxima."

"Você não teria coragem." Ele passa um braço em volta do meu pescoço, me puxando para junto de si e bagunçando meu cabelo. "Por baixo desse urso-pardo que rosna tem um bom e velho ursinho de pelúcia."

"Me solta."

"Anda." Ele bate e esfrega as palmas da mão, tentando se aquecer. "Conta tudo. Me diz por que o seu velho amigo Nick Lucentio está sendo arrastado para a noite de jogos de tabuleiro quando nunca foi convidado antes."

Solto um suspiro, e impeço que ele seja esmagado por um táxi avançando o sinal com uma mão na sua frente. "Eu vou ter que ficar perto de uma pessoa que... não sei explicar..." Esfrego o rosto e solto outro suspiro. "Só preciso de um pouco de apoio hoje, tá legal?"

Nick franze a testa para mim. "Isso é você sendo... sincero? Expressando... emoção?"

Murmuro algo muito rude em italiano e começo a atravessar a rua.

"Tô só brincando contigo", ele diz, rindo. "Você sabe que pra mim é um prazer. Além do mais, nunca se sabe. Vai que eu encontro a minha dama hoje..."

"Nossa." Nick fica boquiaberto, enquanto fecho a porta do apartamento e tiro o casaco. Já estou morrendo de calor. "Quem é *aquela* ali?"

Franzo a testa, tentando seguir o seu olhar. Todo mundo está amontoado na cozinha, animado com alguma coisa que não consigo entender, em meio a risadas.

Jamie, o mais alto do grupo, nos vê primeiro e vem na nossa direção. "Você chegou!", ele diz, pegando os nossos casacos e pendurando. "Você, humm...", ele abaixa a voz, "sabe que a Kate está aqui, né?"

"Vou me comportar", eu o tranquilizo. Nós nos cumprimentamos do jeito de sempre, um aperto de mão seguido de um tapa nas costas, então o apresento a Nick, que mal consegue desviar os olhos de seja lá quem chamou a sua atenção.

"Lucentio."

Nick não pisca. "Oi?"

"Que tal parar de babar e usar essa língua para me dizer o que deu em você?"

"Ela é perfeita", ele sussurra. "Qual é o nome dela?"

Jamie e eu acompanhamos o seu olhar.

"Sentada na bancada?", pergunta Jamie. "Pequena, de cabelo castanho-claro?"

"E olhos mais azuis que o mar, e sorriso mais brilhante que o sol?", acrescenta Nick.

Deixo escapar uma risada.

Nick suspira e me ignora. "Isso, ela."

Jamie pigarreia, pouco à vontade. "É a Bianca, que acabou de arrumar um emprego na cidade e se mudou pra cá. Ela é..."

"Prima da Bea e da Kate." Solto um gemido, balançando a cabeça. "Não, Nick. Qualquer uma, menos ela."

Enfim ele desvia o olhar por tempo suficiente para me olhar, aflito. "Por quê?"

"Porque ela é..." Minha voz desaparece, pois as pessoas se moveram, abrindo uma frestinha grande o suficiente para eu ver Kate, a cabeça jogada para trás com uma risada, e então bebendo um longo gole da garrafa de cerveja. O cabelo está preso num coque alto castanho-avermelhado meio bagunçado. As bochechas estão coradas. Ela veste uma camisa preta, mas meio transparente. Antes que meus olhos desçam para o seu corpo, os obrigo a se afastarem.

"Ela é o quê?", Nick me pergunta.

Jamie faz uma careta, entendendo tudo.

Esfrego a testa. "Ela é importante pra Kate. E a Kate me despreza. Assim que a Kate perceber que você tá comigo, ela vai desaprovar você, e pode dar adeus a conversar com a Bianca."

"Prefiro fazer outra coisa com a Bianca", diz Nick, encarando-a novamente. "Então, que tal a gente fingir que não se conhece?"

"Nossa. Obrigado de novo pelo apoio moral."

"Ah, qual é. Ao contrário de você, as mulheres não ficam brigando por mim. Nunca senti isso por ninguém antes."

Jamie franze a testa. "Você nem *conheceu* ela ainda."

"Verdade", Nick concorda, melancólico. "E agora eu vou consertar isso."

"Espera. Nick!" Tento detê-lo, mas ele se foi. E a julgar pelo olhar tímido e doce que Bianca lhe oferece quando ele se aproxima, acho que não tem mais volta.

Jamie me oferece um tapa nas costas por simpatia. "Que tal uma cerveja?"

Para qualquer outra pessoa, Sequence é um jogo inocente de cartas e cinco fichas dispostas em sequência.

Para este grupo, é uma arena de gladiadores.

"Filha da puta", murmura Toni, enquanto Kate descarta um coringa de um olho só e dá um peteleco na fichinha dele para fora do tabuleiro. "Quanta hostilidade!"

"Eu jogo pra ganhar, Antoni." Kate levanta as sobrancelhas para mim e então dá um longo gole na bebida.

"Sabe, você *podia* jogar atacando", digo a ela, baixando a minha carta e colocando uma ficha, formando um trio na diagonal. "Aí quem sabe esse jogo não terminava antes de todo mundo aqui estar aposentado."

"Eu sei que pra você isso é novidade, Christopher", ela devolve, tranquilamente, "mas só porque é assim que *você* joga não significa que é o jeito certo."

Hamza, o namorado de Toni, baixa uma carta e coloca uma ficha no lugar da de Toni, que Kate havia retirado, fazendo o time deles ficar com quatro fichas seguidas.

Bianca, a prima de Kate, geme de frustração com a reviravolta. Nick a encara com reverência.

"É", murmura Bianca. "Eu não me lembro de esse jogo ser assim tão tenso quando a gente jogava com a família."

"Porque não era", concorda Bea. "Pelo menos, não na casa dos Wilmot. Já no lado da minha mãe era outra história."

Kate abre um sorriso maldoso. "Eu *amo* as festas dos O'Reilly."

"Na última, teve uma pessoa que saiu sem um *dedo*", lembra Bea.

"Humm. Sobraram nove", devolve Kate, pegando uma castanha-de-caju e levando à boca. "Os fogos de artifício saíram de controle. Acontece."

Bea ri, incrédula, depois se volta para Bianca. "Você tem razão. Sequence costuma ser tranquilo. A gente é que se empolga quando é noite de jogo."

Jamie pigarreia. "Há pouco tempo, li um artigo sobre os benefícios da brincadeira para a saúde mental na vida adulta. Falava especificamente de jogos de tabuleiro."

"É sério?", murmura Margo, baixando uma carta e colocando uma ficha no meio do nada. "Porque isso aqui tá parecendo o dia em que fui no lava-jato e, quando percebi que estava com as janelas abertas, já era tarde demais."

Sula ri. "É que você não sabe perder."

"Eu sou péssima em jogos de tabuleiro!", protesta Margo. "Gosto de coisas *físicas*, me exercitar, e não ficar sentada, apanhando dos outros num jogo de tabuleiro. Vamos fazer arremesso de machado..."

"Não!", Jamie e eu gritamos. A Kate me mataria no primeiro arremesso, e a Bea ia arrancar o braço de alguém.

"Que tal paintball?", pergunta Bea.

Jamie lança um olhar para ela que não consigo decifrar.

"Acho que não dá pra fazer isso no inverno", comenta Sula, "já que é ao ar livre, mas, pra ser sincera, não gosto de nada que envolva nem uma imitação de uma arma."

"Nem eu." Hamza levanta a sua cerveja.

Um coro de "nem eu" ecoa pela mesa.

"Ah!", diz Toni, baixando as cartas. "Acabei de lembrar que vi há pouco tempo alguma coisa sobre um paintball novo. Parece que é focado na brincadeira e que não é violento."

"Não é violento?" Hamza soa cético. "Mas é... *paintball*."

"Bom, relativamente não violento", admite Toni. Ele pega o celular, abre o browser e digita depressa. Depois de um instante, com os olhos correndo pela tela, ele diz: "Olha que legal! Bolas de tinta biodegradável que você arremessa com a mão ou com estilingues. Paz, Amor e Paintball. É um espaço com área interna e externa, então funciona o ano inteiro. A gente pode ir em qualquer época do ano".

"Eu topo!", grita Margo.

Jamie faz uma careta. "Deve fazer uma *sujeirada*."

Os olhos de Bea chegam a brilhar. "Adorei."

"A gente devia ir!", diz Bianca.

"Eu também topo", Nick diz a ela.

Kate olha feio para ele.

"Ei." Cutuco o joelho dela debaixo da mesa. "Se acalma. Apesar de ser meu amigo, ele é um cara legal."

Ela aperta os lábios, com os olhos ainda fixos em Nick. "Juro por Deus, se ele vacilar com ela, esse cabelo esquisito vai ser o menor dos problemas dele."

"Ah, que bonito, isso. Julgar o caráter de alguém pela aparência."

"Eu não..." Kate é interrompida por uma cascata de cerveja que se derrama sobre a camisa dela e a minha também.

"Desculpa!", exclama Bea, pegando um copo vazio que segundos antes estava com a cerveja de Jamie. "Nem vi esse copo aí, passei por cima."

Kate e eu nos levantamos ao mesmo tempo, limpando a cerveja das mãos.

"Tudo bem, BeeBee", diz Kate.

Forço um sorriso. "Não se preocupa."

Saímos pelo corredor estreito ao mesmo tempo, grudados um no outro.

"O banheiro é meu", diz Kate, me empurrando com o ombro bom para passar na minha frente.

"Você tem um quarto!"

"Eu tenho que lavar a cerveja. Vou ficar cheirando a república de estudante."

Paro no corredor, furioso. "Tá bom. Eu me troco aqui mesmo."

Kate fica imóvel enquanto desaboto a camisa social. "O que você tá fazendo?"

"Não é só você que não gosta de ficar encharcada de cerveja de trigo."

Ela arregala os olhos enquanto tiro a camisa pela cabeça e depois começo a tirar a camiseta que uso por baixo. Algum canto pequeno e racional do meu cérebro me diz que isso é exatamente o contrário de manter a distância e diminuir as tensões com a Kate, mas uma parte maior e mais primitiva se diverte ao ver como as suas pupilas se dilatam, e o rubor sobe pelo pescoço até as bochechas.

"Pode usar o banheiro", ela murmura.

Tiro a camiseta. "Tarde demais."

Ela cobre os olhos e dá um passo para trás, para junto da parede. "Você tá pelado."

"Seminu."

Kate expira, trêmula. "Qual o seu *problema*?"

Passo por ela, na direção do quarto de Juliet — agora de Kate.

"O que você vai fazer no meu quarto?", ela grita.

"Eu deixo umas roupas aqui. Sei que você não entende muito isso, mas as suas irmãs gostam que eu me sinta em casa aqui."

Procuro rapidamente na gaveta de baixo da cômoda de Jules, pego uma camiseta minha e então começo a me vestir.

O quarto mergulha num silêncio suspeito. Quando passo a gola da camiseta pela cabeça, vejo o porquê.

Kate está de costas para mim.

E as suas costas estão *nuas*.

"Cacete." Fecho os olhos, viro abruptamente na direção da porta e dou de cara com a parede.

Aquela risada rouca e grave corta o ar e sussurra junto da minha pele. "Não gostou de provar do seu próprio veneno?"

Estou com os olhos fechados, mas a imagem está gravada nas minhas retinas — a curva da cintura, a linha das vértebras até as covinhas macias na base da coluna. Sinto um calor em mim, apertando meu corpo, enquanto imagino as minhas mãos na sua cintura, contornando com os polegares aquelas covinhas, içando-a pelos quadris e trazendo-a para junto de mim, para eu abrir suas pernas e passar a língua...

Merda. *Merda.*

Não posso ficar aqui. Nem ver isso. Ou ouvir isso. O som do tecido deslizando pela sua pele, um sutiã sendo ajustado. Com um rosnado dolorido de frustração, vou tateando até a porta e saio, batendo-a atrás de mim.

"Aí está você!" Nick está no corredor. "E aí, resolveu a situação com ela?"

"O quê?" Passo por ele, mas Nick vem logo atrás.

"Com a Kate. A que fica me olhando como se quisesse me castrar toda vez que eu sorrio pra Bianca."

Dou uma risada mal-humorada. Como se as coisas pudessem ser resolvidas assim com tanta facilidade com a Kate. "É, Nick. Eu falei pra ela que você é um cara legal, e ela respondeu: 'Maravilha, Christopher. Ele tem a minha bênção'."

Ele sorri. "É sério?"

"Não, seu idiota. Ela quase arrancou a minha cabeça, como sempre faz."

Ele chega a murchar. "E agora?"

Aponto com o queixo na direção de Bianca, que oferece um sorriso gentil e tímido para Nick. "Agora você fala com ela assim mesmo. Você não precisa da bênção da Kate."

"Preciso das minhas bolas inteiras."

"As suas bolas vão sobreviver. A Kate no mínimo vai avisar a Bianca que você é igual a mim e tentar desanimar a prima dela, mas quanto a isso você não pode fazer nada. Se concentra no que você pode fazer: provar que ela está errada."

Nick sorri para Bianca e suspira. "Ela é perfeita."

Reviro os olhos. "Você só falou com ela por meia hora, durante uma partida de jogo de tabuleiro."

"É coisa de alma gêmea", ele responde, na defensiva. "Não que você entenda disso."

Por algum motivo, isso me magoa. Sei que não é justo imaginar que o Nick entenderia os meus motivos para a minha regra de nunca sair duas vezes com a mesma pessoa, afinal nunca expliquei a ele a verdadeira razão pela qual não quero namorar ou ter um relacionamento, mas, ainda assim, ouvir o que ele pensa de mim deixa um vazio no meu peito.

"O que você fez", ele indaga, "pra Kate se opor tanto a deixar a prima falar com um conhecido seu?"

"Então agora nós somos *conhecidos*, é isso?"

"Você tem que consertar isso pra mim", ele implora. "Sou um homem perdido: 'Queimo, desfaleço, eu morro'!"

Eu o encaro. "Você *precisa* parar de ler tanta poesia."

"Não é poesia, é..."

"Romantizar descaradamente a meia hora que você passou com uma mulher pela qual nem tem como estar apaixonado?"

"Eu sei que você não entende, mas, por favor...", ele se aproxima, parecendo desesperado e me deixando na dúvida, "por favor, apenas tenta pegar mais leve? A Bianca é uma mulher adulta que pode fazer as próprias escolhas. Eu sei disso..." Ele olha por cima do ombro, para onde Kate, agora usando uma camiseta verde-escura, está sussurrando algo para Bianca, que vira na nossa direção, parecendo desconfiada. "Só preciso de uma ajudinha."

"Não sei se precisa, não."

Bianca caminha na nossa direção e para ao lado de Nick, sorrindo para ele. "Desculpa interromper", ela diz. "Você acha..." Ela tosse e dá mais um passo. "Você acha que a gente podia conversar um pouco? Lá fora, na varanda?"

Nick sorri. "Não tem nada que me deixaria mais feliz."

Sinto o olhar de Kate antes que nossos olhos se encontrem, ela de pé, do outro lado da mesa. Faço muita força para não pensar nela sem a camisa — as costas compridas, a pele lisa, os cachos tocando os ombros —, para não revisitar aquela fantasia suja que se infiltrou na minha mente.

O ressentimento dá um nó no meu estômago. Não quero mais nada da Kate marcado na memória, levando os meus pensamentos de volta para ela depois que se for novamente.

Me obrigo a desviar o olhar, me concentrando no pessoal, que parou de jogar Sequence para comer e servir mais uma rodada das bebidas de Margo, na cozinha.

Logo sou apresentado a Sarah, que parece ter aparecido enquanto Kate e eu estávamos nos torturando com a nossa troca de roupa. Ela é colega de trabalho de Jamie, não pediatra, como ele, mas uma clínica-geral que trabalha como voluntária em abrigos da cidade, prestando assistência médica a pessoas necessitadas.

Sarah é inteligente e bonita, fala depressa, tem olhos reluzentes, curvas sensuais e um sorriso confiante. Fosse outra noite, eu diria exatamente onde isso ia dar — na cama, até o meu corpo estar esgotado, a minha mente enfim quieta, e ela satisfeita com os orgasmos, exausta demais para continuar. Então eu iria me vestir enquanto ela estivesse dormindo e iria escrever o mesmo bilhete de sempre — breve, sincero e propositalmente sem meu contato.

Mas hoje não.

Agora, enquanto converso com ela, preciso me concentrar no que Sarah diz. Tenho que contar os segundos até já terem se passado cinco minutos antes de olhar ao redor, mas não vejo nenhum sinal de Kate em meio às pessoas. Me obrigo a prestar atenção na mulher à minha frente. Não me pergunto aonde Kate foi nem me questiono se fiz a coisa certa ao me afastar dela.

Tento não me preocupar com o fato de que estou bem ciente de que posso procurar entre as pessoas e encontrar a mulher enérgica e de cabelos bagunçados que já se entranhou demais neste grupo.

9

KATE

Escondida pelas sombras do corredor, vejo uma mulher ao lado de Christopher na cozinha, onde os dois passaram a última meia hora. Ela sorri enquanto ele fala, parecendo um emoji de corações nos olhos. Não faço ideia do que ela vê nele. Quando olho para Christopher, minha mente rabisca chifrinhos de diabo naquele cabelo escuro irritante e perfeitamente bagunçado, e uma cauda bifurcada saindo daquela...

Fecho os olhos, me odiando mentalmente. O que deu em mim, olhar pra bunda dele e perceber como as suas calças ficam justas sobre ela e a demarcam quando ele muda o peso de perna?

Quando abro os olhos, mesmo decidida a mantê-los *longe* da bunda dele, lembro da visão do seu peito nu enquanto ele tirava a camisa no corredor, o corpo largo e sólido, pelos escuros e finos sobre a pele dourada, uma linha na barriga apontando direto para o...

"Aí está você." Bea se recosta na parede ao meu lado e me examina, preocupada. "Tudo bem?"

"Acho que vou vomitar", resmungo, olhando feio para Christopher.

Ela dá uma gargalhada. "Imagino que é porque você está vendo a colega de trabalho do Jamie dar em cima do Christopher, e não porque bebeu demais."

"Afirmativo."

"Se for pra ficar por aqui por mais tempo, vai ter que se acostumar", ela diz. "Você sabe que praticamente todo mundo, exceto você, eu e a Jules, quer levar ele pra cama, né?"

"Acho que está mais para nós sermos as únicas pessoas que *não levaram* ele pra cama", murmuro para meu copo. A habilidade da Margo em fazer drinques é a única coisa que me faz sobreviver a esta noite.

"Não que a gente esteja julgando ninguém por quem e com quantas pessoas já dormiu", diz Bea, enfaticamente.

Reviro os olhos. "Claro que eu não o julgo por *isso*. São os corações que ele partiu por aí."

Bea me encara, parecendo curiosa. "Por que você acha que ele partiu o coração de alguém?"

"Porque é isso que esses pegadores fazem, e ele é a personificação de um pegador."

"Temos que ir." Sula se aproxima de nós, procurando o casaco no cabideiro do corredor com Margo logo atrás de si. "Daqui a pouco a Rowan vai acordar, gritando pelos peitos da Margo."

"A alegria de amamentar uma criança", comenta Margo.

Sula a ajuda a vestir o casaco e acrescenta: "Que está ficando cheia de dentes".

Bea e eu levamos as mãos instintivamente aos seios.

"É isso aí, tão divertido quanto parece." Margo abraça Bea apertado e então me abraça também, tomando cuidado com o braço na tipoia. Estou ficando tão cansada dessa mentira. Quero abraçar com os dois braços. Jogar Sequence com as duas mãos. Segurar a cara do Christopher, obrigá-lo a prestar atenção em mim e dar um jeito de tirar aquele sorrisinho arrogante do rosto dele.

"Boa noite, crianças!", exclama Sula, mandando um beijo para todos.

"Ui", comenta Bea, observando-as partir. "Dente e amamentação. Parece assustador."

Vejo a porta se fechar atrás de Margo e Sula, e então vejo Bea bebendo um copo de água. Eu devia fazer o mesmo, mas estou concentrada demais no zumbido entorpecente do álcool em meu sistema agora. "As coisas com que os pais têm que lidar", respondo. "Só fazem confirmar a sua certeza de que você não quer filhos, não é?"

Bea se engasga com a água. Afastando o copo do rosto, ela enxuga o queixo. "Eu falei isso? Faz tempo?"

"Da última vez que eu te vi."

"Que foi há um ano e meio."

"Touché." Suspiro no meu drinque antes de virar o copo num gole só. Fico de frente para Bea e desabo contra a parede do corredor, num baque desajeitado. "Então agora você quer ter filhos? O que aconteceu com os grandes planos de viajar pela Europa comigo e ser uma pintora famosa?"

Ela morde o lábio, olhando para o copo vazio. "Eles... cresceram. Eu ainda quero viajar com você. Quero me concentrar na minha carreira de pintora. Mas isso não significa que eu não possa querer ter filhos também."

Provocando-a, começo a cantarolar "Another One Bites the Dust".

Bea revira os olhos. "Eu não estou dizendo que isso vai acontecer agora ou tão cedo", ela continua. "Estou só falando..." Ela olha por cima do ombro. Como se tivesse sentido o seu olhar, Jamie ergue o rosto da conversa que está tendo com Hamza e Toni na cozinha. Seus olhares se encontram. Ele sorri com carinho. Ela responde com um sorriso, então volta a olhar para mim. "Um dia."

A compreensão me atinge com a força de um trem de carga cósmico. A vida de todo mundo está mudando. Da última vez que estive aqui, a Margo parecia ter engolido uma melancia, e agora ela e a Sula têm uma *filha*. Toni e o namorado, Hamza, falam do futuro em termos de décadas lá na frente, então com certeza encontraram a sua alma gêmea. A Bianca já foi fisgada pelo Nick. A Bea e o Jamie trocam olhares e sorrisos secretos, e agora a Bea quer ter *filhos*, e eu...

Voltei pra casa. Exatamente onde comecei.

Tudo o que quero neste momento é escapar do desconforto e da ansiedade que isso me causa. Bom, isso e ser capaz de apagar da memória a imagem de Christopher de peito nu, com um sorriso arrogante na cara.

Como se soubesse que estou emburrada por causa dele, Christopher olha por cima da cabeça da loira baixinha e maravilhosa. Seus olhos se fixam nos meus, e sinto uma onda de eletricidade passar por mim. Me agacho, desaparecendo nas sombras do corredor.

"KitKat?", pergunta Bea, me vendo encolhida. "Tá tudo bem?"

"Tá. Tô só com calor." Levo o copo, agora quase que só com gelo derretido, até as minhas bochechas coradas. "Vou pegar um pouco de ar e me refrescar."

Antes que a minha irmã possa responder, contorno o grupo reunido na cozinha e noto uma bela garrafa de uísque irlandês na bancada. Eu a pego muito sutilmente, então volto a passar pela multidão, esperando, enquanto vejo Bea caminhar até o outro lado e ser arrastada por Jamie para um abraço gentil.

Decidida, fujo pelo corredor na direção da varanda do quarto onde Bea pinta, nos fundos do apartamento. Pulo por cima de rolos de tela e molduras de madeira, abro a porta e...

"Jesus." Estremeço. Nick, o amigo de Christopher, está segurando o rosto de Bianca com as duas mãos, enquanto ela envolve o pescoço dele, puxando-o para junto de si, as bocas fundidas num beijo apaixonado.

Eles nem notam a minha presença.

Fico tentada a dizer alguma coisa, mas pra quê? Já avisei a Bianca. Falei pra ela como o Christopher é e que não podia prometer nada diferente sobre o companheiro dele. Ela fez a sua escolha. Ela foi atrás do Nick. Vou respeitar, mesmo me dando ânsia de vômito.

Por falar em vômito, me sinto meio enjoada.

Não acho que seja o álcool. É essa noite, o peso de ver todo mundo feliz e bem ajustado. É a agitação que não consigo afastar da cabeça por causa daquele embate mesquinho com o Christopher e as nossas roupas encharcadas de cerveja, ter visto o corpo dele, saber que fiz questão de que ele visse o meu. É essa sensação inquietante dos pelos da nuca se arrepiando a noite inteira que me faz sentir como se estivesse sendo observada, mesmo sem ter flagrado uma única pessoa olhando para mim, a mesma eletricidade que disparou em minhas veias quando os olhos de Christopher encontraram os meus.

Atravessando o quarto de pintura, vou pisando duro até o corredor, escondida pelas sombras. Meu olhar se volta na direção de Christopher enquanto ele sorri para a amiga de Jamie e bebe cerveja, o pescoço se movendo num gole demorado. Sinto o estômago revirar. Definitivamente, não é o álcool.

É essa sensação claustrofóbica e desorientadora de que as paredes estão se fechando, o chão está sumindo, de que o tempo e a mudança passaram por mim e agora estão prestes a me dar um chute na bunda.

Preciso fugir. Tenho um quarto, lógico, mas fica do outro lado do apartamento. Para chegar lá, ia ter que passar por todo mundo — todos em sua felicidade domesticada, e a porra do Christopher Petruchio flertando em meio aos tacos com aquela médica linda de morrer com um corte de cabelo de trezentos dólares, roupas caras e peitos oito vezes mais gostosos do que eu jamais terei — não que eu esteja comparando. Então, vou só me esconder nesse armário com meu uísque leal, tomar alguns goles por via das dúvidas e me enroscar com os rolos de papel-toalha de papel reciclado.

Me ajeitando lá dentro, apoio os pés na prateleira mais baixa, tiro a rolha do uísque com os dentes e, depois do pop agradável de ouvir que ela faz, cuspo a rolha na mão.

E então fecho a porta do armário e deixo a escuridão me engolir.

10

CHRISTOPHER

Vou esganar a Kate. Quer dizer, quando conseguir encontrá-la.

Esse apartamento tem cem metros quadrados. Não era pra ser tão difícil achar uma mulher adulta. O que significa que ou ela está com um temperamento especialmente vingativo e foi embora sei lá para onde à meia-noite, sem avisar ninguém nem levar o celular todo trincado, que está na bancada da cozinha, ou está escondida em algum lugar dentro de casa.

De qualquer forma, dai-me forças, Deus, quando eu a encontrar.

"Achou?", pergunta Jamie, depois de olhar nos quartos — de novo — que ficam do outro lado do apartamento. Ele fala baixinho, por causa de Bea, que dormiu no sofá há uma hora, quando as pessoas estavam indo embora e antes de percebermos que Kate havia sumido.

Ele então a chamou e perguntou se sabia onde Kate estava, mas Bea apenas franziu a testa e respondeu: "Em casa? Né?".

Sabiamente, Jamie a deixou pegar no sono de novo.

O que significa que estamos feito dois idiotas, revirando o apartamento de cabeça para baixo atrás de uma mulher que desapareceu.

Balanço a cabeça. "Não. Já olhei em tudo o que é canto. Ela deve ter saído."

Jamie suspira, esfregando o rosto. Mas então baixa as mãos lentamente.

Ele olha para além de mim, na direção do corredor. "Você já olhou no armário do corredor?"

Pisco para ele, depois olho por cima do ombro para o pequeno armário do corredor que nunca abri antes. Presumi que fosse um lugar apertado, pequeno demais para esconder uma pessoa.

Xingando por entre os dentes, marcho pelo corredor e abro a porta. "Cacete."

Lá está ela, abraçada a um pacote tamanho família de papel-toalha e segurando uma garrafa de uísque como se fosse um ursinho de pelúcia. O aperto que eu estava sentindo nas costelas diminui, e inspiro fundo, para me acalmar. Inclinando-me por cima da porta, aviso a Jamie:

"Achei."

Ele relaxa a cabeça para trás com o alívio. "Ainda bem."

Como não olhei aqui antes? O apartamento delas tem dezenas de armários, perfeitos para se esconder e assustar desavisados que estavam apenas indo ao banheiro.

Ah, sim, tenho muita experiência em ser alvo desses sustos juvenis. O armário era o primeiro lugar onde eu deveria ter olhado.

Contorcendo-se no meio do sono, Kate murmura algo, e a sua cabeça tomba para a frente, prestes a bater na beirada de uma prateleira.

Eu me agacho e a seguro bem em tempo, suspirando de alívio. "Anda, Kate. Acorda."

"Não", ela murmura. Kate se debate e desaba a cabeça no papel-toalha novamente. "Sono."

"O que você tá fazendo aqui, logo *aqui*? Por que vocês Wilmot têm que gostar tanto de armários?"

"Vai-embora-tô-dormindo."

"Você não vai dormir em cima do papel-toalha dentro de um armário. Levanta daí."

"Nã-ão", ela responde, sonolenta.

"Que droga, Kate."

Ela solta um ronco profundo.

Jamie aparece do meu lado e olha para Kate. Ela está com a boca frouxa e a cabeça para trás, num ângulo que parece muito desconfortável. "Apagou mesmo", ele comenta.

"Ela chegou a me responder, mas...", outro ronco, "a Kate seria capaz de pegar no sono e dormir no meio da Segunda Vinda de Cristo", digo a ele, odiando o fato de que sei isso, de que tenho um catálogo de memórias da época em que a Kate estava crescendo — membros magros, sardas no nariz, cabelos despenteados, dormindo profundamente debaixo do trampolim, no quintal; enrolada no meio da escada; ou até roncando na banheira do terceiro andar, onde se escondeu durante uma partida de pique-esconde e acabou pegando no sono, porque ninguém a encontrou.

Kate se contorce dormindo de novo, batendo as costas. O uísque que estava segurando rola para longe.

Pego e inspeciono a garrafa. Tenho certeza absoluta de que, no começo da noite, ela estava no bar, lacrada, porque fui eu que trouxe. Mais ou menos um quarto da garrafa foi consumido.

Ao notar isso, Jamie dá um assovio.

"E, aparentemente, encheu a cara", comento e pouso a garrafa no chão.

"Queria confirmar se tem sinal de intoxicação por álcool", ele diz, agachando-se ao lado dela. "Desculpa entrar em modo médico, mas seria negligência não fazer isso."

Eu me agacho ao lado dele, sentindo uma pontada forte no peito, enquanto Jamie mede a sua pulsação e então levanta suavemente as pálpebras de Kate e a examina. "Ela tá bem?", pergunto.

Ele faz que sim. "Tudo bem. Só um pouco embriagada e cansada. Melhor botar pra dormir de lado, para o caso de passar mal."

"Jamie?", Bea o chama, sonolenta, da sala de estar. Ela se levanta do sofá onde dormia e esfrega os olhos. "O que você tá fazendo?"

"Só, humm..." Ele dá uma tossida enquanto nos levantamos também. "Arrumando umas coisas. Já vou." Então vira depressa para mim e pergunta baixinho: "Você consegue colocar a Kate na cama?".

Arqueio uma sobrancelha, olhando do corpo magro de Kate para ele. "Acho que dou conta."

Bea caminha sonolenta até Jamie, que dá um passo para trás e a segura quando ela desaba em cima dele, passando os braços em volta do seu pescoço e reclamando que está cansada. Ele a levanta do chão e a carrega no colo, na direção do quarto dela.

Com um suspiro, me agacho de novo e chamo: "Acorda, Kate".

Recebo um ronco como resposta.

"Kate, acorda."

"Não", ela resmunga.

Imaginei que ela fosse fazer isso. Ela tem um sono pesado e fica mal-

-humorada. Prefiro cutucar um urso adormecido a acordar a Kate. O que significa que vou ter que pegá-la no colo e levar para a cama.

Só que não consigo me obrigar a fazer isso. Olho para ela, dormindo, as pernas compridas emboladas, os joelhos no queixo, roncando feito um estivador. Como um bobo, só por um momento, fico olhando Kate dormir e conto as sardinhas na constelação de pontos em seu rosto. Fito os lábios grossos entreabertos, a expressão serena e absolutamente em paz.

Eu daria qualquer coisa para me sentir assim como ela, mas é isso que a Kate faz comigo — me fisga pelas entranhas e me abre ao meio, feito um peixe estripado. É isso que acontece quando se passam vinte minutos e não sei onde ela está, completamente diferente de quando se passam vinte meses e ela está do outro lado do planeta, longe dos olhos, longe da cabeça.

A raiva e o ressentimento se acumulam num nó em meu peito.

"Kate." Cerro os dentes e seguro seu ombro ileso, apertando-o, sem sacudir, para não machucar o braço ainda enfiado na tipoia para a qual nem consigo olhar. "Acorda", peço.

Ela ronca.

"Tá bom", respondo, meio tonto, um latejar atrás dos globos oculares me avisando que tem uma enxaqueca chegando. "Já que você não é capaz de levar a própria bunda para a cama, eu te carrego."

Depois da preocupação que ela me fez passar, eu devia deixá-la virar a noite num armário apertado e ficar com os músculos doloridos como merece, mas, cacete, não vou aguentar isso.

Então passo as mãos por baixo dela, as palmas deslizando sob as omoplatas, cotovelo atrás dos joelhos, e a levanto nos braços.

"Humm." A cabeça dela gira e bate em meu peito com um *bum* que reverbera pelo meu corpo.

"*Humm* digo eu", murmuro, mal-humorado, acomodando-a junto a mim, "sua megera, gosta de uma intriga. Encrenqueira de uma figa. Fiquei com tanta raiva que tô até fazendo rima."

"Humm", ela murmura novamente. Um sorrisinho surge no canto da sua boca.

O que me faz parar de repente. Fico no meio do apartamento, olhando para ela — a linha reta e orgulhosa do nariz cheio de sardas, aqueles cachos avermelhados adoravelmente em volta do rosto. Olho para a covinha na sua bochecha, que mais parece um buraco negro, um vórtice devorando o tempo e o espaço, levando-me num borrão caleidoscópico de memória.

Olho para Kate e a vejo quando era bebê, e então uma criança, aquela mesma covinha na bochecha.

E então como a vi no dia em que voltei para casa de vez trazendo uma caixa com as tralhas do meu apartamento na cidade, enquanto ela estava na varanda, não mais uma garotinha traquinas, mas uma mulher. O sorriso se fora, as covinhas também, e seus olhos fitavam fixamente os meus.

O mundo desapareceu e só havia as linhas esverdeadas no azul frio de seus olhos, o anel cinzento ao redor de cada íris que escurecia de acordo com o céu quando havia uma tempestade, sacudindo as árvores, inundando o ar com ozônio e um crepitante aviso elétrico.

Me arrastando do passado para o presente, unindo a memória com este momento, um relâmpago brilha lá fora, seguido de perto pelo estrondo sinistro do trovão. Uma tempestade rara e repentina para esta época do ano.

Digo aos meus pés para seguirem em frente, ao meu corpo para continuar até o quarto dela, deixar Kate na cama, ir embora e nunca mais olhar para trás.

Mas, em vez disso, meu olhar desobediente escorrega para a sua boca. E me pego me perguntando se essa minha tática de distanciamento e desdém funcionou alguma vez antes. Se o que funcionava na verdade era o fato de que ela tinha ido embora.

E agora ela está de volta sabe-se lá por quanto tempo.

Resumindo, estou me perguntando se estou ferrado.

"Donuts", ela murmura, me distraindo dos meus pensamentos.

Perco a batalha contra o sorriso que insiste em surgir em minha boca. "Você e essa porcaria de donuts."

"Humm." A covinha aumenta à medida que ela sorri em seu sono bêbado e, meu Deus, fica pior, pois ela passa o braço livre em volta do meu pescoço. Isso é o que basta para colocar meu corpo em ação e atravessar o apartamento na direção da porta do quarto dela, que abro com o pé.

Quando me abaixo para deitá-la na cama, Kate me aperta com mais força. Seu nariz e então os seus lábios roçam o meu pescoço. Fico imóvel, sentindo um raio da tempestade lá fora acertar as minhas veias.

"Que cheiro bom", ela sussurra, enquanto seu nariz desliza por meu pescoço. Sinto calor.

"Kate." A minha voz é áspera e fraca, e a respiração está presa em minha garganta feito fumaça, atrapalhando a minha determinação.

"Topher", ela murmura.

Meu coração se aperta. Ela me chamava assim quando era criança, quando a sua boca infantil e barulhenta não conseguia pronunciar o meu nome direito.

"Kate", imploro, segurando o seu braço. "Me solta."

Ela não me ouve. Numa tortura teimosa e enfurecedora, ela não acorda.

Ajoelho na sua cama e a deito até o colchão segurar o seu peso, desesperado para sair dali, para desgrudá-la da minha pele e para correr para o ar gelado da noite e deixá-lo apagar as chamas, esfriar a minha mente e o meu corpo até voltar a ser eu mesmo de novo e ela ser só a Kate, e estarmos de volta onde deveríamos estar. Em extremidades opostas do quarto.

Do mundo.

Gemendo baixinho, ela enfim solta o meu pescoço, e o seu braço escorrega pelo meu peito, com as pontas dos dedos marcando a minha pele. A cabeça pousa no travesseiro e vira para o lado, a testa franzida como se estivesse com dor. Odeio a sensação que isso me causa, ver aquele sulco na sua sobrancelha, o desconforto evidente no canto da boca.

Então paro de olhar para a sua boca ou para o seu rosto. Tiro com cuidado uma das botas pesadas, e depois a outra. Em seguida as meias grossas de lã, e Kate suspira em meio ao sono. Ela balança os dedos do pé.

Por fim, levanto a coberta e passo por cima dela até os ombros, me obrigando a parar de tocar nela.

Kate suspira novamente e então murmura: "Topher".

Eu a encaro, dizendo a mim mesmo para ir embora, me odiando por ficar junto da cama e responder: "O que foi, Kate?"

Ela umedece os lábios, balança o braço dormente e o gira para cima do ombro ruim, sem demonstrar nenhum sinal de dor. Fico preocupado que ela vá se machucar, dormindo de tipoia, então me abaixo e solto o velcro com cuidado e retiro a tipoia por trás.

Kate dá um suspiro que varre o meu rosto. "Muito bom", murmura. E ela desliza a mão pelos lençóis até encontrar a minha. Ela abre os olhos, pisca devagar, a visão parecendo desfocada. Seu sorriso é gentil e impossivelmente doce. "É você", sussurra.

Faço que sim, sem saber o que dizer.

O sorriso desaparece. "Esqueci", ela diz, com os olhos fechados.

Não pergunte, digo a mim mesmo. *Não pergunte. Não pergunte...*

"Esqueceu o quê?"

"Que você me odeia", ela sussurra.

Meu coração se parte e um pesar terrível e amargo se instala. Eu me odeio tanto. "Não, Kate. Eu juro que não."

"Odeia sim", ela diz, franzindo os lábios e com um brilho minúsculo no canto interno dos olhos.

A rachadura em meu coração aumenta. Lágrimas. São lágrimas.

"Eu nunca..." Engulo em seco. "Nunca quis que você achasse que eu te odiava, Kate, eu..." Minha voz some. Seu peito sobe com outro ronco. Ela dormiu.

E, como um covarde, digo tudo o que não tenho coragem de dizer quando ela está acordada.

"Tudo o que eu sempre quis foi que *você* me odiasse. Eu não seria capaz de te odiar nem que quisesse. Queria poder, mas não consigo." Meu polegar desliza sobre a pele lisa e quente da sua mão. "Eu não sei fazer isso, então só tentei *não*... não te ver, não te tocar, nem pensar em você, porque não consigo..."

Ela expira, trêmula, curvando-se de lado, como se estivesse se protegendo de mim. Os apelos dos nossos amigos e familiares para eu fazer as pazes com ela são pedrinhas diante do desmoronamento que são as lágrimas dela, a sua mão segurando a minha, a verdade que ela deixou escapar por entre as frestas da sua consciência.

Ela acha que *eu a odeio*.

Eu nunca quis isso. Nunca me desprezei tanto.

"Eu vou consertar isso", digo a ela, ajeitando atrás da orelha uma mecha de cabelo que ficou presa nas lágrimas que molham o seu rosto. "Eu prometo, Kate, eu vou consertar."

Sei que ela está dormindo, mas interpreto o silêncio como uma condenação, uma descrença, um aviso de que o caminho que tenho pela frente será difícil.

Estava falando a verdade quando disse que não sei como fazer isso, como conviver com ela sem a segurança do desdém que existe entre nós, sem a distância que um oceano nos proporcionava.

Mas isso não vai me parar agora, não mais.

Não posso — *não posso* — viver num mundo em que a Kate acredita que eu a odeio, mesmo que ela só revele isso em seu momento mais vulnerável. Não posso deixar as lágrimas molharem os seus olhos e aquela dor profunda marcar a sua expressão. Não vou poder viver comigo mesmo sabendo que a machuquei.

E agora tenho que consertar isso.

Sei que caminhar nessa corda bamba de consertar o que quebrei sem nos unir não vai ser fácil. Nem vou tentar me convencer do contrário. Mas eu me chamo Christopher Petruchio. Nada é um obstáculo para mim. Em todas as áreas da minha vida, quando me proponho a fazer alguma coisa — no trabalho, na cozinha, no boxe, na cama — não sossego até chegar o mais perto possível da perfeição.

Eu me obrigo a dar um passo depois do outro na direção da porta do quarto, dizendo a mim mesmo que o que estou prestes a tentar fazer não vai ser diferente. Não pode ser.

Porque se for, estou com um problemão.

11

KATE

Acordar é um suplício. Minha cabeça lateja. Sinto uma fisgada forte entre as coxas também. Não é a primeira vez desde que voltei que fico de ressaca e com tesão — o próprio inferno, no meu caso.

Me arrastando do quarto até a cozinha, aperto os olhos diante da luz do sol.

"E eu aqui achando que *eu* que tinha pegado pesado", comenta Bea.

Dou um pulo e me viro na direção de sua voz, e acabo tropeçando na mesa de centro, caindo para trás e aterrissando na poltrona, numa nuvem de poeira. "Que susto."

Bea aperta a lateral da cabeça, fechando os olhos. "Desculpa. Acho que tá no nosso sangue. Você deu um susto no Jamie e no Christopher ontem."

Eu me endireito na poltrona, sentindo uma súbita onda de náusea. "O quê?"

"Depois que foi todo mundo embora, eles não conseguiam te encontrar. Vasculharam o apartamento todo atrás de você."

Sinto uma pontada de culpa. Quero perguntar a Bea do que ela está falando, mas tenho uma sensação ruim sobre a resposta. Antes de ouvir qualquer loucura de bêbada que eu tenha inventado ontem, preciso de um café.

Levanto da poltrona, entro na cozinha, procuro uma caneca, pego a cafeteira e me sirvo uma dose desesperadamente necessária de cafeína.

"Você devia estar fazendo isso?", pergunta Bea.

"Tomando café?", pergunto, pronta para saborear aquele primeiro gole glorioso e quente. "E como."

"Usando o braço", ela diz. "Fora da tipoia."

O café que acabei de engolir desce pela traqueia. Bato no peito.

"Você tá legal?", pergunta Bea.

Faço que sim, levantando uma das mãos. "Tudo certo", gaguejo.

Ela franze a testa para mim e o meu braço levantado. O que mantive cuidadosamente preso numa tipoia pelas duas últimas semanas, embora o meu ombro já estivesse totalmente recuperado do encontrão que tive com Christopher.

Baixo o braço.

"Tive uma consulta ontem", minto, num improviso, me odiando por mentir de novo, mas não vejo alternativa.

Ela franze ainda mais a testa. "Ah?"

Pouso o café na bancada e mato dois coelhos com uma cajadada só, indo buscar no armário o ibuprofeno e evitando o olhar da minha irmã. "É, já posso tirar a tipoia."

"Ué. Achei que lesão no ombro precisava de mais tempo para cicatrizar. Pareceu muito rápido."

"Eu não quebrei logo antes de voltar pra casa. Foi um pouco antes de viajar."

Isso é bom, dizer uma verdade.

Bea faz um barulho de compreensão. "Lógico. Nem pensei que você já está se recuperando há um tempo."

"Além do mais", acrescento, "você sabe como eles sempre mudam as recomendações, de quando é pra começar a usar, o que você pode ou não pode fazer." Faço um barulho de desdém no fundo da garganta. "Sabe como é médico, né..."

Claro que só agora me lembro que o namorado dela é pediatra.

"Quer dizer, além do mais..."

"Sossega a calcinha", ela diz, levantando-se do sofá com uma caneca na mão. "Não fiquei ofendida."

Olho para baixo, e não é que estou só de calcinha mesmo? "Eu jurava que tinha vestido uma calça."

Bea pousa a mão no meu coque bagunçado e ajeita com carinho. "Acho que você pode estar meio bêbada ainda."

"É possível." Dou mais um gole cauteloso no café. "Herdei o talento da mamãe para aprender línguas, mas não a resistência dela ao uísque."

"Só a Jules herdou a resistência da mamãe ao uísque, o que é estranho e injusto." Bea serve mais café na caneca e se recosta na bancada ao meu lado. "Então. Quanto você lembra depois que apagou no armário?"

Ai, Deus. Lá vamos nós. "Nada. Por quê? Eu saí do meu esconderijo de alguma forma gloriosa e espetacularmente embriagada?"

Bea deixa escapar uma risadinha nervosa. Ela dá um gole no café. E mais um. "Não exatamente."

Um mal-estar desce pela minha espinha. "O que aconteceu?"

"Nada de mais." Bea pousa a caneca na pia, a borra girando no fundo.

"É exatamente isso que se fala quando a coisa foi *feia*."

"O-Christopher-te-achou-e-te-levou-pra-cama-só-isso."

Pisco para ela. "Eu... Ele... O quê?"

Bea caminha de costas, o que não é uma boa ideia quando se trata da Bea — ela é a única na família mais propensa a sofrer um acidente do que eu. "O Christopher. Ele te achou. E te levou pra cama." Ela limpa o pó das mãos. "Nada de mais. Só isso."

Uma memória nebulosa e embriagada invade minha cabeça e vem à tona. Agora me lembro da minha cabeça batendo contra um ombro, minha bochecha se espremendo junto a um peito sólido que irradiava calor, duro e quente, feito uma pedra num dia de sol.

Lembro de inspirar aquele cheiro familiar, amadeirado, suave como um sussurro em suas roupas e sua pele.

Ai, Deus. A pele dele. Enterrei o rosto nele. Passei o braço em volta dele. Eu o *toquei*.

"Você está bem?", pergunta Bea.

Esfrego o rosto. "Ótima. Maravilha."

"Você tá chateada."

"O Christopher me carregou, bêbada, até a cama feito uma donzela em perigo, depois de me achar abraçada a uma garrafa de uísque num armário, *é*, eu tô chateada!"

"Pra ser justa, o Jamie disse que eles tentaram te acordar. A parte da donzela em perigo foi um último recurso."

"Arg. Eu..." Cubro os olhos com força, com a palma das mãos, saboreando o alívio temporário na dor latejante que sinto atrás deles. "Eu tô só chateada comigo mesma...", e com o Christopher, porque é muito fácil ficar chateada com ele. "Não quero nem pensar na besteira que fiz."

"Você pode pensar assim", sugere Bea, me encorajando. "Isso aconteceu na segurança da sua casa, com alguém que é praticamente da família e que nunca faria nada mais que isso. O Christopher simplesmente te colocou na cama e foi embora, e foi isso."

Odeio isso, a intimidade da imagem — o Christopher vendo as coisas espalhadas pelo quarto, me deitando na cama. Deus sabe em que estado eu estava, o que falei pra ele, os membros e os lábios soltos por causa do sono e do uísque. Que humilhação.

Tentando esconder o desconforto, viro o café em goles quentes e doloridos. "É, ainda bem que aconteceu com alguém que não tem o menor interesse em se aproveitar de mim, não que eu precisasse que você me lembrasse disso."

Bea revira os olhos. "Eu quis dizer que ele respeita consentimento e sabe que as duas pessoas precisam estar plenamente conscientes."

"É." Coloco a caneca na bancada com um baque. "Bom, eu vou acabar vomitando se a gente continuar falando do Christopher me carregando por aí, me vendo no meu pior estado. Melhor mudar de assunto."

"Tá bom." Bea levanta as mãos num gesto cansado. "A gente tem que se arrumar pro trabalho, de qualquer forma."

Sinto as pernas fraquejarem. Desabo contra a bancada. "Ai, não."

Ela dá um tapinha nas minhas costas. "É só uma manhã vendendo coisas, batendo umas fotos, e aí você vai poder rastejar de volta pra cama."

"Por quê?" Gemo contra a bancada. "Por que eu fui aceitar isso?"

"Porque você tá mais quebrada do que nunca e secretamente ama a Edgy Envelope, talvez até mais do que eu."

"São os biscoitos do Toni. E a Sula me conquistando com as amostras grátis dela; você sabe que eu adoro uma amostra grátis. E trabalhar com você." Cutuco o ombro dela. "Não é tão ruim assim."

"A vida na Edgy Envelope é maravilhosa, principalmente com os biscoitos do Toni."

Me afasto da bancada, dou um gemido e passo por ela, indo tomar um banho quente daqueles de curar ressaca. "É bom o Toni ter levado uma bandeja gigantesca de biscoitos pra mim."

Na verdade, não há uma bandeja gigantesca de biscoitos esperando por mim na loja. Mas, como um milagre antirressaca, na mesa de vidro, ao lado das correntinhas delicadas de ouro, das barras de chocolate artesanal e de uma torre precária de velas feitas à mão com temática de zodíaco, há uma enorme caixa de doces atada com um barbante e o logo da Nanette's na tampa.

Ao lado da caixa, há um buquê tão grandioso e elegante que parece uma pintura holandesa de natureza-morta, uma obra-prima em paleta de cores, textura e composição.

Ao ver o nome no cartão, sinto como se o meu estômago estivesse despencando dentro de mim, então o tiro do meio das flores maravilhosas.

Katerina

"Olha só pra isso!", exclama Toni, abrindo a caixa. O aroma de ervas de uma quiche amanteigada com calda de melado e abóbora com especiarias invade o ar.

Bea dá um tapa na mão dele. "Tira o olho!"

"O quê? Estava só olhando o que tinha dentro."

Ela aponta o cartão com o meu nome. "É pra *ela*."

"Como que eu ia saber? O cartão com o nome dela está nas flores, e não na caixa!"

"Shiu. Minha cabeça", reclama Bea. "A sua voz dói."

"Desculpa por não ser mudo. Aliás, a *sua* voz também dói. Você não foi a única que enfiou o pé na jaca ontem."

"Então para de gritar!", grita Bea.

"Meu Deus!" Olho feio para eles, irritada. "Dá pra enfiar um doce desses na boca e parar de falar? Vocês parecem um casal de velhos com pouco açúcar no sangue."

Resmungando, eles abrem a caixa e conferem o conteúdo. Também enfio a mão na caixa e puxo a primeira coisa que encontro, uma bolinha de massa de donut coberta de açúcar e com aroma de cardamomo com baunilha.

"Toni." Aponto o buquê com o cartão. "Quem entregou isso e os doces?"

Toni olha para mim, prendendo os cabelos escuros num rabo de cavalo na nuca, provavelmente para não sujar o cabelo no enroladinho de canela gigante que está prestes a devorar. "Quando cheguei pra abrir a loja, veio um entregador de bicicleta." Ele dá de ombros. "Ninguém que eu já tenha visto ou pudesse reconhecer."

Olho para o cartão, a caligrafia forte e inclinada, trêmula e irregular nos cantos, e deslizo o polegar pelas letras. Será que foi escrito por alguém da floricultura de onde veio o buquê ou foi a própria pessoa que mandou que escreveu?

Fico imaginando o que fez a mão da pessoa tremer ao escrever o meu nome. Espero que não tenha sido dor.

Com uma espécie de intuição de que há mais no cartão, viro e vejo as palavras no verso, escritas com aquela mesma letra instável e irregular.

Antes ódio do que nada, pois o nada é o vazio da indiferença.

"Uh!" Toni arfa em meio a uma mordida no enroladinho de canela. "Poesia?"

"Não sei." Fico olhando para as palavras, tentando entender.

Bea franze a testa e se aproxima. Ela limpa um farelinho de quiche da bochecha: "Por que isso parece familiar?".

"Bom dia, meus amores!", exclama Sula, batendo a porta dos fundos da loja e fazendo nós três estremecermos. Bea e eu levamos as mãos à cabeça. Toni solta um gemido. "Temos um longo dia pela frente", ela continua, levando a bicicleta para os fundos da loja. "Podem comer esses doces, tomar um analgésico e mãos à obra!"

"Por falar em doce", eu a chamo, "foi você que mandou isso?"

"Não!", ela responde. "Mas ainda bem que alguém mandou, porque vocês três estão com uma cara de cadáver, e cadáver não serve de muita coisa quando é dia de reabastecer o estoque."

Toni solta outro gemido. "Eu vou morrer."

"Eu já tô morta", sussurra Bea.

"Espera." Toni aponta para mim. "Tirou a tipoia? Já pode ajudar com o estoque!"

Faço uma careta exagerada e esfrego o ombro. "Acho que não. Ainda tá cicatrizando."

Soltando o cartão, pego uma fatia grande de quiche com uma bandeirinha com um desenho de alface, o que indica que é uma quiche vegetariana. Tiro a bandeira, dou uma boa mordida e suspiro de prazer. Aquele gosto azedinho do queijo de cabra. O aspargo crocante e verdinho. É um dos meus sabores preferidos.

Bea enfia a última mordida de quiche na boca e estica a mão para pegar mais uma.

"Ei", digo, com a boca cheia. "Isso é pra mim!"

"Preciso de mais quiche pra ficar em dia com os legumes", ela diz, pegando a fatia. A dela parece de brócolis com queijo cheddar. "O Jamie vai ficar tão orgulhoso."

Toni revira os olhos. "Você podia viver só de pirulito pelo resto da vida que não ficaria mal de saúde."

Bea sorri para si mesma. "É, eu sei."

Quando o assunto é comida, minha irmã tem uma série de aversões a texturas e consistências específicas, e comer legumes sempre foi uma coisa difícil para ela. Tenho que admitir que achei um tanto surpreendente que minha irmã avessa a legumes, louca por açúcar, artista erótica e toda tatuada tenha acabado com um pediatra consciente da nutrição, corredor de maratonas, educado e certinho, mas fico muito feliz de ver como o Jamie parece completamente encantado pelas coisas que fazem Bea ser diferente dele.

Na verdade, talvez eu esteja só com um pouquinho de inveja.

Só um *pouquinho*. E só nas breves e raras ocasiões desde que voltei em que me permiti pensar no fato de que nunca conheci ninguém que visse o meu lado difícil e ainda assim gostasse de mim. As únicas pessoas que um dia gostaram de mim são as pessoas que *são* como eu.

Eu achava que fosse preconceito, uma aversão que as pessoas tinham à minha visão de mundo "o sistema que se foda", que a culpa de eu não me dar com quem é diferente de mim, com quem discorda de mim, fosse *deles*.

Mas ultimamente tenho me perguntado quanto a culpa pode ser minha também. Se mantive a distância das pessoas que considero que estão em desacordo comigo não tanto porque discordo das suas opiniões, mas porque estava me protegendo da rejeição *delas* a essas diferenças, porque me sentia mais segura descartando alguém do que correndo o risco de ser descartada primeiro.

É um raciocínio sombrio, e sou salva de me afundar mais nele pela campainha da loja, ao se abrir, trazendo os primeiros clientes do dia.

"Comigo não morreu", murmura Toni, agarrando o enroladinho de canela e indo para os fundos da loja.

Bea suspira e solta a sua quiche.

"Deixa comigo", digo a ela.

Ela me olha, surpresa. "O quê?"

"Deixa que eu lido com eles. Vai lá ajudar o Toni com o estoque."

Uma das maiores dificuldades da Bea em trabalhar na loja é quão desgastante é para ela interagir com as pessoas, principalmente quando ela está cansada, quanto mais de ressaca. Não estou muito melhor que ela, mas a necessidade de ajudar e cuidar da minha irmã é mais forte.

"Tem certeza?", pergunta Bea. "Tem só dois dias que você atende os clientes e..."

"Pode deixar que eu te mando uma mensagem se começar a me enrolar. E não vou passar dos meus limites."

Ela faz que sim. "Tá bom."

E então vai para os fundos da loja — levando a caixa de doces debaixo do braço, a cara de pau.

Não cumprimento os clientes com um bom-dia animado, mas ofereço um aceno de cabeça educado antes de voltar para o meu prato e enfiar o restante da quiche na boca.

"Com licença", uma vozinha me chama.

Viro, cobrindo as bochechas de esquilo cheias de quiche com uma das mãos e erguendo o indicador para mostrar que preciso de um segundo.

Um garoto que bate na altura do meu quadril me olha, com olhos castanhos arregalados e um sorriso feliz.

"Perdão", digo, me forçando a engolir a comida mal mastigada. "Posso ajudar?"

"Vocês têm diários?", ele pergunta.

Faço que sim. "Temos. Bem aqui." Aponto para a segunda prateleira estreita do lado direito da loja.

O garoto franze a testa para mim. "O que é isso no seu pescoço?"

"O quê? Ah." Olho para minha câmera. "É uma máquina fotográfica. Meu trabalho é tirar fotos."

"Achei que o seu trabalho fosse vender diários."

Isso me faz rir. "Aqui somos pau pra toda obra."

"Sei. Meu nome é Paul. E não pau. Ele/dele." Ele me oferece a mão, e eu aperto.

"Prazer em te conhecer, Paul. Eu sou a Kate. Ela/dela."

O sorriso de Paul é pura alegria. "Legal."

Ele volta os olhos curiosos para a câmera. "Posso tirar umas fotos?"

"Claro." Tiro a câmera do pescoço e me agacho, entregando-a a ele. "Essa câmera é muito cara, então você precisa tomar muito cuidado, tá bom?"

Ele faz que sim. "Tá bom." Franzindo a testa para a câmera, ele aperta um botão, fazendo a telinha acender. "Dá pra ver as fotos? Igual a um celular?"

"Dá, igualzinho. Você quer tirar foto do quê?"

Ele morde o lábio e olha ao redor, então acaba se fixando em mim. "Você."

Eu rio, surpresa. "Eu?"

Ele faz que sim e, sem qualquer aviso, levanta a câmera e, com aquela confiança que adoro nas crianças, tira uma foto. "Agora você pode tirar uma foto minha?"

"Claro. Desde que a pessoa responsável por você diga que tudo bem."

"Somos nós", diz uma voz, o que me faz erguer o rosto. Vejo um casal maravilhoso olhando na nossa direção. Paul é uma mistura perfeita dos dois.

"Eu sou o Hugh, pai do Paul", o homem se apresenta. "E essa é a mãe dele, Tina."

Tina acena para mim.

Sorrio para eles. "Oi, Hugh e Tina."

"Oba!", exclama Paul. "Anda, hora de tirar minha foto!"

"Certo, Paul, onde você quer ficar? Qualquer lugar aqui nessa parede vai ficar bom, porque fica no sentido da luz."

Ele corre até a vitrine, para junto do buquê de flores que estava esperando por mim quando cheguei. "Que tal aqui?", ele pergunta. "Perto das flores bonitas."

"Ficou ótimo."

Paul estufa o peito orgulhoso e sorri, com as mãos nos quadris. "É minha primeira foto de cabelo novo."

"Você cortou o cabelo?", pergunto, fechando um dos olhos para ajustar o foco. "Ficou ótimo."

Paul faz que sim, passando a mão no cabelo preto e curto. "Um dia depois do feriado de Ação de Graças. Tô curtindo."

Sorrio. "Que bom. Você está lindo. Vou bater a foto no três. Um, dois, três."

Clique.

"Posso ver?", ele grita, correndo na minha direção e segurando o meu braço daquele jeito íntimo e sem malícia que as crianças têm que na mesma hora as faz parecer um amigo.

"Aqui." Viro a tela para ele e mostro a foto — a calça jeans escura cobrindo as pernas magras de garoto, o suéter laranja e verde listrado.

Paul passa o dedo na tela, acompanhando a sua imagem. O cabelo curto, descendo até o suéter e a calça jeans. "Adorei."

"Que bom."

Paul sorri para mim. "Obrigado, Kate."

"Não tem de quê, Paul." Fico de pé e tiro a câmera do pescoço, colocando-a em seu estojo, em cima da mesa. "Posso te mandar por e-mail? O que você acha, quer que eu mande pros seus pais?"

Ele faz que sim. "Obrigado! Vou escolher um diário agora." E então ele sai correndo.

"Obrigada por isso", diz Tina, com gentileza. "Vou lá pra ele não pegar uma prateleira inteira da loja."

O que me deixa sozinha com Hugh, que oferece um sorriso amigável. "Foi muito gentil da sua parte", ele diz. "Espero que ele não tenha incomodado."

"De jeito nenhum. É sempre divertido fotografar criança. Elas em geral não têm aquela autoaversão internalizada que os adultos têm, então não são tão críticas ao resultado quando eu mostro."

"Nesse caso", continua ele, "se não se importa mesmo de mandar a foto, posso te passar o meu e-mail?"

"Claro." Pego o celular e começo a digitar um e-mail novo, que vou salvar como rascunho e depois, quando carregar as fotos da câmera para o computador, vou poder mandar para ele. "Pronto, pode falar."

"É 'hughlang', tudo junto, '@veronacapital.com'."

Deixo o celular cair. Ele aterrissa com um *craque* sinistro. Verona Capital é a empresa do Christopher. "Desculpa." Me abaixo para pegar, nem um pouco surpresa de ver uma rachadura enorme e novinha na tela. "Você disse Verona Capital?"

"É. A melhor empresa da cidade para trabalhar. O seu celular vai sobreviver?", pergunta Hugh.

Pisco para ele. "Humm. Vai. Espera, então você..." Mordo o lábio. "Você se importa de me explicar o que faz lá? É um fundo de investimento, né?"

Hugh sorri. "Não é um fundo de investimento típico, mas é isso mesmo. Investimento ético. Colocar o dinheiro dos clientes em projetos que promovam equidade social, responsabilidade ambiental e coisas do tipo, ao mesmo tempo garantindo que eles tenham um retorno substancial."

"E isso é... possível?"

Ele ri. "É. Mas não é fácil. Quer dizer, não tão fácil quanto despejar dinheiro onde seja lá que o mercado esteja dizendo que vai dar o maior lucro possível, dane-se a ética. Mas é por isso que gosto — o desafio de encontrar iniciativas e empresas que não só se encaixam nos nossos requisitos éticos, mas que prometem retornos excelentes. É estressante, e é uma satisfação sem igual quando você faz isso bem. A diretoria faz questão que os funcionários mantenham um equilíbrio entre a vida pessoal e a profissional, para não perder ninguém para o burnout. Por isso que eu estou aqui com minha família, num dia de semana, e não no escritório. Tirei uma folga que estava precisando muito, e eles liberaram, sem nem perguntar por quê."

Engulo em seco. Então tá. O Christopher não é um capitalista malvado *completo*. Mas continua definitivamente sendo um capitalista.

Com um peitoral incrível.

E que dança tango como um deus.

E que tem um cheiro delicioso.

Ai, o meu cérebro hoje tá parecendo um carrinho de bate-bate.

"Bom, maravilha", me obrigo a dizer. "Eu te mando a foto assim que sair do trabalho."

"Nossa, olha só essas flores", exclama Tina, ao voltar com Paul, que parou do meu lado com um pulinho. "Que buquê lindo."

Olho por cima do ombro, com o estômago revirando. Ramos altos de ranúnculos aveludados e cor de pêssego, aninhados junto a dálias amarelas como o sol. Esporinhas compridas derramam suas pétalas numa cascata violeta-azulada. E permeando o buquê, algumas rosas cor-de-rosa e flor-de-noiva. É de fato um buquê *lindo*.

"Quem é Katerina?", pergunta Paul, apontando para o cartão que deixei junto do buquê quando eles entraram na loja.

"Sou eu", admito. "É o meu nome completo."

Paul franze a testa. "Você gosta de quem mandou?"

Mordo a bochecha, ouvindo na cabeça a voz grave de Christopher dizendo *Katerina* daquele jeito que faz os pelos da minha nuca se arrepiarem e as minhas veias arderem com fogo. "É complicado."

"Bom", comenta Tina, com um sorriso, "quem quer que tenha mandado, deve ser um admirador e tanto."

"Ou então precisa pedir desculpas por algum erro muito grande." Hugh lança um olhar para a esposa. "Não que eu tenha experiência em precisar mandar um buquê desses para fazer as pazes, né, amor?"

"Eca", exclama Paul, quando os pais entrelaçam os dedos e Hugh beija a mão de Tina.

"Quando precisou", responde ela, "sempre funcionou."

"E vai funcionar pra você?", pergunta Paul.

Olho para o buquê, com uma sensação estranha e obscura nos membros que não tem nada a ver com as más decisões da noite passada ainda em meu sistema.

Não tenho nem ideia de como responder à pergunta dele.

12

CHRISTOPHER

Me sinto cansado, irritado e pilhado. Passei a maior parte da noite lidando com uma enxaqueca e sofrendo com o pouco sono que tive, no qual fui torturado por sonhos que não posso admitir nem dos quais quero me lembrar muito.

Porque é como se tivessem saído direto do inferno.

Um corpo comprido e magro junto ao meu. Não as curvas que minhas mãos normalmente buscam, nada macio — apenas ângulos pontiagudos, deixando marcas de mordida prazerosas, unhas implacáveis arranhando as minhas costas. Uma voz rouca e grave chamando meu nome, enquanto chupo e lambo, abrindo bem as suas pernas e...

O alarme do meu laptop me arranca abruptamente dos pensamentos. Aperto os olhos com a palma das mãos e inspiro fundo, imaginando uma caminhada lenta e difícil num lago gelado.

Preciso transar.

Nas últimas duas semanas, desde que Kate voltou e mudou *tudo*, abandonei minha rotina — jantar num bar, trocar um flerte com alguém, deixar tudo bem claro (*Sou todo seu esta noite. Mas só por hoje. Sem repeteco*), depois pegar um quarto de hotel, o desafio emocionante de aprender a lidar com um corpo novo e virar um especialista, a emoção de arrancar dela um orgasmo atrás do outro, a felicidade de me entregar ao meu próprio alívio.

Não quero examinar por que as últimas semanas correram do jeito que correram. Não importa o motivo pelo qual não tenho saído, nem transado com ninguém — dado o meu mau humor e os meus sonhos irremediavelmente eróticos, isso tem que mudar.

Preciso de uma boa noite de sexo. Uma boa refeição. Um bom vinho tinto. E, às dez horas da noite, uma mulher bonita embaixo de mim, em cima, de lado — não importa, do jeito que ela quiser. Vou voltar à minha rotina e recomeçar. Tranquilo. Moleza.

É o que sempre faço.

E é por isso que, após redigir um e-mail para Curtis, meu assistente, pedindo para manter minha agenda livre depois das dezessete horas e fazer uma reserva num dos meus restaurantes preferidos, não entendo por que não consigo mandar o e-mail.

Merda. *Merda*.

Mau sinal.

Levanto da mesa e pego o casaco. "Curtis!", grito. "Vou dar uma volta."

"Você tem uma reunião daqui a meia hora", ele diz, quando passo por sua mesa.

"Ok."

Ao passar, cumprimento Luz, a recepcionista, com um aceno de cabeça, então desço a escada correndo, porque que se danem os elevadores, e abro a porta para o ar frio. O céu está limpo, o sol parece um limão amarelo-claro espremendo gotas de luz por entre os edifícios altos. Começo a caminhar, com as mãos nos bolsos, e tento limpar a cabeça.

Funciona por um tempo, enquanto absorvo o barulho dos carros, o fluxo constante de pessoas seguindo com as suas vidas, até que percebo onde estou e reduzo o passo até parar.

Na frente do Bello's.

Olho para o letreiro familiar do restaurante italiano em que não piso há vinte anos. Uma pessoa sai com um pacote para entrega e corre até uma bicicleta na calçada, deixando escapar o som de um violão tocando lá dentro, então sei que o lugar não mudou quase nada.

A porta se fecha, só que lentamente, me dando um tempo para absorver o ambiente. O tilintar de pratos e copos e a melodia de alguém falando italiano aguçam memórias que estavam borradas e desfocadas pelo tempo. Pratos de macarrão com queijo parmesão e pimenta-do-reino recém-moída, taças altas com um vinho tinto encorpado. A risada animada da minha mãe e o sorriso caloroso do meu pai. Música antiga, velas tremulando, eu com a barriga cheia de *frittelle*.

A memória se expande, como uma lente panorâmica. A risada grave de Bill. O sorriso enrubescido de Maureen. Bea rabiscando num guardanapo, Jules com o nariz enfiado num livro.

E uma pestinha de maria-chiquinha, sardas no nariz e as pernas balançando, chutando as minhas canelas, os olhos intensos e enevoados cravados em mim.

Pisco e me afasto da memória, embora a realidade esteja longe de ser um alívio. Meu presente é tão assombrado pela Kate quanto o meu passado.

Penso no trabalho que tenho pela frente para consertar as coisas entre nós, o suficiente para não passar mal toda vez que lembro o que ela falou.
Você me odeia.

Eu me pergunto se algum dia vai haver um mundo em que poderíamos entrar nesse restaurante em termos mais gentis, sem mágoas do passado, e dividir uma garrafa de vinho, provar a comida um do prato do outro, os talheres colidindo numa batalha pela garfada perfeita.

Nem que a vaca tussa, a voz da razão murmura na minha cabeça.

Pego o celular no bolso e abro o e-mail que Curtis me mandou hoje pela manhã, confirmando que as flores e os doces foram entregues, então digito uma resposta, pedindo a ele para cancelar os meus compromissos a partir das dezessete horas, mas sem fazer nenhuma reserva.

Não preciso de reserva para onde vou depois do trabalho.

O mais provável seria precisar de uma armadura completa.

13

KATE

Sem dúvida, pareço ridícula, segurando um buquê do tamanho do meu tronco, enquanto o vento do início de dezembro tenta arrancá-lo dos meus braços, mas tudo bem. De jeito nenhum eu ia deixar essas flores na loja.

Embora eu não dê a mínima para a marca das minhas roupas e jamais tenha desejado itens como diamantes ou caxemira ou qualquer tipo de luxo pessoal — qualquer coisa que custe uma exorbitância e que me deixaria enjoada ao pensar na pobreza e na desigualdade que assola grande parte do mundo —, tenho um fraco por flores. Eu *devia* me importar que, depois que o caule é cortado, a vida de uma flor logo acaba, que um arranjo tão extravagante e caro como este poderia ter sido montado na estufa da minha mãe por uma ninharia, flores cultivadas a partir de sementes baratas e alimentadas pelas coisas mais simples do mundo — luz do sol, terra, água e paciência.

Mas adoro flores. Então abraço o meu precioso buquê e inspiro o cheiro. O cartão encravado nele, com o meu nome em tinta escura, espeta o meu peito, lembrando-me de que, depois de confirmar por mensagem que não foram os meus pais que mandaram, tenho ainda muitas perguntas sem resposta:

Quem mandou? E por quê?

Quem sabe o meu nome de verdade?

Quem sabe que sou vegetariana e que adoro donuts de abóbora?

Quem sabe onde estou trabalhando agora?

Ao pensar no trabalho, minha mente dá um dos seus saltos ligeiros e muda de foco, atraída pelas lembranças do dia, como me senti feliz hoje. Depois que Paul e os pais foram embora, apareceram outros clientes. Eu os atendi, ajudei a escolher um cartão para a vovó, itens de papelaria para um amigo, um quadro decorativo pequeno para o filho adulto que acabou de se mudar para o primeiro apartamento. Enquanto ajudava a reabastecer o estoque, ri com a Bea, brinquei com o Toni, troquei um olhar de cumplicidade com a Sula quando minha irmã e o Toni ficaram brigando feito duas velhas.

Não tinha planejado ficar o dia inteiro na loja, mas o tempo passou tão depressa. As horas voaram enquanto eu tirava fotos entre um cliente e outro, capturando a beleza da loja enquanto o sol fazia a sua jornada dos tons pastéis da luz matinal, passando pelos matizes dourados cor de mel do meio-dia, para os vermelhos intensos do pôr do sol.

Quando percebi, estávamos fechando a porta, virando a plaquinha de ABERTO para FECHADO. E, aos repassar as fotos na tela da câmera, com Toni, Bea e Sula reunidos à minha volta e murmurando *uuuh* e *nossaaa*, um acalento para os meus ouvidos, senti uma coisa: uma chama rara, pequena e forte, bem no centro do meu peito.

Aceitação.

Atordoada por essa pepita de felicidade, me agarro às flores, ignorando o vento teimoso, contente de estar sozinha, prestes a voltar para casa. Precisei de algumas manobras para conseguir chegar aqui — na frente do bar vizinho da Edgy Envelope, logo depois de dar um tchauzinho para Toni, que subiu na garupa da Vespa de Hamza, enquanto Sula passava de bicicleta, tocando a campainha com um *ding* alegre de despedida —, mas consegui.

Há meia hora, o Jamie passou na loja com um *pho* do restaurante vietnamita para jantarmos e pediu um táxi para nos levar para casa. Recusei, mentindo que ia comer alguma coisa no bar e depois voltar sozinha, de táxi. Porque o Jamie e a Bea precisam disso — um tempo pra eles no apartamento, para serem felizes de um jeito que não entendo, porque nunca experimentei, mas fico feliz por eles mesmo assim.

Contei a mesma mentira para Toni e Sula, um pouco perturbada com a facilidade com que tenho ludibriado as pessoas desde que cheguei, ciente de que em algum momento vou ter que encarar isso de frente. As razões pelas quais conto as minhas mentirinhas inofensivas, as escolhas que faço para ficar sozinha, a recusa em firmar raízes.

Mas não hoje. Hoje, com a barriga cheia de quiche e dos donuts que comi o dia inteiro, o rosto enterrado no delicioso perfume das flores, me permito desfrutar desse momento de alegria.

Quer dizer, isso até eu ver uma pessoa de pé, junto de um poste a um quarteirão de mim, com as mãos nos bolsos.

Ele inclina a cabeça para trás, passa a mão pelos cabelos, expondo o pescoço forte e o pomo de adão beijado pelo brilho do pôr do sol.

Eu o encaro, e um raio de reconhecimento corre por minha coluna. Tem algo de tão familiar nele. No jeito como esfrega a cabeça e então deixa a mão cair. Ou como levanta o pulso e olha para o relógio, deslizando o polegar pelo vidro.

É a primeira coisa que reconheço. As mãos.

Mãos que me empurravam no balanço, quando eu era uma garotinha e queria voar bem alto para poder chutar as nuvens. Mãos que resgataram o Puck, o gato da família, do espacinho debaixo da varanda da frente da casa dele, onde ele se enfiara para se abrigar de uma tempestade repentina e violenta. Mãos que me tiraram de um armário, ontem à noite.

Christopher.

Seus olhos encontram os meus. "Katerina."

Num reflexo, abraço as flores com mais força junto do peito. O cartão espeta a minha pele e sinto um vazio no estômago ao lembrar o nome escrito nele.

Katerina.

Não. Não pode ser ele. Ele não faria isso.

Ou será que faria?

Ajeito o buquê nos braços e empino o queixo, para encará-lo nos olhos. Duas brasas reluzentes na luz fraca, encobertas por cílios grossos e pretos. E olheiras debaixo dos olhos. Ele parece exausto.

Não que eu me importe, lógico.

"Christopher", consigo afinal dizer. "O que você tá fazendo aqui?"

Ele se afasta do poste e caminha na minha direção, tão intensamente... *presente*. Sólido e seguro, impassível mesmo diante do vento que agita o casaco de lã e os cabelos. O pôr do sol tinge o contorno do seu perfil e, quando ele vira de frente para mim, ilumina os olhos cor de âmbar e desce em tons de bronze por seu corpo.

A minha respiração está esquisita, meio ofegante no peito. Sinto o perigo, a atração de me aproximar demais do fogo depois de um dia longo e gelado.

Ele está tão perto agora que sinto o seu cheiro amadeirado no vento e vejo o seu peito subindo e descendo.

Então ele me tira do meu devaneio, dizendo secamente: "Parece que você ia 'comer alguma coisa no bar'".

Arqueio uma sobrancelha. "Você está me *espionando*?"

Ele repete o gesto de volta para mim. "Perguntei onde podia te encontrar depois do trabalho. Foi isso que me disseram."

"Você não perguntou pra *mim*."

"Eu não tenho o seu telefone, Kate. Você nunca me deu."

Sinto o estômago revirar. "Você nunca me pediu."

Ele me olha fixamente e responde, baixinho: "Verdade".

De repente, não vejo a hora de ir embora.

Não quero ficar olhando para ele sob o pôr do sol como se o Christopher tivesse sido feito para a luz amar cada ângulo do seu rosto, cada contorno e linha definida do seu corpo. E *realmente* não quero pensar em por que ele está aqui, em como posso ter me humilhado na frente dele ontem, quando estava caindo de bêbada e praticamente inconsciente. Quero seguir em frente. Quero passar por ele e continuar andando.

"Bom", digo, numa falsa alegria, "tô indo, então."

Começo a passar por ele, mas ele me segura pelo cotovelo, me fazendo parar.

Tento puxar o braço, só que Christopher me segura com mais força, ainda que com gentileza, como quando nos trombamos na minha primeira noite aqui.

"O que você quer, Christopher?", digo, entre os dentes cerrados. Sou um fio desencapado prestes a entrar em curto, a pele quente, agitada, pequena demais para o meu corpo.

A sua mão desliza pelo meu braço até segurar o meu pulso. Apesar do frio, a palma está quente e seca, e as pontas dos dedos parecem ásperas na minha pele. Ele desliza o polegar ao longo do meu pulso, onde o meu coração está batendo tão depressa quanto eu quero sair daqui.

Christopher dá mais um passo na minha direção, o quadril tocando o meu. Então ele leva a mão às minhas flores, até a rosa que está escorregando do buquê, as pétalas machucadas pelo vento. Com cuidado, recoloca o caule no lugar, prendendo-o novamente.

Seus olhos se voltam para os meus novamente. "Preciso falar com você."

"Então fala."

"Deixa eu te acompanhar até em casa. A gente pode conversar lá."

"Acompanha você mesmo pra casa e vai dormir. Você parece bem cansado."

"Ora, obrigado, Katerina, e estou mesmo. E vou dormir. Mas vou deixar você em casa primeiro. Você não devia estar sozinha, principalmente não quando já é quase noite."

"Essa história de novo." Suspiro, movendo o buquê nos braços.

Depois de uma pausa, ele diz: "Eu aceito um meio-termo. Vamos caminhar e conversar".

Engulo em seco. "É por causa de ontem?"

"É, em parte."

Sinto as bochechas esquentando. "Não quero falar de ontem."

"O que não significa que a gente não deva falar sobre isso. Deixa eu te acompanhar até em casa. Eu vou ser rápido, depois te deixo em paz, prometo."

Puxo a mão e dou um passo para trás. "Fica pra outra hora."

"Nossa, como você é teimosa."

"Nossa, como você é mandão!"

Christopher sustenta o meu olhar e se aproxima. A expressão em seu rosto se suaviza. Um brilho surge em seus olhos. "Pequena Kate." Aquele apelido ridículo de infância. Eu *não* sinto um arrepio no estômago. "Deixa eu te levar em casa."

Reviro os olhos. "Você tá tentando me convencer de alguma coisa, é? Me bajular? Pois o que quer que seja, pode parar. Não está funcionando."

"E, mesmo assim, você está segurando as flores que eu mandei como se fossem a sua câmera preferida."

Olho para as flores, sentindo um desânimo no estômago. "Foi você que mandou isso?", pergunto, tentando manter a voz calma.

Ele me oferece um sorrisinho de canto de boca. "Foi."

"Um presente absurdamente caro e lindo? Tá tentando remediar alguma besteira que você fez?" Eu o encaro com os olhos arregalados, exasperada. "Claro que foi você. É a sua cara."

"Então quer dizer que você *achou* as flores lindas?"

"Essas flores são um absurdo. Detestei."

O seu sorriso só aumenta, aqueles olhos quentes cor de âmbar me queimando ao dançar pelo meu rosto. "Duvido, Katerina. Você adora flores. Sempre gostou."

Uma dor aguda e lancinante desce pelo meu esterno. Faz tanto tempo que não me permito esperar uma gentileza do Christopher. Tenho medo de confiar nele, estou perplexa com a mudança repentina de comportamento. "Por que você tá fazendo isso? Por que me mandou flores e um cartão com uma frase enigmática e doces suficientes para alimentar todo mundo naquela porcaria de loja?"

Ele arregala os olhos. Então pisca para mim como se o fato de que não estou engolindo essa fachada educada e sedutora o deixasse atordoado. "Eu achei... Eu achei que as flores iam alegrar o seu dia. E os doces, pensei que você podia dividir com os amigos, já que todo mundo que trabalha na loja tinha bebido um pouco além da conta ontem e ia precisar de uma comida boa para curar ressaca."

Meu coração bate acelerado no peito. Por que ele seria gentil? Por que a mudança repentina? Fico dividida entre aceitar a trégua que ele está oferecendo ou botá-lo pra correr. "Então você estava só sendo... *gentil*?"

Ele abre os braços num gesto de impotência. "É, mas acho que não está me ajudando em nada!"

Ah, então tá explicado. Não está ajudando a *ele*. Sinto um peso no coração. "Então a gentileza era pra favorecer *você*. Entendi. Já que é assim...", enfio as flores nas mãos dele, "me deixa fora dessa."

Chego a dar dois passos, mas não consigo continuar. Dou meia-volta e tiro as flores dele.

"Pensando bem, passa isso pra cá."

"Kate", ele me chama assim que começo a marchar pela calçada. "Espera!"

"Não!", grito por cima do ombro. Ando o mais rápido que posso, mas mesmo as minhas pernas compridas não são páreo para as dele. "Vai embora, Christopher."

"Não posso deixar você voltar sozinha pra casa, Kate", ele insiste, apertando o botão da faixa de pedestres no sinal. Ele fica esperando na calçada, mas eu atravesso a rua, com um carro acelerando entre nós.

"Eu não quero falar com você", grito.

Só que, meu Deus, a verdade é que eu quero. Tenho tantas perguntas, mesmo morrendo de medo das respostas. Tenho pavor de *gostar* das respostas dele. E, se eu gostar das respostas, o que mais me apavora é a facilidade com que eu poderia baixar a guarda e deixá-lo se aproximar.

"Então eu não falo nada", ele retruca. "Eu te deixo em casa e depois vou embora, prometo."

Estou prestes a falar para o Christopher onde ele pode enfiar a sua promessa, quando percebo um cara vindo na minha direção numa calçada perpendicular. Meus ombros tensionam. Vivo sozinha há tempo o bastante para confiar nos meus instintos quanto a essas coisas. Na mesma hora paro e encurto a distância entre mim e Christopher, passando a andar ao seu lado. Ao perceber que Christopher está agora comigo, o homem hesita e então segue na direção da rua, como se fosse atravessar.

Meu coração dispara. Fico esperando algum comentário irônico do Christopher sobre como ele estava certo, mas ele não fala nada. Em vez disso, pousa a mão nas minhas costas e dá um passo à minha volta para ficar do lado de fora da calçada, com o corpo junto do meu, me protegendo do homem.

Faço uma cara feia, me odiando pela onda de alívio que me invade. Não preciso de proteção. Nem de cuidado. Mas uma pequena parte de mim, que está sozinha há tanto tempo que cansou de sempre ter que olhar por cima do ombro, de presumir o pior, de ficar na defensiva, se espreguiça e solta um suspiro feito um gato no seu cantinho preferido.

Não quero gostar da forma como ele está se comportando. Mas gosto.

Depois de três longos quarteirões com a cabeça fervendo, olho para ele, curiosa demais com essa reviravolta estranha para não o observar.

Christopher está com a testa franzida, olhando para o nada, com as mãos nos bolsos. Até que olha para mim e me pega o encarando.

"Você está mesmo com uma cara péssima", comento, com honestidade.

Ele dá um suspiro cansado. "É como estou me sentindo."

Não consigo ignorar a preocupação que aperta o meu peito. "O que foi? Ganhou menos de um milhão de dólares hoje? Ouviu um não pela primeira vez na vida de uma mulher que tem a cabeça no lugar?"

Ele volta a olhar para a frente com um sorrisinho fraco no canto dos lábios. "Quem dera fosse uma coisa tão simples assim. Você, por outro lado", ele comenta, me lançando mais um daqueles olhares capazes de seduzir até uma freira, "não está com a menor cara de que virou um quarto de uma garrafa de uísque e dormiu metade da noite num armário."

"Para."

Christopher arregala os olhos de novo, com aquele sorrisinho de conquistador barato na cara. "Parar o quê?"

"De dizer gentilezas que não são verdade. Com esse seu flerte. Eu tô com cara de quem dormiu pouco e está de ressaca, o meu cabelo parece um ninho de passarinho e estou exalando o uísque que ainda está sendo eliminado do meu sistema, e você sabe disso."

"Eu sei o que você está fazendo, e não é assim que funciona. Você não vai conseguir me causar repulsa, Kate. Já vi de tudo com você. Você literalmente já fez cocô em mim. E vomitou também, aliás."

Olho feio para ele. "Eu era uma *criança*."

"Com um impulso destrutivo contra colegiais bonitos."

"Estava mais para: com um dom profético para reconhecer um bostinha quando me deparava com um", murmuro.

Ele leva a mão ao coração. "Agora você me magoou."

"Como se você se importasse com o que eu penso."

Olhando para mim, Christopher solta um longo suspiro, e de repente todo o resquício de humor desapareceu. Ele para de andar, e eu paro também. "Kate..."

"Você prometeu que não ia falar."

Ele me ignora. "Você lembra o que aconteceu ontem?"

Agora é a minha vez de ignorá-lo. Começo a andar de novo, mais rápido. Falta só um quarteirão até o apartamento. Preciso de um banho quente e de dez horas de sono e quilômetros de distância entre mim e esse estranho novo Christopher e sei lá que estratagema ele inventou, fazendo essas perguntas, trazendo à tona algo que seria melhor ficar para trás.

"Kate, para de fugir."

"Como você falou no Dia de Ação de Graças", exclamo por cima do ombro, "é o que eu sei fazer melhor."

"Desculpa, tá legal?"

Paro tão de repente que ele bate em mim, segurando o meu corpo e me sustentando. Olho para ele. "Você... você... acabou de pedir... *desculpa*?"

Ele aperta a mandíbula. Está ofegante, me encarando. "É. Pedi e estou pedindo desculpa agora. Pelo que eu falei no Dia de Ação de Graças. Por ter perdido a cabeça com você na frente da sua família... Por um monte de coisas."

Examino os seus olhos. Estou tão desorientada que juro que parece que o mundo virou de cabeça para baixo. "Isso tudo é por causa de ontem? O que aconteceu? Eu falei alguma coisa?"

"*Tudo*, não. Mas é... um pouco." Ele hesita e então acrescenta, mais baixo: "Fiquei arrasado, Kate".

"E daí? Você teve uma crise súbita de consciência? Baseado em alguma besteira que soltei bêbada, dormindo, você decidiu que, depois de vinte e sete anos agindo como se eu fosse tão invisível quanto o vento ou o chiclete preso no seu sapato, você ia comprar um buquê de flores, me mandar uns donuts e bum, problema resolvido?"

Ele aperta o espaço entre os olhos e dá um suspiro. "É. Não. Eu não..."

"Escuta." Eu me aproximo dele, fitando-o nos olhos. "O que quer que eu tenha dito ontem, o que quer que tenha feito você decidir fazer um transplante de personalidade e me tratar de um jeito que nunca fez antes, pode ignorar. Foi um erro."

Ele me encara com intensidade e cautela, algo que torna a sua expressão feroz e ilegível. "Acho que não, Kate."

Meu coração afunda dentro do peito. Ai, meu Deus, o que eu falei? Conheço o meu histórico, de que quando estou bêbada, infelizmente tenho uma tendência a dizer coisas que estavam enterradas lá no fundo.

Algumas são só coisas bobas e fantasiosas.

Outras são os meus sentimentos mais profundos e vulneráveis.

A julgar pela forma como o Christopher está me olhando, foi a segunda opção.

"Você não tinha o direito de se aproveitar de mim assim", digo a ele, mal contendo a fúria.

"Eu não me aproveitei de você", ele diz, balançando a cabeça. "Eu nem estava tentando. Você não parava de falar. Confia em mim, tudo o que eu queria era te largar na cama e sair o mais rápido possível."

"Lógico!", grito. "Tudo o que você sempre quis ou era me insultar ou me ver pelas costas o mais rápido possível, e a única vez que não fez isso foi quando teve a chance de tirar proveito do meu estado de embriaguez. Que surpresa!"

"Não foi assim", ele rebate, bruscamente, se aproximando. "Você acha que eu queria te segurar, e ficar te olhando sorrir dormindo e falando umas coisas esquisitas e engraçadas, e ficar aturando o seu braço no meu pescoço? Eu não queria isso. Eu *nunca* pedi nada disso."

"Ninguém pediu pra você ser uma merda de um sr. Cavalheiro, Christopher!"

"Aí é que tá o problema, Kate", ele murmura entre os dentes cerrados, tão perto de mim que as suas coxas roçam as minhas, e as flores são a única coisa que nos separa. "Eu não consigo evitar, não com você. E aí você tinha que abrir a sua boca maldita..."

"Ignora", digo a ele. "Só ignora o que eu falei..."

"Você falou que eu te *odiava*", ele solta. "Eu nunca... Eu nunca quis...."

Fico olhando para ele, tentando esconder a tristeza que transparece em minha voz, mas sem conseguir. "Mas você me *odeia*."

"Mas que mulher difícil, eu *nunca* te odiei."

"Talvez você nunca tenha dito isso", devolvo, "mas você age como se me odiasse."

"Se eu faço isso, você também faz."

Empurro o braço dele, mas ele não se move. "Você que começou."

"Porque eu não tinha opção."

Abro a boca para rebater isso, mas as palavras morrem no instante em que a sua mão toca a minha mandíbula.

"Porque você", sussurra ele, abaixando a cabeça, "me tortura. Desde sempre. E eu admito que lidei muito mal com isso. Eu te afastei e me concentrei nas nossas diferenças, e você respondeu na mesma moeda, mas eu nunca, *nunca*..."

A sua boca fica tão perto da minha que inspiro o seu cheiro. E sinto ele inspirar o meu também. Ele desliza o polegar ao longo do meu queixo. O nariz dele roça o meu.

"Eu nunca te odiei, Kate. E eu não suporto que você pense o contrário."

"Você não pode simplesmente... dizer isso", sussurro, com os olhos fechados. Seu polegar desce para o meu pescoço, gentil, leve, espalhando faíscas pela minha pele.

"Eu sei."

"Não muda nada", digo a ele, com o corpo inclinando-se traiçoeiramente para junto do dele.

"Não por enquanto", diz Christopher, baixinho. "Mas eu tô tentando."

"Como? A gente não se suporta."

Ouço o sorriso em sua voz. "Tem tanta certeza assim?"

Abro os olhos e encontro os dele. "O quê?"

Ele fita os meus lábios. "A minha boca está muito, muito perto da sua, Kate."

Engulo em seco. "Tô vendo."

"E você quer que ela esteja ali. Se não, eu já teria levado uma joelhada no saco."

Deixo escapar uma gargalhada ofegante e exasperada. "Você é tão arrogante, tão..."

"Irritante", ele acrescenta.

"Frustrante", resmungo, passando a mão em volta do seu casaco, puxando-o com força para mim.

"Ameaçador", ele sussurra, me levantando pela cintura até eu estar grudada nele. Então Christopher abaixa a cabeça, enquanto olho para ele, e meu nariz toca o dele. Nossos lábios estão a um sussurro de distância. Nós dois inspiramos fundo, trêmulos. "Meu Deus, Kate", ele sussurra.

Ele leva a boca à minha, e uma corrente dispara entre nós, incandescente, crepitando. O mundo sai do eixo, me fazendo pender para junto dele, na ponta dos pés.

A minha boca roça a dele, e um choque nos sacode. Mas não nos movemos.

Christopher solta um ruído baixo e dolorido de satisfação ao segurar o meu rosto, guiando o nosso beijo. No começo é gentil, um sussurro de calor e promessa, depois é faminto, quente, demorado, buscando gostos, sua boca conhecendo a minha.

Lá no fundo, uma faísca se acende, inundando o meu corpo de calor.

Isso me faz me debruçar nele, desesperada por mais. De alguma forma, Christopher percebe, ou talvez ele queira isso tanto quanto eu, porque quando passo o braço em volta do seu pescoço, ele envolve a minha cintura, e então me aperta para junto de si.

Ele pousa uma das mãos nas minhas costas, curvando-me para dentro do seu abraço, até que a mão para na minha nuca e me acaricia suavemente. Abrimos a boca num gemido igual, e a sua língua acaricia a minha de leve, persuasiva. Ofego e me apoio nele, consumida por uma necessidade indefesa e inquieta.

Christopher sobe a mão até o meu pescoço e a enfia no meu cabelo. Ele inclina a cabeça para melhorar o ângulo e geme profundamente quando o beijo se aprofunda, molhado e quente, com os movimentos lentos e constantes da sua língua.

Estou ofegante, sedenta, porque esse beijo é fogo acendendo o meu corpo, queimando, implorando por beijos mais longos e um toque mais forte para estabilizar essa energia frenética que me traz à vida. Preciso dele. Preciso disso. Preciso de *mais*.

Mas quando tento apertar o nosso abraço, sinto uma fisgada brusca no ombro e solto um gritinho de dor.

Christopher se afasta, inspirando com força, o olhar atento, frenético. "Eu te machuquei."

"Não. Não, eu tô bem", respondo, deslizando a mão por seu peito. "Não foi você. É o meu ombro que ainda está um pouco dolorido."

Ele abaixa a cabeça como se estivesse se recompondo. Então solta uma expiração lenta e contida. "Eu não devia... Eu não queria..."

As palavras ecoam no ar entre nós e azedam o ambiente. Meu orgulho arde como se tivesse levado um tapa.

Christopher balança a cabeça, olhando para o chão, esfregando a testa. "Desculpa, Kate. Eu só..."

"Queria conversar?", pergunto, dando um passo para trás e limpando a boca com o dorso da mão, tentando apagar a lembrança dele dos lábios. Odeio ter sido tão fraca, ter desejado isso. E mais, odeio que ele tenha me humilhado *de novo*.

Não acredito que acabamos de nos *beijar*.

Christopher e eu nos beijamos.

Será um sinal do fim dos tempos? Os meteoros estão caindo do céu? A peste e os rios de sangue e os Quatro Cavaleiros?

Christopher xinga baixinho. Ele me encara, os olhos escuros de pesar. "Não era pra isso ter acontecido."

"Claro que não", devolvo. "Você poderia beijar qualquer uma, por que me beijar?"

"Agora você está distorcendo as minhas palavras", ele revida. "Não faça isso."

"Tem razão. Que injustiça a minha! O nosso histórico diz que eu devia te dar o benefício da dúvida sem hesitação!"

Ele puxa os cabelos. "Desculpa, tá legal?"

"É, você já deixou isso muito claro! Que você está muito arrependido! Quanto você se arrepende de ter me beijado!"

Ele estreita os olhos e elimina a pequena distância que coloquei entre nós. "Você tá com raiva de quê, Kate? Do beijo ou do que eu falei sobre ele?"

"Não sei", disparo. "Eu não sei nem quem você *é*. Você me manda flores, me manda doces, fica esperando por mim na saída do meu trabalho, insistindo em me levar pra casa, aí começa a me beijar como se isso fosse... sei lá... um dos romances da Juliet, e nada disso faz o menor sentido!"

"Eu tô tentando conversar com você pra ver se *faz* sentido, mas você não me deixa!"

"Porque não faz! Porque você não trata alguém do jeito que me tratou a vida inteira, e aí do nada resolve que quer 'conversar sobre isso'."

"E esses vinte e sete anos foram todos minha culpa? Você me provocava, zombava de mim, me perseguia..."

"Eu era uma criança, Christopher! Eu era só uma criança que queria se enturmar no que você e as minhas irmãs e até os meus pais tinham. Eu só queria me sentir incluída!"

"Você fez escolhas muito interessantes pra alguém que queria se sentir incluída", ele devolve, respirando com dificuldade, "considerando que foi embora e nunca mais olhou pra trás."

"Porque eu queria viver! Queria ver o mundo. E porque eu ainda tenho o meu orgulho, merda. Porque eu não ia ficar me segurando, só pra ficar esperando dos outros coisas que eles não podiam me oferecer."

"Mas que mulher mais irritante e sem noção..."

"Isso, me insulta mais."

Ele aperta a minha mandíbula e desliza o polegar pelo meu lábio, me lembrando do nosso beijo, e meu Deus, me sinto fraca porque quero beijá-lo de novo. Quero dentes e língua e o seu corpo se movendo com o meu, rígido, sedento, em busca de algo que isso despertou dentro de mim, algo que me faz detestá-lo.

Ele toca a testa na minha, a boca a um sopro dos meus lábios. Então diz, com a voz carregada e baixa: "Como se alguém pudesse não te querer".

Então afasta a mão do meu rosto, abre a porta do saguão do meu prédio e me arrasta para dentro, antes de fechar a porta entre nós.

Fico absolutamente imobilizada, olhando Christopher dar meia-volta, furioso, e fugir para a noite.

E fico ali, absolutamente chocada.

Atordoada com as suas palavras. Ardendo com o seu toque.

14

CHRISTOPHER

"Mas você está de mau humor hoje, hein!"

Olho feio para o Nick. "Eu falei que você podia conversar comigo?"

"Uau." Ele olha para Hugh e faz um gesto de *olha só pra essa*.

Hugh, um dos meus melhores funcionários e um ótimo sujeito, apenas sorri e diz a Nick: "Dá um desconto pro chefe. Ele está com a cabeça cheia".

"É", brinca Nick. "Desse jeito, o que vai ficar cheio é a barriga dele."

Suspiro, mordendo mais uma torrada com manteiga da pilha que tenho na minha frente. Depois de uma enxaqueca, fico com desejo de sal e carboidratos simples, o que, com uma vitamina de fruta doce e gelada, em geral ajuda a aliviar a náusea.

"Como o Paul está indo na escola nova?", pergunto. Estou louco para mudar de assunto. Não quero pensar em quantas enxaquecas tive ultimamente, em quão estressado estou, em como a noite de ontem deu completamente errado, em como estou perdido, agora que abandonei o velho manual de como agir com a Kate.

E realmente não quero pensar no fato de que a beijei, de que ainda sinto o seu gosto, um traço de melado em seus lábios macios; e ainda sinto o calor da sua pele sob a minha mão.

Meu Deus, eu a *beijei*.

Não consigo parar de pensar nisso.

Tenho que pensar em outra coisa.

Hugh termina de mastigar, então baixa o sanduíche e limpa a boca com um guardanapo. "O Paul está muito melhor. Foi a escolha certa."

"Que bom."

"Olha aqui." Hugh pega o celular e abre a galeria de fotos, então vira a tela para eu ver. "Olha como ele está bem."

Sorrio. Paul está com o cabelo curto agora, o que faz com que os seus olhos castanhos expressivos pareçam ainda maiores. Está com as mãos no quadril, uma calça jeans escura com um corte perfeito e um suéter listrado de verde e laranja quase tão reluzente quanto o seu sorriso.

"Ele está lindo. E parece feliz."

Hugh assente com a cabeça e vira o celular para Nick ver.

"Nossa, que garoto bonito", comenta Nick. "Mal posso esperar para ter filhos. Quero pelo menos uns cinco. Não. Sete. Um número ímpar, com certeza."

Hugh ri. "Você diz isso agora. Espera até ter o primeiro e passar um ano sem dormir."

Não posso deixar de olhar para a imagem de novo, enquanto Hugh vira o celular de volta para si. A foto está linda. O ângulo que o fotógrafo usou, o jeito como a luz ilumina o rosto do garoto e se reflete nos seus olhos. A suavidade com que o fundo parece fora de foco, mas não tanto a ponto de tornar irreconhecível o elegante buquê de flores atrás...

Espera.

"Desculpa", murmuro, pegando o telefone das mãos de Hugh e ampliando a imagem.

"Tá tudo bem?", ele pergunta.

Amplio um pouco mais. Puta merda. "Essa foto foi na Edgy Envelope?"

Hugh sorri. "Foi. Fomos comprar um diário pro Paul. A terapeuta dele recomendou, depois da última sessão, e o consultório dela fica na mesma rua, então pensei em dar um pulo na loja. A Tina também ama aquele lugar. No ano passado, comprei um perfume pra ela de Natal que não foi barato, mas deixa eu te falar uma coisa, foi um investimento que rendeu um bom retorno, se é que você me entende..."

Nick ri e o cumprimenta trocando um soquinho com ele. "Vou dar uma olhada, então. Comprar alguma coisa pra Bianca", diz, antes de morder o sanduíche.

Faço uma careta pra ele. "Vai coisa nenhuma."

"Por que não?", pergunta ele, de boca cheia.

"Porque a Kate trabalha lá e não vai gostar de ver a sua cara na loja." Toco na tela do celular de Hugh. "Foi ela que tirou essa foto, não foi, a Kate?"

"É, espera, como você sabe? Ela foi tão legal com o Paul. A Tina chegou a falar: 'Vamos perguntar se ela trabalha de babá?'."

"A menos que você queira o Paul queimando sutiãs e se misturando com uma anticapitalista, eu não recomendaria a Kate como babá."

Ele ri. "Ah, tem coisas piores do que uma criança passar tempo com um adulto engajado contra as injustiças do mundo. Quer dizer, é o que eu quero, pra ser sincero. Todos nós. É por isso que a gente trabalha aqui. Foi por isso que você mudou completamente o rumo da empresa da sua família."

Olho para a foto, sabendo que ele tem razão, que, de muitas formas — apesar daquilo de que tentei me convencer —, a Kate e eu compartilhamos objetivos semelhantes para o mundo, embora por métodos muito diferentes.

E então volto a lembrar dos beijos.

Meu Deus, estou ferrado. A bagunça que estou tentando resolver só piorou.

Tenho uma década de experiência com mulheres. Mas nunca precisei me esforçar para reparar um relacionamento com uma. Sobretudo uma com quem *não* quero um relacionamento, por tantas razões muito sensatas. Como você resolve uma situação com alguém sem fazer as coisas ficarem bem entre vocês? Sem os dois trabalharem juntos para isso?

Pelo visto, você beija essa pessoa, depois sonha com ela, e bate uma no chuveiro pensando nela, e fica repetindo obsessivamente os beijos na sua cabeça.

Estou ficando louco.

E a culpa é toda dela.

"Você acha que ela tem disponibilidade pra cuidar do Paul?", pergunta Hugh, interrompendo os meus pensamentos.

"Acho que não. Ela é fotojornalista e viaja a trabalho", explico para ele. "Não vai ficar na cidade por muito tempo. Nunca fica. Às vezes some por meses, anos, até."

"Espera, fotojornalista? Tive uma ideia *genial*." Nick baixa o sanduíche e espalma as mãos. "Você devia contratar a Kate pra fazer os novos retratos da equipe."

Pisco, pousando com cuidado o celular de Hugh na mesa. "Pra quê?"

Nick se debruça na minha direção, sorrindo. "Você está sempre reclamando que a gente precisa atualizar as fotos. E é verdade, aquele cavanhaque de tio do Hugh está uma monstruosidade..."

"Ei." Hugh joga uma batata frita na cabeça de Nick. "Deixa o meu cavanhaque em paz. Era um visual artístico."

"Não combinava nem um pouco com você, meu amigo." Nick olha para mim. "Escuta, eu sei que você e a Kate não se dão bem, mas..."

"Espera. Vocês não se dão bem?" Hugh franze a testa. "Ela pareceu tão simpática. Qual é o problema?"

"É uma longa história", murmuro.

"E quem saberia dizer melhor do que a gente o que pode resolver qualquer tipo de problema?", pergunta Nick. "Dinheiro."

"Para praticamente qualquer outra pessoa, sim", respondo, "mas não com a Kate."

"Então, o *que* ela mais valoriza?", pergunta Hugh.

Eu me esforço para afastar a lembrança de ontem, a confissão dela de que ela se sentia excluída, preterida, afastada. Sinto uma dor no peito.

"Ela só..." Sinto a garganta ficando seca. "Ela só quer se sentir incluída."

E eu a fiz sentir exatamente o contrário. A culpa arde em meu estômago. Afasto a comida.

"Humm." Hugh franze a testa, pensativo. "Bom, nunca pensei em dizer isso, mas pela primeira vez, acho que o Nick pode estar certo."

"Obrigado", diz Nick, antes de perceber a alfinetada. "Ei."

Hugh ri. "Tô só brincando com você, cara. Foi uma ideia boa, mas não foi a primeira."

"Chamar ela pra fazer as nossas fotos?", pergunto a Hugh, pensando no assunto. "Por que isso é uma boa ideia?"

"Você disse que ela precisa se sentir incluída. Então dê a ela uma coisa na qual se incluir. Você quer resolver a situação com ela e fazê-la se sentir como se fizesse parte do seu mundo..."

"Mas mantendo as coisas a distância", esclareço.

Ele dá de ombros. "Quer jeito melhor de fazer isso do que estabelecendo uma relação profissional?"

Encaro Hugh. "Uau, essa foi boa."

"Ei." Nick dá um tapa no meu braço. "A ideia foi *minha*."

"Então dá um tapinha nas costas, Lucentio. E me deseja sorte." Fico de pé, empurrando a cadeira para trás. "Porque eu tenho uma proposta de negócio a fazer."

15

KATE

Hoje o dia está com cara de playlist TÔ NEM AÍ e roupa nova da loja vintage. O top de seda que estou usando — com a costura perfeita e discreta e uma estampa azul excêntrica sobre um fundo cinza metálico — no mínimo custava originalmente algumas centenas de dólares. Comprei por seis dólares no Dia da Irmã, quando saí com a Bea. O tecido macio e elegante e a lembrança feliz do nosso dia juntas me envolvem, acalmando os meus nervos, que não me deram trégua desde ontem.

Entro na Edgy Envelope com a câmera no pescoço, tentando manter a cabeça ocupada e tirando fotos, enquanto um grupo de clientes se reúne ao redor da Coleção Papel Impróprio, que é o trabalho da Bea — desenhos eróticos escondidos em belíssimas obras de arte abstratas.

"Com licença!", chama uma delas.

Baixo a câmera, engolindo um gemido. Depois daquele desastre com o Christopher ontem à noite, não estou de bom humor. Tecnicamente, nem era para eu fazer atendimento ao cliente hoje. Vim só tirar umas fotos para o site. Mas a Bea está de folga, e o Toni saiu para comprar nosso almoço, então sou a única funcionária disponível.

Eu podia chamar a Sula, mas depois da generosidade dela, me oferecendo um trabalho e me pagando em espécie, posso lidar com um pequeno grupo de clientes, mesmo quando não estou num bom dia.

"Oi." Deixo a câmera pendurada no pescoço. "Precisa de alguma ajuda?"

A cliente sorri sorrateiramente enquanto vou até ela. "Eu ouvi dizer que esses desenhos, é... têm umas coisas sensuais, mas não consegui achar nada."

"Alguns são abstratos", explico. "Outros são mais óbvios. Como qualquer arte, tudo vai da sua percepção. Não tem resposta certa."

Ela suspira e olha para as amigas. "Mas tem que ser assim tão filosófico? Eu só queria mandar um cartão com um sessenta e nove pro Lex."

"Acho melhor mandar um que tenha um pé", brinca outra.

"Cala a boca!", ela exclama, dando um tapa na amiga com o cartão, enquanto as outras caem na gargalhada.

Sinto o cheiro do álcool na respiração delas, e a cena começa a fazer sentido. Elas beberam em vez de almoçar, ou no mínimo almoçaram com um monte de drinques. Estão todas meio embriagadas e desinibidas.

"Essa aqui parece uma cinta peniana, não é?", pergunta outra, empurrando o cartão na minha direção.

Sinto um calor subindo pelo pescoço enquanto olho o cartão. Por mais que eu não julgue ninguém por falar aberta e livremente sobre sexo, nunca consegui ter esse tipo de conversa. Sei que sou uma pessoa sexual, mas acho que não da mesma forma que a maioria das pessoas que conheço.

Fui criada num ambiente que não reprimia o sexo ou a sexualidade — a minha mãe sentou com a gente e explicou com franqueza como funcionava, que era saudável se masturbar e sobre controle de natalidade, o nosso direito de nos sentirmos seguras e a necessidade de haver consentimento mútuo contínuo. Sou esclarecida sobre os fundamentos do sexo, mas ainda me sinto profundamente desconfortável em falar disso com estranhos.

Por sorte, o sininho no alto da porta toca, nos interrompendo.

"Puta *merda*", sussurra uma das mulheres, olhando por cima do meu ombro. As amigas acompanham o seu olhar e emitem vários sinais de aprovação.

Ou é o Toni, que vai assumir o meu lugar, ou é mais um cliente para eu atender. Quem quer que essas mulheres bêbadas estejam conferindo, é a minha pessoa favorita por me salvar desta tortura.

Viro já com um sorriso genuíno no rosto.

Que morre na mesma hora.

Christopher entra, com o sol dourado do meio-dia brilhando atrás de si e cintilando na ponta dos cabelos. Está com o mesmo casaco comprido de ontem, por cima de um maldito terno sob medida. Azul-escuro e tão bem cortado que parece abraçar o seu corpo. A camisa branca impecável. Gravata vermelho-sangue. Do pescoço para baixo, parece saído direto de Wall Street. Do pescoço para cima, parece um pirata. O cabelo preto um pouco comprido demais e um tanto desarrumado para o trabalho chique no mundo dos negócios, os cílios absurdamente grossos e escuros, aquele brilho envolvente dos olhos cor de uísque.

Olho para a sua boca e me lembro dela tocando a minha ontem, quente, molhada e faminta. Não quero, mas não posso parar. Até que me lembro do que ele disse.

Eu não devia. Eu não queria.

"Katerina."

Faço uma cara feia para ele, cruzando os braços. "O que você quer?"

Um sorriso lento que acho que é para me bajular surge no canto da sua boca. "Blusa bonita."

Ele se aproxima e examina o tecido.

"Para de se esquivar com falsos elogios", digo. "E para de ficar me analisando."

"O elogio foi sincero, e não tô te analisando, pequena Kate. Estou apreciando a estampa da sua blusa. E tentando entender. Achei que fosse um desenho abstrato, mas..." O sorriso aumenta. "São *piranhas*?"

"São. Toma cuidado. Não são a única coisa em mim que morde."

Seu olhar se desvia para a minha boca. "Isso não é a ameaça que você pensa que é, Kate."

O comentário foi definitivamente sexual. E, ao contrário do desconforto que senti com aquelas mulheres estranhas falando sobre cintas penianas e fetiche por pés, o modo como Christopher sustenta o meu olhar ao dizer isso faz todo o meu corpo ruborizar. Um calor sobe pelo meu pescoço e inunda as minhas bochechas.

Ele observa a progressão e abre seu maior sorriso. Aquela boca sensual com todos os dentes à mostra.

Fazendo o melhor para ignorar que estou corando da cabeça aos pés, pergunto a ele: "O que você quer, Christopher?".

Ele volta a ficar sério. É a mesma expressão da noite passada, a respeito da qual ainda não consegui pensar — nem no que conversamos *nem* naquele beijo. Se eu pensar nisso, posso acreditar nele, e se acreditar nele — que ele se arrepende, que a nossa dinâmica (sobre a qual admito ter tido bastante responsabilidade) nos afastou e que ele não me odeia — não sei o que vai acontecer, o que vou sentir.

Quanto posso me machucar se estiver errada.

"A gente pode conversar?", Christopher pergunta, baixinho.

Arqueio uma sobrancelha. "Preciso te lembrar o que aconteceu na última vez em que você me pediu isso? Vou te dar uma dica. Foi ontem à noite e envolveu..."

"Tá", ele diz, a expressão vacilando ao dar um passo para a frente. "Só... me escuta. Aqui mesmo, tá bom?"

"Tá bom."

"Eu tenho uma proposta pra você", ele diz. E na mesma hora percebe como isso deve ter soado. Ele arregala os olhos. Uma onda rara de rubor aquece as suas bochechas. "Eu... espera. Só..."

"Aham." Com a cara amarrada, transfiro o peso de perna.

Ele pigarreia. "Vou tentar de novo."

"Fica à vontade."

"Eu tenho uma proposta de *negócio*. Estritamente profissional."

"Isso envolve eu trabalhar pra você?"

Ele sorri. "Na verdade, não. Só no mesmo prédio. No prédio da minha empresa."

"Obrigada, mas eu passo."

Seu sorriso desaparece. "Kate."

"Christopher."

"É trabalho. Seria um bom negócio."

"Eu sei", devolvo. "Eu sou mais do que só uma fotógrafa boa. Eu sou ótima. Ia ser um *ótimo* negócio pra você. Mas não tem dinheiro que pague ter que passar o dia com você e a sua equipe de mercenários."

"Que investem dinheiro em boas causas", ele acrescenta, com paciência. "O que você já sabe. Você conheceu o Hugh. Ele é muito bom, não é?"

É lógico que os dois juntaram os pontos. O meu estômago dá um nó. Estava torcendo para poder fingir que não tinha conhecido uma pessoa gentil que trabalha com o Christopher, mas não vai ser possível.

"Todo mundo na empresa é como ele", continua Christopher. "Pessoas boas que se preocupam com boas causas. E eles estão precisando de fotos profissionais mais recentes. As últimas já têm cinco anos. O Hugh tá com um cavanhaque horroroso, e o Nick tá com um penteado tão idiota que acho que podemos estar perdendo clientes."

Tenho que prender o riso. O brilho nos olhos dele se intensifica. Acho que, apesar dos meus melhores esforços para resistir, o charme dele está funcionando. "O penteado do Nick é mesmo terrível."

"Ei, pega leve, somos italianos", ele devolve, usando um sotaque forte que me lembra o pai dele brincando com a gente, quando éramos crianças. "Temos muito cabelo e não sabemos o que fazer com ele."

"Dá licença", chama uma das mulheres do grupo, levantando as sobrancelhas para mim. "Será que dá pra ajudar a gente?"

Desvio o olhar de Christopher e me viro para elas, rangendo os dentes e tentando lembrar que atender os outros não é estar numa posição de subserviência, ainda que essas pessoas estejam me tratando dessa forma.

"Pois não?", pergunto.

Uma das mulheres abre a boca, mas antes que ela possa responder, Sula aparece atrás de mim. "Oi, gente! Como posso ajudar?"

Ela praticamente me empurra em cima do Christopher. "Tira uns cinco minutinhos, Kate", ela diz, animada. "Você não parou hoje."

"Ah, não..."

"Ótimo", diz Christopher, segurando a minha mão e me puxando para os fundos da loja.

No meio do corredor, puxo a mão de volta antes de poder desfrutar do calor e da solidez dele. "Para de me arrastar feito um saco de batata."

Ele vira, o casaco girando junto consigo. "Kate, ontem..."

"Por favor", sussurro, tentando esconder como a noite de ontem mexeu comigo, mas acho que sem muito sucesso. Não me recuperei do impacto daquele pequeno fio de esperança que subiu pelo meu corpo quando nos beijamos, e que depois foi por água abaixo quando ele disse que se arrependia, que não queria ter feito algo que tinha significado muito para mim.

Não vou aguentar dois dias seguidos disso.

"Você foi muito claro, Christopher. Se você disser mais uma vez que se arrepende ou que sente muito ou que não queria aquilo, eu juro que se você acha que já me viu em modo violento, não sabe o que te espera, então *para* de falar disso."

Ele me encara, com o queixo contraído. Em seguida, engole em seco visivelmente. "Tá bom."

Meus ombros relaxam de alívio.

"Então... você aceita?", ele pergunta. "Fazer os retratos da equipe da empresa?"

Fico olhando para ele, ainda tão... perdida. Quem é esse homem na minha frente? Cadê as palavras mordazes? Os passos se distanciando depressa, constantemente se afastando de mim? Observo os seus olhos. "Por quê?"

Há uma pausa, e então ele diz, com a voz mais calma: "Eu já falei, eu quero consertar as coisas entre a gente. Ou pelo menos... melhorar".

"Melhorar?", pergunto, incrédula.

Ele passa a mão pelo cabelo. "Sei que não vamos nos dar bem de um dia para o outro. Mas quero encontrar um jeito de pelo menos convivermos bem. Enquanto você estiver aqui. Quando estivermos entre amigos e familiares. Por isso que eu fiz aquilo ontem — as flores, os doces. E por isso estou convidando você para fazer essas fotos. Achei que elas poderiam ser um ponto de partida, um jeito de seguir em frente."

Seguir em frente.

Três palavrinhas. Por que soam tão terríveis? Por que me fazem sentir como se tivesse levado um chute quando já estou no chão?

Christopher me analisa atentamente, como se tivesse percebido que estou ficando nervosa. "Fala comigo, Kate. O que você está pensando?"

Não me sinto muito racional neste momento. E não sei por quê. Porque o que o Christopher está falando é exatamente o que eu disse a mim mesma que queria. Que ele não fosse um idiota comigo ou fingisse que não existo. Que me oferecesse aquele sorriso caloroso e encantador que oferece para todo mundo. Que me incluísse como se eu fosse apenas mais uma integrante do grupo e não me enchesse a paciência por simplesmente estar no mesmo espaço que ele.

Então, por que parece que está dando um nó gigante no meu estômago? Por que a simples ideia de Christopher me tratar como todo mundo faz com que o café que engoli há dez minutos suba até a minha garganta?

E o que faço com o que ele fez ontem? As flores estão explicadas, mas não o bilhete enigmático, o beijo inesperado ou as palavras ainda mais inesperadas que ele falou antes de partir.

Como se alguém pudesse não te querer.

É como se ontem já não tivesse sido uma reviravolta grande o bastante para me tirar dos eixos, e aí ele vem aqui e me dá outra rasteira ainda mais forte.

Mas talvez ele não esteja tentando me dar uma rasteira. Talvez esse seja o equivalente emocional de dar os primeiros passos na Lua. Não estou acostumada a ficar perto do Christopher, em meio ao silêncio, enquanto examinamos os olhos um do outro. Estou acostumada ao mar indomável e a tempestades violentas. Claro que isso ia ser estranho. E diferente.

E, assustadoramente, surpreendentemente... maravilhoso.

Se eu puder confiar nele. *Se* ele estiver sendo sincero. *Se* ele realmente quiser, como ele falou, encontrar "um jeito de convivermos um com o outro". Torcendo para ser capaz de esconder bem tudo isso — a emoção da curiosidade, a menor e mais ínfima esperança varando o meu corpo —, ofereço a mão. "Combinado."

Christopher me encara com cautela, o olhar estudando o meu rosto. "Combinado? Simples assim?"

Um sorriso ameaça surgir em meus lábios. Então não sou só eu que estou confusa com essa nova dinâmica. "Com algumas condições. Posso fazer as fotos quando eu estiver disponível, dependendo do meu horário aqui. Esses são os meus termos. Se você aceitar, tá combinado."

Ele pega a minha mão com gentileza. Então acaricia a minha pele com o polegar enquanto sustenta o meu olhar. "Então tá combinado." Um sorriso animado e caloroso de satisfação ilumina o seu rosto. "Muito bom fazer negócios com você, Wilmot."

É uma batalha interna para manter a expressão calma e não suspirar diante do calor da sua mão na minha. O combinado foi uma pequena concessão. Seria demais revelar que esse pequeno negócio que estamos fazendo realmente parece um deleite.

"Igualmente, Petruchio."

16

CHRISTOPHER

"Então." Jamie pigarreia antes de dar um gole no chá verde. "Como estão... as coisas?"

"'As coisas' estão fantásticas." Olhando para os dois lados, atravessamos a rua na faixa de pedestres, encarando o vento de dezembro. "A Kate me bateu com as flores que eu mandei no outro dia e quase foi atropelada só pra fugir de mim."

E você a beijou, me lembra aquela voz severa na minha cabeça. *E você não consegue parar de pensar naquele beijo. Você teve sonhos obscenos lembrando daquele beijo, levando as coisas muito, muito mais longe.*

Não digo isso a Jamie.

"Aí, quando mudei completamente de tática — eu ofereci uma reconciliação e a convidei para fazer os retratos da equipe da empresa —, ela só... concordou."

Ele franze a testa, pensando, dando outro gole no chá. "E isso é ruim? O fato de ela ter concordado?"

"É suspeito." Dou um longo gole no café, repassando a memória daquele momento, aquele brilho ilegível nos olhos dela. "Foi fácil demais."

"Ou talvez bastasse isso, simples."

"Com a Kate, nada é simples", murmuro.

Jamie franze a testa, me examinando. "Ela aceitou a sua oferta de fazer as fotos para a empresa, o que você acha suspeito, mas isso é porque *ela* agiu de uma forma diferente do que normalmente faria, que é o que você quer dela também, que as coisas sejam diferentes..."

"Que as coisas *melhorem*", relembro.

"Bom, leva um tempo para as coisas melhorarem. Diferente pode ser um bom primeiro passo nesse caminho." Ele olha para a minha expressão incrédula e dá um suspiro. "Tudo o que estou dizendo é: a Bea me disse — e, pelo que eu vi nos últimos dias em que estive com ela, eu concordo — que a Kate parecia *feliz*. Isso é um bom sinal, eu acho."

Meu coração palpita. "Ela parecia feliz?"

Jamie faz que sim com a cabeça, um sorriso nos lábios. "Parecia. E isso significa que a Bea também está feliz."

O que significa que o Jamie está feliz, uma obviedade, a julgar pelo sorriso de satisfação no rosto dele quando nos encontramos, o tipo de sorriso que um homem traz quando tem tudo de que precisa. Conheço bem esse olhar aliviado e tranquilo.

Não que eu tenha visto isso no meu reflexo nas últimas três semanas.

Deus, se eu conseguisse superar isso... esse bloqueio contra a minha antiga rotina, se pudesse parar de reviver todos os momentos em que a minha boca esteve na de Kate, as minhas mãos a agarrando, puxando-a para junto de mim.

Balanço a cabeça e inspiro fundo, afastando as lembranças. Estou seguindo o exemplo da Kate.

Ainda bem que ela está ignorando aqueles beijos, fingindo que não aconteceram, que pareceu tão irritada como sempre ao me ver na loja ontem, com aqueles peixinhos carnívoros na blusa e um brilho ferino nos olhos, e me pediu que parasse de falar no incidente em que ataquei a sua boca na porta do prédio dela e afirmei que qualquer um a desejaria.

Estou feliz com isso. *Estou*.

"Christopher?"

Pisco, abandonando os pensamentos e me forçando a fitar Jamie nos olhos. "Desculpa. Me distraí."

Ele sorri de canto de lábio. "Humm."

"Você e esses seus barulhinhos não têm mais o que fazer?"

Jamie sorri ainda mais. "Temos sim. O que eu estava falando era que se você não estiver se sentindo seguro sobre como as coisas estão progredindo com a Kate, por que não organizamos um evento com nosso grupo de amigos? Uma coisa divertida, que ajude vocês a se aproximarem."

Faço uma careta. "Não sei. Até agora, sair em grupo com a Kate foi sempre um desastre."

"Tenta mais uma vez", ele insiste. "Deixa que eu penso em alguma coisa, tá? Você já está muito ocupado. Atividades divertidas não são muito a minha praia, mas sou bom em terceirizar. Vou pedir ajuda."

"Ah, não. Você vai envolver o grupo todo, e não tem ideia de como aquela gente é intrometida."

Jamie inclina a cabeça. "Ué, Christopher, parece até que você sabe de alguma situação em que esse grupo se intrometeu."

Aponto o dedo para ele. "Aquilo... foi diferente. Você e a Bea eram diferentes."

"Como? Quer dizer, eu não tô reclamando do resultado, mas os meios, meu amigo, foram arriscados."

"Vocês tinham uma faísca. Como especialista em química de flerte, sou qualificado para fazer esses julgamentos, e tinha uma faísca. Vocês começaram muito mal. Estavam precisando de um empurrãozinho para dar uma segunda chance um ao outro."

"'Um empurrãozinho para dar uma segunda chance um ao outro', é?" Dando um passo para trás na direção da clínica dele, Jamie dá um sorriso. "Humm. Talvez esteja na hora de seguir o seu próprio exemplo."

Fecho a cara para ele. "Eu gostava de você, Jamie. A gente tinha um bromance de verdade, uma coisa boa. E agora você vem jogar o meu próprio comportamento na minha cara."

Ele ri. "Não se preocupa, a gente vai pegar leve. Só uma atividade em grupo divertida e que aproxime as pessoas, algo pra ajudar você e a Kate a progredirem um pouco mais nessa caminhada em busca de paz."

"Você sabe de quem a gente tá falando? Paz é um conceito tão familiar para ela quanto uma conta poupança."

"Dá um desconto." Jamie continua caminhando em meio ao fluxo matinal de pedestres. "Pode deixar que vou arrumar uma coisa em que seja do interesse dela se comportar, do interesse de *vocês dois*. Você vai estar lá com ela, no mesmo time."

Estreito os olhos. Kate e eu? No mesmo time? Parece um desastre esperando para acontecer.

17

KATE

O escritório de Christopher não é como eu esperava. Não é um arranha-céu gigante, frio e corporativo, com vista panorâmica, os pedestres parecendo formiguinhas na calçada.

Do terceiro andar, as pessoas ainda parecem pessoas, só que mais vulneráveis dessa perspectiva — um mar de cabeças abaixadas e ombros curvados contra o frio, encolhidas até virarem uma miniatura, delicadas e numerosas. Gostaria de saber se é intencional. Se Christopher queria que os seus funcionários vissem e fossem lembrados de que há gente lá fora, do outro lado de toda escolha que fazemos.

Eu me afasto das janelas compridas, que vão quase do chão ao teto, com vista para o quarteirão da cidade, e observo a sua mesa.

As portas das outras salas aqui ficam abertas, então vozes enérgicas se espalham pelos corredores que levam ao escritório de Christopher. Plantas exuberantes de folhas verdes e tapetes luxuosos e felpudos suavizam os ângulos do mobiliário retrô e o layout severo e geométrico.

Girando na cadeira de Christopher, seguro os braços de couro desgastado até o mundo virar um borrão que parece tão confuso quanto me sinto, sentada aqui, esperando por ele.

As paredes da sala têm uma cor quente e aconchegante entre o branco e o cinza — a cor de um domingo sonolento, uma soneca numa tarde chuvosa. A mesa parece velha, mas bem cuidada e arrumada, madeira de nogueira polida que reflete a luz do sol entrando pela janela. Não tem nenhum documento sobre a mesa, só um calendário à esquerda com uma palavra do dia, que eu não esperava ver ali, e, à direita, uma foto bonita em preto e branco da família dele que aperta meu peito.

Ou eles usaram o melhor fotógrafo de família do mundo ou foi um momento espontâneo, porque é muito difícil fazer as pessoas relaxarem e serem elas mesmas quando estão posando para você. Aperfeiçoei a arte de dizer para as pessoas que já bati a foto e então bater no momento em que elas relaxam, mas isso nem sempre funciona. Às vezes, você tem que ser paciente, encontrar aquele momento em que elas se soltam e a alegria volta e a sua personalidade brilha. Levei anos para aprimorar essa habilidade.

Gio está de perfil, uma prova clara de que Christopher herdou as ondas no cabelo e o queixo desenhado dele; no canto dos olhos, é possível ver rugas fundas de quem está abrindo um largo sorriso ao olhar para a esposa e o filho. O cabelo cacheado de Nora é uma auréola ao redor da cabeça, os olhos cor de âmbar, como os de Christopher, cintilantes e cálidos. Ela está sentada com os braços em volta do filho, o queixo sobre a cabeça dele, enquanto os dois sorriem para Gio.

Passo o polegar pela beirada do porta-retratos, uma tristeza me inundando. Não me lembro mais do rosto do Gio e da Nora sem a ajuda de uma fotografia, o que imagino que não deveria ser uma surpresa — eu tinha sete anos quando eles morreram. Eu me pergunto se Christopher ainda pode fechar os olhos e vê-los. Eu me pergunto por que ele nunca fala deles, por que, depois que eles morreram, ele nunca mais falou.

Com egoísmo, sinto uma pontada de gratidão por ter os meus pais, pelo fato de que poderia pegar um trem e abraçar a minha mãe agora mesmo se quisesse, sentir a sua maciez e o seu calor e cheirar o aroma de lavanda em seus cabelos, deixar o meu pai me apertar com força e inspirar o seu cheirinho de hortelã e ouvi-lo me chamar de passarinha Katie.

Meu olhar desliza para a direita, para a outra única foto na mesa. Mais um retrato de família, tirado anos mais tarde. Da *minha* família.

Curiosa, pego o porta-retratos e me recosto na cadeira de Christopher. Descanso as minhas botas de salto grosso na mesa dele, cruzando os pés e balançando de um lado para o outro ao examinar a foto.

É uma foto antiga, num Natal. Estamos todos diante da árvore na casa dos meus pais, usando suéteres quentinhos ou uma calça confortável ou pantufas. Meu pai está sorrindo, os olhos fechados, porque é sempre assim que ele aparece nas fotos, o braço em volta do ombro de Christopher, que está no auge da sua glória estudantil, já da altura do meu pai e sorrindo com arrogância, os cabelos ondulados escuros da época em que usava quase na altura do ombro, porque ele achava que ficava mais interessante assim.

Dou uma risada e reviro os olhos.

Ao lado dele, está minha mãe, com os cabelos castanho-avermelhados como os meus na altura do queixo, os olhos apertados no canto, por causa do sorriso. Em seguida, vêm Bea e Jules, com uns treze anos e ainda quase idênticas, como eram até chegarem ao ensino médio. Já dá para ver os primeiros sinais das belas curvas de Juliet, e uma tatuagem desenhada a caneta adorna a mão direita de Bea, como uma premonição. E, por último, eu, segurando Puck, o gato da família, que parece muito mais ágil na foto, com o pelo branco, fofo e comprido, os olhos verdes pálidos cintilando de travessuras. Devo ter uns onze anos. Franzina, com os olhos apertados, sardas no nariz.

E usando aquela porcaria de aparelho freio de burro.

"Filho da puta."

Coloco a foto de volta na mesa com um baque e olho feio para ela. Lógico que, de todas as fotos que ele tem, Christopher tinha que usar uma em que estou com mais metal na boca do que existe numa fábrica de alumínio.

Irritada, decido que se Christopher vai ter uma foto minha no meu pior momento, está na hora de encontrar algum podre *dele*. Abro a gaveta do meio, surpresa que não esteja trancada. Eu me deparo com uma visão anticlimática: papel pautado em branco, canetas azuis, pretas e vermelhas, uma pequena pilha de clipes de papel.

Então abro a primeira gaveta à direita e vasculho. Dois frascos de remédio que não olho, nem leio o rótulo — sim, estou bisbilhotando um pouquinho, mas me dê *algum* crédito —, bala de hortelã, chiclete de hortelã e uma pequena pilha de cartões de agradecimento com o logotipo da Edgy Envelope no verso.

"Que coisa mais sem graça", murmuro, fechando a gaveta.

Abro a segunda gaveta e continuo vasculhando. Um caderninho fino de couro que parece promissor. Uma camisinha que, após uma inspeção mais aprofundada, descubro ser na verdade uma sanfoninha com dez camisinhas.

"Eca." Solto as camisinhas e pego o caderninho, que o meu instinto me diz ser uma espécie de diário.

Diante de mim, tenho uma decisão a tomar, uma encruzilhada. Ler? Ou não ler?

Estou irritada com Christopher. Estou desconfiada de como ele tem se comportado ultimamente... Mas a ideia de violar a sua privacidade faz o meu estômago revirar.

"Droga", resmungo, irritada comigo mesma.

Estou com saudade do meu lado livre e imprudente. Mas acho que crescer é assim. Isso e os meus remédios para TDAH, que tenho conseguido tomar com bastante regularidade nos últimos tempos, o que me ajuda a controlar os impulsos, como freios que retardam o meu cérebro e o impedem de agir segundo a sua inclinação natural de pisar fundo no acelerador.

Ainda assim, isso é mais do que reconhecer a minha maturidade, o impacto dos meus remédios. Isso é me importar com ele. E não gosto disso. Mas também não consigo ignorar a sensação.

Suspirando, guardo o caderno de volta na gaveta, mas levo um susto ao perceber que uma coisa escorregou parcialmente para fora dele.

Um retalho desbotado de algodão branco com uma borda azul-escura mal costurada.

Sinto um vazio no estômago.

Isso se parece estranhamente com a minha primeira e frustrada tentativa de bordar. Um lenço que abandonei há uma década.

Lentamente, puxo o tecido. O vazio no estômago vai aumentando, aumentando, aumentando.

No canto, exatamente como eu sabia que encontraria, há uma péssima representação de bem-me-queres. Pontos irregulares em tons de azul formam pétalas tortas, e os pistilos irregulares em fios prateados e dourados. Folhas verde-limão pairam bem longe das flores, flutuando sem rumo.

Um nó se forma em minha garganta.

Fiz isso no décimo aniversário — que palavra horrível para usar para uma ocasião tão triste — de morte dos pais do Christopher. Mas nunca dei para ele. Eu detestei. Como pareceu inadequado, mal-acabado. Furei o dedo tantas vezes e perdi a paciência, e depois de considerar o lenço um fracasso, enfiei-o sabe-se lá onde, joguei fora o bastidor e decidi tricotar quando estivesse precisando ocupar as mãos e quisesse fazer alguma coisa para alguém com quem eu me importasse.

Onde ele arrumou isso?

Por que ele guardou isso?

Recostada na sua cadeira com o lenço nas mãos, o polegar deslizando pelos pontos tortos, uma nova voz invade o corredor.

A de Christopher.

Baixo os pés da mesa dele, enfio o lenço às pressas dentro da gaveta e fecho. Talvez eu estivesse pronta para vê-lo e para bater essas fotos corporativas há cinco minutos, mas há cinco minutos eu não estava segurando um lembrete humilhante de que: (1) um dia eu não só me importei com o Christopher feito uma idiota, mas também tentei fazê-lo se importar *comigo*, e, pior, (2) ele tem essa prova cuidadosamente escondida na sua gaveta do trabalho.

Freneticamente, procuro uma saída da sala até que me deparo com outra porta que não a que usei para entrar. Ouço vozes do outro lado dela, o que me tranquiliza, pois significa que se abre para uma saída possível.

É então que faço o que qualquer um surpreendido pela própria bisbilhotice faria...

Corro.

18

CHRISTOPHER

Quando entro na minha sala, a minha cadeira está vazia, mas girando. Franzindo a testa, olho ao redor e caminho na direção da mesa. Tiro a pasta do ombro e a coloco na cadeira do outro lado da mesa, então a contorno, examinando a superfície.

Não deixo papéis soltos na mesa. Tenho pouquíssimas coisas, e nenhuma delas parece mexida — tirando as fotos nos porta-retratos. Ambas ligeiramente deslocadas.

Cerro os dentes de irritação. Ajeito os dois porta-retratos até estarem como eu os deixei, o polegar se demorando em cima de Kate com o aparelho ortodôntico, segurando Puck, que está tão gordo que é do tamanho do tronco dela.

Uma batida dupla na porta me faz olhar para cima e soltar o porta-retrato.

Curtis, meu assistente, sorri. "Bom dia!"

Arqueio uma sobrancelha. "Bom, é?"

"Agora está", ele diz, animado, entrando com um café expresso fumegante e um biscoitinho com cobertura de chocolate no pires.

"Você é meu herói." Mergulho o biscoito no café e mordo metade.

"É autopreservação", ele responde, ajustando os óculos grossos de armação preta. "Quando você está feliz, eu fico feliz."

"Eu estou feliz", digo, na defensiva, de boca cheia.

Ele dá risada. "Ah, claro. Você tem sido um doce de pessoa nas últimas três semanas. Um verdadeiro deleite."

Tomo metade do café expresso e xingo baixinho. Está pelando. "É o último trimestre do ano. Sou sempre 'um deleite' nessa época."

"Verdade", concorda Curtis, entrelaçando as mãos. "Mas você se esquece quanto depende de mim pra manter a sua agenda e que eu sei que as suas noites têm estado... *livres*..." Ele pressiona os lábios de um jeito maldoso e ergue as sobrancelhas.

Olho feio para ele. "Tá querendo dizer alguma coisa?"

Ele levanta as mãos como quem se rende. "Não. Nada. Só várias conjecturas que vou guardar pra mim mesmo."

"Ótimo." Desta vez, dou um gole pequeno no café, com cuidado para não me queimar, antes de virar tudo. "Já que estamos falando de agenda, o que aconteceu com a programação da manhã de hoje? Estava tudo certo antes de eu entrar no trem, aí no caminho da estação até aqui, olhei de novo, e você tinha cancelado a reunião com a equipe toda e bloqueado os meus horários até as catorze horas."

"E que horas eu devia reservar para as fotos profissionais que você remarcou pra hoje, considerando que fiquei sabendo disso hoje de manhã pela própria fotógrafa?"

A xícara de café desliza da minha mão e bate no pires. "Eu... o quê? Quando?"

Ele dá um passo à frente e, com cuidado, tira o pires e a xícara da mesa. "Você não remarcou pra hoje?"

Plantando a palma das mãos na mesa, digo, intensamente: "Não".

"Ah." Ele dá um passo para trás, cauteloso. "Bom, então parece que teve um pequeno mal-entendido. Deixa que eu resolvo. Vou convidar todo mundo de novo para a reunião geral, cancelar o bufê do almoço, bom, ou talvez seja melhor manter o bufê..."

"*O bufê?*"

Ele ri, nervoso. "Ela disse que você tinha garantido a ela que ia ter um bufê vegetariano, e eu presumi que você tinha esquecido de me avisar, como a mudança na agenda."

Devo estar com uma expressão mortal, porque Curtis me olha com uma cara de reprimenda, como quem diz *deixa de ser dramático*. "Não precisa ter um ataque cardíaco. Já falei que eu resolvo."

"Não tenho dúvida disso. Eu estou furioso é com a Katerina."

Curtis parece confuso. "Com quem?"

"A Kate", explico, impaciente. Essa confusão de remarcação é a cara dela. "Kate Wilmot, a fotógrafa. Foi ela que te falou que tinha sido remarcado, não foi?"

"É, foi! Bom, na verdade, ela não chegou a falar 'remarcado'. Ela só apareceu aqui hoje de manhã, dizendo que tinha vindo fazer as fotos", ele explica, enquanto começo a me sentar na minha cadeira. "Ela estava agindo como se fosse para estar aqui, então presumi que vocês tinham combinado alguma coisa."

Assim que ele diz isso, uma mulher de aparência conhecida passa pela minha porta num borrão de cabelo bagunçado e toda de vermelho, igual a um carro de bombeiro.

Erro a posição da cadeira completamente e caio de bunda no chão. "Ai, meu Deus!", exclama Curtis. "Você está bem?"

"Tô bem", grito. Fico de joelhos e me levanto depressa, então passo por ele e sigo pelo corredor afora, feito um touro atiçado por uma bandeira vermelha.

Procuro por Kate na recepção.

Não estou imaginando coisas. Era ela, numa roupa tão vermelha que eu devia ser capaz de notá-la num segundo. Mas, mesmo vasculhando toda a empresa, caminhando pelos corredores, entrando nas salas de reunião e de descanso, não a vejo em lugar nenhum.

E então meu olhar se fixa no único lugar em que ela poderia se esconder e onde eu não poderia encontrá-la — os banheiros, bem perto da recepção.

"Está tudo bem?", pergunta Luz.

Desvio os olhos da fileira de portas de banheiros unissex ao longo da parede, sabendo que Kate está atrás de uma delas e que não há nada que eu possa fazer a respeito.

"Oi, Luz. Tá tudo bem." Caminho até a mesa dela e ofereço o meu sorriso mais gentil. "Você pode me fazer um favorzinho?"

Ela sorri de volta. "Claro."

"Você viu uma mulher toda de vermelho entrar num dos banheiros agora há pouco? É a fotógrafa, Kate Wilmot."

Ela assente. "Vi, sim."

"Você pode me avisar quando ela sair?" Hesito, mas então acrescento: "Assim que ela sair".

* * *

Claro que o telefone fixo da minha mesa acende no meio de uma ligação inesperada de uma cliente — uma das nossas maiores investidoras, que precisa de confirmação de que está tudo bem com a mais nova empresa de energia sustentável do portfólio dela. É nisso que dá ser transparente e aberto com os meus clientes sobre os investimentos deles.

Por mais que eu *queira* dizer a Lydia Bel Sur para esperar um segundo enquanto atendo uma ligação da minha recepcionista, que está espionando a mulher fazendo a maior bagunça no meu escritório, não posso.

O que significa que só quando encerro a ligação com Lydia, quinze minutos depois, é que consigo sair da sala e então identificar o paradeiro de Kate. Na sala de reunião, me deparo com um semicírculo de pelo menos um terço da minha equipe ao redor de Kate, que está recostada na mesa de conferência de vermelho da cabeça aos pés, parecendo um sinal de trânsito.

Rohan dá uma gargalhada. "O Christopher de tricórnio na cabeça e bermuda. Isso não tem preço."

Reviro os olhos, sabendo exatamente qual foto Kate está mostrando para o grupo — a da festa do Dia da Independência, quando meu pai exigiu que fosse todo mundo fantasiado.

"Você devia ver ele de lederhosen", Kate diz a ele, passando as fotos no celular. "Essa eu vou ter que procurar na casa dos meus pais, mas deixa eu ver. Ah! Aqui tem uma ótima. Ele tinha... uns nove anos nessa aqui, acho?" Kate abre a foto e mostra para todas as pessoas reunidas.

"Ai, meu Deus", exclama Jia, apontando para a tela. "Ele está com cabelo de *cuia*?"

"Isso mesmo", respondo casualmente, fazendo todo mundo pular e virar na minha direção, exceto Kate, que desvia devagar os olhos da tela e me fita. Caminho até ela, com os meus funcionários abrindo passagem.

Kate se afasta da mesa e fica ereta, só uns dois centímetros mais baixa do que eu, o que significa que está de salto alto. Não me arrisco a conferir.

"Christopher", ela diz.

Inclino a cabeça e forço um sorriso largo e gentil. "Katerina."

Desviando os olhos dela, me volto para o seu celular. "Ah, entendi por que você escolheu essa. É de antes da sua longa fase de aparelho."

Ela estreita os olhos para mim. "A minha 'longa fase de aparelho' parece estar no centro da sua mesa, Christopher. Eu fico me perguntando por quê."

Sorrio. "Então você viu aquela foto, né?"

Agora, a cadeira vazia girando faz sentido. Ela estava bisbilhotando na minha sala.

Kate funga e guarda o celular.

"Ah! Aí está ela!" Curtis aparece, sem fôlego, os óculos ligeiramente tortos, forçando um sorriso enquanto entra na sala de conferência e me diz: "Igual eu falei, tô resolvendo...".

"Não precisa." Eu o dispenso: "Vamos manter a nova agenda".

Ele alterna o olhar de mim para ela. "Humm... tem certeza?"

Kate estranha. "Algum problema?"

"Tá bom, gente." Pigarreio, sorrindo educadamente para a equipe. "Por mais divertido que tenha sido pra vocês fazer uma pequena viagem no tempo, vamos voltar ao trabalho. O Curtis vai avisar vocês quando a Kate estiver pronta pra tirar a sua foto."

O grupo se dispersa com alguns *prazer em te conhecer* educados para Kate, alguns se demorando um pouco demais, até me notarem os observando feito um falcão.

Kate me encara de braços cruzados. "O que foi isso?"

Espero até a última pessoa sair e Curtis fechar a porta antes de retornar o olhar, tão próximo que nossos corpos quase se tocam. "Eu poderia te fazer a mesma pergunta, Kate. Que brincadeira foi essa, aparecer aqui hoje do nada e pregar essa peça? Se fosse só eu, tudo bem, mas o Curtis está feito um doido pra acomodar essa sua pequena façanha."

"Christopher, são só uns sanduíches vegetarianos e umas porções de sopa. O seu assistente só precisava fechar o pedido que eu deixei encaminhado no café e gastar algumas notas da banheira de dinheiro em que você nada toda noite. Qual é o problema?"

"Em primeiro lugar, eu não nado em dinheiro. Mas fico feliz de saber que você pensa em mim tomando banho. À noite."

Ela revira os olhos. "Eu sou assim tão transparente, é? É, Christopher. É só nisso que eu penso."

"Em segundo lugar", prossigo, ignorando o sarcasmo forçado, "não estou falando do almoço — bom, não *só* do almoço. Estou falando de você aparecer sem aviso, agindo como se hoje fosse o dia das fotos, atrapalhando toda a vida do Curtis."

Kate arregala os olhos. E pisca para mim. "Eu..." Ela desvia os olhos para a bolsa da câmera e mexe com as alças. Vejo os seus ombros ficando tensos, a mandíbula cerrando. Nunca testemunhei com tanta clareza Kate ficando nervosa.

E nunca tive tanta consciência de como estou acostumado a ser duro com ela. Eu presumi que ela tivesse aparecido no dia errado de propósito e a ataquei com isso, mas e se não tiver sido isso? E se ela tiver confundido as datas?

Faz mais de uma década que não passo tempo suficiente com Kate para observar o seu controle cognitivo quando se trata de gerenciamento do tempo, mas lembro que quando ela era mais nova isso era difícil para ela.

Sinto uma pontada de culpa. Kate esconde as dificuldades que tem com o TDAH tão bem que esqueço que ela precisa lidar com isso. E eu deveria tomar mais cuidado. Eu, mais do que a maioria das pessoas, sei que esconder as suas dificuldades não as faz desaparecerem — apenas as torna menos visíveis para os outros. Sei quão solitário é quando ninguém sabe por que cancelei algum plano ou fui embora mais cedo, quando falto de última hora na noite de jogos de tabuleiro ou interrompo uma reunião abruptamente porque meu cérebro decidiu que aquele é um ótimo momento para me incapacitar com uma enxaqueca.

"Você não veio na data errada de propósito, veio?", pergunto a ela.

Kate me encara enfaticamente, os olhos piscando. "Eu..." Ela tensiona os lábios, como se estivesse procurando as palavras certas.

Eu me aproximo e pouso a mão no seu cotovelo. "Pequena Kate..."

"Para de me chamar assim, Castorpher."

Sorrio de leve, lembrando do apelido antigo, de quando os meus dentes da frente ainda eram grandes demais para mim. "Desculpa ter presumido que você estivesse pregando uma peça. Posso me redimir com o bufê chique que você fez o Curtis encomendar?"

"É só pedir pra ele cancelar", ela murmura.

"Não. Podemos pagar um almoço aqui e ali."

Ela continua sem olhar para mim, mas o vinco em sua testa se suaviza enquanto ela se afasta do meu toque suavemente e continua mexendo na bolsa da câmera. "Bom. Hoje eu acordei com vontade de comer aqueles sanduíches de berinjela assada e pesto de pimentão vermelho."

Depois de uma pequena pausa, observando-a, comento: "Imagino que você dependa muito da sua agenda para organizar os seus compromissos de trabalho e manter tudo em dia, né?".

Kate me lança outro olhar enfático, colérico. "É. Porque em geral é pra isso que serve uma agenda. Só é um pé no saco quando confio numa coisa que anotei errado, mas, se você quer saber, é assim que meu cérebro funciona. Sinto muito por hoje, tá legal?"

"Kate, tá tudo bem."

Ela me encara, procurando algo nos meus olhos, quieta por um bom minuto.

"O que foi?" Estou começando a ficar incomodado com a intensidade desse escrutínio.

Kate solta um suspiro desolado. "Estou achando difícil te desprezar nesse momento, e não gosto disso."

Abro um sorriso grande e genuíno. "Bom, *todo mundo* gosta de mim."

Revirando os olhos, ela ajeita a alça da câmera no ombro. "Passou. Você acabou com o momento rápido demais."

Deixo escapar uma risada suave, o que chama a atenção dela. Kate encontra os meus olhos, com uma leve curva no canto da boca — o mais próximo que alcancei de um sorriso.

Ela se afasta da mesa de conferência, andando para trás lentamente. Não consigo impedir os meus olhos de finalmente descerem pelo seu corpo.

Meu. Deus. Do. Céu.

Kate está com um macacão de pernas largas, mangas esvoaçantes e um cinto de tecido na cintura. Ombros, quadris e pernas que se estendem infinitamente.

Sinto um calor quando a lembrança do sonho de ontem me invade — as pernas compridas dos dois lados do meu corpo, ela sentada em mim, os braços magros e fortes esticados, as mãos plantadas no meu peito, o quadril movendo-se depressa...

Cerro os dentes e imploro à minha mente para se lembrar em detalhes vívidos da foto na minha mesa, Kate no ensino médio, com aparelho freio de burro, torcendo para que seja o suficiente para apagar esse fogo que me consome.

Não funciona.

Se Kate percebeu que estou sofrendo, ela não transparece, e dado quanto ela parece se deliciar com meu sofrimento, acho que não percebeu. Ela aponta com o polegar por cima do ombro e diz: "Pensei em usar aquela salinha de reuniões voltada para o sudoeste para tirar as fotos, se não for um problema. É o lugar com a melhor luz".

Fitando-a, tudo o que consigo fazer é assentir em silêncio.

Por fim, Kate parece notar que estou olhando para ela de forma diferente.

Ela arqueia uma sobrancelha. "Espera só pra você ver. Visual profissional na frente. Revolucionário atrás."

E com essa declaração enigmática, dá as costas para mim e abre a porta.

Meus olhos se fixam nas costas do macacão, identificando a imagem clássica de *Rosie the Riveter* estampada no alto, exceto que, nessa versão, Rosie está com um braço erguido, empunhando uma marreta; abaixo dela, em letras rachadas e esmagadas feito pedra destroçada, a frase: ABAIXO O PATRIARCADO.

Quando a porta se fecha, solto a gargalhada que estava me esforçando para segurar.

19

KATE

"Guardou o melhor pro final?" Christopher fecha a porta da sala de reunião atrás de si.

"Me pegou", respondo, com sarcasmo.

Quando a porta se fecha, sinto os pelos da nuca se arrepiarem. Confiro por cima do ombro e o pego olhando para mim, então desviando o rosto. Christopher pigarreia e passa a mão no cabelo.

"Tô vendo que você notou a Rosie", comento, imaginando que era nela que os olhos dele estavam.

Ele me oferece um sorriso irônico que faz as minhas entranhas borbulharem feito uma garrafa de champanhe recém-estourada. "Se a intenção era escandalizar a mim ou a alguém aqui com essa ideologia de 'foda-se o patriarcado', Katerina, sinto muito decepcioná-la."

"O que você quer dizer com isso?"

Ele se acomoda no banquinho para o qual aponto, o mesmo em que todos os outros se sentaram para fazer a foto. "Um monte de coisa. Os direitos das mulheres são direitos humanos", ele continua. "A diversidade e a inclusão não são pautas com as quais você ganha pontos, mas que tem que trabalhar duro para alcançar. Nós não só investimos em empresas comprometidas com essa ideologia como a incorporamos aqui. A Verona Capital oferece aos empregados um seguro-saúde completo que cobre e apoia o direito deles a todos os procedimentos e medicamentos de que precisarem, licença médica remunerada por tempo estendido e acomodação para trabalhar de casa, licença menstrual, licença-maternidade e paternidade estendida, creche e jardim de infância subsidiados, tolerância zero a assédio, instalações acessíveis com certificação de acessibilidade, salas para amamentação, banheiros sem discriminação de gênero... Acho que você entendeu."

Levantando a câmera, apoio os antebraços na frente dos mamilos, que estão duros feito pedra. Nossa, isso me deixou excitada.

"Bom", comento, passando as fotos na tela da câmera com uma cara feia, sem nem olhar os retratos que bati, "é o mínimo que você deveria fazer. É o que todo mundo deveria fazer."

"Concordo totalmente."

Cerro os dentes. Ótimo. Ele não só está me deixando com tesão com esse progressismo como está *concordando* comigo.

"Você parece corada, Kate."

Dou de ombros, então tusso levemente. "Só com um pouco de calor."

Ele abre um sorriso lento e satisfeito. Christopher sabe exatamente o efeito que teve sobre mim, o que é muito irritante. "Posso abrir uma janela", oferece.

"Estou bem."

Estou segurando a câmera com tanta força que ela vai acabar rachando. Deixo-a pender no pescoço, dizendo a mim mesma para me acalmar. E daí que ele sabe que me deixou excitada? Excitar as pessoas é tão insignificante para o Christopher quanto o sol iluminando o céu.

O que é só uma das muitas maneiras pelas quais somos tão profundamente diferentes. Para ele, sexo é uma coisa fácil e fundamental na vida, a experiência e o prazer que ele tira disso são coisas rotineiras. Para mim, sexo é tudo menos fácil, e minhas tentativas de apreciá-lo foram repletas de incompreensão e decepção.

Christopher se debruça para a frente, o cotovelo nos joelhos e as mãos unidas, o que o faz se aproximar de mim e me trazer de volta ao presente como se tivesse levado um choque. Os nossos olhos se encontram.

Ele não desvia o olhar, e um rubor me cobre por inteiro. Talvez seja porque isso é tão raro para mim, mas a intensidade dessa atração sexual que estou sentindo por ele quase me tira o fôlego. Sigo encarando-o, lutando para entender o calor pesado que se instala em meus seios, no fundo da minha barriga e entre minhas coxas.

Faz muito tempo que não gosto do Christopher. Mas isso não significa que eu não o conheça. Não quer dizer que eu não o tenha notado. Sim, ele me é familiar, o seu cheiro, a sua voz, a sua presença — algo que conheço a vida inteira —, mas não deveria demorar mais? Uma vida inteira longe de mim, uns poucos dias sendo gentil, e meu corpo já está se atirando para ele. Isso é inaceitável. E, francamente, está me deixando incomodada.

"Uma moeda pelos seus pensamentos", ele diz, afinal.

Ajeito os ombros, tentando manter o corpo sob controle. "Por mais revolucionária que essa ideia possa ser para você, Petruchio, algumas coisas não podem ser compradas."

Ele inclina o pescoço, sorrindo. Como ele sabe flertar. "Não? E como a gente faz para... adquirir essas coisas, então?"

Olho para ele, detestando, mas terrivelmente adorando o calor que estou sentindo, a dor aguda e gostosa que me atravessa. "Elas precisam ser conquistadas."

"Conquistadas", ele diz, baixinho, com um sorriso de apreciação no rosto. "Humm."

Aproximando-me tanto que posso sentir o calor do seu corpo, ele ergue o rosto para mim, o cenho franzido, a mandíbula tensa. Ele engole visivelmente. Eu também. Cada centímetro de mim está *ciente* dele, a pele toda arrepiada. Sinto um rubor feroz subindo pelo pescoço.

O que é isso? Ele está sentindo o mesmo que eu? Ele é tão experiente no prazer das mulheres que deve reconhecer os sinais — a maneira como sutilmente apertei as coxas para aliviar a sensação entre elas, como ajeitei os ombros, na esperança de esfriar as ondas quentes e pesadas de desejo que percorrem meu corpo.

Ele está me olhando desse jeito, vendo o que faz comigo, por que isso o *interessa*? Ele me quer?

Como se alguém pudesse não te querer.

Não me deixei refletir muito sobre o que ele falou na outra noite. Porque tenho medo de me agarrar a essas palavras. Contar com elas. Torcer por elas.

O pensamento sóbrio enfim me faz recuar. Pego a câmera e a coloco entre nós, focando em Christopher através da lente, ajustando a câmera e me posicionando para capturar a melhor luz.

Resmungo frustrada quando o coloco em foco.

Christopher está com as bochechas rosadas, como se também estivesse com calor, mas tirando isso, está com uma expressão tranquila, ilegível. "Tá tão ruim assim?"

Deixo a câmera pender no pescoço. "Tem gente que, mesmo depois de sete horas de expediente, parece descansada como se tivesse acabado de acordar. Você não é uma dessas pessoas."

Ele dá uma risada forte, passando a mão no cabelo novamente. "Obrigado, Katerina."

Volto a me aproximar, paro bem na frente de suas pernas. São tão compridas, os pés plantados bem no chão, e não no apoio do banquinho em que está sentado.

Ele aperta a mandíbula. Está na defensiva. "Precisa de alguma coisa?", pergunta.

"Deixa comigo, obrigada." Chuto os pés dele para o lado e fico entre as suas pernas, fazendo Christopher soltar um palavrão e levar as mãos ao meu quadril para se firmar.

"Meu Deus, Kate."

"Queria ajeitar essa sua aparência desgrenhada para a foto, pra você ficar parecendo um empresário digno dos milhões das pessoas, em vez de o dublê de alguém depois de um dia difícil no set de filmagem. Posso?", pergunto, apontando para o cabelo dele.

Ele pisca para mim. "Eu..."

Mudo o peso de perna. E só então que percebo que Christopher continua com as mãos no meu quadril, segurando com força.

E eu gosto da sensação.

E não deveria.

"Você o quê?", pergunto, me obrigando a inspirar fundo, para manter a voz neutra.

Olho para o seu pomo de adão, que sobe e desce, a mandíbula tensa. "Ainda estou atordoado pelos últimos dez segundos."

Ignoro o comentário. É o que preciso fazer, porque se o que ele falou na outra noite me desestabilizou, o que está acontecendo agora, a maneira como ele me aperta, está prestes a me mandar pelos ares. "Isso foi um sim?", pergunto.

Ele sustenta o meu olhar. Os dedos pressionam meu quadril, segurando firme. "Foi."

Levo as mãos ao cabelo dele, os fios grossos e sedosos passando por entre os meus dedos, à medida que arrumo as ondas desgrenhadas. Enquanto ajeito o seu cabelo com os dedos, ele fecha os olhos. Um ruído grave de satisfação ressoa no fundo da sua garganta.

Meus dedos descem até as pontas do cabelo e os músculos do pescoço, tão tensos que me fazem estremecer de dó. "Meu Deus, Christopher, já ouviu falar em bolinha antiestresse? Tirar um dia de folga? Os seus músculos estão parecendo cabos de aço."

Quando esfrego o seu pescoço, ele solta uma lamúria de prazer e a cabeça pende até bater no meu peito. Parece ao mesmo tempo a coisa mais natural e mais chocante que já fizemos. Ele aperta meu quadril e inspira fundo por entre os dentes quando enfio os dedos na base do seu pescoço, e depois em seus ombros. "Cacete", ele murmura.

"Com esse dinheiro todo em que você nada, não dá pra fazer uma massagem de vez em quando?"

"Essa é a parte ruim", ele murmura contra mim. "Eu faço massagem. Sem elas, fico ainda pior."

Faço um ruído de desaprovação e enfio os dedos por baixo da gola da camisa social, massageando os músculos rígidos que prendem o pescoço aos ombros. Christopher expira e vira a cabeça de lado, ainda contra mim, sua mão na minha cintura se intensificando.

"Kate", ele chama, tenso.

Respondo, voltando o toque para o cabelo, um território mais seguro. "O quê?"

"Che-chega", a voz dele quebra.

"Ainda não terminei", devolvo, voltando a pentear os cachos ao redor das orelhas e da mandíbula.

"Pra mim já chega", ele resmunga. Christopher se ajeita no banquinho, afastando-se de mim e inspirando com força, de olhos fechados.

"Eu te machuquei?"

Ele tomba a cabeça para trás e pisca para o teto. Solta outro suspiro pesado. "De certa forma."

Ele obviamente não está com nenhuma dor física, então volto a ajeitar as últimas mechas que precisam de atenção. "O que *aconteceu* com o seu cabelo ultimamente? Está tão comprido."

Ele fecha os olhos de novo e solta outro suspiro sofrido. "Tive que cancelar as últimas idas ao barbeiro, e aí chegou num ponto em que resolvi dizer: 'Foda-se, vai ficar assim mesmo'."

"Por que você teve que cancelar o barbeiro tanto assim?", pergunto, dando um passo para trás para examinar o resultado final e decidindo que preciso dar mais uma última ajeitada...

Ele segura a minha mão com força, me detendo. Com gentileza, acaricia a pele sensível do meu pulso com o polegar. Não sei se foi ele quem me puxou ou se fui eu que dei um passo, mas, de alguma forma, agora estou entre as pernas dele.

Christopher engole em seco, os olhos estudando os meus. "Enxaqueca. Nas últimas três vezes em que marquei hora, tive enxaqueca, então tive que cancelar."

Pisco, atordoada com a admissão. A última vez em que o Christopher admitiu ou, nossa, sequer *mencionou* as enxaquecas dele foi antes de os pais morrerem.

Puxo a mão com cuidado. Como uma coreografia não dita, pouso as mãos nos ombros dele e ele volta a segurar meu quadril. Nós nos sobressaltamos um pouco, então nos acomodamos como um circuito completo, a energia estalando entre nós.

"As chances de isso ter acontecido em três dias diferentes...", falo baixo, com a ponta dos dedos se enrolando na base do pescoço dele, brincando com o cabelo escuro e macio junto da gola. "Você deve ter enxaqueca com muita frequência."

Seus dedos se movem nos meus quadris. "Eu aguento, Kate."

A evasiva é resposta suficiente. Christopher não está nem tentando minimizar a frequência das enxaquecas, o que significa que deve ser muito ruim. Ele é um pé no saco, mas a ideia de que sofre com a dor me deixa mal.

"Sinto muito", sussurro.

Ele faz um barulho impaciente no fundo da garganta. "Não é sua culpa. Se tem alguém aqui que deveria sentir muito e pedir desculpas, sou eu."

"Por que você deveria pedir desculpas?"

Ele desliza as mãos pela base das minhas costas, com muita gentileza, os polegares roçando na minha cintura. "Eu fui muito duro com você hoje cedo", murmura, "quando você apareceu aqui. Nem imaginei que você podia ter confundido os dias, só presumi que estava querendo mexer comigo. Eu esqueci..."

"Que eu tenho TDAH?" Bufo, sarcástica. "Quando eu fico mais que só uns dias, é impossível não notar, né?"

Christopher sobe as mãos pelas minhas costas e me aproxima dele. "Por *que* você ficou, Kate?"

Mordo o lábio, os dedos se enroscando em seus cabelos na nuca, alisando com carinho os fios sedosos. "É complicado", murmuro.

"Me explica", ele pede, baixinho, mas com uma ferocidade, as mãos passeando pelas minhas costas num círculo sensual e acalentador.

"Por que eu deveria me abrir com você?", pergunto.

Ele fica quieto por muito tempo me encarando, estudando meu olhar. Por fim, diz, com a voz áspera e rouca: "Porque você sabe que, mesmo eu tendo sido um babaca com você por tanto tempo, Kate, sou de confiança. Você pode confiar em mim".

Nós sustentamos o olhar enquanto absorvo as palavras. A minha parte medrosa quer negar que, de alguma forma, eu sei que lá no fundo posso confiar nele, me impedindo de abrir o coração um pouquinho que seja. Mas a minha parte corajosa quer escancarar meus sentimentos e mergulhar de cabeça na ideia de que Christopher Petruchio é confiável e em todas as possibilidades que isso traz.

"Como um gesto de boa-fé", ele acrescenta, "para provar meu ponto, eis o que estou disposto a fazer. Quando você voltou, e eu falei que um dia iria cobrar meu silêncio sobre o que você estava fazendo na noite em que a gente se esbarrou..."

Aperto seus ombros com mais força ao me lembrar de como fiquei irritada com ele naquele dia, quando me ameaçou no hall de casa no Dia de Ação de Graças, dizendo que ia me dedurar. "O que tem?"

"Bom", ele continua, baixinho, as mãos mais altas agora, os polegares quase debaixo dos meus seios. "Abro mão daquilo."

Arqueio as sobrancelhas, incapaz de esconder a surpresa. "Você está falando sério?"

"Muito sério."

"Você faria isso, só porque quer saber por que estou aqui?"

Ele hesita. Os joelhos roçam as minhas pernas, me apertando junto a ele. "Eu quero saber, é. Mas... principalmente quero que você confie em mim, porque a sua confiança é importante para mim."

Meu coração está batendo acelerado. Mordo o lábio para não sorrir de prazer com o calor que as palavras me causam. Inclinando a cabeça, percebo que a sua gravata está solta e torta. Suavemente, ajeito-a e aperto um pouco o nó. "Eu voltei porque queria consertar as coisas", digo para a gravata, ainda mexendo nela, simplesmente para evitar os seus olhos. "Porque se a Jules fosse embora, ela ia ter um lugar para cuidar de si mesma, e com a Jules longe, a Bea e o Jamie iam poder ficar juntos sem se preocuparem em como isso podia afetá-la. Sair da Escócia e vir pra cá tornava tudo isso possível."

Ele continua com as mãos em mim. "Você voltou... por causa delas."

Sorrio com ironia e encontro o seu olhar. "É, Christopher. É tão difícil de acreditar que eu podia deixar o egoísmo de lado e vir ajudar a minha família?"

"Eu não estava pensando isso." Christopher morde o lábio, a mão firme na minha cintura. "Eu só achei... tem algum outro motivo pelo qual você veio, uma coisa que fosse só por *você*?"

Com ele me segurando desse jeito, me olhando desse jeito, fico com tanta vontade de contar tudo — *Porque eu estava cansada, dolorida, falida e me sentindo sozinha. Porque a vida que eu tenho levado e que costumava resolver todos os meus problemas começou a parecer a fonte de todos eles. Porque foi tão bom me sentir necessária, e, melhor que isso, que eu podia ajudar.*

Mas já revelei mais do que jamais imaginei que faria. Isso é vulnerabilidade suficiente para um dia.

"Eu também tenho os meus motivos", desconverso. Descendo as mãos dos seus ombros até os braços, dou o primeiro passo para trás, até que ele me solta com relutância, as mãos pousando pesadas em suas coxas. "Mas isso..."

"Você não está pronta para me contar", ele termina.

"Uma mulher tem que ter os seus segredos." Levanto a câmera e me obrigo a me concentrar no seu mecanismo, os olhos fixos em Christopher não como alguém que estava me tocando com ternura e me oferecendo um voto de confiança, mas como meu sujeito na foto, enquadrado com segurança.

Ele me encara através da lente, o queixo tenso, os olhos duas brasas vivas que queimam a barreira que tentei colocar entre nós. "Eu espero", ele diz. "Eu espero. Até você estar pronta."

Baixo a câmera por um momento e observo os seus olhos. "E se eu te dissesse que pode ser que você tenha que esperar muito, Petruchio?"

"Eu diria que eu sou um homem paciente, Katerina."

Agarro a minha câmera como se fosse um escudo e a coloco entre nós, capturando quadro após quadro, me lembrando de por que vim aqui hoje com meu traje vermelho feminista, armada com a minha melhor câmera, as minhas botas mais ferozes, pronta para assumir o controle da situação — e não para me envolver emocionalmente e me desfazer de tanta luxúria.

Mas, à medida que vou batendo foto depois de foto, fitando aqueles olhos quentes e fixos em mim, seguros e firmes, tudo em que consigo pensar são aquelas fotos na mesa dele, o lenço na sua gaveta, o seu toque gentil, os olhos atentos, a voz baixa e firme, revelando bondade, prometendo paciência.

Eu espero.

Tenho fotos mais do que suficientes dele, mas mantenho a câmera em punho, firme entre nós, escondendo o fato de que Christopher conseguiu algo que deixei de esperar dele há muito tempo: colocar um sorriso no meu rosto.

20

CHRISTOPHER

"Pode ir desfazendo essa carranca." Nick sorri para mim da porta da minha sala, recostado contra o umbral.

Paro de girar na cadeira e lhe ofereço um olhar vazio e cansado. "E por que eu deveria fazer isso?"

"Porque está na cara que você está fazendo progresso com a bruaca..."

"*Não* chama ela assim."

Nick ergue as mãos. "Foi mal."

Esfrego o rosto. "Desculpa o mau humor. Estou cansado."

"Então vai pra casa. Vai dormir."

Dou uma risada falsa. Ele falou como alguém que consegue simplesmente deitar a cabeça e pegar no sono, sem a cabeça latejando de dor para deixá-lo acordado metade da noite e os pesadelos na outra metade. "Vou."

Levanto lentamente da cadeira e pego meu casaco.

"Vai para a estação? Vou com você."

"Ah. Humm..." Ele mexe na orelha, um sinal de que está nervoso.

"Humm, o quê?", pergunto, vestindo o casaco.

"Na verdade, vou sair pra jantar com a Bianca. Só queria passar aqui e dizer... obrigado. Seja lá o que for que você está fazendo com a Kate, acho que está funcionando. Ela tirou a minha foto hoje e não me deu um golpe de caratê, só me disse que se eu partisse o coração da prima, apesar de não saber onde eu moro, ela teria meios de descobrir. Desde que marcamos esse jantar que eu estou prendendo o fôlego, com medo de a Bianca cancelar, ainda mais depois que a Kate passou aqui hoje, mas aqui estamos."

Desvio o olhar, concentrado em arrumar a pasta, segurando o fecho, tentando ignorar a dor se espalhando por meu peito. "Que bom. Espero que corra tudo bem."

Nick fica quieto. Tão quieto e por tanto tempo que olho para ele. Eu o pego me examinando atentamente. "Obrigado", diz, afinal, e então, depois de uma pausa: "Tá tudo bem?".

Antes que eu possa responder, recebo uma mensagem de texto de um número que não reconheço no meu celular, que está em cima da mesa, com a tela para cima. Leio, e meu coração pula contra as minhas costelas.

Oi. É a Kate.

"Christopher?", pergunta Nick.

Cubro o celular com a mão, num impulso estranho de proteger essa novidade. Kate e eu nunca tivemos o número um do outro. Nunca trocamos mensagem. Fazendo o possível para ignorar o coração pulando dentro do meu peito, ofereço um sorriso a Nick. "Tá tudo bem. Obrigado. Aproveita o encontro com a Bianca. Espero que dê tudo certo. Boa noite."

Nick estreita os olhos para meu celular. Quando ele apita de novo, e quase dou um pulo, um sorriso astuto surge em sua boca. "Boa noite pra você também."

Assim que ele sai da porta e some no corredor, levanto a mão e leio a segunda mensagem na tela.

KATE: Acho que eu esqueci o celular no seu trabalho. Pode procurar pra mim? Eu posso procurar amanhã, mas pensei em pedir pra você dar uma olhadinha agora. Imagino que ainda esteja aí, contando moedas e inventariando o seu império.

Dou uma gargalhada.

CHRISTOPHER: Já terminei de inventariar o meu império hoje, mas ainda tô no trabalho. Tava quase saindo. Vou procurar o seu celular e deixar na sua casa, se você estiver aí. Alguma ideia de onde pode ter deixado?

Meu aparelho apita com a resposta dela.

KATE: É, tô em casa. Talvez na sala onde estava fazendo as fotos? Sinceramente, não me lembro. Aproveita a caça ao tesouro.
CHRISTOPHER: Espero algum tipo de compensação pelo favor.
KATE: Claro que sim, seu capitalista desalmado.

Outra risada me escapa enquanto digito de volta: "Daqui a pouco passo aí pra coletar meu pagamento".

Depois de bater algumas vezes e não obter resposta, entro no apartamento das irmãs Wilmot com a minha chave. Fecho a porta com cuidado. "Kate?"
Olhando ao redor, tomo nota do lugar — a sala de estar está escura e vazia, só as luzes pendentes sobre a ilha da cozinha estão acesas, iluminando o laptop de Kate aberto no Messenger. Isso explica como ela conseguiu me mandar mensagens sem o aparelho. Ao lado do computador estão aqueles fones de ouvido enormes que reconheço muito bem e um saco de batata frita sabor picles com endro, com migalhas espalhadas pela bancada.
Coloco o celular de Kate na bancada, e meus ouvidos captam o som saindo dos fones de ouvido. O volume deve estar muito alto, porque, mesmo a uns trinta centímetros de distância, sei que é a voz de uma pessoa falando, num tom de urgência. Olho para o laptop e vejo brevemente o que está na tela. Sei que é um jornal, e que as notícias não são boas — um vídeo amador de veículos de emergência, uma multidão em pânico, pessoas com as roupas e a pele manchadas de um tom terrível de vermelho.
Desvio o olhar depressa não apenas para respeitar a privacidade de Kate, mas também porque odeio ver sangue.
A porta do banheiro se abre, e me viro na direção do corredor. Kate sai, então para assim que me vê.
Ela fica de pé no corredor, o cabelo preso num coque bagunçado, os olhos vermelhos fixos nos meus, o peito arfando, trêmulo, como se estivesse fazendo muita força para não chorar.
Meu coração se comprime e uma necessidade aterrorizante sacode os meus ossos como se fossem grades de prisão — implorando para que eu a envolva nos meus braços, para tirar do seu corpo e trazer para o meu o que a está machucando.

Uma lágrima escorre pelo seu rosto, um filete sinuoso que passa por aquelas sardas até o lábio trêmulo. Ela enxuga e tenta expirar devagar, mas o ar sai quase como um soluço.

Deixo a pasta cair do ombro enquanto vou até ela. Tiro o casaco, passando-o pelas mãos, liberando-as para segurar aqueles cotovelos afiados e trazê-la para mim. Ela pousa a cabeça com um baque sobre meu coração, e seus braços me envolvem como um torno. Outro soluço profundo lhe escapa.

Eu a aperto com força, uma das mãos acalentando a cabeça, a outra baixa nas suas costas, segurando-a com força contra mim. "Kate", murmuro. "Shiu. Está tudo bem."

"Não, não está." Ela balança a cabeça. "Tanta gente... Eu...", ela solta outro soluço trêmulo, "eu tô tão cansada. Tanta gente boa, tentando levar uma vida honesta, e é tão fácil para as pessoas ruins estragarem *tudo*. Eu odeio. Eu odeio tanto isso", rosna ela, com outro soluço.

"Shiu."

Eu a aninho nos meus braços, balançando-a, sabendo que não tem nada que eu possa dizer, que ela tem razão — como a falta de cuidado, o egoísmo e o ódio das pessoas podem destruir vidas, a violência terrível que os humanos normalizaram e aceitaram, quão desanimador é, como é difícil ter algo esperançoso para dizer.

"Kate", sussurro, com a boca junto da sua têmpora enquanto afasto os seus cabelos do rosto molhado de lágrimas. "Respira devagar."

"N-não me diz o que fazer", diz ela, ofegante. Mas então inspira devagar, trêmula.

"Isso. De novo."

Ela inspira novamente, dessa vez um pouco mais devagar, mais controlada.

Seguro Kate enquanto ela respira, e a sua cabeça fica mais pesada no meu peito, a calma se instalando em seu corpo.

Ficamos ali por minutos ou horas. Perdi a noção do tempo. Francamente, não importa. O que importa é isto: segurá-la, confortá-la, saber que, mesmo que de alguma forma mínima, estando aqui, envolvendo-a nos braços, estou ajudando.

"Obrigada", ela sussurra, com a cabeça ainda apoiada no meu coração.

Assinto, cerrando os dentes com força para que a verdade não me escape: odeio que ela esteja sofrendo, mas estou tão feliz que esteja me deixando reconfortá-la que eu seria capaz de segurá-la assim para sempre, abraçá-la, protegê-la de tudo o que poderia machucá-la, se ela permitisse.

Não confesso minha vontade. Não quando passei tanto tempo lutando contra esses sentimentos que admiti-los seria me render a eles. Não com ela assim tão nervosa, quando essa declaração poderia soar superficial vinda de alguém que passou tanto tempo tentando fazê-la achar que eu sentia exatamente o oposto disso.

Kate solta um longo e pesado suspiro que me diz que as lágrimas cessaram por um momento, que ela está mais calma.

Agora é a minha deixa para sair. Trouxe o celular dela, ofereci conforto quando ela estava chateada. Eu deveria ir embora antes de perder meu último fio de dignidade, antes que seja impossível esconder o que escondi por tanto tempo:

Quanto a quero.

Há quanto *tempo* eu a quero.

Quanto odiei esse desejo, consumindo-me feito uma doença.

Foi sempre a Kate. E, furioso por não ter o menor controle dos meus sentimentos por ela, eu a afastei e a machuquei. Ao reprimir a minha preocupação com ela, meu desejo feroz por ela, a única mulher que quero e a mulher cujo estilo de vida livre mais faz meu coração correr o risco de perder um ente querido *novamente*, meus sentimentos se transformaram num nó de tristeza.

Estou tão cansado dessa tristeza.

Tão cansado de resistir ao que sinto.

É por isso que eu tinha que ir embora. Porque estou prestes a não apenas desistir da farsa, mas me render, e já fiz mais do que o suficiente para me revelar hoje — quando ela me tocou no escritório, e me agarrei a ela feito um cachorro feliz de receber um carinho.

Mas, Deus, como a quero. Eu a quero tão profundamente, tanto, que chega a doer. Não sei mais se posso lutar contra essa dor quando ela está aqui, nos meus braços e, finalmente, *quer* estar aqui.

Com os braços apertados em volta dela, digo, baixinho, com cuidado: "Eu posso ir, se você quiser ficar sozinha". Ela fica tensa nos meus braços, e eu a seguro mais forte, torcendo para ela sentir quanto desejo ficar, quanto desejo que ela me queira aqui também. "Ou... Posso ficar mais um pouco."

O instante em que espero a sua resposta parece uma vida inteira.

Então seus braços me apertam com força, e ela sussurra: "Fica. Por favor".

21

KATE

Meus olhos se fecham enquanto as palavras pairam no ar. *Fica. Por favor.*

Me sinto tão exposta. Tão assustada. Passei o dia em guerra comigo mesma. Meu cérebro grita que esse é o homem que fez da minha vida um inferno por tanto tempo, mal consigo lembrar quando não era assim. Meu corpo discorda absolutamente, cada batida calma do meu coração dizendo que o que estou vendo de Christopher não é uma artimanha, mas uma revelação, que ele sempre se importou, sempre foi um porto seguro, mas que, por alguma razão desconcertante, não queria que eu o visse assim.

Acho que faz só uns segundos que pedi para ele ficar, mas, quando Christopher abaixa a cabeça e descansa o rosto no meu cabelo, parece que se passaram horas. Sua mão desliza pelas minhas costas em movimentos lentos e suaves. "Fico, claro."

O alívio me invade feito água em terra seca até eu estar transbordando. Sinto um nó na garganta novamente. Meus olhos voltam a se encher de lágrimas.

Enquanto ele me segura, absorvo o conforto de descansar em seus braços, um cheiro amadeirado misturado com algo quente e familiar, o simples perfume da sua pele. Parece estranho, maravilhoso e certo. Um cheiro de casa.

A barriga de Christopher ronca, e o som reverbera até meu ouvido, pressionado contra o seu tronco. "Tem alguém com fome. Já jantou?", pergunto.

"Não. E você?", ele pergunta, baixinho.

Enfio-me mais fundo no peito dele, sem querer que isso acabe, sem saber o que vem a seguir. "Mais ou menos."

Ele volta a passar a mão nas minhas costas. "Caso você esteja na dúvida", acrescenta, "batatinha sabor picles com endro não conta como jantar. Nem quando você come com um donut."

Sorrio, contra a minha vontade. "Tragicamente, acabaram os donuts. Se batatinha sabor picles com endro não vale, então não, não jantei. E não temos muita comida em casa. Ou melhor, não temos quase nada. Mas sou ótima de pedir comida."

Christopher dá uma risada suave. Seus dedos deslizam pelo cabelo na minha nuca, me massageando. O prazer de ter as minhas necessidades sensoriais sendo atendidas finalmente acalma as ondas de descrença que estavam se insinuando dentro de mim, quão diferentes de *nós* estamos neste momento — a calma e a paciência dele, a minha quietude, os meus braços o apertando com força, as mãos dele fazendo círculos firmes nas minhas costas, os dedos penteando suavemente o meu cabelo.

"Eu posso fazer macarrão", ele diz, "se você quiser."

"Macarrão é uma boa ideia. Mas não sei se temos. Eu devia ter feito compra, mas quando cheguei em casa, me distraí fazendo carinho no Cornelius, o ouriço, aí ele fez cocô em mim, e eu tive que trocar de roupa, foi quando eu percebi que tinha muita roupa suja, mas que eu não tinha guardado a roupa limpa, então não dava pra separar o que estava limpo do que estava sujo, e eu me senti muito sobrecarregada com aquela bagunça e fiquei pensando se eu devia jogar todas as minhas roupas fora e me juntar a uma colônia de nudistas, só que eu não sou muito de nudez comunitária, então isso estava fora de cogitação." Inspiro fundo e solto o ar, meio trêmula. "Aí eu sentei com um saco de batata frita para comer junto com os meus sentimentos e acabei sendo sugada pelo vórtice horrível das notícias. Então, pois é. Não sei se vai dar pra fazer macarrão."

Christopher faz um barulhinho de desdém no fundo da garganta. "De que me serve macarrão comprado no supermercado? Eu falei em 'fazer macarrão' e é isso que eu quero dizer."

Eu me afasto e olho para ele. Christopher está com uma sombra densa de barba por fazer que o deixa um pouco diferente e que fica muito bem nele. Sei que estou olhando para o Christopher, que é ele quem está me segurando. Mas esse não é o homem que conheço há tanto tempo, não exatamente.

Sinto aquele frio na barriga da primeira vez em que desci numa tirolesa, sabendo racionalmente que poderia confiar no arreio, no cabo, no caminho e no óbvio destino final, mas tão ciente de quão estranha era aquela ideia, voar pela floresta, selvagem e imprevisível, sem saber o que tinha pela frente.

Foi preciso coragem para pular daquela plataforma, e preciso de coragem agora. Ao encontrá-la, fito os olhos cálidos cor de âmbar de Christopher, contando os minúsculos pontinhos dourados. Ele me olha como se talvez eu tivesse lhe proporcionado essa mesma sensação de descer uma tirolesa pela primeira vez.

"Você vai fazer a massa do zero, pra mim?", pergunto.

Ele sorri de um jeito que nunca vi antes, com uma leveza, nada daquele charme de conquistador ou do sorriso antagônico que conheço tão bem. Só o Christopher fazendo um carinho no meu cabelo, passando uma mecha por trás da minha orelha que parece um fio solto, lentamente me desfiando por inteiro.

"Bom", ele diz, "pra mim também, pode apostar. Mas sim, é isso mesmo."

Cutuco o quadril dele, onde sei que sente cócegas terríveis. Ele pega a minha mão e entrelaça os nossos dedos. Seu polegar circunda suavemente a minha palma.

E é algo tão pequeno, o seu polegar desenhando círculos na minha palma, os dedos entrelaçados aos meus, mas parece que contém um mundo inteiro. Ficamos de pé, calados, ainda nos tocando. A intensidade do seu olhar sustentando o meu, o toque constante do seu polegar na minha pele, é como se ele estivesse vendo tudo contra o que estou exausta demais para lutar ou para me esconder.

Passo tempo demais me mantendo ocupada, me distraindo para não desacelerar o suficiente e sentir tudo o que carrego dentro de mim, até que desabo num raro episódio de crise de choro de doer o peito. Sei que a minha empatia, a profundidade com que experimento as emoções, me deixa arrebatada, me faz me preocupar, lutar e protestar, que a minha capacidade de sentir é uma força, mas ela nem sempre *parece* uma força.

A minha capacidade de sentir é... esmagadora. Mas aqui, nos braços dele, eu me pergunto se talvez tenha sido sempre tão avassalador porque nunca tentei desabafar, dividir com outra pessoa um pouco.

O jeito que sou, mesmo que desse jeito tão pequeno agora, com Christopher.

Por tanto tempo me orgulhei de não precisar dos outros, de amar as pessoas de uma distância segura, fazendo visitas breves e enviando presentes lúdicos e e-mails divertidos. Mas, por baixo desse orgulho, dessa determinação feroz de ser independente, está a necessidade desesperada de que alguém me agarre pelo cotovelo e me puxe para os seus braços e me deixe desmoronar até eu conseguir me recompor.

Exatamente como Christopher acabou de fazer.

"Pequena Kate", ele diz, baixinho, me trazendo de volta dos meus pensamentos, de volta para os seus braços, para a sua palma circulando continuamente as minhas costas. "Deixa eu fazer macarrão pra você. Só preciso de farinha e ovo. E daqueles acessórios de fazer massa da KitchenAid que eu dei pra Jules uns dois Natais atrás."

"Não sei nem se a gente tem isso", digo a ele. "Quer dizer, farinha e ovo."

Christopher dá um passo lento para trás, mas mantém a mão na minha, entrelaçando os nossos dedos. "Vamos ver. Se não tiver, a gente dá um pulo no mercado."

Deixo-o me puxar na direção da cozinha e tento não me sentir vazia quando Christopher solta a minha mão e desliga meu laptop e o fone de ouvido e depois os desliza pela bancada, para fora do meu campo de visão. Ele fecha o saco de batata frita e limpa os farelos.

"Senta aqui", ele diz, apontando com a cabeça as cadeiras do outro lado da ilha agora arrumada e limpa.

Não quero uma ilha entre nós. Quero ficar perto deste Christopher novo, para poder examiná-lo e satisfazer meu fascínio carente. Mas sento na bancada ao lado dele e fico com as pernas balançando. "Pronto."

Ele me oferece um sorriso irônico, depois se volta para os armários da cozinha, mais à vontade e familiarizado com o conteúdo do que eu, mesmo depois de semanas morando aqui. Vejo-o encontrar a farinha, e então abrir a geladeira e pegar uma caixa de ovos.

Em seguida, eu o vejo fazer uma coisa que nunca vi alguém fazer tão de perto. Ele desabotoa os punhos da camisa com destreza e enrola as mangas rapidamente pelos braços até estarem bem firmes acima dos cotovelos, como no dia em que dançamos tango. Ele abre a torneira e lava as mãos com detergente.

Olho para as suas mãos e os antebraços, partes práticas do corpo dele que já vi inúmeras vezes. Elas não me fazem *me* sentir muito prática neste momento.

Olhar para elas me faz me sentir quente e trêmula — os dedos longos com nós largos, os músculos do braço visíveis sob uma camada de pelo escuro.

A minha respiração se acelera. Penso em tocar essas mãos, deslizar a ponta dos dedos na pele dele, sentir os pelos finos e macios e os músculos duros e grossos. Penso em pegá-las e puxá-las para meu corpo para que possam aliviar a necessidade entre as minhas coxas, que aperto com força.

"Quer fazer comigo?", pergunta Christopher, olhando para o trabalho que tem diante de si, enquanto abre um tapete antiaderente grande e coloca sobre ele uma medida de farinha.

Levo a mão à bochecha quente, tentando me refrescar. "Não sei."

"Eu acho que você devia tentar."

"Por quê?" Observo, enquanto ele arruma a farinha num círculo e então abre um buraco no meio.

"É catártico." Ele quebra um ovo com desenvoltura e joga no buraco da farinha. "Anda. Arregaça as mangas e lava as mãos, pequena Kate. Você vai ver."

Não respondo logo de cara, mas ele não parece se importar, nem me força ou me pressiona. Simplesmente quebra mais alguns ovos, depois enfia as mãos no lago de ovos no fundo do vale de farinha e quebra metade das gemas no primeiro movimento.

Nunca compreendi o conceito de "pornografia gastronômica", mas se for isso, agora eu entendo.

Acho que soltei algum tipo de gemido, porque Christopher me olha com o cenho franzido. "O que foi?"

"Eu..." Arrebatada pela visão pornográfica desse homem fazendo macarrão, procuro as palavras para responder, mas elas me faltam.

Seguindo meu olhar, ele solta um palavrão baixinho. "Meu relógio." Ele levanta a mão para mim, coberta de ovo e farinha. "Pode tirar, por favor?"

Olho para a mão suja, para o ponto onde as suas veias pulsam. Com cuidado, puxo o seu braço para mim, para encontrar a melhor posição para abrir a fivela. Christopher me observa, extraordinariamente quieto, enquanto tiro o relógio, que viro com cuidado, e, ao buscar a sua imagem na minha memória visual, sei que já o vi antes. "Era do seu pai."

Ele se fixa no relógio em minhas mãos. "Era."

"Acho que ele ia ficar feliz. Acho... que ele teria muito orgulho de você."

Christopher levanta o rosto para mim. Ele me encara nos olhos, e o impacto me atinge feito um diapasão, reverberando através do meu corpo num zumbido de sacudir os ossos. "Orgulho de quê?", pergunta, afinal. "Do meu sucesso como capitalista desalmado?"

Ouço em sua voz o tom meio de humor, meio de súplica: *Seja gentil comigo. Não brinca comigo, não com isso.*

Sinto um forte arrependimento. Pela primeira vez, entendo algo que não entendia antes — não fui a única a se machucar no nosso passado conturbado. Em algum momento, eu o machuquei também.

Sustentando o seu olhar, respondo: "Acho que te chamar de 'capitalista desalmado' pode ter sido um pequeno exagero. Acho que... eu posso ter presumido o pior de você e da sua empresa. E quem sabe alguns acontecimentos recentes, principalmente o tempo que passei na sua empresa hoje, tenham sido... esclarecedores".

Um sorriso pequeno de satisfação faz os seus olhos brilharem como o amanhecer num mar de folhas de outono. "Esclarecedores?"

Eu me obrigo a me concentrar no relógio. "Quando você fotografa as pessoas, elas saem melhor quando estão relaxadas. Aprendi a conversar com as pessoas para deixá-las à vontade, e quando conversei com os seus funcionários hoje, quando eles compartilharam a relação deles com o trabalho e os valores que têm, o que a empresa faz para apoiá-los e no que acreditam..." Dou de ombros. "O que eles disseram, o que você mesmo me falou, me fez ver as coisas de forma diferente. Tenho muito respeito por isso. Acho que o seu pai e a sua mãe também. Eles ficariam superorgulhosos."

Christopher me olha tão intensamente que sinto como se a luz do sol estivesse aquecendo meu rosto num dia de frio intenso. Não consigo me conter e correspondo, meu coração disparando no peito.

"Obrigado, Kate", ele diz, baixinho. "Nem sempre tenho tanta certeza disso."

"Por que não?"

Ele dá de ombros, olhando para a massa, brincando com ela com a mão. "Fiz muitas coisas diferentes dos meus pais, diferentes de como imagino que eles gostariam que eu tivesse feito. Reformulei e reestruturei a empresa da minha família. Tem uma década que não vou à missa. Tenho trinta e três anos e continuo solteiro e sem filhos."

Pouso o relógio do pai dele com cuidado longe da farinha e dos ovos. "Só porque você fez escolhas diferentes deles não significa que eles não te admirariam nem se orgulhariam de você. Se aprendi uma coisa vivendo em lugares com outras culturas e línguas é que as diferenças não precisam afastar as pessoas umas das outras, se estivermos dispostos a nos entender. As nossas semelhanças são muito maiores do que nossas diferenças — só precisamos querer vê-las."

Ele franze os lábios, afundando as mãos na massa, então comenta: "Não consigo me imaginar fazendo isso".

"Fazendo o quê?"

Ele dá de ombros enquanto sova. "Indo a todos esses lugares a que você foi. Sem saber bem a língua ou as expectativas sociais, como chegar aonde você quer ou a quem você pode perguntar. Parece um caos."

Fico em pé e vou para o lado dele, para lavar as mãos na pia. Acho que vou tentar essa coisa de fazer macarrão, afinal.

"É um caos", digo, esfregando detergente nos dedos. "Mas meu cérebro adora esse caos. Quando tem muita coisa 'igual' na minha vida, é como se eu estivesse sufocando, como se uma novidade fosse o ar, e eu estivesse tentando respirar. Quando vou a um lugar a que nunca fui antes, e ouço palavras e sons desconhecidos, vejo coisas novas; quando as ruas têm outras direções, e a textura da comida é inesperada, e ouço música que nunca ouvi antes tocando tão alto que faz meu peito vibrar, sinto como se pudesse respirar de novo, como se a minha pele se encaixasse bem no meu corpo, como aquela sensação perfeita de quando você está flutuando na água, sem peso, e você ouve a sua respiração nos ouvidos, o seu coração bombeando a vida através do seu corpo, e o mundo parece nada e tudo, exatamente do jeito que deveria ser, tudo ao mesmo tempo."

Christopher para de sovar a massa. Um rubor furioso aquece as minhas bochechas. Fiquei divagando. De novo.

Divagar é meu hábito mais antigo, e as pessoas não costumam ter muita paciência com isso, o bordão *A Kate fala demais* me seguiu a infância toda. Aprendi a me calar perto de pessoas que não gostavam das minhas divagações não porque elas estavam certas, mas porque eu não queria perder meu tempo com quem não me apreciava pelo que eu era.

Por outro lado, com as pessoas mais próximas — a minha família, os raros amigos rápidos que encontrei — sempre me senti segura para divagar, confiando que os que me amam aceitariam meu cérebro e como ele faz os meus pensamentos transbordarem uns nos outros e para fora da minha boca, às vezes estranhos, às vezes engraçados, mas sempre honestos e reais e tão absolutamente característicos de *mim*.

Mas o Christopher é uma incógnita enervante. Ele não é um estranho. Ele não é da família, não sei quanto a *minha* família diria o contrário. E ele também não é meu amigo.

Mesmo assim, enquanto percorro rapidamente o longo catálogo de ofensas que ouvi dele ao longo da vida e não me vem nenhuma lembrança de Christopher zombando de mim por causa do quanto eu falo, fico nervosa, sem saber como ele vai responder.

Desligo a torneira e escondo o calor queimando as minhas bochechas, dando as costas para ele para secar as mãos.

"Kate." Eu me volto e me obrigo a olhar para ele. Christopher dá um passo para trás, abrindo espaço entre ele e a bancada, então me chama com a cabeça. "Vem."

Fico de pé na frente dele, junto da bancada, e o sinto se acomodando logo atrás de mim.

Sua voz soa calma e gentil, tão deliciosamente próxima. "Queria que você soubesse que acho o que você faz, e o jeito como você vive, lindo e corajoso. Eu sei que nunca demonstrei isso. Mas eu respeito. Profundamente."

Pisco, atordoada. "De verdade?"

Paira um silêncio no ar, até que Christopher responde, devagar: "De verdade. Mas era difícil admitir essa admiração quando eu estava com medo, Kate. E eu tinha muito medo. Eu me preocupava com você e não queria me preocupar".

Sinto a minha pulsação batendo forte nos ouvidos. *O que ele está dizendo?... O que isso significa?*

"Eu não desaprovava o que você fazia porque achava inadequado ou errado", ele continua. "Achava incrível. Mas eu odiava que, pra fazer o seu trabalho, você tivesse que se arriscar e se colocar em perigo. Então eu me concentrava no que odiava, porque assim ficava mais fácil colocar uma distância entre nós, dizer a mim mesmo que eu não me importava com o que podia acontecer com você. Mas eu me importava. Eu escondia isso enquanto você estava fora, e aí era uma tortura para nós dois quando você voltava, e não consegui escapar."

Olho por cima do meu ombro, absolutamente sem palavras, e o encontro me encarando. Meu Deus, que olhos. São chamas de fogo, um tom intenso de uísque que me aquece dos pés à cabeça.

"Você se importava?", pergunto, com a voz rouca.

"Me importava, Kate. Claro que sim. Eu me *importo*. Não soube demonstrar, mas sempre me importei com você." Ele engole em seco. "E sempre te admirei."

Meu coração dá um pulo. "Bom... se isso te faz se sentir melhor, eu também me importava." Ai, meu Deus, agora meu coração parece um elevador despencando. Admitir isso é difícil. "E... para um capitalista, até que te admirava."

Christopher abre um sorriso tão resplandecente que a sua potência poderia iluminar um quarteirão da cidade. Viro para a bancada, sorrindo também.

"Para um capitalista, é?" O prazer na sua voz, uma ponta de riso, me deixa toda arrepiada.

Dou de ombros, contendo o sorriso à medida que ele cresce.

"Eu ganhei um sorriso?" Christopher enfia a cabeça por cima do meu ombro, me cutucando com o queixo. O que me faz soltar um ganido muito infantil.

"Christopher." Eu o empurro de leve na barriga, com o cotovelo.

"Katerina", ele responde, tão próximo de mim que a sua boca quase roça meu pescoço. Sinto um arrepio descendo pela coluna.

"Para de me fazer cócegas", reclamo, me obrigando a ficar ereta e a firmar a voz.

"Tá bom." Ele solta um suspiro e dá uma batidinha na bancada. "Agora, vamos lá. Tudo o que está te incomodando hoje, aperta nessa massa de macarrão."

Hesito por um momento, depois me aproximo. Devagar, levanto um pouco mais as mangas da blusa e enfio as mãos nos ovos. Aperto o mais forte que posso, chiando de prazer com a clara escorregadia e a sensação tátil gostosa das gemas deslizando pelas mãos.

"Gostou?", ele pergunta.

"Humm, isso é basicamente um *deleite* sensorial." Levanto as mãos e mostro como estou saboreando a sensação da textura pegajosa da farinha e do ovo entre os meus dedos. "Adorei."

Ele fica bem atrás de mim e também leva as mãos à massa.

É tão bom, o corpo dele atrás do meu, as nossas mãos sujas e juntas.

As nossas mãos se tocam, os nossos corpos se roçam. Sinto a respiração dele no meu pescoço, quente e macia, os seus olhos em mim, me observando enquanto me entrego à tarefa, e logo temos uma bola de massa. Christopher me mostra como sovar, com as mãos nas minhas, dobrando a massa ao meio e a apertando na bancada.

"Tudo bem, ainda?", ele pergunta.

"Tudo", sussurro, sabendo que a minha voz soa irregular, mas incapaz de mudar isso. "Tudo ótimo."

Talvez ele tenha percebido o efeito que isso está causando em mim. Talvez ele também esteja sentindo o mesmo efeito. Porque acaba se atrapalhando com a massa por um momento, antes de dobrá-la com cuidado. De alguma forma, ele de repente parece mais próximo, mas sei que não se moveu. Acho que talvez tenha sido eu. Acho que me recostei para trás nele como se tivesse mergulhado num banho quente e muito esperado.

Fecho os olhos só por um momento, aproveitando a proximidade do seu corpo e o seu calor, a emoção enquanto ele cheira o meu cabelo lenta e profundamente. Quando ele expira, sua boca toca a minha orelha. "Nunca fiz isso antes", diz, tão baixinho que mal dá pra ouvir.

"Você nunca fez macarrão?"

Ele ri baixinho, quase como um sussurro. "Você é um pé no saco mesmo", ele diz. "Quis dizer que nunca fiz macarrão com outra pessoa."

Mordo o lábio, desmedidamente feliz. Eu meio que imaginava que o Christopher já tivesse feito praticamente tudo o que dá para fazer com outra pessoa. "E?"

"Gostei." E o sinto engolindo em seco, as mãos cobrindo as minhas enquanto sovamos a massa juntos.

"Eu também", digo, baixinho.

"A gente pode fazer de novo", ele diz. "Sempre que você quiser."

Olho para a nossa pequena obra-prima composta de alguns ingredientes simples, sentindo como se esta noite fosse em si própria uma obra-prima, composta de alguns ingredientes simples nossos. Gentileza, honestidade, o esforço para enxergar o que temos em comum, e não o que nos diferencia.

Sinto um sorriso de felicidade vindo do fundo do meu coração e se abrindo no meu rosto. "Sim, eu ia gostar."

Christopher não responde, mas o sinto como o vento num dia ensolarado de outono, leve, quente e verdadeiro...

Ele também sorri.

Depois de um prato gigante de *cacio e pepe* e uma taça muito grande de vinho tinto, estou de pé junto da porta, vendo Christopher vestir o casaco e colocar a pasta do trabalho no ombro.

Sinto um frio de nervoso na barriga. Mordo as bochechas com força para não repetir o mesmo pedido que deu origem a tudo isso:

Fica. Por favor.

Christopher abre o trinco da porta e a fechadura da maçaneta. Sinto o tempo escorrendo como areia por entre os dedos, o momento quase perdido para mim.

Minha mão envolve o seu pulso, impedindo-o de abrir a porta. "Obrigada", digo, sentindo aquele maldito rubor subindo pelo pescoço até o rosto.

Christopher solta a porta e vira a mão até as nossas palmas estarem unidas. "Obrigado por me deixar te ensinar alguma coisa com apenas uma ameaça às minhas partes baixas."

Tento conter o sorriso. "Você ficou cheio de palhaçada com o rolo de macarrão."

"Você tava quase quebrando o rolo."

Reviro os olhos. "Não estava nada."

Ele abre um sorriso. "Na próxima vez, eu te ensino a fazer um molho marinara. Você vai poder descontar as suas frustrações com o mundo nos tomates."

Na próxima vez.

A expressão minúscula paira no ar. Christopher percebe, e eu também.

Não refuto o "na próxima vez". Porque a verdade é que quero que haja uma "próxima vez". Quero contar a Christopher mais sobre por onde andei e o que vi. Quero que ele me conte mais histórias dos colegas de trabalho e compartilhe mais sobre a beleza nerd e filosófica da sua abordagem de investimento ético. Quero sentar com ele na ilha da cozinha e bater os nossos cotovelos, devorar uma boa pratada de macarrão e beber um pouco de vinho.

Quero *mais*. Mais toques como o dele, quando me levou para casa naquela noite, o jeito como me segurou no escritório hoje. Mais abraços como o desta noite. Mais beijos como o que ele me deu na porta do meu prédio e que me deixou com os joelhos bambos e acendeu uma fogueira dentro de mim, ansiando pela alquimia misteriosa que a mantém acesa.

Mas não sei como pedir isso. Se eu posso.

Se ele quer que eu faça isso.

Como se pudesse perceber a minha batalha interna, Christopher me puxa para si, até que desabo contra o seu peito num baque gostoso.

É tão maravilhoso quanto o abraço de quando ele apareceu aqui.

E infinitamente melhor.

Christopher solta a minha mão e a desliza pela minha cintura, me mantendo bem perto. Com a outra mão, tira o cabelo do meu rosto.

E então dá um beijo longo e gentil na minha testa.

Subo os braços pelas costas dele, apertando-o mais forte. Ele exala com força e desce a cabeça, a boca roçando minha têmpora, meu rosto, o canto da minha boca, tão perto de onde a desejo.

Quero tanto que ele me beije que deixo escapar um barulhinho exasperado.

Christopher me aperta na cintura, me puxando com mais força para si. Sua mão se enterra no meu cabelo. Levo os lábios até a sua mandíbula e o inspiro.

"Kate." A sua voz soa com um quê de advertência.

"Humm?"

Ele engole em seco. Beijo o seu pomo de adão também. "Estou tentando ser um cavalheiro."

Dou um gemido de frustração. "Então para."

"Por favor", ele pede, baixinho, com o polegar deslizando pelo meu lábio. "Me deixa. Só hoje. Você bebeu uma taça grande de vinho e teve um dia cheio."

"E daí?"

"E daí que eu não quero me aproveitar disso."

Faço uma cara feia quando ele começa a se afastar. "Eu *sou* capaz de tomar as minhas próprias decisões, mesmo navegando algumas emoções e duzentos mililitros de vinho."

"Eu sei. E, na próxima vez, se você quiser a mesma coisa de mim, eu prometo...", ele se abaixa e dá um beijo rápido e profundo num lugar perigosamente sensível em meu pescoço, com a voz quente e sombria junto ao meu ouvido, "que não vou ser capaz de dizer sim rápido o suficiente."

Ele abre a porta e some, com passos decididos, me deixando boquiaberta.

E, no entanto, horas depois, deitada na cama a quilômetros de distância de onde ele deve também estar deitado na cama, me sinto muito próxima a ele.

Mais perto do que nunca.

22

CHRISTOPHER

As luzes da Nanette's se acendem, e acho que o funcionário da padaria leva um susto ao me ver do lado de fora da vitrine, pingando de suor, ofegante e com o cabelo preso no rosto.

Não consegui dormir. Então fiquei lendo na cama, e depois usei a minha academia improvisada em casa e puxei peso até os meus músculos não aguentarem mais. No instante em que o sol começou a brilhar no horizonte, peguei um trem para a cidade e corri pelo bairro de Kate até a hora de a Nanette's abrir. Estou sem dormir, com o corpo tremendo por causa das muitas repetições e dos muitos quilômetros, mas com a mente cristalina, uma única coisa em foco:

Kate.

A minha cabeça diz que é loucura. Meu coração diz que era inevitável, que no momento em que eu me deixasse me aproximar o suficiente, no momento em que Kate me tocasse como fez ontem, no momento em que ela me oferecesse apenas uma parte do coração trancado a sete chaves, que passei tanto tempo tentando não desejar, do qual tentei não me aproximar, não haveria como me deter.

Não estou pensando no que me afastava. Não estou pensando em tudo que ainda me causa medo. Só estou pensando *nela*.

E é por isso que estou na frente da Nanette's ao raiar do dia, abrindo a porta assim que ela é destrancada, o primeiro cliente a entrar. Prontamente, peço uma caixa com os sabores de donut que sei que ela adora, todas as receitas de outono se rebelando contra os sabores natalinos que apareceram no dia seguinte ao Dia de Ação de Graças. Kate não quer nem saber de chocolate, hortelã ou biscoito de gengibre com gemada. Ela adora torta de abóbora, maçã com canela e melado, tudo o que a lembra da grandeza das folhas ficando avermelhadas, a alegria aconchegante de fogueiras sob as estrelas e canecas de sidra quente, a beleza tranquila de acordar numa manhã enevoada de outono.

E assim, mesmo que já estejamos bem próximos do Natal, compro uma caixa de donuts de outono e uma torta de abóbora, por via das dúvidas, e então caminho em direção ao apartamento dela, com um vento estranhamente ameno para dezembro fazendo as minhas roupas de treino grudarem no corpo e os raios dourados do nascer do sol se espalhando pelo céu azul perolado.

Em silêncio, subo as escadas até o apartamento das irmãs Wilmot e entro. A sala de estar e a cozinha estão arrumadas e com as luzes apagadas, do jeito que deixamos depois de fazer a massa, jantar e limpar a cozinha.

A porta do quarto de Bea está aberta, o que não é nenhuma surpresa, já que Kate comentou ontem à noite que a irmã ia dormir na casa de Jamie.

E a porta de Kate continua fechada.

Olho para ela com uma espécie de saudade que parece um gancho no meu coração, me puxando em sua direção.

Em vez de obedecer a esse impulso, vou até a cozinha, coloco os donuts e a torta na bancada, depois preparo o café que sei que Kate queria ter feito, mas acabou se esquecendo. Coloco os grãos para moer, abafando o barulho da máquina com meu moletom, e acrescento água filtrada. Em seguida, preparo a cafeteira para ligar às oito, o que parece seguro, já que ela disse que ia trabalhar na Edgy Envelope hoje, e sei que a loja abre às nove.

Então pego uma das canetas coloridas de Bea na mesa de centro e escrevo em azul na caixa dos donuts.

Isto é para o café da manhã. Aproveita e come com leite.
— C

Pouso a caneta na bancada e caminho até a porta, me obrigando a sair, fechar e trancar, para então conferir três vezes se está bem trancada.

Lá embaixo, ao sair do prédio, paro diante dele, saudado pelo avanço da alvorada. Como uma fogueira que enfim se acendeu, as chamas se espalham pelo céu, afastando as sombras.

Fito o sol e sinto a sua transformação dentro de mim também — uma centelha de esperança, antes apenas a chama mais tênue cercada de escuridão, agora brilhando, crescendo.

Iluminando até se tornar uma fogueira implacável.

Horas depois, estou enterrado na papelada do escritório quando meu celular recebe uma mensagem. Não tem a menor dignidade na rapidez com que largo o que estou fazendo e corro para ler.

KATE: Donut e torta de abóbora são para qualquer refeição que eu disser que são, Petruchio.

Sorrio, desbloqueando a tela para responder.

CHRISTOPHER: Você comeu a sobra do macarrão no café da manhã, não foi?
KATE: Ah sim. Mesmo frio, tava uma delícia.
CHRISTOPHER: Frio? Meu Deus, Kate. Por quê?
KATE: Eu tava atrasada. Botei um pouco num potinho e comi no caminho.
CHRISTOPHER: Todos os italianos da história estão se revirando no túmulo, porque você comeu andando.
KATE: Eu sei que é uma gafe cultural da minha parte, mas sinto muito, existem italianos com TDAH, e te garanto que eles comem andando. No mínimo escondem a comida nos bolsos, tipo uns esquilinhos, e enfiam na boca quando não tem ninguém olhando.

Dou uma gargalhada.

CHRISTOPHER: Não sabia que esquilo tinha bolso.
KATE: Não enche. Você entendeu. ENFIM. Obrigada pelos doces da Nanette's. Trouxe uns pro almoço, então, apesar de ter comido macarrão no café da manhã, a sua generosidade não foi em vão.
CHRISTOPHER: Me diz que você pelo menos tomou um pouco de leite também.

KATE: Escuta aqui, pai, se eu tomei leite c/ os meus donuts + torta, é porque eu gosto de leite c/ donut + torta, e não porque você mandou. Só que, se eu não tinha leite, talvez seja porque eu não suporto leite de vaca e estou tentando não tomar leite de amêndoas, já que uma amêndoa precisa de uma quantidade absurda de água pra crescer, então, quando eu tomo um copo de leite de amêndoas, estou privando o quintal de uma pobre vovozinha na Califórnia de um monte de água e me sinto pessoalmente responsável se a casa dela for dizimada por um incêndio florestal.
KATE: Além do mais, eu posso ter esquecido a minha lancheira cheia de donuts e torta no apartamento. Mas não se aflija, estou comendo agora. Saí do trabalho às duas, e agora estou sozinha em casa, de calcinha no sofá, alegremente coberta de farelos da Nanette's.

Solto um gemido ao imaginar a cena. As longas pernas de Kate esticadas no sofá, balançando e quicando como sempre fazem. Provavelmente um par de meias felpudas descombinando nos pés, uma calcinha mal cobrindo a sua bela bunda. Um moletom largo demais, mas incapaz de esconder o fato de que não está de sutiã, não com os mamilos dela fazendo o que fizeram na noite passada, sobressaindo sob o tecido, implorando para a minha boca chupar e brincar com eles, até ela estar ofegante e se contorcendo...

Meu telefone apita e me arranca dos meus pensamentos lascivos. Pigarreio e leio a mensagem dela.

KATE: É, acabei de vomitar verbalmente. Faça o favor de apagar esta conversa e fingir que ela nunca aconteceu.
CHRISTOPHER: Mesmo que eu apagasse, pequena Kate, mensagens de texto podem durar apenas um minuto, mas capturas de tela são para sempre.
KATE: Escuta aqui, Castorpher. Não estou conseguindo achar os meus remédios, então estou um pouco mais labialmente liberada hoje. Não me provoque. Isso é discriminação.

Dou uma risada tão alta que ouço Curtis levando um susto fora da minha sala e deixando alguma coisa cair.

CHRISTOPHER: "Labialmente liberada"?? De onde você tira essas coisas?

KATE: Como assim? Labial vem de lábio. Pergunta pras palavras cruzadas do New York Times. "Labialmente liberada" é meu jeito chique de dizer que estou com a língua solta.

CHRISTOPHER: É que a minha mente pensa em outra coisa quando você fala em lábia liberada, só isso.

KATE: CHRISTOPHER PETRUCHIO, SEU MULHERENGO CABEÇA SUJA, ESTA CONVERSA ACABOU NESTE MINUTO.

Engolindo uma gargalhada e inspirando fundo, digito uma resposta.

CHRISTOPHER: Desculpa. Não foi gentil da minha parte.

KATE: Sorte a sua que eu gostei dos donuts e da torta de abóbora e do macarrão que você fez. Considere-se perdoado.

CHRISTOPHER: Obrigado. Prometo me comportar na próxima vez que a gente se vir.

KATE: Já eu não posso prometer isso, porque eu sou eu, e a vida é muito curta para ser bem-comportada. Se eu conseguir encontrar os meus remédios, pelo menos vou ter alguma chance de evitar deslizes aliterativos de duplo significado.

Recebo uma mensagem de outra pessoa e toco nela para ler o texto inteiro.

JAMIE: Marcamos o Paz, Amor e Paintball neste sábado, às 16h, com o grupo de sempre. A Bea chamou a Bianca e o Nick também, mas a Bianca prefere não ir, porque disse que ainda não confia na Kate perto do Nick com balas à mão, e estou inclinado a concordar que é melhor assim.

Volto para as mensagens com Kate.

CHRISTOPHER: Parece que o nosso reencontro bem-comportado vai ser antes do que a gente imaginava, pequena Kate.

KATE: Acabei de receber a mensagem da Bea. Paintball! Melhor ficar de olho, Petruchio.

CHRISTOPHER: Não preciso. Vamos ficar no mesmo time. Jamie faz questão disso.

KATE: Nós dois no mesmo time parece uma receita para o desastre.

CHRISTOPHER: Fomos um ótimo time ontem, fazendo macarrão, e aquela receita foi tudo menos um desastre.

KATE: É, mas duvido que paintball seja tão gostoso.

CHRISTOPHER: Discordo, não se você estiver planejando ser extralabialmente liberada.

KATE: VOU APAGAR O SEU CONTATO. TENHA UM BOM DIA, SENHOR.

Quando Curtis chega com as anotações para a próxima reunião, ainda estou enxugando as lágrimas de tanto rir.

23

KATE

Não estou com frio na barriga. Não olho para cima ansiosa toda vez que alguém entra na sala, torcendo para ser ele.

Porque não estou *a fim* do Christopher Petruchio.

Posso estar só levemente comovida com sua gentileza e seu carinho, e as mensagens amigáveis dos últimos dias. E os meus sonhos das últimas noites, que possivelmente envolveram momentos obscenos na cozinha que começaram do mesmo jeito que na vida real, mas terminaram de uma forma bem diferente. Eu, espremida contra a bancada, mãos que conheço tão bem, fortes e bonitas, deslizando pelas minhas coxas, aliviando o desejo entre elas. Beijos intensos e lentos transformando os meus membros em geleia.

"Todo mundo pronto?", pergunta Hank, o funcionário do Paz, Amor e Paintball encarregado de orientar o nosso grupo na sala de equipamentos, enquanto todos vão chegando, após se trocar.

Eu me agacho para amarrar os cadarços, que não precisam ser amarrados, para esconder o fato de que estou vermelha por causa dos pensamentos lascivos e para evitar os olhos de Bea, porque a minha irmã está me observando, curiosa, como se talvez tivesse um palpite sobre o que está se passando na minha cabeça.

"Este verde não combina nem um pouco comigo." Toni puxa o tecido verde-musgo do macacão.

"Ficou ótimo", devolve Bea. "Você ficou fofo que nem um repolho."

"Um repolho?" Toni dá um suspiro desolado.

"É assim que você fala em francês que alguém é fofo", explica Jamie. "Chama de repolho... *chou*."

Toni bate os cílios. "Ai, Jamie. Para."

Hamza ri e passa um braço em volta do pescoço de Toni, puxando-o para um beijo na sua têmpora. "Eu já falei que você está lindo."

"Você é obrigado a dizer isso." Toni faz um biquinho. "Além do mais, fofo é bom, mas eu queria estar *sexy*."

"Eu tenho uma notícia pra você", digo a Toni, olhando para meu próprio macacão verde ao ficar de pé. "Não tem ninguém sexy aqui hoje."

E é óbvio que o Christopher aparece neste momento, parecendo muito sexy no seu macacão verde de paintball. O que não deveria ser uma surpresa — a cor combina com o tom dourado da sua pele, os olhos cor de âmbar e os cabelos escuros. É obsceno o que acontece com meu corpo enquanto o observo jogar o cabelo para trás e colocar os óculos de proteção sobre a cabeça.

Toni aponta para ele com ar de acusação e diz: "Você vai mesmo me dizer que continua achando isso?".

"Tudo pronto", Christopher diz a Hank, enquanto termina de fechar os últimos botões do macacão.

Ele para do meu lado, mas não olha para mim. Nem reconhece a minha presença.

É como levar um tapa.

Um pavor se instala no meu estômago. Talvez eu tenha entendido tudo errado. Talvez o que aconteceu há duas noites não tenha significado para ele o que significou para mim. Ele disse que está tentando consertar as coisas. Talvez tenha sido só isso que ele fez na outra noite, estava tentando "consertar as coisas", fazendo o que mais sabe fazer — flertando e sendo charmoso, me abraçando e fazendo massa caseira, prometendo uma noite de prazer quando eu estiver lúcida o suficiente para saber que realmente quero. Para ele, essa encenação toda deve ser tão natural quanto respirar.

Se for esse o caso, se interpretei tudo tão mal, me sinto uma idiota.

"Certo, gente!" Hank bate palmas, enquanto Margo e Sula se juntam a nós em seus macacões verdes, os óculos sobre a cabeça. "Bem-vindos de novo ao Paz, Amor e Paintball, a maior experiência progressista de paintball. As regras são as seguintes: vocês e o outro time vão..."

"Espera aí." Jamie levanta a mão. "Desculpa interromper. Você falou *outro* time? Achei que ia ser só o nosso grupo. Quando ligamos e perguntamos, vocês falaram que era possível."

"E é", responde Hank, em tom de desculpas. "Mas só se não aparecer mais ninguém. Enquanto vocês estavam se trocando, chegou outro grupo. Sofremos muita concorrência com o modelo mais tradicional de paintball, então não estamos bem em posição de recusar clientes."

Jamie suspira e olha para Bea.

"É compreensível", diz Bea, tentando encorajar o grupo. "Vai dar tudo certo, gente."

"Se por dar tudo certo você quer dizer 'levar uma coça'", uma voz irritantemente alta vinda de algum lugar atrás de nós a interrompe, "então é isso mesmo."

Nós nos viramos e vemos dez caras de preto da cabeça aos pés, segurando armas de paintball. Reviro os olhos.

"Humm." Hank limpa a garganta. "Gente, não usamos armas no nosso estabelecimento. Vocês vão ter que deixar isso no carro."

"Ah, qual é, cara", diz o sujeito que gritou e obviamente é o líder do grupo, "paintball sem arma é coisa de viado."

Ele chega a rir com o corpo inteiro.

Todos os outros estão atrás de mim, por isso a única pessoa que vejo abrindo a boca para dizer alguma coisa é Christopher, mas falo antes dele. "Que tal vocês levarem o seu machismo, junto com o seu complexo de inferioridade, pra se exercitar em outro lugar?"

Bea, de pé do meu outro lado, pega a minha mão e aperta. Não aperto de volta. Seria capaz de esmagar os dedos dela se o fizesse, estou com muita raiva.

"Desculpa, gatinha, o que foi que você falou?", pergunta o sujeito. Ele é maior que os outros, tem as bochechas vermelhas, os olhos estreitos e me encara com o peito estufado.

Dou uma risada de desdém. Ele é um clichê de tão misógino.

"Qual a graça?", ele ironiza.

"Os seus insultos patéticos e nada criativos seriam engraçados de tão previsíveis, só que eles só revelam a sua intolerância nojenta", digo a ele.

Ele sorri, mas de ironia. "Ah, temos uma pessoa sensível aqui que gosta de palavra difícil, gente." Eles riem de novo. "Feri seus sentimentos, princesa?"

"O único sentimento que tenho quando se trata de você, macho escroto, é piedade por todas as pobres almas que tiveram de suportar a sua presença."

O idiota dá um passo repentino na minha direção. Dou um passo na direção dele. É quando Christopher passa um braço pela minha cintura e me puxa para trás. "Já chega", ele rosna para o idiota, então ele gira nós dois colocando-se entre mim e o macho escroto, atrás de nós.

Hank aproveita a oportunidade para dizer para a brigada de imbecis: "Como eu expliquei, vocês vão ter que guardar as armas de paintball no carro se quiserem jogar. Caso contrário, vamos ter que pedir para vocês saírem".

Olho ao redor de Christopher por tempo suficiente para ver o macho escroto, macho alfa ou seja lá qual for o nome dele torcer os lábios e me encarar, enquanto diz a Hank: "Não, a gente vai ficar". Ele abre um sorriso assustador com um brilho predatório nos olhos. "Vamos guardar e já voltamos."

Assim que eles saem, finalmente consigo me livrar das garras de Christopher. "Não me empurra, Petruchio."

Christopher abre a boca como se estivesse prestes a me responder, mas lágrimas enfurecidas ardem em meus olhos, e não posso deixar nem ele nem nenhum daqueles idiotas verem. Dou as costas para ele e encaro o chão, piscando até os meus olhos voltarem ao normal e a ameaça das lágrimas desaparecer. Hank responde às perguntas de Jamie sobre a história do Paz, Amor e Paintball enquanto esperamos a outra equipe voltar. Estou com raiva demais para ouvir qualquer coisa.

Quando os garotos de preto voltam, sem as armas, Hank começa a repassar as regras, enfatizando a proximidade mínima permitida para atingir alguém, as partes do corpo que não devem ser atacadas e outras instruções tão maçantes que eu teria dificuldade em prestar atenção mesmo que estivesse num dos melhores dias, quanto mais quando estou irritada.

Uma cutucada súbita de um cotovelo me faz olhar para cima.

Christopher finalmente está olhando para mim. Sustento o seu olhar, agarrando-me à minha raiva e mágoa.

"Eu tirei você de lá", diz Christopher, baixinho, "porque ele não vale a pena, Kate."

"Humm, às vezes eu me pergunto por que os homens continuam

agindo feito idiotas", sussurro para ele. "Ah, espera, eu *sei* a resposta... é porque outros homens dão carta branca. Você devia ter mandado ele calar a boca e explicado exatamente por que o que ele falou foi ofensivo; mas em vez disso, você resolveu *me* conter."

Christopher abaixa a cabeça, com a respiração quente contra meu ouvido enquanto diz baixinho: "Eu tentei, mas você falou primeiro. Quando consegui falar alguma coisa, disse que bastava. Tem um campo gigante de paintball aí fora, onde a gente pode fazer ele pagar pela babaquice, e eu prometo que é isso que a gente vai fazer. Eu te afastei dele porque estou tentando garantir que você esteja lá pra dar uma lição nele".

Pisco para Christopher, um pouco atordoada, exatamente no momento em que Hank diz: "Alguma pergunta?".

Christopher coloca os óculos e então ajeita os meus também. "Vamos, pequena Kate. Hora de botar esses babacas pra correr."

Eu realmente tinha achado que sem todo o negócio da arma de paintball, isso iria ser menos estressante.

Eu estava errada.

Talvez porque Chad e os capangas dele estejam agindo como se estivéssemos numa guerrilha. É meio ridículo, meio aterrorizante, quão tensa a situação ficou, sendo só estilingues e bolas de paintball e alguns obstáculos espalhados pelo campo para nos proteger quando elas vêm na nossa direção, e esse senso feroz de urgência para não sermos atingidos por bolas surpreendentemente duras e cheias de tinta.

Sula e Hamza estão fora, observando tristemente da lateral, os corpos cobertos de tinta amarela e rosa.

Toni grita e derruba Margo no chão quando uma bola de paintball passa, salvando-a de ser atingida.

Margo ri, mas é um riso nervoso. "Tá tudo bem, amigo?"

"Que *merda*, esse jogo!", ele grita, olhando feio para alguns dos caras de preto, que se abaixam quando Christopher puxa o estilingue e arremessa uma bola em um deles, acertando-o no ombro. O cara fica em dúvida por um segundo, como se estivesse considerando fingir que não aconteceu e continuar no jogo.

"Você foi atingido, seu idiota!", grita Christopher. "Encontra um resquício do seu orgulho e some daqui."

Jamie solta um suspiro. "Era pra isso ser *divertido*."

"Não está muito divertido", admite Bea, agachada ao seu lado.

"Temos que nos espalhar", diz Toni, olhando ao redor, parecendo paranoico, e com razão, por termos sido emboscados.

Jamie faz uma careta. "Tem razão."

"Se eu não quisesse tanto ganhar desses homens das cavernas, diria que era melhor desistir", resmunga Bea, "mas eu realmente quero ganhar deles."

"Você?", pergunta Jamie, sorrindo enquanto ajeita uma mecha de cabelo dela atrás da orelha. "Competitiva?"

Bea lhe oferece um sorriso imenso e reluzente. "Só um pouquinho."

"Espera." Toni se levanta, olhando ao redor. "Vocês viram a catapulta?"

Nós o encaramos.

"A *catapulta*?", pergunta Christopher.

Toni faz que sim. "Eu ouvi o Hank perguntar pra um dos outros funcionários se ele tinha movido a catapulta depois da última sessão..."

"E só *agora* que você fala isso!", grita Margo.

Mais uma bola de paintball vem chiando na nossa direção. Nós nos esquivamos. Toni xinga alto em polonês, o que pelo visto é um sinal de que ele está realmente nervoso. Ainda xingando, ele coloca uma bola no estilingue e atira em um dos caras, que se esquiva por muito pouco. "Como você pode ver", diz Toni, ofegante, "estava um pouco ocupado tentando não me transformar num Picasso real para lembrar de falar."

"Independentemente de quão tarde a informação tenha sido compartilhada", diz Jamie, diplomaticamente, "se encontrarmos essa catapulta, vamos ter uma boa vantagem nas mãos." Ele expira, examinando o campo com grama na altura dos joelhos e montes de feno, uma zona de batalha respingada de tinta nos pedaços de cascas de árvore e nos pedregulhos. "Deve ter um tamanho médio", diz, pensativo. "Algo que uma pessoa sozinha ou talvez duas poderiam operar. A gente pega a catapulta, atrai eles para o lugar certo para um ataque e acerta vários de uma vez só. A gente ainda pode ganhar."

"E se eles já estiverem com a catapulta?", pergunta Margo.

"Não estão", devolve Jamie. "Nós saberíamos. Estaria chovendo tinta na gente. Imagino que você carregue com o maior número possível de bolas e acione. Eles estão mandando uma ou duas de cada vez."

"Tá." Christopher assente com a cabeça. "Então você acha que a gente faz o quê?"

Jamie pigarreia. "Bom... Quer dizer, quem sou eu pra dizer?"

Bea olha para o namorado e sorri. "Jamie. Agora não é hora de esconder aqueles livros todos de batalhas antigas e armamento medieval que você amava na época do colégio."

Jamie cora. "Era só um livro, no máximo dois."

"Somos todos ouvidos." Margo enxuga o suor da testa, com os braços apoiados nos joelhos. "Qualquer coisa que nos ajude a vencer esses idiotas."

Enquanto Jamie fala, luto contra um estremecimento, tentando ao máximo me concentrar na sua voz e não nos meus dentes rangendo. A cúpula de plástico em que estamos está com as laterais abertas, e o vento atravessa o campo. Com o sol quase se pondo no horizonte, a temperatura começou a cair, e o suor na minha pele está ficando úmido e gelado.

Um último arrepio enfim vence a batalha e percorre meu corpo. Mas consigo evitar que os meus dentes batam.

Christopher não olha para mim, está com os olhos fixos em Jamie, mas se aproxima e fica ao meu lado. Parece que estou abraçando um aquecedor. Eu me aproximo dele e absorvo cada grau de calor que ele pode me oferecer.

Assim que a breve explicação do plano tático de Jamie chega ao fim, nos separamos; primeiro Jamie e Bea se embrenham no pequeno grupo de árvores para procurar pela catapulta. Deduzimos de nossa vigilância coletiva do campo que é a única área que nenhum de nós cobriu e, portanto, é onde está.

Toni e Margo se afastam em seguida, rastejando na direção da grande pedra que, pelo que podemos ver daqui, agora está vazia, já que Jamie e Margo acertaram os dois patifes que estavam escondidos lá.

Ficamos apenas Christopher e eu, e nos esgueiramos na direção do terreno mais elevado, onde estão quatro dos seis canalhas ainda restantes.

O plano é Margo e Toni esperarem o apito de Jamie indicando que encontraram a catapulta e que estão em boa posição para atacar, ou um apito diferente, para avisar que não a encontraram, mas que estão perto o suficiente para usar os estilingues. Em seguida, Margo e Toni vão chamar a atenção dos idiotas de onde estão escondidos para perto da pedra, e Jamie e Bea os pegarão pela frente, com a floresta lhes oferecendo cobertura, e então Christopher e eu vamos emboscá-los por trás.

A parte tensa é que não temos ideia de onde os outros dois caras estão.

"Nada como um pequeno combate de paintball bem estressante com um grupo de aspirantes a Comandos em Ação para completar a semana, hein?"

Estou falando de nervoso e sei disso. Desde a curta explicação antes de entrarmos em campo que Christopher não fala nada comigo, não reconhece a minha presença, exceto por aquela oferta de calor enquanto estávamos traçando a estratégia. Pelo bem do meu orgulho, gostaria de poder parar de falar com ele.

Como era de esperar, ele não me responde, apenas vai na frente, inspecionando a área enquanto nos esgueiramos na direção do terreno mais elevado.

Não quero ficar tagarelando e implorar por sua atenção. Sei que não *deveria* estar falando, para não entregar a nossa localização. Mas me incomoda que eu tenha voltado para o velho território no qual sou ignorada.

É tão difícil assim falar comigo?

Por trás dele, dou um peteleco na sua orelha. Christopher olha feio para mim e pousa um dedo nos lábios. Mostro a língua para ele.

Ele fita a minha boca e seu olhar escurece.

E é aí que o caos se instaura.

O primeiro apito de Jamie, um zumbido de coruja, soa ao longe. Comemoro em silêncio, porque isso significa que eles encontraram a catapulta. Em seguida, Toni e Sula iniciam a tática de distração, atraindo os caras de preto para eles. O primeiro dilúvio de bolas de tinta da catapulta chove pelo ar da floresta e os pega desprevenidos, acertando três dos quatro caras antes mesmo que eles entendam o que aconteceu.

Christopher está à minha frente, enquanto pego uma bola de paintball e acerto o último homem de pé entre as omoplatas. Os quatro viram e nos olham feio.

"Ah, gente. Ferimos seus sentimentos?", pergunto, jogando as palavras do líder deles de volta na cara deles. "Vocês parecem tão chateados. É só um jogo. Animem-se."

Eles cerram os dentes de raiva. Christopher está ao meu lado, em silêncio, olhando feio para eles. Eu me permito apreciar a vista; parece que estão competindo para ver quem desvia o olhar primeiro.

O macacão verde está apertado em Christopher, esticado ao redor dos bíceps fortes, do peito e das coxas. Nem me permiti olhar para a parte de trás — prefiro não tropeçar de cara no chão no meio de uma guerra de paintball porque estou distraída com a bunda dele, e eu definitivamente ia ficar babando por ele. Desde que notei sua bunda na noite dos jogos de tabuleiro, preciso de uma força nível Mulher-Maravilha para não ficar olhando.

"Acabou pra vocês", diz ele afinal, apontando a saída com a cabeça.

Resmungando para si mesmos, eles passam por nós.

Apostaria a minha melhor câmera que, se o Christopher não estivesse aqui, olhando feio para eles, os quatro estariam dirigindo ofensas a mim. Apesar do meu orgulho e da fúria de ter que lidar com homens assim, fico grata por ele estar aqui para eu não ter que descobrir.

Sorrio ao vê-los se juntarem aos outros caras do time deles, já fora de campo, sentados de perna aberta, os braços cruzados, parecendo irritados. Mesmo sendo uma vitória pequena, não deixa de ser uma vitória.

E ela dura pouco.

Ouço, na sequência, os gritos de Toni e Margo. Christopher e eu subimos até a área mais elevada em que os idiotas estavam e espiamos por cima da beirada. "Merda", murmura Christopher.

Toni e Margo estão sujos de tinta, afastando-se da pedra em direção à linha lateral.

Por algum tipo de acordo silencioso, nós dois ficamos onde estamos por enquanto. Christopher se concentra no local de onde viemos para a nossa emboscada, e eu procuro os dois idiotas restantes.

Nossa breve investigação acaba quando ouvimos o grito de Bea. Corro sem pensar, reagindo por puro instinto, e pulo a borda do nosso esconderijo, pousando no chão com um baque de chacoalhar os ossos antes de avançar na direção da floresta.

Ouço passos logo atrás de mim e, ao olhar por cima do ombro, fico aliviada de ver o que eu já sabia: Christopher está logo atrás.

"Mas que *cacete*?", Bea grita.

"Beatrice." A voz de Jamie é calma, cheia de paciência.

Pouco antes de eu correr para a clareira, Christopher me agarra pela cintura e me puxa junto de si para trás de uma árvore. Estou prestes a brigar com ele por me interromper, quando a sua mão cobre a minha boca. Os dois últimos caras da outra equipe estão na nossa frente, bem onde eu estava prestes a ir, a meio metro de Jamie e Bea, que estão um de cada lado da catapulta.

Tiro a mão de Christopher da boca, mas ele só me aperta mais forte contra ele, o peito arfando, a respiração quente contra a minha orelha.

Tenho outro arrepio, que não tem nada a ver com o frio.

Sinto cada centímetro dele me tocando. Os músculos duros de suas coxas pressionados contra a parte de trás das minhas pernas, a virilha alojada na minha bunda, a espessura óbvia do... ai, meu Deus, não consigo pensar no que estou sentindo ou no instinto de me apertar e me encostar nele. Seus braços pesados me prendem com força, o peito largo serve para eu descansar a cabeça enquanto inspiro, precisando de oxigênio, precisando de *algo* para fazer meu corpo se comportar.

A voz da minha irmã me distrai e me faz a olhar quando entra na minha linha de visão, as mãos nos quadris, olhando feio para os caras de preto. "Seus idiotas."

"Calma, lindinha", diz o líder do grupo. "É só um pouco de diversão."

"Um pouco de diversão?", ela grita. "Escuta aqui, seu babaca, não sou uma careta que sempre segue as regras, mas quando é uma questão de segurança, elas são importantes. Você enfiou uma porra de uma bola de tinta à queima-roupa na cara dele."

"Beatrice", Jamie chama novamente, ainda paciente e calmo.

"O que foi, Jamie?", ela grita.

Lentamente, ele a puxa para os seus braços e aperta a cabeça dela em seu peito. "Eu tô bem. Foi quase tudo nos óculos, e não aconteceu nada com o meu rosto."

"*Eu* não estou bem", ela murmura, com a voz embargada. E então funga.

"Está, sim", ele diz gentilmente, balançando-a de um lado para o outro. "Você está bem. É só respirar fundo."

"Eu *não* estou bem com isso", ela resmunga. "Você me escondeu atrás de você, e eles atiraram na sua cara, muito mais perto do que as regras permitem." Ela se afasta por tempo suficiente para gritar com eles: "Não é pra atirar na cara, seus trapaceiros de pau pequeno!".

O grandalhão revira os olhos. "Vocês foram atingidos. Vão sair de campo ou o quê?"

Tanto Jamie como Bea o ignoram, enquanto Bea ajeita a cabeça no peito dele de novo e inspira fundo lentamente, exibindo muito mais dignidade do que eu, se estivesse na situação dela. Depois de um momento, os dois se afastam e, sem uma palavra para os dois sujeitos, dão as costas para eles, caminhando na nossa direção.

"Fica quieta", sussurra Christopher.

Eu não conseguiria falar nem se quisesse. Ainda estou muda por causa do zumbido em minhas veias, pulsando em todos os lugares em que nos tocamos, a sua mão na base da minha barriga e alta em meu ombro, me prendendo contra ele.

Eu poderia jurar que o som da minha garganta engolindo a saliva ecoa na floresta, mas ou está mais quieto do que eu imaginava e Jamie e Bea não nos notaram, ou eles notaram e são os melhores atores de todos os tempos.

Ao passar por nossa árvore, Jamie parece tropeçar e cai de joelhos.

"Jamie!" Bea se curva sobre ele. "Tá tudo bem?"

"Tá", ele responde, levantando-se. "Meu pé ficou preso numa raiz."

É quando vejo o que ele acabou de colocar aos nossos pés durante a "queda" — sua mochila carregada de bolas de tinta.

O alívio me enche de ânimo, me impulsionando. Tenho uma única bola de tinta na mochila, e não sei se Christopher tem nem uma. Íamos reabastecer depois da emboscada, mas obviamente isso não aconteceu.

Agora, não precisamos mais nos preocupar com reabastecimento.

Meu cérebro volta a funcionar. Estamos tão perto de vencer esses imbecis que jogaram sujo, que tinham vantagem numérica em cima da gente e trapacearam. Melhor ainda, o líder ainda está em campo. E eu vou derrubá-lo.

Olho devagar por cima do ombro, erguendo o pescoço para sussurrar no ouvido de Christopher o mais baixo possível. Christopher abaixa a cabeça ao mesmo tempo, como se estivesse pensando a mesma coisa.

Ficamos imóveis.

É aquela noite de novo, na rua, na frente do meu prédio, a boca dele tão perto da minha, logo antes de nos beijarmos como nunca beijei antes.

A mão de Christopher sobe pelo meu pescoço, seu polegar deslizando pelo meu queixo. Seus olhos voam para a minha boca, e ele exala uma longa e trêmula expiração que faz o seu peito apertar as minhas costas.

Passando a mão em seu pulso, sinto o seu batimento cardíaco, uma emoção correndo através de mim enquanto toco evidências do que eu esperava: ele me quer tanto quanto o quero.

Mas agora não é hora de joelhos fracos e dessa vontade imensa de beijar. Sem distrações, nada que me atrapalhe de acabar com esses caras.

Forçando-me a respirar devagar, controladamente, encontro os seus olhos e sussurro: "Eu vou correr pela clareira. Chamar a atenção deles. O sr. Misógino é meu. Vou mirar nele primeiro. Você pega o capanga dele enquanto eles estiverem prestando atenção em mim".

Christopher desvia os olhos da minha boca. Ele faz que não com a cabeça depressa e sussurra: "Não. Você fica aqui. *Eu* vou".

Ouvimos um galho estalar. Nós nos calamos e olhamos na direção do som. Os idiotas do outro time estão mexendo na catapulta, não sabem como funciona. Eu me pergunto se Jamie arrumou um jeito de sabotá-la. Espero que sim. Porque esse é meu momento.

Tento me virar nos braços de Christopher, e ele me solta um pouco para eu conseguir. Seu toque fica mais leve, as mãos se acomodam em meus ombros, enquanto giro e o encaro.

Fico na ponta dos pés e dou um beijo logo abaixo da sua orelha, então sussurro: "Mira na jugular".

Christopher recua e estreita os olhos. "Katerina, que... *merda*!"

Eu me solto dele e giro, me abaixando para pegar duas bolas. Ajustando-as na mão como nos bons e velhos tempos em que jogava softbol, corro para a clareira, cruzando-a pelo meio e gritando de modo que os sujeitos de preto se assustam e começam a procurar por bolas na mochila.

A primeira bola a sair da minha mão bate em Chad, o líder da gangue, bem no saco — a ironia das ironias. Ele cai de joelhos e de lado no chão, com um gemido dolorido.

O último cara do time deles me olha cheio de raiva, preparando uma bola e a lançando em mim. Eu me esquivo, avançando pela clareira para que ele me siga e não veja Christopher se aproximando dele.

"Otário!", grito, pulando uma pedra no caminho. Meu tornozelo falha, e tropeço para a frente, mas me equilibro e continuo correndo.

Ele está logo atrás de mim, se preparando para arremessar, até que atira a bola. Tento desviar, mas ela me acerta bem nas costas. Solto um gemido e jogo a cabeça para trás, frustrada. Quando outra bola me atinge, meu gemido passa a ser de choque, embora eu não devesse me surpreender. As regras dizem que é para parar de atirar quando o seu oponente é atingido, mas é claro que ele jogou outra mirando na minha cabeça.

O idiota enfia a mão na bolsa, rosnando, me rondando, preparando o lançamento: "Sua pu...".

Ele é atingido bem na traqueia, e isso o faz arregalar os olhos e tropeçar para trás. Sua boca abre feito um peixe e ele deixa a bola cair.

Devagar, viro a cabeça.

Christopher está junto das árvores, e os nossos olhares se encontram. O mundo escurece ao meu redor, vejo os caras de preto se afastando apenas como um borrão periférico, até que tudo o que vejo é Christopher. Com a mandíbula tensa, o peito arfando, ali comigo numa pequena floresta de galhos borrifados de tinta e folhas secas, a última faixa vermelha de sol se dissolvendo no horizonte.

Enquanto o encaro, esse sentimento que me invadiu vai quebrando uma barreira depois da outra, anulando todas as razões que tenho para me afastar desse desejo e me proteger, como sempre fiz, anulando todos os motivos pelos quais eu não deveria chegar perto desse filho da mãe autoritário, que me tira do sério, de fala doce, que flerta descaradamente, gostoso até demais nesse macacão verde justo, e acaba com a minha determinação num ímpeto que percorre meus membros, fazendo com que eu me mova.

Dou um passo na direção dele. E depois outro.

E então corro.

24

CHRISTOPHER

Vejo Kate correndo até mim, os pés batendo no chão tão rápidos quanto meu coração no peito. Eu me neguei isso por tanto tempo — o prazer de vê-la, a emoção de admirá-la, a saudade dela.

Não mais.

Entregue, livre das amarras da minha resistência, me delicio com a visão dela correndo na minha direção, bela e selvagem, suja de tinta, mechas de cabelo avermelhado escapando do coque bagunçado ao vento forte.

Dou um passo na sua direção. Depois outro. Passos longos, ligeiros, e então estou correndo, e, merda, parece que é a primeira vez que meu coração se alonga, recupera o fôlego e vibra de alegria.

Estamos a três passos um do outro.

Dois.

Um.

Ela pula em mim, me escalando como se eu fosse uma árvore, e nossas bocas colidem, os dentes batendo, a respiração ofegante, enquanto seguro o seu rosto com a mão e a sua coxa com a outra, apertando-a junto de mim.

"Christopher", ela arfa, enfiando as mãos no meu cabelo, se arqueando sobre mim.

É frenético e febril, não exatamente um beijo, mas uma consumação, as nossas bocas quentes e famintas.

"Kate", murmuro, me entregando a ela, sem o menor pudor, sem nada do que pratiquei e aperfeiçoei guiando a minha boca ou as minhas mãos. Quando viro a cabeça para aprofundar o beijo, suas pernas apertam a minha cintura. Seus calcanhares se fincam na minha bunda, e os seus dedos se enfiam no meu cabelo. Estou tão duro, cada toque do corpo dela contra o meu é uma doce e terrível tortura. Preciso tanto dela, de suas unhas arranhando as minhas costas, dos dentes roçando a minha pele, dos ofegos roucos e agudos enquanto me perco nela.

Fico sem ar enquanto Kate balança os quadris junto aos meus. Eu a aperto junto de mim, movendo-a com mais força.

"Sim." Ela assente, agarrando meu macacão e me puxando para mais um beijo intenso. "Mais."

Tiro a mão do seu rosto e desço até o peito, envolvendo um seio. Encontro o mamilo firme e o esfrego, enquanto ela arfa na minha boca. Quando tento puxar os botões do macacão dela, rasgar a sua roupa, toco numa mancha de tinta e me lembro do que ela fez — da imprudência com que se colocou em perigo.

Não me importo que tenha sido só uma bola de tinta, um pouco de líquido biodegradável sujando a sua pele. Aqueles idiotas estavam atrás dela, e, mesmo sabendo disso, ela se colocou bem na linha de fogo deles. A minha raiva volta, tão intensa quanto a tinta vermelha lambuzando a minha mão — fúria, frustração e medo entrelaçados. Levo-a até a árvore mais próxima e a prenso contra ela. "Não fuja de mim assim de novo, se colocando em perigo, Katerina. Nunca mais faça isso."

"Não tinha perigo nenhum", ela responde, se encostando mais em mim, a cabeça jogada para trás junto da árvore, os olhos fechados.

"Tinha, sim", rosno, mordiscando o seu pescoço, arrastando a língua por sua pele, saboreando-a, inspirando-a, enquanto a castigo com os meus quadris, me roçando nela, então me afasto, me segurando, as mãos apertando a sua cintura com força, negando o que ela quer. "Kate, quando você estiver em perigo, me ouça. Me deixa te proteger."

Ela planta os pés na árvore, se recosta no tronco e me empurra, me fazendo tropeçar para trás até eu bater em outra árvore. Apertando as coxas na minha cintura de novo, ela ajeita a coluna, até ficar meia cabeça acima de mim, com as mãos segurando meu rosto.

Olho para ela, desamparado, desesperado, perdido naqueles olhos tempestuosos que me fitam, piscando como um relâmpago enquanto ela desliza a ponta dos dedos pelo meu rosto, correndo-os por meu queixo. "Eu estava bem", murmura. "Eu estou bem agora."

"Saco", rosno, erguendo a cabeça para beijá-la, apertando a bunda maravilhosa, subindo as mãos por suas costas. "Me diz o que eu faço. Eu imploro, Kate. Qualquer coisa. Só não me assusta assim de novo, para de se jogar de cabeça no perigo."

"Eu estou segura", ela sussurra. "Você não precisa se preocupar." Levando os dentes ao meu lábio inferior, ela morde fraquinho. "Fui atingida por duas bolas de tinta biodegradável. Só isso."

Xingo contra a sua boca, louco de vontade, enquanto a puxo para mim, esmagando a boca na dela. "Ainda assim, foi inaceitável."

Ela ri enquanto nos beijamos. "Você é ridículo."

"Você é impossível", resmungo, segurando o seu pescoço, enfiando as mãos em seu cabelo encharcado de suor, enroscando os dedos naquelas madeixas selvagens amarradas no alto da sua cabeça. "Nossa, eu não consigo parar. Não consigo parar e..."

E eu tentei, quase conto a ela. *Tentei durante tanto tempo.*

Ela observa os meus olhos, perplexa, séria. Seu polegar vai da minha têmpora até a maçã do rosto, leve e reflexivo. "O que foi?" Levando o rosto junto ao meu, ela abaixa a boca até quase a minha e sussurra: "Me conta".

Desço as mãos suavemente por suas costas, trazendo-a mais para perto. Inspiro, com o coração batendo forte, em busca de coragem para desabafar. "Eu..."

"A gente GANHOU!" Uma voz corta o ar.

Mais vozes gritam e comemoram. Pés correm em nossa direção.

Kate examina meu olhar. Ouço gravetos se quebrando sob pés. As vozes se aproximam.

"Depois você me fala", ela sussurra. Então me dá um último e longo beijo e pula feito um gato dos meus braços, pega uma bola de tinta e a atira na irmã, assim que Bea aparece.

"Guerra de tinta!"

25

KATE

É a viagem de trem mais longa da minha vida.

Christopher está ao meu lado, olhando para a frente, a coxa apertando a minha com força, insistente. Os beijos no campo de paintball ficam repassando em loop na minha cabeça, e um rubor sobe pelo meu rosto, inundando as minhas bochechas.

Os nossos olhos se encontram no reflexo do vidro do trem, à nossa frente.

Os dele se fixam nos meus, enfáticos, famintos. Os meus dizem a mesma coisa...

Eu quero, eu quero, eu quero.

À nossa volta, ouço a conversa do grupo, Toni e Sula repetindo dramaticamente os melhores momentos, Bea morrendo de rir com o fato de que derrotamos os caras de preto.

Só consigo me concentrar no som da minha respiração saindo dos pulmões. O calor que Christopher está irradiando. Todos os pontos de contato entre meu corpo e o dele.

Aperto as coxas.

Vejo Christopher sorrindo pelo reflexo, como quem percebeu.

Como nunca fui de deixar passar uma chance de revidar, levanto os braços por cima da cabeça, como se estivesse alongando os ombros, e exponho meus mamilos se projetando sob o suéter.

O sorriso desaparece. Eu o vejo segurar a beirada do assento com força, até os dedos ficarem brancos. Ainda tem uma manchinha de tinta verde em sua mão e respingos amarelos e azuis nos pulsos, no pescoço e no cabelo que me fazem relembrar de nós uma hora atrás no Paz, Amor e Paintball.

Eu o vejo como ele estava naquele momento, quando me virei para a direita enquanto me esgueirava e jogava uma bola de paintball amarela na sua cabeça, o sorriso em seu rosto enquanto ele esmagava uma na mão e depois a esfregava na lateral do meu rosto, me fazendo gritar de prazer.

O trem desacelera e para, e nos levantamos devagar, todos absolutamente doloridos. Tudo dói.

Os outros saem na frente, enquanto Christopher e eu ficamos para trás. Sinto a sua mão nas minhas costas, quente, reconfortante, deliciosamente torturante.

Ele me dá uma conferida, os olhos encontrando os meus, antes de descer para a minha boca. A pressão nas minhas costas aumenta.

Ele me quer. E eu o quero.

Quero as suas mãos e a sua boca, quero mais daqueles beijos que fizeram a minha pele arder e se arrepiar como se tivesse tomado um choque, lábios erguidos com alívio enquanto me entregava — a minha boca na dele, as minhas mãos nele, as mãos dele em mim, acolhendo a energia que pulsa entre nós.

Na calçada, todos se abraçam e se despedem, lutando contra o frio. Participo do ritual, mal prestando atenção no que está acontecendo ou no que estou dizendo.

E então sobramos só nós quatro na calçada, Bea abraçada em Jamie para se aquecer, Christopher ao meu lado, irradiando aquele calor.

Um carro passa, com o som retumbando, um baque cru sacudindo o ar como um eco do que estou sentindo.

"Bom, prezada dama." Jamie passa o braço mais apertado em torno dos ombros de Bea, sorrindo para ela. "Posso acompanhá-la até em casa?"

"Meu prezado senhor, que tal *eu* o acompanhar até a *sua* casa?", devolve Bea, sorrindo para ele.

"Não sou louco de recusar isso. Tá vindo um táxi", diz Jamie, acenando para o carro. "Vocês dois vêm?"

Faço que não com a cabeça. "Quero caminhar."

Christopher acrescenta: "Eu levo a Kate em casa".

Jamie e Christopher parecem trocar algum tipo de olhar que não consigo interpretar, enquanto Bea me abraça com força, sussurrando em meu ouvido: "Tá tudo bem?".

"Tá. Eu juro. Te amo."

Ela me aperta com força e diz: "Também te amo. Qualquer coisa é só ligar ou mandar mensagem. Porque, humm... só pro caso de não ter ficado óbvio, eu não vou voltar depois que levar o Jamie em casa. Bom, não até amanhã de manhã".

Solto uma risada e me afasto dela. "Ficou óbvio, sim."

Ela sorri. "Tá bom. Boa noite, KitKat."

"Boa noite, BeeBee."

Jamie coloca Bea no táxi e entra, fechando a porta. Volto-me para Christopher e o encontro olhando para mim. Ele se aproxima e fecha meu casaco completamente.

"Você se importa de caminhar?", pergunto.

"Claro que não", ele responde, concentrado enquanto puxa a gola do meu casaco para cobrir meu pescoço gelado com um sorrisinho. "Imaginei que, mesmo depois de duas horas de exercício puxado no paintball, com aquela viagem de trem, você fosse querer se mover um pouco."

"Foi muito tempo parada." Sacudo os joelhos, dando vazão à energia inquieta acumulada em mim. "Pareço uma garrafa sacudida, cheia de bolhas."

"Humm. E o que a gente vai fazer a respeito?" Christopher aperta os olhos para a distância, avaliando as calçadas vazias. Então, do nada, diz: "Vamos apostar corrida?".

E sai correndo.

Fico atordoada por uma fração de segundo, então disparo atrás dele. "Não vale!", grito. "Você saiu na frente."

Ele me olha por cima do ombro e me dá um sorriso. "Depois eu te recompenso."

"Coisa nenhuma", grito, forçando as pernas, que costumavam me colocar à frente de todas as outras crianças no parquinho, que me renderam medalhas em corridas de meio-fundo, a emoção do ar queimando nos pulmões, os músculos trabalhando até quase o limite até, enfim, poder descansar. "Porque eu vou ganhar de você."

Ele ri. Na verdade, gargalha. "Claro que vai, pequena Kate."

O sinal abre para o trânsito, e ele para de repente e me faz parar ao seu lado. Com o peito arfando, um sorriso no rosto, olho para Christopher.

"Você tá ferrado", digo a ele, me balançando sobre os pés. "Você não me viu na minha época do atletismo, Petruchio, então não sabe que está enfrentando uma medalha de prata no estadual de oitocentos metros e medalha de *ouro* nos mil e seiscentos."

Ele me encara, os olhos sombrios, repletos de algo cálido e perspicaz. "Eu estava lá."

"O quê?"

Christopher se concentra no sinal, esperando fechar. "Só porque você não sabia que eu estava lá, não significa que eu não estava."

Quando ele começa a correr pela faixa de pedestres, ainda o encaro, boquiaberta.

"Christopher!", grito, mantendo os braços firmes junto do corpo, ajustando o passo e então me esforçando ao máximo para alcançá-lo.

Ele me olha por cima do ombro. Seus olhos chegam a se arregalar ao me ver se aproximando dele. "Merda!"

"É, pode ficar assustado!"

Ele ri como se não pudesse acreditar, dobrando a esquina do meu quarteirão, cometendo um erro fatal ao fazer uma curva muito aberta e perder tempo. Que é quando me aproximo numa curva fechada e dou meu máximo na reta final da nossa corrida, passando por ele e tomando a liderança a cinco metros da porta do meu prédio, num estado ofegante, espalmando as mãos no vidro.

Rio de prazer, com as costas na porta, e as mãos de Christopher uma de cada lado da minha cabeça.

A diversão e o riso da corrida somem no silêncio. O vento queima meu rosto e bate no meu casaco grosso. Observo como o casaco de Christopher se molda ao seu corpo e os seus cabelos balançam no ar.

Não consigo tirar os olhos dele.

E ele não consegue tirar os olhos de mim.

É como se tivesse perdido uma camada da minha pele, tão intenso é o momento, tão ciente estou de que não há nada atrás do que me esconder, nenhum lugar para escapar do quanto o quero.

Ofegante, deslizo as mãos por seu peito, sentindo-o subir e descer, enquanto procuro palavras que não sei como dizer. Apesar de toda a minha bravura e do meu jeito durão, de ter viajado o mundo, aprendido novas línguas e costumes, regras e regulamentos, conhecido lugares, me perdido, aprendido com os meus erros, passado perrengues, não consigo encontrar a minha voz ou as palavras de que preciso.

Christopher baixa a cabeça e o seu nariz roça o meu. "Me diz o que você quer, Kate." Ele segura meu rosto. E traça meu lábio com o polegar. "Me diz."

Talvez seja o fato de que posso ver as palavras tão claramente nos seus olhos e senti-las no leve tremor da sua mão, na respiração curta e irregular que sai dos seus lábios. Talvez eu esteja finalmente encontrando a coragem não apenas para lutar, mas para *sentir*. Talvez esteja, enfim, me sentindo segura para me permitir desejar, precisar disso e dizer. Seja o que for, a sensação aumenta dentro de mim, uma violenta e bela tempestade que enche meus pulmões, me encorajando.

"Eu quero você", sussurro olhando para ele, com a mão no seu coração acelerado. "E você também me quer."

"Muito", ele murmura, enquanto o abraço e ele me segura. O beijo é intenso e voraz, áspero e perfeito. Aperto os braços em seu pescoço, enquanto as suas mãos deslizam pelas minhas costas, pela minha bunda e envolvem as minhas pernas, me levantando ao redor da sua cintura. Ele leva a mão ao bolso do meu casaco, pega a chave e então, meio desajeitado, a enfia na fechadura e abre a porta.

"Anda logo", imploro, apertando as pernas e me esfregando descaradamente nele.

"Tô indo." Ele roça o lóbulo da minha orelha com a boca, segue para a mandíbula, o pescoço, enquanto me carrega pela escada dois degraus de cada vez.

Ele me leva até a porta do meu apartamento e me prende contra ela, me fazendo soltar um gemido, então, inspirando fundo, se atrapalha com a chave de novo e xinga baixinho.

Deixo escapar um som, meio lamento, meio gargalhada.

Christopher ri também, depois rouba outro beijo intenso, nos silenciando.

Enfim a porta do apartamento se abre e tropeçamos para dentro. Ele fecha a porta, vira o trinco e quase me deixa cair de pé no chão, então abre o zíper do meu casaco.

Eu o arranco com sua ajuda, depois abro o dele. Suas mãos deslizam por baixo da minha blusa, ao redor da minha cintura, enquanto ele me puxa para si, depois me empurra de costas na direção do sofá.

Christopher roça os lábios nos meus, tenros, macios, a língua brincando com a minha. Enfio as mãos na camisa dele e sinto o tecido amassado. "Mais."

Christopher geme contra a minha boca, as mãos subindo por dentro do meu suéter, envolvendo os meus seios. Quando as costas dos meus joelhos batem no braço do sofá, eu o puxo comigo, fazendo-o grunhir enquanto caímos, ele em cima de mim.

"Devagar", ele murmura. "Eu posso te machucar."

Dou uma risada. "Petruchio, se você acha que é a maior coisa que já caiu em cima de mim, está muito enganado."

Estou prestes a me gabar do incidente envolvendo a maior coisa que caiu em cima de mim numa das minhas viagens de trabalho (no caso, um crocodilo adolescente) e quem saiu ganhando (no caso, eu), mas dado o surto que ele teve hoje porque fui atingida por duas boladas de tinta, decido manter a anedota para mim mesma, para ele continuar fazendo essa coisa com os meus mamilos que tira meu fôlego como se eu tivesse acabado de dar um tiro de corrida.

"Esses peitos", ele sussurra. "Me torturando com aquele showzinho no trem."

Estou louca, sem pensar, e enfio as mãos dentro da camisa dele, sentindo a pele quente, a solidez do seu corpo, aquela linha de pelos descendo a partir do umbigo. "Beija eles."

A boca de Christopher está faminta, uma dança prazerosa molhada, quente e provocante, enquanto ele vai beijando meu pescoço, mordiscando, fazendo movimentos sedosos com a língua. Suas mãos envolvem os meus seios, apalpando com gosto.

"Eu pedi pra você dar um *beijo*", reclamo.

Seus polegares tocam os meus mamilos, então ele aperta suavemente.

"Merda!" Jogo a cabeça para trás, me arqueando contra ele.

"Mais alguma reclamação?", ele murmura.

Enfio as mãos dentro da sua calça jeans, depois da cueca, até estar tocando a sua bunda gloriosa, nos aproximando um do outro até senti-lo grosso e duro dentro da calça, encaixado em mim.

"Merda", ele geme contra meu pescoço.

"Você continua achando que manter distância foi a coisa certa?"

Estou prensada no sofá, com o peso dele em mim me deixando sem ar. "Não." Ele abaixa a cabeça e dá um beijo lento no meu peito que me arrepia. "Não mais."

Passo os dedos em seu cabelo, enquanto Christopher beija a minha clavícula e os meus ombros, demorando-se no que quebrei. Ele apoia o seu peso em mim, deslizando as mãos lentamente pelos meus braços, prendendo-os no alto da minha cabeça. Ele é tão pesado e a sensação é tão boa, a pressão que o meu corpo deseja.

A sua boca desce pelo meu peito, puxando a camisa de lado para provocar minha pele com a língua quente e sedosa. Com a mão, segura o meu seio e tortura o meu mamilo com puxões lentos. A outra leva a minha coxa mais para cima, o polegar girando em círculos provocantes e torturantes. "Também quero te beijar aqui, Kate."

Faço que sim, meio empolgada, meio apavorada, tentando não pensar no pouco que vivi, no pouco que sei. "Eu quero isso", sussurro. "Quero que você me beije em todos os lugares."

A sua mão sobe pela minha coxa até que ele está me segurando no meio das pernas, roçando a palma contra minha calça jeans, fazendo a costura esfregar o meu clitóris.

Dou um gemido, alto e desavergonhado. A sensação é tão boa.

Com a outra mão, Christopher levanta o meu peito e leva os dentes ao mamilo, por cima da camisa.

Deixo escapar outro barulho alto e desinibido. Isso é bom demais para ter vergonha. Envolvendo a sua cintura com as pernas, me esfrego nele, enquanto ele lambe o meu mamilo e o puxa ritmicamente através do algodão, em golpes quentes e molhados.

Christopher se afasta e, ao descer pelo meu corpo, sua respiração está ofegante.

Então fica de pé e desamarra freneticamente as minhas botas. Ele as joga por cima do ombro, curva-se por cima de mim, rouba um beijo profundo enquanto se sustenta com uma mão. Usa a outra para abrir o botão da minha calça jeans e depois baixar o zíper.

Christopher fica de pé, segura minha calça jeans pelas pernas e a tira num único movimento, me deslizando pelo sofá junto. Minhas pernas pendem do braço do sofá, e ele se ajoelha e me puxa pelos quadris para beijar as minhas coxas. Sei que estou com meias de lã descombinando, o par de calcinha e sutiã mais básico e velho, e que a paisagem lá embaixo é pura selva.

Antes de ter tempo de deixar minha cabeça se preocupar com minha inexperiência ou ficar insegura se se ele vai gostar do que vai ver, Christopher diz baixinho: "O que você quiser ou não quiser, Kate, me fala. Eu paro se você me mandar parar. Eu faço o que você pedir. É só me dizer".

"Tá bom." Faço que sim com a cabeça, tentando desesperadamente superar o nervosismo, para me concentrar em como é boa essa sensação, para me tranquilizar com o que ele falou. "Que tal então só... começar?"

Assentindo em silêncio, ele beija as minhas coxas, a língua circulando minha pele, me fazendo me contorcer e apertar os seus ombros com as pernas. E então ele está lá, a boca quente em cima da minha calcinha, a pressão firme e quente da língua contra o algodão. Arfo e jogo a cabeça para trás, afundando as mãos no cabelo dele.

"Assim. Só... mais."

Ele faz um som grave e satisfeito enquanto continua me chupando suavemente pelo algodão da calcinha. Meu corpo parece tão apertado, tudo entre as minhas coxas sofrendo de calor e desespero para alcançar um alívio.

Estou muito excitada de me esfregar nele, enquanto ele beija e provoca os meus mamilos, dolorosamente perto, mas não vou conseguir alcançar o alívio. Me sinto vazia, agitada, sabendo em algum nível fundamental que quero mais.

"Eu preciso de você", sussurro. "Dentro de mim."

Ele geme em mim, então afasta suavemente minha calcinha para o lado, apenas o suficiente para enfiar um dedo e torcê-lo para a frente.

"Ai, meu Deus", grito, com a voz rouca. "Aí. Assim. Mais rápido."

É então que o som de passos subindo a escada nos faz parar, levantar a cabeça e olhar para a porta. Ouço o timbre grave da voz de Jamie. A risada de Bea.

"Merda", sussurro.

Christopher se levanta tão depressa que parece que levou um choque. "Droga."

"Minha calça!" Deixo escapar uma gargalhada nervosa.

"Tá." Ele olha ao redor, passando as mãos pelo cabelo. "Onde foi parar?"

A chave está girando na fechadura. Fico olhando para ela. Christopher também.

Com uma rapidez impressionante, ele se abaixa e me coloca por sobre o ombro, como se fosse um bombeiro, então segue pelo corredor e entra comigo no banheiro e bate a porta assim que ouço a porta da frente se abrir e fechar.

As luzes da pia do banheiro estão acesas — devo ter esquecido de apagar antes de sair para o paintball —, então o vejo se agachar e me descer do ombro. Estou tonta, com as pernas bambas, e bato contra a porta.

Christopher me encara, ficando de joelhos. Sua testa bate com força contra o meu quadril. "Meu Deus", ele murmura. "Essa foi por pouco."

Ouvimos as vozes de Jamie e Bea na sala de estar, e então elas somem, movendo-se para o outro lado do apartamento, na direção dos quartos.

Olhando para mim, ele pergunta baixinho: "O que eles estão fazendo aqui?".

Escuto por um segundo e identifico a voz aguda que Bea usa para o ouriço de estimação. Meus olhos se fecham, pesarosos. "O Cornelius precisava jantar. Ela no mínimo tentou me ligar e mandar mensagem para me lembrar de dar comida, mas eu não vi."

Aliás, não tenho ideia de onde o meu celular está. Espero que enterrado no bolso do meu casaco.

"Droga, Kate", ele reclama.

"Bom, desculpa se eu tava meio ocupada com você em cima de mim!", sussurro. "Você quer que eu pense em tecnologia moderna com você me chupando?"

Christopher deixa escapar um gemido. Ele desliza as mãos pela minha cintura, então desce e envolve minha bunda. "Quero ouvir aqueles sons que você estava fazendo de novo." Ele levanta minha camisa e dá um beijo na minha barriga. "Quero os seus pés nos meus ombros."

"Eu não estava fazendo som nenhum", digo, meio fraca. Ele está com a boca no meu quadril, lá embaixo, perto da minha calcinha de novo. Então me beija ali, um beijo devagar e molhado, e as minhas pernas fraquejam. Por sorte ele me segura, me sustentando pelo quadril contra a porta.

"Tava, sim. E eu adorei." Ele me beija de novo e enfia o rosto, inspirando fundo. "Cacete, eu não quero parar."

"E eu também não quero que você pare." Enfio os dedos no seu cabelo.

Ele me olha, com as mãos apertando minha bunda. "Kate, você consegue não fazer barulho?"

Solto o ar, trêmula, movendo os quadris contra o seu polegar enquanto ele começa a me provocar por cima do tecido. Meus peitos pesam, a fisgada entre as minhas coxas está muito perto da doce satisfação. "Acho que não."

"Tenta, por mim, querida", ele murmura, antes de me beijar entre as coxas de novo, chupando e lambendo. Com a língua dele e minha própria excitação, minha calcinha está encharcada, grudada na pele. "Preciso tanto disso."

O que ele está fazendo é uma delícia, mas quero mais. Quero a ereção dura e grossa dele em mim. Quero seus gemidos e suas súplicas no meu ouvido, aqueles sons que confirmam que ele está tão derretido quanto eu.

Puxo a camisa dele no ombro, fazendo-o ficar de pé.

"O que foi?", ele pergunta. "Foi demais? Eu posso parar..."

"Não." Balanço a cabeça, passando a perna pelo quadril dele, mostrando do que preciso. "Assim."

Christopher me dá um beijo lento na mandíbula, depois no pescoço. Suspiro ao sentir o primeiro movimento perfeito dos seus quadris, esfregando meu clitóris com a calça jeans. Ele leva a boca até a minha, e aperto a coxa em sua cintura para poder me mover mais depressa, segurando o seu ombro para me sustentar, ofegante contra a boca dele.

Depois de uns poucos movimentos, minha respiração fica rouca e irregular. A dele também.

Christopher me segura com mais força. "Espera um pouco", ele murmura.

"Você não manda em... *ah!*"

Dois dedos afastam minha calcinha e entram em mim, me acariciando exatamente onde preciso. Uma sensação quente e maravilhosa se espalha pelo meu corpo.

"Isso é tão bom", sussurro. "Ai, droga, você é bom nisso."

"É pra você", ele sussurra, no meu pescoço. "Só pra você."

Desço a mão e o encontro tão duro dentro da calça jeans, esticando tanto o tecido, que deve estar doendo. Hesitante, eu o acaricio. Christopher solta um palavrão no meu pescoço.

"Tá tudo bem?", pergunto.

"Bem mais do que bem", ele ofega.

Abro a fivela do cinto e o botão da calça. "Posso te tocar?"

"Acho que eu vou morrer se você não fizer isso." Ele ajeita o quadril o suficiente para que eu consiga enfiar a mão na sua calça e envolver a ereção sob a cueca. Ele é tão grosso, tão quente mesmo através do tecido. Solto um gemido ao acariciá-lo, emocionada de ter feito isso com o seu corpo.

"Ah, que delícia." Ele me beija devagar e profundamente, a língua acariciando a minha. "Continua. É, assim. Porra, isso é perfeito."

Christopher muda o ritmo dos dedos, me esfregando mais depressa, e bato a cabeça contra a porta com uma pancada. Estou tão perto, tentando tanto não gritar de prazer a cada investida da sua mão, pois ele está me levando ao limite.

"Goza pra mim, Kate", ele cochicha. "Vem, gata. Relaxa."

"Tão perto", sussurro, me movendo contra os seus dedos, apertando o tecido da camisa no punho fechado enquanto pressiono a boca na dele.

É então que ouvimos as vozes voltando.

Ficamos imóveis, a respiração tão ofegante e alta, não sei como eles não nos ouvem.

Mas então a porta da frente se abre de novo e fecha logo depois; e ouvimos o barulho do trinco.

E voltamos a nos atacar. A porta começa a bater à medida que Christopher se move contra minha mão e os meus quadris acompanham o dele.

"Meu Deus, Kate." Ele joga a cabeça para trás, e mordo o seu pescoço lambendo depois. Ele começa a girar o polegar no meu clitóris em círculos rápidos e experientes, os dedos ainda entrando em mim.

Ardo com o calor intenso que se espalha por meus membros, desce pelas minhas coxas, envolve os meus seios, fazendo os meus dedos do pé se contraírem. "Vou gozar", murmuro. "Vou..."

"Isso", ele me incentiva. "Assim, querida. Cavalga minha mão. Goza em mim."

Jogo a cabeça contra a porta, sentindo o prazer vir em ondas sísmicas. Christopher aperta o quadril no meu e solta um gemido baixo e angustiado, enquanto calor e umidade se infiltram entre nós, quando ele goza na minha cintura.

Ofegantes, sujos, nos beijamos. Ele solta as minhas pernas devagar e me coloca no chão, enquanto tento me equilibrar. Eu o encaro, tocando-o, passando as mãos por seus ombros, descendo pelos braços, enquanto ele me segura com força junto a si, as mãos saboreando minha bunda, apertando, e me dá um beijo longo e reverente.

Só então o mundo real começa a se infiltrar na minha consciência. O *plic-plic* baixinho da água pingando na pia. Os sons abafados do trânsito lá fora, uma sirene estridente.

Christopher me encara com uma expressão ilegível, o peito arfando. Ele segura o meu rosto e dá um último beijo suave nos meus lábios, puxando o ar. Sinto uma exaustão tomar o meu corpo. Depois do paintball e do orgasmo mais intenso da vida, meus olhos parecem pesados, os membros moles.

Quero arrastá-lo pelo corredor e fazê-lo cair em cima de mim como fizemos no sofá, para o seu corpo grande e pesado me prender. Quero dormir uma semana. As minhas pernas fraquejam.

"Devagar", diz Christopher, baixinho. Ele procura pelo interruptor e reduz a luz, até estar bem fraca.

Então me pega nos braços, me fazendo gritar. "O que você está fazendo?", pergunto.

"Te levando pra cama."

E depois indo embora fica não dito.

Dá pra ver pelo jeito como a expressão dele ficou séria e concentrada, o fogo brincalhão e apaixonado já não mais tão intenso; e pelo jeito com que ele me leva para a cama e me deita nela, para então me cobrir.

"Fica", sussurro, me sentindo corajosa na escuridão, na necessidade crua que sinto. Ninguém nunca me tocou assim, me fez me sentir livre, leve e considerada, um fogo que se projeta no ar que o alimenta, quente, selvagem, vivo. Não quero ficar sozinha aqui. "Por favor."

Ele fica quieto por um bom tempo, com a mão no meu quadril, o polegar girando com carinho na pele sob minha camisa.

Então, lentamente, se levanta.

Meu coração se despedaça. Ele está indo embora.

Só que não está. Ele para na porta do meu quarto e a fecha, deixando o quarto escuro.

Ouço umas gavetas se abrindo e fechando. O som de tecido deslizando por seu corpo. Odeio que a escuridão esteja escondendo isso, pois sei que ele está tirando a roupa em que gozou.

Sinto uma camiseta batendo no meu rosto. "Veste isso", ele diz, baixinho.

"Você é tão mandão", resmungo. Mas tiro mesmo assim a camisa úmida no quadril e a jogo em algum canto do quarto antes de vestir a camiseta. É macia do jeito que gosto que as minhas camisetas sejam, mas surpreendentemente larga. Sinto o cheiro dele e sorrio para mim mesma. Ele me deu uma das suas.

Christopher sobe na cama, enfaticamente em cima dos lençóis e cobertas, como quem está "tentando ser um cavalheiro" de novo, como se não tivesse acabado de se esfregar em mim e me levar ao êxtase orgástico contra a porta de um banheiro. Mas se bem que, mesmo tendo mudado de roupa, continuo suja de grama, tinta e suor, então talvez ele esteja apenas se protegendo disso.

Mas se bem que ele também está todo sujo disso.

Então, por que a distância?

Com carinho, ele puxa o lençol até o meu queixo, depois passa os dedos pela minha testa, minha têmpora, meu nariz. "Hora de descansar essa mente ocupada, pequena Kate. Dorme."

"Você não manda em mim", murmuro, sentindo as pálpebras cedendo à tentação e se fechando. "Além do mais. Eu não tô...", um bocejo me interrompe, muito mal-educado, "... cansada."

"Claro que não. Você não está exausta", ele diz, com os dedos no meu cabelo, fazendo um carinho no meu couro cabeludo até esbarrarem no meu coque bagunçado. "Os seus olhos não estão cansados. Os seus membros não estão pesados."

Outro bocejo. "Nada disso."

Ouço o sorriso na sua voz, enquanto ele faz um carinho no meu rosto com as costas dos dedos. "E você definitivamente não vai ter sonhos maravilhosos."

Queria poder dizer que a psicologia reversa dele não vai funcionar. Mas os meus olhos se fecham. Os meus membros estão pesados.

E tenho os sonhos mais maravilhosos e sujos.

26

CHRISTOPHER

Acordo meio grogue, com o corpo pesado e solto com o prazer desconhecido de me sentir descansado. Piscando, olho para o teto e sorrio ao me lembrar de Kate me abraçando enquanto dormia, a cabeça no meu ombro, o braço sobre a minha barriga, a perna sobre a minha.

Vê-la dormindo, ouvir a sua respiração constante, segurá-la, senti-la me segurando, eu podia ter ficado lá para sempre.

Meu sorriso desaparece.

Porque agora me lembro de onde estou.

E não é com a Kate, na cama dela. Estou na minha cama, na qual tropecei depois que saí dos seus braços e engoli o meu remédio, enquanto uma enxaqueca cortava o meu cérebro e afundava as suas garras nele.

A memória me volta em flashes. Eu lutando contra a ânsia de vômito na viagem de trem de volta para casa, enquanto a dor disparava. Eu desabando na cama. Colocando a bolsa de gelo e um travesseiro na cabeça, enquanto a agonia pulsava pelo meu cérebro, até que finalmente o remédio fez efeito e dormi.

Mas Kate não sabe de nada disso. Tudo o que ela sabe é que a toquei, a beijei, a coloquei na cama e depois fui embora. Tentei deixar um bilhete antes de sair, mas minha mão estava tremendo tanto de dor que não consegui escrever. Quando entrei no trem, não conseguia olhar para a tela brilhante do celular e mandar uma mensagem para ela. Disse a mim mesmo que mandaria uma mensagem assim que acordasse. Que só ia dormir algumas horas, como sempre acontece, até que a vontade de mijar ou outra onda de dor me acordasse.

E, claro, a única vez em que supus que iria dormir somente algumas horas, dormi o dia inteiro.

Merda. Só de pensar nela acordando sozinha na cama, sinto um aperto no peito.

Procuro o celular na mesa de cabeceira. Aumento o brilho da tela só o suficiente para enxergar, agora que a luz não vai machucar os meus olhos.

Quero muito descobrir que essa escuridão é um sinal de que é madrugada, de que a rara onda de energia renovada que estou sentindo é uma falácia, mas sei que não é. É a escuridão profunda de uma noite de outono, e jamais estaria me sentindo tão bem depois de apenas algumas horas de sono.

"Merda", gemo, quando a tela do celular revela que horas são: 17h45.

E então vejo que recebi um e-mail, o remetente e o assunto. Meu coração começa a bater acelerado.

Toco na notificação e abro o e-mail, os olhos repassando o texto depressa, um pavor se instalando na minha barriga:

Prezado sr. Petruchio,
Segue o link para as fotos da sua equipe. Este link é privado
e acessível apenas aos funcionários da Verona Capital. Conforme
combinado, é possível baixar em alta resolução tanto as fotos
coloridas como as em preto e branco. Se você ou algum dos seus
funcionários notar algum detalhe *simples* que gostaria de editar em
qualquer foto, por favor, lembre-se de que com o Photoshop eu posso
apagar espinhas e fios de cabelo rebeldes, mas não sou Deus nem
uma cirurgiã plástica — tem um limite no que eu consigo fazer.
Atenciosamente,
Kate Wilmot

Ai, não. Isso é ruim. Ela não só me chamou de *sr. Petruchio* como usou um *Atenciosamente*, o equivalente corporativo ao bom e velho "vai tomar no cu".

Kate está com raiva.

Ela está magoada, uma voz calma e sábia dentro de mim diz.

Sinceramente, depois do que fizemos na noite passada, não consigo imaginar o que Kate achou ao ver que eu tinha ido embora quando acordou. Ela provavelmente tirou a pior conclusão possível e, verdade seja dita, nunca transpareci ser mais do que um conquistador que só quer uma noite com cada mulher. Para ela, eu consegui o que queria e fui embora.

"Merda." Afasto os cobertores depressa e levanto da cama, esfregando o rosto. Tenho que encontrar Kate e me explicar. Tenho que fazer isso direito. "Banho", digo a mim mesmo, sentindo o meu cheiro de suor. "Primeiro toma um banho, depois..."

Miau.

Olho para a porta, onde Puck, o gato dos Wilmot, passa pela soleira, sorrateiro demais para um bicho tão velho e desajeitado.

"Você não pode continuar fazendo isso, cara, fugir e se esconder aqui. Eles não te acham e ficam todos nervosos."

Miau, ele diz, se espreguiçando. Ele caminha até o pé da minha cama e sobe nela.

"Eu sei que você gosta mais da minha comida, mas isso não é desculpa pra fugir. A gente tem os nossos dias juntos, quando eu te trago aqui e você pode aproveitar. E eu sempre levo alguma coisa no jantar de domingo também..." Arregalo os olhos. Sinto um alívio.

O jantar de domingo. Hoje é domingo. E o jantar de domingo começa daqui a quinze minutos. A Kate vai estar lá. O Jamie falou que ela foi a todos os jantares de domingo a que eu faltei, quando estava tentando manter a distância enquanto ela estivesse aqui. Começo a tirar a roupa freneticamente, tropeçando nela a caminho do chuveiro.

Não vou perder este jantar de domingo.

27

KATE

Saltitando os degraus da entrada da casa dos meus pais, passo por caixas do tamanho de um caixão no hall de entrada com a palavra NATAL escrita e sigo para a cozinha, onde o meu pai está mexendo uma panela com um cheiro que me deixa com água na boca e faz o meu estômago roncar.

O que me lembra que não comi o dia inteiro. Fiquei editando fotos e mandando um e-mail profissional e conciso para Christopher, tentando não pensar em como minha cama estava vazia quando acordei, embora eu tenha dito a mim mesma para não torcer para que ele ainda estivesse lá pela manhã e tenha dito a mim mesma para não esperar outra caixa generosa de doces ou flores maravilhosas, um dos seus bilhetes manuscritos ou qualquer coisa que indicasse que o que fizemos significou para ele algo próximo do que significou para mim.

Que tola.

"Katie-bird", diz meu pai, abrindo os braços para mim.

Aceito o abraço. "Oi, pai. O que tem para o jantar?"

"Batata cremosa com bacon vegetariano. Nenhum animal foi ferido na confecção dessa sopa."

Sorrio e o aperto com força, fazendo-o soltar um gemido. "Parece uma delícia, obrigada. Cadê a mamãe?"

Meu pai ajeita os óculos, que ficaram embaçados com a sopa. "Procurando o Puck. Ele fugiu de novo."

"Aquele gato levado", digo, orgulhosa. "Aprendeu direitinho comigo."

Meu pai ri. "Ele sem dúvida deixa a gente alerta." Sua expressão então muda ao olhar para mim. "Você não estava usando isso quando chegou, estava?"

"Ah." Dou um passo para trás e olho para minha roupa. "Não. Eu tava com um moletom do Piu-Piu e calça legging com furos em lugares indignos. 'Não é bem um traje de domingo', foi o que minha mãe falou. Então peguei uma coisa no meu armário, lá em cima, e troquei, pra ela ficar feliz."

Está mais para você queria que o Christopher te visse linda e maravilhosa, se finalmente aparecesse no jantar da família, diz a voz no fundo da minha mente. *Você queria que ele te visse bem e se sentindo ótima, só para o caso de estar preocupado que você tenha se empolgado com alguns dias de paz, alguns gestos gentis e um orgasmo maravilhoso na mão dele, e agora estivesse com expectativas que poderiam ter sido frustradas quando ele foi embora de manhã, como sempre fez com todas as outras.*

Ai, Deus. *Todas as outras.*

A frase é o equivalente emocional a uma cutícula rasgada — uma dor pequena, concentrada e muito aguda. Sinto uma pontada dupla de humilhação e inveja.

"O que você está pensando, Katie-bird?", pergunta meu pai, com gentileza.

Meu pai está sorrindo para mim, paciente e gentil. Como sempre.

Não posso dizer pra ele de jeito nenhum o que estou pensando.

Ainda assim, preciso de alguma saída para o que estou sentindo, então passo os braços em volta da sua cintura e o aperto novamente, enterrando o rosto na blusa, inspirando o seu perfume — livros antigos e bala de hortelã.

Inspirando fundo, pisco para afastar as lágrimas. Passei o dia inteiro tão chorosa.

Ele pousa um beijo suave no alto da minha cabeça. "Eu te amo, Katie-bird. Você sempre pode conversar comigo, tá bom? Se você quiser, eu posso só ouvir. Não vou dar nenhum conselho. Nem julgar."

"Eu também te amo. E eu sei", murmuro contra o suéter dele. "Senti muita saudade. Sua e da mamãe. Da Bea e da Jules. De todo mundo."

"Nós também", ele responde. "Mas, como dizia a vovó, os que a gente ama ficam sempre conosco. Não importa onde você estivesse, eu estava com você bem aqui", ele completa, pousando a mão no coração. Sorrindo para mim depois que quase quebro as suas costelas e o solto, ele diz: "A cada ano que passa, você me lembra mais a sua avó".

Sorrio. "Aquela era durona. E também *não tinha* filtro."

Ele ri. "Ela sem dúvida falava o que pensava." Ele me examina com os olhos. "Quando você usa essa cor, esse azul-profundo, os seus olhos mudam, e você fica...", ele sorri, "ainda mais parecida com ela."

"Essa roupa era dela. Caxemira vintage."

"Bem que eu achei que conhecia", ele diz, voltando a atenção para a sopa. "Então por que você achou que precisava trocar de roupa para jantar?"

Pego uma travessa de salada e o pegador de servir e coloco na bancada. "Ah, é que acabei deixando acumular a roupa suja, então não tinha nada mais arrumado pra usar que estivesse limpo. Eu esqueço de ir à lavanderia. E não consigo usar a lavanderia do porão do prédio. Não depois que li um suspense em que a personagem principal foi até o porão para trocar de roupa e..."

"Não. Não me conta." Meu pai balança a cabeça, batendo a colher na beirada da panela de sopa e desligando o fogo. "Eu não leio esse gênero por um motivo. Não preciso da ajuda de livros de suspense para minha imaginação apocalíptica inventar cenários terríveis."

A campainha toca, fazendo eu e meu pai pularmos.

"Tá vendo?", ele diz, tirando os óculos embaçados. "Não preciso de ajuda."

"Deve ser só um entregador trazendo alguma encomenda", digo a ele.

"Ou o Christopher", meu pai sugere.

Meu coração pula acelerado. "Mas o Christopher não toca a..."

E então batem à porta. Estranho. O Christopher também não costuma bater. Ele entra como se fosse dono do pedaço. Sempre foi assim.

Mas quem mais poderia ser? Não é a Bea, nem o Jamie. Eles não vão poder vir, por causa da festa de fim de ano do trabalho do Jamie.

"Por que você não vai ver o que é?", meu pai pede. "Ah, e se forem aqueles dois garotos com a Bíblia de novo, diz que eu não tô em casa."

"Eu..."

"Olha quem eu encontrei." Minha mãe aparece do quartinho dos fundos com Puck nos braços. Ela o coloca no chão, o sininho no pescoço dele toca, e ele corre na minha direção. "Sorte a dele que é tão fofinho."

"Onde ele estava?", pergunta meu pai.

"Na estufa, tentando comer as minhas rosas de novo. Quem estava tocando a campainha?"

Como se tivessem ouvido a deixa, batem novamente.

Volto os olhos para a porta da frente, em pânico.

"Katerina", minha mãe chama, passando depressa na direção da panela de sopa. "Você pode atender, por favor?"

"Eu?", pergunto, boba.

Miau. Puck se enrosca em minhas pernas, então vai para o hall, com o sininho tocando.

Suspirando, sigo Puck, porque se o meu gato é corajoso o suficiente para enfrentar Christopher Petruchio, então eu também sou.

"Tá", digo a mim mesma, enquanto tento controlar a respiração. "Você está bem. Só com o orgulho um pouco ferido porque Christopher não estava lá quando você acordou e nem mandou outra entrega de doces ou sequer entrou em contato o dia inteiro. Mas tudo bem. Você é adulta. Pode simplesmente seguir em frente."

Miau, diz Puck. Eu o pego no colo e o abraço junto a mim, me sentindo fortalecida por seu ronronar estrondoso.

"Tá, talvez seguir em frente seja muito", admito a Puck. "Mas sou capaz de conversar com ele sobre isso. Eu. Consigo. Me. Comunicar! Posso vestir minha cara de mulher adulta e corajosa e falar com ele. E, enquanto isso, espero que ele fique louco de me ver neste suéter azul-safira lindo de morrer, com decote em V."

Miau, concorda Puck.

"Bom, agora é azul-safira *e* coberto com os seus pelos brancos."

Puck apoia a cabeça no meu ombro e ronrona, feliz. Deslizo a mão por seu pelo, fazendo movimentos rítmicos e suaves e inspirando fundo. "Eu consigo. Eu consigo."

Miau, diz Puck, e com esse incentivo me fortalecendo, abro a porta.

Christopher está na varanda com um pequeno buquê numa das mãos e uma bolsa de pano na outra.

Ele veste um suéter verde-esmeralda de manga comprida que envolve os braços grossos, uma calça jeans escura que parece bem cara e botas de couro marrom de cadarço. Está com o cabelo molhado e um pouco bagunçado, como se tivesse acabado de sair do chuveiro, as ondas se curvando junto do queixo. Inspiro fundo e sinto o seu cheiro de vela amadeirada.

Não que isso esteja me afetando.

Não que eu esteja me lembrando de quando finquei os dentes no seu pescoço como um animal ontem à noite e provei esse cheiro na sua pele.

Ele pigarreia e pergunta: "Posso entrar?".

Seguro a porta, porque é como se o mundo estivesse saindo do eixo. "Você sempre entra sozinho. Por que bateu desta vez?"

Christopher sustenta o meu olhar. Ele engole em seco. "Porque eles são a sua família primeiro, e se você não quisesse me ver, depois de ontem, quer dizer, de hoje de manhã... mas eu juro que tenho uma explicação... se você não me quiser aqui, eu não ia querer forçar nada." Ele hesita por um momento, então diz: "Eu quero que você me deixe entrar, Kate, mas só se *você* quiser".

Estou mais apavorada do que nunca, em mais de uma fronteira — não só a física, a soleira da porta dos meus pais, mas a do meu coração. Quero muito confiar nele. E tenho tanto medo de que ele vá partir o meu coração antes mesmo de saber há quanto tempo ele o possui.

Faz muito tempo que odeio Christopher Petruchio não só — e nem principalmente — por seu distanciamento, sua superioridade, mas porque doía muito ser rejeitada por alguém de quem eu gostava.

Mas eu sou a Kate Wilmot. Sou uma mulher durona que viaja o mundo e não foge do perigo ou se esquiva de um desafio só porque pode dar errado. Sou corajosa em tantas outras partes da minha vida. Vou ser corajosa agora também.

Aos poucos, abro a porta e dou um passo para trás. "Então entra."

Christopher atravessa a soleira. Ele sustenta o meu olhar e se aproxima, tocando a ponta dos dedos nos meus, o toque mais leve que provoca um arrepio no meu braço. "Obrigado", ele murmura.

"Christopher!" Minha mãe grita dos fundos da casa. "Por que diabos você tocou a campainha? Entra!"

Christopher fecha a porta atrás de nós e me segue até a cozinha, enquanto continuo segurando Puck como se ele fosse um bote salva-vidas.

Com cuidado, Christopher pousa o buquê e a bolsa na bancada, tirando uma garrafa de vinho branco gelado e um belo pão rústico de crosta dourada, com folhas intrincadas esculpidas na superfície. Ele pega um potinho cujo barulho faz Puck pular dos meus braços na mesma hora.

Vejo Christopher se abaixar e arrumar um punhado de petiscos no chão para Puck, que os devora como se estivesse passando fome.

Agora que estou com as mãos vazias, me concentro em tirar o pelo de gato da minha roupa, não querendo ver Christopher cuidando de Puck, enquanto o bichinho ronrona alto, e não sentir aquele calor horrível inundar o meu coração.

Quando Christopher se levanta, limpando as mãos, olha de relance para mim e então me confere novamente. Acho que, sem Puck no colo, ele enfim viu o meu decote.

Evitando os seus olhos, vou até a geladeira e pego alguns ingredientes para a salada que eu ia preparar para o jantar.

"Que roupa é essa?", ele pergunta.

Abro o pacote de hortaliças e coloco algumas na travessa de salada. "Isto é um suéter, Christopher."

"Um suéter", ele murmura para si próprio, colocando o pão na tábua de cortar e pegando uma faca na bancada.

Minha mãe entra pela porta da sala de jantar e pega as flores que Christopher trouxe. "Bom, isso explica por que Puck estava na estufa."

"Desculpa", Christopher murmura. "Ele deve ter entrado comigo, e eu não percebi."

Ela dá um tapinha gentil nas costas dele. "Tudo bem."

Quando minha mãe as coloca com cuidado num vaso de cristal, percebo que as flores — rosas, dálias, delfínios — são as minhas preferidas. Christopher escolheu as minhas preferidas e fez um buquê.

Minha mãe sorri. "Ah, tá muito melhor do que aquela camiseta do Piu-Piu. Esse suéter fica lindo em você."

"Obrigada", agradeço. "Pelo menos alguém aqui gostou da minha roupa."

Ela franze a testa para Christopher. "Qual o problema com a roupa dela?"

"Nenhum", ele resmunga, fatiando o pão violentamente.

Minha mãe dá de ombros e passa por mim. "Vocês vão querer vinho para acompanhar o jantar?"

"Pelo amor de Deus", diz Christopher.

"Só um pouquinho", respondo, quando ela pega a garrafa de vinho branco que Christopher deixou na bancada e abre o lacre em volta da rolha. "Melhor não beber muito, já que vou sair depois do jantar."

A faca bate na tábua de corte. Christopher me encara do outro lado da ilha.

"Você vai sair?", minha mãe pergunta, distraída, lutando com o abridor de garrafa.

"Vou."

Christopher dá a volta na ilha e se oferece: "Deixa que eu faço".

Ela se afasta e encosta na bancada, com um sorriso enorme no rosto e os olhos brilhando. "Vai aonde?"

"No Fee's? Alguma boate? Sei lá." Volto a me concentrar na salada, salpicando amêndoas picadas por cima. Então pego um punhado de sementes de romã e acrescento também. "Onde quer que seja, acho que vai acabar sendo uma noite selvagem."

A rolha faz um *pop* e voa alto. Christopher me encara, de queixo caído, fogo nos olhos. "Claro. Eu tinha esquecido."

Minha mãe olha para ele. "Esquecido o quê?"

"Que eu vou com ela", ele diz, tirando a rolha do saca-rolhas.

Meu estômago dá um nó. Não faço ideia do que ele está falando. Tudo bem que estou inventando essa história, qualquer coisa para provocá-lo, para irritá-lo como ele me irritou. Talvez ele esteja inventando também só para me azucrinar.

"Você vai com ela?", minha mãe pergunta. "Por quê?"

"Perguntei a Kate se podia fazer companhia pra ela hoje, garantir que ela pode se divertir em segurança." Ele olha para mim por cima do ombro da minha mãe. "Ela falou que sim."

Ainda bem que minha mãe está de costas para mim. Meus olhos praticamente pulam da minha cara.

"É mesmo? Que gentil, Christopher", minha mãe diz. Apago o espanto do rosto assim que ela olha para trás, na minha direção, com os olhos reluzentes e felizes. "Não é muita gentileza dele, Kate? Que cavalheiro."

"Muito gentil e cavalheiro." Sem a menor vontade de ver Christopher me passando a perna, abro um sorriso animado para minha mãe, enquanto ele pega uma taça vazia e se serve uma boa dose de vinho, então toma de um gole só. "Esses dias ele tem se sobressaído. Christopher foi *tão* cavalheiro ontem quando me levou em casa depois que chegamos do paintball com os amigos, e ainda fez questão de confirmar que eu tinha *tudo* de que eu precisava antes de ir embora."

Christopher se engasga.

Minha mãe dá um tapa nas costas dele. "Isso é que dá virar um Sancerre maravilhoso desses como se fosse bebida barata. Vou levar isso comigo e tentar tirar o Bill do livro que o vi pegando. Desejem-me sorte."

Ela sai levando o pão que Christopher esfaqueou e a garrafa de vinho no braço.

Ele fica olhando a porta se fechar, então se aproxima de mim. "Me deixa explicar primeiro, antes de sair numa noitada por vingança."

Sustento o seu olhar, os nervos à flor da pele. "Tá bom. Se explica, então."

"Eu..." Seus olhos descem lentamente por meu corpo, então se fecham. Ele baixa a cabeça e aperta a testa, expirando devagar e pesado. "*Meu Deus*, Katerina."

"O que foi?", pergunto, ouvindo o meu tom defensivo, mas, francamente, acho que tenho direito.

"Não consigo pensar direito, quanto mais falar, olhando pra você."

"Por que não?"

Ele solta um gemido, baixando a mão. "Você sabe o que está vestindo. Você sabe como está bonita. E você sabe que isso está me matando."

Sinto um calor subindo pelo pescoço e corando o meu rosto. Levo a mão à bochecha, tentando esfriá-la. "Talvez eu quisesse usar alguma coisa... um pouco atraente. Eu estava me sentindo vingativa. Acordei hoje de manhã e você tinha sumido, e eu fiquei... chateada. Eu queria fazer você me pagar por ter ido embora igual você faz com todas as outras mulheres que você..."

"Não", ele interrompe, se apressando na minha direção. Dou um passo para trás diante do seu avanço, até que as minhas costas batem na bancada. Não posso deixar de lembrar da outra vez, há menos de um mês, em que estive nessa exata posição — cercada por seus braços, ele com as mãos plantadas na bancada de ambos os lados do meu corpo, me encarando.

Todo mundo precisa de você aqui sempre.

Foi o que ele disse. Odeio esse plural indefinido. *Todo mundo quem?*, quero saber. Quero que seja ele. Quero saber por que ele está me olhando do jeito que estou olhando para ele, como se estivesse procurando um local seguro no qual se apoiar, como se estivesse tão perdido quanto eu.

"Não tem nada de rotineiro ou típico no que aconteceu ontem", ele diz, baixinho, pousando a mão na minha cintura. "Eu não fui embora porque você era 'só mais uma'."

Recuo, atordoada. "Christopher..."

"Por favor." Ele engole em seco, aproximando-se de novo, a mão apertando minha cintura, me puxando para si. "Me deixa explicar. Não vai embora, Kate. Não vai."

As palavras fazem algo comigo, transformam a parte de mim que sempre foi dura e implacável em suave e flexível. Sinto-me quente, disposta e um pouco assustada.

Sustento o seu olhar e então faço algo que nunca tive coragem de fazer antes — estender a mão quando estou com medo. Entrelaço as nossas mãos e aperto a dele, oferecendo um pouco de segurança.

"Estou ouvindo", sussurro.

Christopher pisca os olhos; parte da tensão alivia em seus ombros. "Isso não é uma desculpa. E eu juro que não teria ido embora se não fosse por isso, mas cabe a você acreditar ou não em mim." Ele aperta a mandíbula e olha para o chão, suspirando profundamente. "Tive uma enxaqueca. Das fortes. Entrei em pânico. Não queria passar mal na sua frente. Isso não... Nunca aconteceu na frente dos outros. Estou acostumado a lidar com as minhas enxaquecas sozinho. Então tomei o remédio e corri para casa, e acabei dormindo o dia inteiro, não sei como, e acordei desesperado, porque sabia que você ia ficar chateada por eu ter ido embora, por não dar notícia o dia inteiro. Eu..." Ele engole em seco, erguendo os olhos, encontrando os meus. "Eu não quero te machucar, Kate, nunca."

A cozinha está silenciosa, ouço as vozes dos meus pais ao longe, em algum lugar da casa. A sopa solta fumaça no fogão. As luzes estão acesas, um brilho gentil. Sinto como se o tempo tivesse se dissolvido, como se o mundo tivesse parado enquanto olho para ele, o coração palpitando feito um beija-flor dentro da gaiola das minhas costelas.

Suavemente, deslizo as mãos pelo peito dele e sinto o ar saindo. Fito os seus olhos, cruzando a ponte dentro de mim do medo já conhecido para a confiança recém-descoberta. Para a esperança. "Eu acredito em você."

Seus olhos se movem de um lado para o outro, me estudando. "Acredita?"

Faço que sim, com a mão circulando o seu coração acelerado. "Acredito. Fico muito triste que você tenha ficado tão mal. Eu queria..."

"Eu estou bem." Christopher leva o polegar ao meu lábio inferior, e fico sem palavras, então a ponta dos dedos toca o meu pescoço descendo até minha clavícula. "Depois daqui", ele diz baixinho. "Quero te levar pra casa. Por favor."

Mordo o lábio, com uma emoção correndo por mim. "Para a sua casa?"

"Não, a sua. Na cidade." Ele se aproxima como se fosse me beijar, mas para. Seus olhos descem até os meus seios, e ele solta um gemido.

"O que foi?"

"Esse suéter maldito. Você não tem outra coisa pra vestir? Dá pra ver até o seu umbigo."

"Eu não ligo de você me ver até o umbigo."

"*Eu* ligo", ele responde, com uma voz sombria.

"Vocês não vêm?", minha mãe chama da sala de jantar.

Sorrio e dou de ombros. "Estou feliz no meu suéter, então você vai ter que aceitar isso. Agora, vamos. Tô morrendo de fome."

"Eu também tô morrendo de fome", ele resmunga, enquanto pego a salada e o pegador e vou para a sala de jantar. "E não é de sopa de batata."

28

CHRISTOPHER

O jantar leva uma eternidade. Ainda assim, não é tempo suficiente. Porque estou tão louco por Kate quanto apavorado com o que estou prestes a fazer — tentar algo que nunca fiz antes, algo que evitei ativamente minha vida adulta inteira: honestidade brutal, intimidade nua e crua.

Ênfase no nua.

Sentado entre os pais dela, preciso de uma força sobre-humana para não pensar em todas as coisas eróticas que quero fazer com Kate depois disso.

Eu a vejo rir de alguma piada do pai, e uma onda primitiva e possessiva queima dentro de mim. Kate está com as bochechas coradas com o calor da sala, as covinhas fundas, os cabelos presos num coque castanho-avermelhado que estou doido para desmanchar e ver escorrendo por suas costas.

As minhas mãos se fecham sob a mesa.

O suéter a abraça do jeito que quero fazer, beijando suas clavículas, deslizando sobre os leves montes dos seios, abraçando sua cintura. Vejo exatamente onde minhas mãos deveriam estar, acariciando os seus mamilos, descendo pelas costelas até o quadril.

Meus dentes rangem e o meu pau inevitavelmente endurece, volumoso dentro da calça jeans. Que agonia.

"Christopher?" Ouço a voz de Maureen me chamando.

"Humm?"

"Você parece distraído. Tudo bem?"

Kate pega o copo de água e levanta as sobrancelhas.

Olho para Kate, tentando não transmitir quanto a quero, como foi bom ter dito a verdade na cozinha, saber que ela acredita em mim. Ainda não consigo acreditar que ela vai me deixar voltar com ela depois disso, que daqui a pouco vou ter a satisfação de me demorar bastante com ela, em vez do nosso caos frenético da noite passada, por mais incrível que tenha sido. Eu a encaro e não consigo parar de imaginar quão lentamente vou tirar suas roupas e beijá-la em todos os lugares, exceto onde ela me pedir. Como vou excitá-la até ela implorar pela minha boca, meu pau, minhas mãos, em busca de alívio.

"Christopher?", Maureen me chama novamente.

Pisco, uma rara onda de calor alcançando o meu rosto. Não acredito aonde minha mente está me levando, com os pais dela bem aqui.

"Desculpa." Balanço um pouco a cabeça e dou um gole no vinho. Não sinto o gosto de nada. "Tá tudo bem, sim."

Kate inclina a cabeça e depois se debruça para a frente, o que faz os seus seios se apertarem. Por alguma força misteriosa, consigo não olhar para eles. "Estou pronta. E você?", ela diz.

Meu último resquício de autocontrole se esvai. Levanto de repente, empurrando a cadeira para trás, então pego o meu prato e a tigela para esconder como estou no inferno. "É. Tô pronto. Obrigado pelo jantar", digo a Maureen e Bill.

"Que isso, querido", responde Maureen, sorrindo para mim.

"Não se preocupem com a louça", acrescenta Bill, enquanto Kate e eu juntamos nossos pratos e talheres. "Vão se divertir."

"A gente pode colocar na máquina", responde Kate. "É rapidinho."

Eu me adianto a ela, invadindo a cozinha para enxaguar o meu prato, a tigela e os talheres e colocar na máquina.

"Tá bom. Amo vocês!" Ouço Kate dizer para os pais.

A porta da sala de jantar se abre, e Kate aparece. Fico olhando-a arrumar a louça e então desaparecendo da cozinha, voltando logo depois. Ela veste o casaco e passa a bolsa surrada no peito, enquanto enfio a louça dela na máquina. De alguma forma, nada se quebra, muito embora eu não esteja nem olhando o que estou fazendo.

Olho para Kate, que está *tão* a cara dela neste momento, com aquele coque bagunçado, o casaco velho e a bolsa surrada. Algo dentro de mim se parte. Fecho a máquina com o pé, ando até ela e a encosto na bancada, com as mãos em seu quadril e a boca bem perto da dela. "Quero tanto te beijar, Kate. Tanto."

Ela pisca para mim, com um olhar cada vez mais intenso enquanto suas mãos deslizam por meus braços até os meus ombros. Por um momento, posso jurar que ela vai dizer que sim, que a sua boca vai encontrar a minha, mas então ela gira por baixo dos meus braços e se afasta. "Ainda não."

"Ainda não?" Viro para ela, respirando bruscamente.

Devagar, ela caminha de costas na direção da porta, feito um animal acuado, com um rubor no rosto e um brilho nos olhos. "Ainda não", repete.

"Katerina, o que..."

Minha voz some assim que ela vira a maçaneta e abre a porta.

29

KATE

Mal chego ao último degrau da escada dos fundos, e Christopher me envolve pela cintura e me vira para ele. Arfo, chocada com a sua rapidez, com a velocidade com que ele me gira e me prende junto a si.

E então ele se abaixa e me joga por cima do ombro.

Dou um grito quando ele começa a me carregar pelo quintal.

"Christopher!"

"Katerina", ele responde, calmamente.

"O que você está fazendo?", exclamo.

"Exatamente o que você merece por tentar fugir." Ele levanta a mão e me dá um tapa na bunda.

Grito de novo. "Você acabou de me *bater*?"

"E se eu tiver feito isso?"

"Para!"

Ele sorri. Posso ouvir na sua voz. "Por quê? Você não gosta? Ou por que acha que não deveria?"

Fico vermelha. Me esticando, bato na bunda dele. "Me bota no chão, seu brutamontes."

Ele para na mesma hora e se abaixa, me deixando descer.

Fico um pouco tonta e preciso me agarrar ao seu braço para me firmar, enquanto ele passa a mão na minha cintura para me ajudar. As palavras evaporam, e fico encarando o seu rosto marcado pelo luar e pelas sombras, enquanto o vento balança os galhos nus nas árvores entre as nossas casas.

"Por que você me falou para não te beijar ainda?", ele pergunta, baixinho.

Fico ali, em silêncio por mais tempo do que gostaria, lutando para encontrar a coragem de me explicar, de confessar o medo que tenho de que a noite passada não tenha significado para ele tanto quanto significou para mim — que enquanto ele não tem muito a perder, para mim isso é a aposta da minha vida.

"Eu vou contar", prometo. "Em breve. Só... ainda não."

Ele cerra os dentes. "Você fica falando isso, ainda não."

Sorrio. "Porque é o que eu quero."

Ele suspira, pendendo a cabeça. "Deixa eu pegar o meu casaco."

Christopher sobe os degraus da escada dos fundos da casa dele, digita o código da porta e entra. Caminho devagar na direção da casa, observando-a. Parece meio velha e gasta. As janelas são as mesmas da minha infância, devem ter pelo menos uns trinta anos. A tinta na soleira está descascando em alguns pontos. Por dentro, ela parece arrumada, mas velha.

Christopher é cheio da grana. Então, por que não arrumou o lugar?

"Vamos." Ele aparece do meu lado antes que eu possa me dar conta, me arrancando do meu devaneio.

Colocando a mão nas minhas costas, ele me guia por entre as nossas casas até a rua que vamos descer para pegar o trem. Sinto o calor da sua mão através do meu casaco. Sinto os seus dedos me envolvendo, a sua palma descendo até minha cintura, depois me puxando para si. Olho para ele e fico sem fôlego por um momento. O vento espalhou os seus cabelos escuros para todo canto, a luz da rua ilumina as sobrancelhas grossas e os cílios, aquele nariz forte e a boca sensual, a linha afiada do queixo. Ele é tão lindo que dói.

Talvez eu esteja pronta para dar um beijo, afinal.

"Então. A coisa do beijo."

Ele me olha. "A coisa do beijo."

"Eu achei que talvez precisasse de... uma pausa, até a gente conversar sobre umas coisas, mas..." Meu olhar se volta para o dele, de novo. "Acho que talvez eu estivesse errada."

Ele levanta uma sobrancelha. "Talvez?"

"Estou na dúvida, então vamos resolver à moda antiga. Se você ganhar, pode me beijar quando quiser. Se *eu* ganhar, então você só vai poder me beijar quando eu disser."

"Espera, ganhar o quê..."

Afastando-me gentilmente do seu braço ao meu redor, grito por cima do ombro e aponto para a estação de trem: "Vamos apostar corrida!".

Nunca o vi correr tanto.

Depois da velocidade com que corremos até a estação, estamos andando bem devagar até o meu apartamento. Christopher não me tocou desde que ganhou de mim na corrida.

O que, tenho que admitir, me deixou confusa.

O jeito como ele estava me olhando na casa dos meus pais, durante o jantar, e quando me pegou no ombro, no quintal, me fez pensar que no segundo em que ganhasse iria me puxar para os seus braços e me beijar até cansar.

Mas aqui estamos, Christopher com as mãos nos bolsos, caminhando ao meu lado, olhando para mim de vez em quando, me observando daquele jeito intenso dele.

Na porta do prédio, estremeço de frio. Ele franze o cenho e esfrega os meus braços para cima e para baixo. "Você precisa de um casaco de inverno de verdade, Kate. Anda. Vamos entrar."

Deixo Christopher me conduzir na direção do prédio e abro a porta com as mãos tremendo de frio e nervoso, e então ele a fecha atrás de nós. Subo a escada até o meu andar e começo a abrir a porta do apartamento também, mas paro, pensando duas vezes.

Virando para trás, seguro a maçaneta e olho para ele.

"O que foi?"

"Por que você não me beijou?", pergunto. "Mesmo tendo ganhado a corrida?"

Sustentando o meu olhar, ele se aproxima, esfregando os meus braços novamente, então passando para as minhas costas e me puxando para um abraço. "Não quero roubar de você uma coisa que você não quer me dar."

Sorrio. "Boa resposta."

Ele arqueia uma sobrancelha. "Eu sei que é. E é por isso que essa historinha de corrida e aposta era só uma fachada. De qualquer forma, eu estava nas suas mãos, Kate. Ainda estou."

"Nas minhas mãos?"

Christopher levanta a mão e roça os nós dos dedos no meu rosto, então desce pela minha garganta. "Você sabe quanto eu te quero. Eu falei que o único motivo pelo qual fui embora ontem foi por causa daquela maldita enxaqueca. Se não, Katerina, ainda estaríamos lá dentro. Eu estaria aprendendo cada centímetro do seu corpo, cada coisa que te faz tremer, implorar e suspirar." Ele leva o nariz ao meu cabelo e inspira, a boca tocando minha orelha. "A gente teria feito de tantas maneiras, tantas vezes, você já teria perdido a conta."

Arfo, trêmula. "E... você ainda quer isso?"

Ele geme no meu cabelo e deixa um beijo na minha cabeça. "É tudo o que eu quero. *Você* é tudo o que eu quero." Sua boca desliza para a minha orelha e se aconchega ali, traçando o meu lóbulo, chupando de leve. Dou um suspiro e me aproximo dele. "Faz muito tempo que eu quero você, Kate."

Meu coração dá um pulo — ele me queria do jeito que eu o queria.

Mas depois despenca — porque é muito difícil conciliar quão profundamente ele diz que me desejava com o fato de que, enquanto isso, passava noite após noite compartilhando com outras pessoas uma intimidade que nunca sequer experimentei. Não o julgo por isso, mas não entendo. Eu sei por que quero Christopher — por que atravessar essa ponte de atração física para um desejo mais profundo tem sido tão mais rápido do que com os outros. Ele nunca foi um estranho para mim. Mesmo quando me deixava irritada, eu o conhecia, o som da sua voz, o cheiro da sua pele. Eu sabia que ele amava minha família e faria qualquer coisa por ela. Eu o conhecia e, de alguma forma, acho que sabia quanto ele me conhecia, quanto ele me via mesmo não me entendendo, mesmo que — como ele admitiu naquela noite em que fez macarrão para mim — as minhas escolhas o assustassem.

Sabemos tanto um sobre o outro só de termos compartilhado quase a vida toda — isso é familiar e compreensível. E, no entanto, há ainda muito que aprender.

Tenho medo de onde e como começar. Mas, como alguém que já pulou de bungee jump e paraquedas, que fez aqueles saltos aterrorizantes em queda livre, sei que às vezes o medo não vai embora — a bravura simplesmente se junta a ele.

E sei que esse é um desses momentos.

Engulo em seco, nervosa, levando as mãos ao peito dele. "Você lembra de quando eu estava tirando as suas fotos no trabalho e você falou que podia ser paciente se eu precisasse de tempo pra me abrir com você sobre determinadas coisas?"

Ele faz que sim.

"Então... O meu corpo também precisa disso."

Ele recua, me fitando nos olhos. "De... tempo?"

"É", digo, baixinho. "Eu sei que teve a noite de ontem, mas... aquilo não é algo banal pra mim."

"Não", ele concorda, com a voz grave e rouca. "Não, não é."

"Antes de fazermos aquilo de novo, eu..." Inspiro fundo e então solto o ar, tentando me firmar. "Eu preciso de tempo até estar pronta. Você pode esperar?"

"Claro", ele diz, depressa, levando as mãos com carinho aos meus ombros, me relaxando. "É claro que eu posso esperar."

"E você não vai ficar com mais ninguém enquanto espera?"

Christopher parece profundamente ofendido. "Kate, claro que não. Eu já falei, só quero você. Não quero mais ninguém."

Pode ser assim tão fácil? "E se eu não estiver falando de dias de abstinência, Christopher? Mas de semanas?"

Eu o vejo assimilar a pergunta. "Semanas", ele diz, afinal. Christopher expira lentamente. "Posso esperar semanas."

"Pode?"

Ele esfrega o rosto e solta um suspiro. "Considerando que já tem *três* semanas que estou esperando", comenta, dando o primeiro sinal de irritação. "Posso."

"Ah, é?"

"É. Pelo mesmo motivo que estou dizendo que vou esperar agora. Eu queria você e mais ninguém, e continuo querendo. Dá pra parecer um pouco menos surpresa?"

"Desculpa", sussurro.

Christopher solta um suspiro e me puxa num abraço gentil. "Eu que tenho que pedir desculpa. Não devia ter enlouquecido daquele jeito. É só... Eu quero que você acredite em mim."

"Eu acredito em você. Acredito que você está sendo sincero. Só não sei se isso significa pra você a mesma coisa que significa pra mim."

Ele pousa o queixo na minha cabeça e diz baixinho: "Não sei do que você está falando, Kate".

Meus nervos ganham a batalha por um momento, mas me obrigo a inspirar fundo e depois digo: "Pra mim, intimidade física precisa ter... embasamento emocional. Eu não faço sexo casual. E a menos que eu esteja enganada, é só isso que você faz".

Christopher afasta minha cabeça e cerra os dentes enquanto examina os meus olhos. "É verdade. Mas o que eu quero com você não tem nada de casual."

Ele engole em seco, então levanta minha mão e vira minha palma para ele. Em seguida, se abaixa e beija minha palma, a língua roçando a pele tão de leve que quase não acredito que aconteceu. Sinto um arrepio, e, dessa vez, não tem nada a ver com o frio.

"Eu vou te mostrar isso. Vou esperar", ele diz. "Pelo tempo que você precisar."

"Mesmo que eu precise de um mês?", arrisco, esperando que ele ria ou se engasgue, mas ele apenas leva minha mão ao rosto e a segura ali.

"Um mês", concorda. "*Desde que...*"

Reviro os olhos. "Claro que tinha que ter uma condição."

"Eu seria um empresário de merda se não tivesse aperfeiçoado a arte da negociação, Kate." Ele sorri, esfregando minha mão no seu rosto. A barba me faz cócegas, o que me faz ter que lutar contra um sorriso enquanto ele me encara. "Passo um mês de abstinência, se você me prometer que, mesmo que você vá embora antes disso, quando esse tempo acabar..." Ele leva os meus dedos aos seus lábios, me encarando. "Você vai voltar."

A forma como Christopher me olha me faz perceber que talvez eu não fosse a única com medo. Pela primeira vez penso em como devia ser me querer do jeito que eu o queria, sem saber onde eu estava ou quando iria voltar.

Meu coração pula dentro do meu peito. "Claro que eu vou voltar. Eu prometo."

Christopher deixa escapar um suspiro lento e aliviado. "Então você acabou de arrumar uma bela pechincha, Katerina."

Ele passa por mim e vira a chave na fechadura, abrindo a porta devagar. Sorrio para ele, sentindo uma onda de felicidade me atravessar. Ele vai me esperar.

Christopher também sorri, embora junto com um leve gemido. Ele dá um beijo na minha testa, forte e quente, e funga meu cabelo. "Para de me olhar assim."

Um calor me sobe do peito até o pescoço, chegando ao meu rosto. "Assim como?"

"Você sabe." Ele dá um beijo suave no canto da minha boca, ao mesmo tempo provocante e doce. "Fica com o celular sempre à mão, Katerina. Estou contando com isso."

"O que faz você..."

Antes que eu possa perguntar do que ele está falando, sou empurrada para dentro de casa, e a porta se fecha atrás de mim. Tiro o casaco lentamente e penduro no gancho, e, nem um minuto depois de entrar em casa, o meu celular toca dentro da bolsa.

Procuro por ele lá dentro até finalmente encontrar.

É um convite no calendário para amanhã à noite, das seis às oito horas da noite:

Evento: Jantar com Christopher
Local: apartamento da Kate

Meu celular toca novamente, desta vez com uma notificação de e-mail. Mordo o lábio, lutando contra o sorriso ao ver o nome do remetente, antes de abrir o e-mail:

Prezada sra. Wilmot,
Obrigado por mandar tão rápido as fotos da equipe. Posso dizer que não eram o que eu esperava — ficaram muito melhores que isso.
Acabo de fazer uma transferência para a sua conta do valor relativo aos serviços prestados.
E agora, por favor, considere isto um término formal do nosso relacionamento profissional.
(Não namoro pessoas com quem trabalho.)
Seu,
Christopher Petruchio

30

CHRISTOPHER

"Tem certeza?", pergunta Kate. "Você não acha que eu vou estragar tudo?"

Ela está com um pouco de farinha na bochecha. E um fio comprido de cabelo escapou do coque no alto da cabeça. De pé atrás dela, afasto o cabelo do seu rosto e o enfio de volta no coque. Tenho precisado de uma abnegação que nunca exigi de mim mesmo nas últimas duas semanas, tocá-la sem exagerar, desejá-la tanto que minha pele praticamente vibra quando estamos perto, mas sem fazer nada.

Limpo a farinha do seu rosto e consigo não a beijar. "Certeza."

Kate morde o interior da bochecha, girando a esmo o cortador de macarrão na mão, enquanto olha para a folha de massa pronta para cobrir a outra folha já com o recheio do ravióli em cima. "Não sei."

"Ei", digo a ela. "Você lutou com um crocodilo e venceu. Nada de ficar insegura na reta final."

Um daqueles seus rubores lindos tinge as bochechas. "Era um crocodilo adolescente."

"Adolescente ou não, você lutou com um." Olho para ela, mexendo o molho na boca no fogão. "Não se subestime."

Kate me olha com um sorriso de realçar as covinhas, e, como um tolo, meu coração bate mais depressa. Eu a fiz sorrir.

Mas então o sorriso desaparece. "Eu só não quero fazer besteira."

Paro de mexer o molho e pouso a colher na bancada. "Do que você está falando?"

Kate olha para o ravióli. Vou até ela e aperto o seu cotovelo, fazendo-a virar de frente para mim novamente.

"Kate. Fala comigo."

Ela dá de ombros, mexendo nas lâminas da roda do cortador de macarrão. "Eu fico ansiosa com expectativas. Tão ansiosa que eu meio que... congelo."

"Que expectativas?"

"Tudo isso." Ela aponta para o apartamento à nossa volta. "De que a comida vai ficar boa, de que todo mundo vai querer vir e se divertir. A especialista em receber as pessoas é a Jules, não eu. Eu esqueço as coisas na hora de arrumar e planejar o evento, depois fico sobrecarregada e irritada quando tem muita gente."

"É por isso que estamos trabalhando *juntos*. Você e eu estamos fazendo o ravióli e o molho. O Jamie e a Bea vão trazer a salada e os pratos vegetarianos. A Bianca e o Nick vão comprar pão fresco. O Toni e o Hamza ficaram com a sobremesa, e a Sula e a Margo vão trazer vinho de sobra. Vai ser ótimo, porque é o nosso grupo se reunindo para comer e jogar, e sempre que for demais, você pode fugir e tirar o tempo que precisar, enquanto a Bea e eu damos conta do recado. Se você considerar o quadro geral, um ravióli meio torto não vai mudar nada."

"É." Ela faz que sim, começando a se afastar. "Tem razão."

"Espera. Preciso disso gravado para a posteridade. Você disse que *eu tenho razão*."

Kate revira os olhos, mas não ri; minha piada não aliviou o clima como eu esperava. Ela continua inquieta.

"Me mostra de novo", ela pede, gesticulando com o cortador na direção da folha de massa.

"Kate..."

"Por favor." Ela afunda os dedos na minha camisa e me puxa para junto de si. "Eu não tava prestando atenção antes. Perdi como você começa."

Eu a encaro, levando a mão ao seu rosto e segurando com gentileza. "O que tá acontecendo?"

Ela morde o lábio. "Eu não sei. Eu fico... nervosa. Nunca fiz isso, nunca passei tanto tempo em casa, tanto tempo com outras pessoas com quem eu me importo, e acho que isso está trazendo à tona inseguranças antigas, de que eu vou fazer alguma coisa que vai fazer as pessoas cansarem de mim. Num momento, eu digo a mim mesma que tem que ser tudo perfeito para isso não acontecer, no outro, ficou doida para ceder à tentação de escancarar a porta e sair correndo antes de dar tudo errado."

Meu coração dói dentro do peito. "Kate, querida. Quem quer que tenha dado a entender que estava cansado de você, simplesmente por você ser quem é, é um idiota e você está melhor sem ele."

Ela pisca para mim, como se estivesse prestes a chorar. "Não é uma pessoa ou um momento, é... ter um cérebro que nem o meu num mundo que não é muito acolhedor nem compreensivo. As coisas de que eu gosto sobre mim mesma quando estou só comigo, vivendo e fazendo o meu trabalho do meu jeito, não são vistas como pontos positivos, habilidades ou vantagens. São toleradas, na melhor das hipóteses, criticadas, na pior. E é lógico que minha família sempre me apoiou e me aceitou, mas eles são a minoria. Então aprendi a me afastar das pessoas e a fazer as minhas próprias coisas. Mas isso não é muito fácil quando eu fico mais tempo e começo a me importar com as pessoas, e elas podem me machucar ou me decepcionar quando começam a enxergar o meu eu verdadeiro, todas as minhas peculiaridades e os meus lapsos de controle cognitivo. Quando eu me preocupo com isso, me sinto tão impotente."

Eu a encaro, deslizando o polegar pelo seu queixo num movimento lento de um lado para o outro. "Eu sei um pouco disso."

Ela franze a testa, confusa. "Sabe?"

"Não fui pro outro lado do mundo para me esconder do que me assustava nos relacionamentos, Kate, mas eu também tenho me escondido. A forma como eu vivi, os limites que tracei, foram como me protegi desse sentimento de impotência também."

"Você fala... você fala como se fosse no passado."

"Eu quero que seja", digo a ela, enfiando a mão nos seus cabelos, na nuca, e massageando de leve. "Eu tô tentando. Quero ser mais corajoso. Porque eu vi o que me proteger me custou, e nunca mais quero pagar esse preço."

Kate deixa o cortador de massa cair na bancada e afunda as mãos na minha camisa, me puxando para junto de si, até os nossos corpos se tocarem.

Assobio por entre os dentes cerrados. "O que você tá fazendo, Kate?"

"Tô tentando ser corajosa também", ela sussurra, ficando na ponta dos pés. Sua boca roça a minha, e fico sem fôlego.

"Kate, querida..."

"Me beija", ela pede.

"Eu prometi que ia esperar..."

"Pelo tempo que eu precisasse, eu sei. E você é maravilhoso — você foi maravilhoso —, mas eu não preciso de mais tempo. Pelo menos não pra esses beijos." Ela se aproxima e me aperta contra a bancada, as mãos nos meus cabelos.

Sinto um calor percorrer o corpo, a pele queimando em todos os lugares em que ela me toca. "Tem certeza?", sussurro contra a sua boca.

Ela faz que sim.

"Nossa, que falta que eu senti do seu gosto." Passo as mãos por suas costas e a puxo para mim, controlando o beijo, abrindo a sua boca. Nossas línguas brincam, deslizando quentes e lentas, enquanto as minhas mãos envolvem os seus quadris, movendo-a comigo, balançando, acariciando.

Kate solta um som suave e carente que faz o meu pau engrossar e o ar fugir dos meus pulmões. "Christopher", ela sussurra. "Eu preciso de mais... Preciso que você me toque..."

"Eu sei", digo a ela, passando as mãos sob o seu suéter pela pele quente e macia. Seguro seu seio e quase gozo só de tocá-la, sentindo o peso na mão, o mamilo se contraindo quando o provoco com o polegar. "Se for demais, me manda parar..."

Ela balança a cabeça. "Não se atreva a parar." Ela pega a barra da minha camisa e a puxa para cima, soltando-a da minha calça jeans.

"Kate, você não precisa..."

"Eu *quero*", ofega ela, puxando minha calça, trazendo o meu quadril para o dela.

"Querida, vai devagar. Deixa eu fazer isso." Eu me abaixo o suficiente para levantar a bainha da sua saia comprida e subi-la ao longo da sua perna. Vou desacelerando à medida que subo, provocando levemente a parte interna da coxa com as pontas dos dedos.

"O que você tá fazendo?", ela pergunta, rouca.

Por fim, passo a mão entre as suas coxas, por cima da calcinha. As pernas dela cedem, mas eu a seguro com facilidade, com um braço em volta da cintura. Beijando-a, murmuro contra os seus lábios: "Estou te dando o que você precisa. Posso te tocar assim? Por favor?". Meu dedo brinca ao longo da costura da calcinha, passando por baixo dela. Kate sabe o que estou pedindo. "Preciso de uma resposta, Katerina."

"Pode", ela sussurra, se arqueando junto a mim.

Solto um gemido de alívio ao enfiar os dedos dentro da calcinha e senti-la, tão bonita — pelos macios, pele quente e lisa e tão encharcada.

"Nossa, como você tá molhada."

Ela suspira, tensa e ofegante. "Você faz isso parecer tão sujo."

"Não tem nada de sujo." Eu a beijo profundamente, amando a sua boca junto à minha. "É lindo, é o que seu corpo faz, como ele responde a mim. Agora segura na bancada."

"Por que...", ela se interrompe ao me ver ficar de joelhos e subir mais a saia, para tirar da frente. Dou um beijo em seu quadril, na parte interna da coxa. Kate solta uma expiração trêmula. "Christopher, o que você tá fazendo?"

"Estou te beijando", digo a ela, brincando com a beirada da calcinha de novo. "Deixa eu te ver, aqui, Kate."

Ela fica profundamente vermelha. "Eu sou... toda natural aí embaixo."

Solto um gemido. "Você é perfeita."

Beijo a junção do seu quadril e da coxa, inspirando-a, apertando a sua bunda nas mãos enquanto a beijo. Meus dedos brincam com a costura da calcinha.

"Pode me ver", ela diz, baixinho. "Pode tirar."

Puxo a calcinha, e ou já está gasta ou estou com mais tesão do que imaginava, porque ela rasga ao meio.

Kate arfa. "Você acabou de rasgar minha calcinha."

"Eu compro outra", murmuro, sem pensar no que estou falando, ocupado demais em abrir aqueles pelos macios com os dedos e descobrir a pele rosa e sedosa. Faço um carinho gentil, acaricio com a língua. Ela dá um pulo e grita, com as mãos enfiadas no meu cabelo. Nossa, como é gostosa.

"Christopher", ela diz, trêmula, "daqui a pouco as pessoas vão chegar, e..." A sua cabeça pende para trás, enquanto a inclino na bancada e enfio um dedo nela, e depois outro.

"E o quê?"

"E..." De alguma forma, ela fica ainda mais vermelha. "Eles podem pegar a gente aqui."

"Humm", murmuro, chupando-a de leve, mexendo a língua, saboreando a sua pele doce e quente. "Acho que você gosta de pensar nisso, Kate."

Ela inspira fundo. "As coisas que você diz."

Sorrio sobre ela, perdido no quanto amo o jeito como ela pode ser tão feroz e ardente num instante, e tímida e escandalizada no outro; quanto adoro a sensação do corpo dela apertando o meu.

Entrego-me a ela, tentando desesperadamente ignorar a verdade que reverbera dentro de mim a cada baque do meu coração, a compreensão invadindo minha mente — eu amo mais do que as suas belas contradições, o seu corpo flexível, se desfazendo por mim. Eu amo...

"Por favor", ela sussurra, puxando o meu colarinho na sua direção.

Fico de pé, ajeito o seu corpo dentro do meu abraço e levo a mão de volta para onde ela está molhada e apertada, os quadris se movendo contra mim.

As nossas bocas se encontram, e ela suspira ao sentir o seu gosto em mim, e dou um gemido em nosso beijo.

"Christopher", ela sussurra, com a mão no meu coração. "Ai, Deus, por favor. Eu preciso..."

"Shiu, querida. Calma." Eu a beijo lenta e profundamente, fazendo-a relaxar. "Não fica nervosa. Deixa que eu faço."

Prendendo-a contra a bancada, tiro os dedos suavemente, só o suficiente para usar a umidade do seu corpo para esfregar o clitóris.

Ela geme, enterrando o rosto em meu pescoço enquanto a acaricio suavemente, preparando o orgasmo. Seus gemidos ficam mais rápidos, roucos e suplicantes, e sinto o meu corpo transbordando, implorando por seu próprio alívio, enquanto ela busca o dela. Me negar isso é tão estranho e difícil quanto tentar falar outra língua, mas é gratificante colocar toda a minha atenção só no que ela precisa, adorar Kate do jeito que ela merece.

Sentindo quão perto ela está, enfio os dedos mais uma vez, num golpe profundo e curvo. Kate me puxa para si pelo colarinho, até minha boca encontrar a dela, e me perco em seus sons, nos seus gritos, enquanto ela goza na minha mão.

Ofegante, Kate encosta a cabeça no meu peito. "Eu posso..." Ela suspira, atordoada e satisfeita, com a mão escorregando pelo meu peito até minha calça jeans. "Eu posso retribuir o favor."

Seguro sua mão e interrompo seu progresso. Então a trago de volta para o peito e aperto, junto do coração. "Eu não quero nada de você."

Ela faz uma cara feia. "Nossa, obrigada."

Dou uma risada meio grave. "Não foi isso que eu quis dizer. Tá difícil falar agora, considerando que não tem quase sangue nenhum no meu cérebro."

"É por isso que eu..."

"Não tem pressa." Beijo-a devagar, com carinho. "O que acabei de fazer, pra mim, isso é mais do que suficiente agora."

Ela arqueia a sobrancelha para mim. "Não é o que parece, pelo estado da sua calça."

Sorrio no meio do beijo, descendo os dedos novamente, pronto e faminto para lhe dar mais. "Ignora isso."

"Impossível", ela sussurra.

"Humm. Sei um jeito de te distrair." Vejo Kate segurando o riso e digo: "Agora, fica quieta e me deixa te fazer gozar de novo, antes de as pessoas chegarem".

31

KATE

Algumas coisas mudaram na última semana — ganhei muita confiança em trocar amassos, me agarrando a todo tipo de superfície da casa. E algumas coisas não mudaram. Como minha capacidade de manter a roupa limpa em dia.

"Kate!", chama Christopher, e logo depois ouço a porta do meu apartamento se fechar.

"Já vai!", respondo, revirando o quarto em busca de uma única peça de roupa que esteja limpa e sem buracos ou manchas questionáveis. É bem difícil, considerando que as minhas roupas estão todas misturadas e parece que caiu uma bomba no meu quarto.

Ouço os passos dele no corredor e, por puro desespero, puxo uma camisa de manga comprida da gaveta dele e passo pela cabeça, arregaçando as mangas largas até ficarem num comprimento três quartos. A camisa é azul-ciano, e o algodão é superfino, macio e confortável, e é comprida o suficiente para passar por uma túnica.

"Acho que eu me viro com isso", digo para o meu reflexo, vestindo uma calça legging preta e calçando meus coturnos Dr. Martens depressa. Então saio correndo do quarto e fecho a porta na hora certa.

Christopher para na frente da porta e franze a testa. "Tudo bem?"

Faço que sim, segurando firme na maçaneta. "Aham. Vamos." Pego na mão dele e começo a caminhar pelo corredor, mas ele não se move, me fazendo voltar feito um bumerangue.

"Ei." Bato no peito dele. "Anda, tá na hora."

Ele me encara. "Você está com a minha camisa."

Faço uma careta. "Tava torcendo pra você não perceber."

Christopher estreita os olhos e dá um passo à frente. "Até parece que eu não ia perceber, Katerina."

"Acabei deixando acumular a roupa suja", explico, meio que pedindo desculpas. "Eu tenho medo de usar as máquinas do porão, e passei a semana toda tão ocupada que esqueci de ir à lavanderia, mas juro que logo eu faço isso. Eu lavo e te devolvo."

Ele se abaixa e me dá um beijo profundo e lento. Eu me debruço nele com um suspiro, enquanto Christopher abre minha boca e sua língua roça a minha.

"Fica com ela", ele diz, entre beijos. "Você usar minha camisa não é o problema."

Pisco para ele, um pouco atordoada com os beijos. "Então qual é o problema?"

Ele deixa escapar uma risada rouca enquanto me envolve nos braços. "O problema é que agora estou pensando em você *só* com essa camisa, em levantar o tecido enquanto as minhas mãos sobem pelas suas coxas direto para onde eu quero, e depois em tirar a camisa e te provocar até você estar implorando para eu te fazer gozar."

Fico de olhos arregalados. "Você pensou *tudo isso* só porque me viu com a sua camisa?"

Christopher dá um suspiro, então me dá um selinho. "Ultimamente, não é preciso muita coisa pra inspirar pensamentos bem eróticos sobre você."

Mordo o lábio. Me aproximando dele e passando os braços em volta do seu pescoço.

"Que tipo de pensamentos eróticos?", pergunto, ficando na ponta dos pés para pegar o seu lábio com os dentes e puxar de leve.

Rosnando, ele se afasta, aumentando a distância entre os nossos corpos, exceto pela testa, que toca a minha. "Até eu tenho os meus limites, e contar o que eu tenho fantasiado antes do jantar de domingo é um deles. Agora, pega o casaco e a bolsa pra gente sair, senão vamos chegar atrasados, e nós dois sabemos o que a Maureen acha disso."

Quando ele vira para o meu quarto, seguro a mão dele. "O que você tá fazendo?"

Ele arqueia uma sobrancelha e me olha por cima do ombro. "Ia pegar a sua roupa pra lavar."

Quase dou uma risada. Ele acha que pode simplesmente entrar e pegar um cesto de roupa suja. "Por que você ia pegar minha roupa pra lavar?"

"Pra levar pra casa dos seus pais", ele diz, como se isso fosse óbvio e totalmente lógico. "Você pode lavar hoje, enquanto a gente estiver lá, não pode?"

"Christopher. Você não vai pegar minha roupa suja."

"Tá bom. Então bota tudo numa sacola que eu carrego pra você."

"Não quero atrasar mais ainda..."

Ele se volta na direção do quarto de novo.

"Tá bom!", grito, passando por ele e abrindo uma frestinha na porta. "Me dá cinco minutos!"

Christopher se senta do meu lado durante o jantar nos meus pais. Ele está mantendo as mãos para si, mas, embaixo da mesa, seu joelho toca minha coxa, me fazendo morder o lábio enquanto olho para o que restou do crème brûlée que comemos de sobremesa.

"Kate", pergunta meu pai. "Você falou que começou um projeto novo essa semana, não foi? Tem alguma foto pra mostrar?"

Bea estreita os olhos para mim, do outro lado da mesa. "Eu já perguntei. Ela tá guardando segredo."

"Não gosto de mostrar antes de editar as fotos", explico.

"Você passou o dia inteiro editando isso", comenta Christopher. "Qual é, pequena Katy?"

Minha mãe se anima ao perceber que ele usou o meu apelido de infância. Gelo ao perceber o deslize, mas Christopher não pareceu notar, ou talvez tenha notado e simplesmente não se importe. Ele apenas dá um gole no café e me observa, enquanto me levanto da mesa, procuro o celular na bolsa e volto, abrindo a pasta onde guardo as minhas fotos de trabalho.

Ele se aproxima, enquanto me sento, saboreando o perfume familiar e sedutor e o calor da sua pele. "Que lindo", comenta, apontando a foto que eu abri. "Isso é praquela ONG..."

"Das meninas e crianças não binárias." Faço que sim. Então passo o celular para o meu pai primeiro e explico a todos na mesa: "No começo da semana, fiz umas fotos para uma ONG que dá apoio emocional e oferece opções de autoexpressão. Essas foram durante uma oficina de contação de histórias".

"Estão lindas, Katie-bird", diz meu pai, orgulhoso, sorrindo para mim e então entregando o telefone a Bea. "Você tem um dom."

"KitKat!", diz Bea, passando as fotos e se aproximando de Jamie, para ele ver também. "Estão demais."

"Obrigada. Fiquei feliz com essas. Agora só falta editar mais umas cinquenta hoje à noite, pra ficarem mais ou menos do mesmo jeito."

"Você tem que fazer isso hoje?" Christopher vira para mim com uma cara preocupada, passando o braço pelo encosto da minha cadeira. "Por que não faz uma pausa e termina amanhã?"

"Bom, em teoria, seria uma ótima ideia, só que eu falei pra eles que ia entregar as fotos antes do Natal e, com o horário que eu tenho que fazer esta semana na Edgy Envelope, é melhor adiantar o máximo hoje."

Christopher suspira, deslizando o dedo atrás do meu ombro, onde ninguém na mesa pode ver. "Você combinou um prazo muito apertado."

"Eles queriam isso pronto pra poder dar início às campanhas de financiamento do Ano-Novo. Eu não queria deixar ninguém esperando, já que posso fazer agora, mesmo ficando meio apertado. Além do mais, não tenho mais nenhum projeto por enquanto..."

"Além de trabalhar quase que em tempo integral na Edgy Envelope durante a época mais movimentada do ano", ele interrompe. "É muita coisa, Kate."

Meu pai arregala os olhos diante da intensidade do tom. Christopher está concentrado em mim, então não viu a expressão surpresa dele. Minha mãe se esconde atrás da xícara de café e dá um sorriso que não consigo interpretar, mas não diz mais nada. Bea e Jamie parecem não perceber, ainda olhando as fotos enquanto conversam.

Jamie entrega o meu celular pra minha mãe, então ergue a cabeça e pergunta: "Eles vão usar as fotos pra quê?".

"Na apresentação nova que fazem para potenciais investidores", explico.

Minha mãe sorri, passando as fotos. "Que lindo, Kate. Que orgulho de você."

Fico com a voz embargada. "Obrigada, mãe."

"Esse tipo de trabalho é parecido com o que você fazia quando estava no exterior ou é completamente diferente?", pergunta Jamie, passando o braço em volta de Bea enquanto ela se recosta em seu ombro e cobre um bocejo.

Dou de ombros, raspando a colher na beirada de açúcar queimado que restou do meu crème brûlée. "Logisticamente, aqui é mais simples, mas um trabalho desses... é o que eu sempre quis fazer no fotojornalismo — ativismo por meio de histórias, dar aos retratados a oportunidade de serem ouvidos, amplificar as suas vozes através do poder das imagens, fazer as pessoas pararem para ouvir."

Bea sorri, cansada, junto de Jamie. "Minha irmãzinha é fera."

"Muito", concorda Jamie, falando com carinho para ela.

Christopher está calado, mas vejo que está me observando muito atentamente e sinto uma espécie de choque seco de eletricidade estática.

"Na verdade, foi o Christopher quem me apresentou pra essa organização", digo a todos, mesmo sem conseguir desviar os olhos dele. "Tem mais alguns projetos me esperando no Ano-Novo, porque ele não para de falar de mim na sua rede social."

Um leve sorriso se insinua nos lábios dele, os olhos ainda fixos nos meus. "De que adianta ter uma rede social se você não usa? Além do mais, não obriguei ninguém a te contratar. Só mandei o seu site e falei que você tinha feito as fotos novas da equipe. E que o seu trabalho falava por si."

"Você acha que vai pegar esses projetos depois do Ano-Novo?", pergunta o meu pai, se debruçando com os cotovelos na mesa. "Ou vai voltar para o exterior, pro trabalho de antes?"

Christopher de repente parece muito interessado no seu prato vazio, os olhos voltados para baixo, a expressão tensa e ilegível.

Lembro do que ele me disse naquela noite em que foi ao meu apartamento e tudo começou a mudar.

Eu me preocupava com você. Eu odiava que, pra fazer o seu trabalho, você tivesse que se arriscar e se colocar em perigo.

Procuro a sua mão debaixo da mesa e a encontro cerrada num punho firme.

"Por mais que eu amasse o que estava fazendo", digo ao meu pai, "aquilo estava acabando comigo. Estou pronta pra mudar um pouco de área. Espero ainda poder viajar, às vezes. Mas pretendo passar muito mais tempo em casa."

Bea sorri para mim do outro lado da mesa. "É só não viajar antes de 25 de dezembro, para o bem de todos aqueles que iam ter que lidar com uma Maureen Wilmot puta da vida porque você sumiu antes do Natal."

"Olha a língua", minha mãe a repreende, então se vira para mim, mal escondendo as esperanças ao me fitar. "Já é quase Natal e você continua aqui; presumi que ia ficar."

"Eu vou ficar", digo a ela, enquanto, ainda por baixo da mesa, cubro a mão de Christopher com minha palma e o sinto começando a relaxar, até que entrelaçamos os dedos. Ele ergue o rosto, e os nossos olhos se encontram. "Não estou com a menor pressa de ir embora."

"Mãe!", chamo do quarto dos fundos, onde ficam a máquina de lavar roupa e a secadora.

"Oi, Kate!", ela responde.

"Deu algum problema na máquina."

Ela passa a cabeça pela porta, com o cenho franzido. "Ai, não. Não me fala isso."

Meu pai aparece logo atrás, também franzindo a testa. "Ué? Usei hoje de manhã..."

"Bill", minha mãe pede com carinho, sorrindo para ele. "Você pode fazer um favor e confirmar se o Jamie e a Bea fecharam a porta direito quando saíram? O Puck vai escapar se não estiver bem fechada, e não estou com a menor vontade de sair de novo no meio da noite, no frio, pra procurar por aquela bola de pelo tirânica."

Meu pai pisca para minha mãe. "Maureen, a porta..."

Ela o puxa pelo colarinho e lhe dá um beijo tão repentino que ele grunhe de surpresa. E então, qualquer hesitação que sentiu se dissolve quando ela o envolve pela cintura, puxando-o para junto de si.

"Eca. Vocês dois." Estremeço, fazendo um gesto com as mãos para eles sumirem daqui. "Vão fazer isso em outro lugar."

Minha mãe interrompe o beijo e me oferece um sorriso tão parecido com o de Jules que chega a ser surpreendente. "Eu diria o mesmo pra você e a sua roupa. Tenta a máquina do Christopher."

"A máquina do Christopher? Mãe, eu não posso simplesmente..."

"Com licença, Kate", minha mãe diz, voltando-se para o meu pai, que se abaixa para mais um beijo. "O seu pai e eu precisamos só de um minutinho."

"Um minutinho?", meu pai exclama. "É só isso que eu ganho?"

Minha mãe ri, levando-o de volta pela porta, até os dois sumirem.

Suspiro e volto a fitar a máquina. Puck aparece e mia, se enroscando entre as minhas pernas. Começo a tirar as roupas molhadas da máquina e a colocar no cesto dobrável em que as trouxe. "Eu sei, Puck. É nojento. Meus pais não tinham nada que ficar de assanhamento."

Miau, ele diz.

"É, não deixa de ser verdade", digo, enfiando a mão na máquina para pegar as roupas molhadas que ficaram grudadas na parede dela. "Foi o assanhamento deles que possibilitou minha existência, mas, no que me diz respeito, isso faz vinte e oito anos e devia ter acabado naquela época."

O barulho de alguém me faz dar um pulo e bater com a cabeça na máquina. Xingando baixinho, fico de pé e sinto o coração batendo ridiculamente rápido no peito.

Christopher está de pé na porta, com as mãos nos bolsos, me olhando.

"Não é educado ficar bisbilhotando", reclamo, esfregando o alto da cabeça.

Ele se aproxima e afasta minha mão carinhosamente, para sentir as costas da minha cabeça, então fica satisfeito de não ter encontrado nenhum machucado grave.

"A Maureen falou que a máquina quebrou."

Solto um suspiro e olho para a máquina traiçoeira por cima do ombro. "Parece que sim."

Christopher inspeciona em silêncio as minhas roupas molhadas no cesto. Ele parece estar pensando em alguma coisa, com o cenho franzido. Então passa por mim e pega o cesto, usando a alça para carregá-lo nas costas. "Eu lavo pra você."

Olho torto para ele. "Você *não vai* lavar minha roupa. Mas, se quiser me convidar para a sua casa esta noite pra eu lavar minha própria roupa, aí já é outra história."

Christopher tensiona a mandíbula. Ele me encara, segurando o cesto. "Kate..."

Seguindo o exemplo da minha mãe, fico na ponta do pé e o silencio com um beijo. Quando me afasto, Christopher está sem fôlego.

"Vamos resolver isso do mesmo jeito que fazemos com todo assunto importante, Petruchio." Seguro a maçaneta da porta atrás de mim e giro. "Vamos apostar corrida!"

Christopher xinga com raiva, enquanto desço a escada dos fundos correndo e atravesso o quintal. Olho por cima do ombro só uma vez e fico chocada de ver como ele é rápido pra quem está carregando um saco pesado de roupa molhada no ombro.

Subo os degraus da escada dos fundos da casa dele dois de cada vez e paro na frente da porta. Em cima da maçaneta, tem uma fechadura eletrônica com números para digitar a senha.

"Kate!", grita Christopher, chegando ao pé da escada e se atrapalhando nos degraus.

Não sei por que faço isso, se estou testando o destino ou desejando que seja verdade, mas digito a data do meu aniversário.

A porta se abre.

Olho para trás por cima do ombro.

"Droga", ele reclama, me empurrando para dentro e fechando a porta atrás de si.

Dou risada, chocada e emocionada ao mesmo tempo. "Por que o código da sua porta é o meu aniversário?"

Christopher solta o cesto de roupa do ombro com um baque molhado e passa a mão nos cabelos. Ele não me responde.

"Christopher", insisto, com o coração batendo com uma esperança nova e transformadora de que seja o meu sonho mais oculto e bem guardado. "Por que o código da sua porta é o meu aniversário?"

Ele me encara, com algo tão feroz e intenso na expressão que chego a ficar sem ar.

Sinto um nó na garganta e dou um passo na sua direção. "Me fala", sussurro.

"Falar o quê?", ele dispara.

Christopher se aproxima e me pega pela cintura, colocando-me sobre a bancada, que é a mesma há vinte anos, numa cozinha que parece ter parado no tempo. Apesar de curiosa para saber por que a casa dele parece idêntica a quando estive aqui pela última vez, quando ainda era criança, não olho ao redor. Concentro-me só em Christopher, que está com a respiração ofegante, me encarando.

"O que você quer que eu diga, hein, Kate?" Sua voz parece sombria e afiada, e ele me agarra pelo quadril e me puxa para si. "Que o código pra abrir minha porta é o seu aniversário; que eu guardo o lenço com aquele bordado horrível que você fez na minha agenda do trabalho; que tenho um arquivo com todas as fotografias que você já publicou; que eu atraio o seu gato pra minha casa pra fazer carinho nele; que eu entro nas padarias, no outono, só pra ver as comidas que você gosta; que eu vou à estufa da sua mãe e fico sentindo o cheiro das suas flores preferidas, porque qualquer coisa que você tenha tocado ou que me traga sua memória é uma relíquia da qual eu sou um devoto?

"Você quer que eu diga que desde que você voltou e ficou eu estou enlouquecendo, porque não podia acreditar na mentira que eu vinha contando pra mim mesmo há tanto tempo, e foi por isso que eu escrevi aquele bilhete no buquê de flores? Que aquilo foi minha confissão — que minha triste tentativa de me sentir próximo de você era sustentada pela ilusão de que era melhor ter o seu ódio do que a sua indiferença? Que quando eu percebi a merda que eu tinha feito, fiquei torcendo pra não ser tarde demais e você não me olhar com outra coisa que não aversão nos olhos?

"Você quer que eu diga que senti *saudade* e que *sofri* por você por tanto tempo, Katerina Elizabeth Wilmot, que você é a definição dessas palavras, e que eu fiz tudo o que pude pra apagar dentro de mim o que me atraía para você, mas não sou forte o bastante?"

Ele avança entre as minhas coxas, as mãos mergulhando nos meus cabelos, e me dá um beijo suave na boca, então respira lentamente, trêmulo.

"Eu não consigo mais. Me negar a mim mesmo é lutar contra a maré. Se eu continuar lutando, vou me afogar. Eu sou seu", ele diz baixinho, reverente, como uma oração sussurrada numa igreja. "Se você me quiser."

Lágrimas quentes e rápidas escorrem por minhas bochechas. "Christopher", sussurro, com a voz rouca e entrecortada.

"Desculpa", ele murmura, beijando as minhas bochechas molhadas. "Desculpa por cada lágrima que eu causei, cada vez que te afastei, em vez de te puxar para os meus braços. Eu só queria te proteger."

"Do *quê?*", questiono, segurando a sua camisa, puxando-o mais para perto, prendendo os tornozelos na parte de trás de suas pernas. Ele não vai a lugar nenhum.

"De mim", admite Christopher. "Eu sou um cara problemático, Kate." Ele limpa um filete novo de lágrimas. "Olha à sua volta. Minha casa é um santuário para pessoas que morreram há décadas. Eu não mudei nada que não estivesse irremediavelmente quebrado. Eu quase não consigo suportar ninguém tocando essas coisas, reparadores, pintores, paisagistas. Nunca saí dessa cidade, porque quando eu penso em como o mundo é enorme e cruel, tenho um ataque de pânico tão ruim que a primeira vez que tive achei que ia morrer. O que eu ia fazer? Dizer: *Olha, Kate, você tem o mundo todo aos seus pés, mas você se importa de ficar só com esse pouquinho de possibilidades aqui por causa de um sujeito fodido que nem eu?*"

"Para com isso", exclamo, bruscamente. "Você não é um fodido. Você perdeu uma coisa que eu nem consigo imaginar como seria perder, Christopher. Você tem consciência de como a vida é frágil, noção que muitos de nós escolhemos simplesmente ignorar."

Olho para a cozinha à minha volta, sorrindo por entre as lágrimas pelas lembranças deste lugar, cheio de sons e cheiros alegres. Gio cozinhando no fogão enquanto cantava em italiano, bem alto e fora do tom. Nora cantando junto com ele, de alguma forma conseguindo harmonizar com a melodia sinuosa, dançando alegremente em volta da mesa que arrumava para o jantar, na sala ao lado.

"Você se apegou e *preservou* o que lhe restava das pessoas que mais amava", sussurro. Trazendo-o para junto de mim, seguro o seu rosto e o fito nos olhos. "E comigo, você fez o que achou que era certo..." Minha voz falha, a tristeza do que perdemos, do que poderíamos ter vivido, misturando-se com o alívio de que agora, vistos sob a luz desse sacrifício tortuoso que ele achava que tínhamos de fazer para que ele vivesse do jeito que precisava e para eu viver do jeito que também precisava, esses muitos anos de tristeza finalmente fazem sentido. "Mesmo tão completamente errado, você estava só fazendo o que acreditava que tinha que fazer."

"Eu estava errado?", ele pergunta, baixinho, com as mãos se acomodando nas minhas coxas, subindo e descendo, mais para se acalmar, como se isso o ajudasse a lembrar que ainda estou aqui.

"Muito errado", respondo entre novas lágrimas. "Christopher, você subestimou completamente o que a gente podia ter tido, se eu tivesse conhecido anos atrás o homem que passei o último mês conhecendo..." Balanço a cabeça, deslizando o polegar por seu rosto. "Você teria me ganhado no minuto em que eu soubesse que podia ser sua."

Ele expira, dolorido.

"Naquele dia que você voltou pra casa", sussurro, "quando você chegou, com as caixas debaixo do braço, e eu te vi da varanda, eu..." Engulo em seco e pego a sua mão para pousar no meu coração. "Tinha uma tempestade chegando quando eu te vi, e eu senti... uma eletricidade estalando bem na minha pele. Eu falei pra mim mesma que era alguma coisa no ar, a promessa do que o céu tinha guardado na manga. Mas aí você estava ali, sério e forte. Tão diferente de quando eu tinha te visto pela última vez, e ainda assim... tão familiar. Depois de toda uma infância sendo a criança que você ignorava, parecia diferente, como se fôssemos... iguais, como se as coisas pudessem ser diferentes. Eu percebi que eu *queria* que fossem diferentes", digo, passando a mão em volta do seu pescoço, puxando a cabeça dele para baixo para dar um beijo lento e suave nos seus lábios. "Eu queria abraçar o que era familiar", sussurro contra a sua boca. "O som da sua voz. A sua gargalhada. O jeito como as camisas ficam esticadas nos seus ombros e os cachos na ponta do seu cabelo." Seu abraço aperta o meu seio, e ele envolve a minha coxa, o meu quadril, me trazendo para si, até que os nossos corpos se encontram, o peito arfando por ar. "E eu queria aprender tudo o que era novo, cada parte de você que eu ainda não conhecia."

Sem dizer uma palavra, ele me puxa mais para perto, segurando minha cabeça e me beijando profundamente. E, por um momento, o mundo é só isso: nós dois, envolvidos nos braços um do outro, numa cozinha cheia de memórias — tristes, bonitas, agridoces — que vão aos poucos se diluindo, abrindo espaço para o que está por vir.

Levo os braços ao seu pescoço e beijo seu queixo, seu pescoço. "Eu preciso de você."

Ele pousa as mãos na minha cintura e me balança de leve. "Eu também preciso de você."

Christopher passa as minhas pernas em volta da cintura e me leva lentamente pela cozinha até o hall, onde fica a escada para o segundo andar.

Toco o nariz no dele, depois viro o rosto apenas o suficiente para olhar ao redor, assimilando a verdade do que Christopher falou.

Nada mudou.

A sala de estar está exatamente como me lembro, e, pelas portas de correr, a sala de música também, onde a mãe dele dava aula de piano, e a sala de jantar com a mesma mesa e as mesmas cadeiras em que me sentava quando criança.

Meu coração sofre por ele. Agora sei por que ele não queria qualquer um vindo aqui. Porque o homem refinado, despreocupado, com o "não sei o quê" da moda e o "não sei mais o quê" sofisticado, mora numa casa cujo coração foi construído pelos pais há trinta e cinco anos, uma casa cheia da presença e de memórias deles. O homem que o mundo vê não mora aqui. O homem que está me segurando nos braços, que abriu o coração, mora aqui, atravessando a memória e seguindo em frente, convivendo com o que perdeu, valorizando o que pôde guardar.

Sinto os seus olhos em mim até que ele para no hall.

"Continua tão linda quanto eu me lembro", digo a ele.

Ele me encara fixamente quando o fito nos olhos. "Eu sei que preciso mudar isso."

"Não, não precisa. Quer dizer, só se quiser." Pouso a mão no seu coração, acalmando-o. "Eu gosto, do jeito que é."

"Gosta?"

Faço que sim, passando os braços em volta do seu pescoço de novo e me apertando junto a ele. "Adoro coisas antigas. As lembranças que elas carregam das pessoas que as tocaram, que as amaram e conviveram com elas. Mas dá pra entender por que você teria receio de receber alguém. Se a pessoa não te conhecesse... como eu."

Ele me abraça com força. Ficamos assim no hall, um nos braços do outro, quietos, em silêncio. Junto do meu cabelo, ele fala, com a voz rouca: "Obrigado por isso, Kate".

Sinto um nó na garganta. Aperto Christopher com força. "Obrigada por me dar essa oportunidade."

Ele suspira, pesado e contente, e me aconchego em seu peito, ouvindo o *tu-dum* constante do seu coração. Ele baixa a cabeça até sua boca encontrar a minha. Nos beijamos em silêncio, então ele sobe a escada comigo, e me agarro a ele.

"Então", digo a ele. Quando entramos no seu quarto, percebo como se tivesse sido atingida por um trem. Sinto um nervoso pelo corpo todo. Ele é tão experiente. E eu não. Quantas mulheres já estiveram nessa cama? Quantas coisas selvagens e eróticas ele fez que nem consigo imaginar?

"Então", ele diz, me beijando com carinho.

"É aqui que você..."

Ele me lança um olhar engraçado e acende a luz. "Que eu durmo?"

"Você não...", aponto com a cabeça na direção da cama, "você sabe... fez aquilo aqui com..."

Christopher para abruptamente a meio caminho da cama. "Katerina, *não*." Ele então volta a caminhar e se senta na beirada da cama, e me senta no seu colo com um joelho de cada lado de suas pernas. "Me escuta."

"Estou ouvindo."

Ele suspira, passando as mãos pelas minhas costas. "Elas não estiveram aqui. As outras mulheres. Você é a primeira e a única que trago para minha cama, e o que eu fiz antes..." Ele cerra a mandíbula, então suspira com força. "Foi prazeroso pelo que foi, não vou negar isso. Foi sempre consensual. Me ajudava a passar o tempo, me dava algum alívio — ainda que fraco e temporário — do meu desejo por você e do fato de eu ter dito a mim mesmo que não podia te ter, mas, Kate, isso aqui, você, na minha cama, é novo pra mim."

Talvez seja a sua admissão de que, em algum sentido, ele é tão inexperiente nisso quanto eu, mas isso me dá coragem para encontrar os seus olhos e dizer a verdade.

"É bom ouvir isso." Brinco com o seu cabelo na nuca, procurando as palavras que me faltam. "Porque... isso é novo pra mim também. Porque eu não... Eu nunca fiz... isso... antes."

Ele franze o cenho. "Não fez o quê?"

Fico olhando para ele, desejando que não me sentisse tão vulnerável, tão exposta, que não fosse tão tenso.

E, no entanto, talvez eu possa amar essa tensão, essa exposição que sinto quando penso em vê-lo, em deixá-lo me ver. Por *inteiro*.

Sentindo minha luta interna, ele leva a mão ao meu rosto, acariciando minha bochecha com o polegar. "O que foi, querida?"

"Eu nunca toquei ninguém do jeito que a gente se tocou", digo a ele. "Nunca beijei do jeito que a gente se beija. Antes de você, eu nunca tinha feito nada parecido com o que fizemos depois do paintball, com o que temos feito nas últimas semanas."

"Kate. Você está me dizendo..."

"Que eu sou inexperiente", solto. "Demissexualidade e sexo casual não combinam, e estar sempre viajando a trabalho não ajuda a criar intimidade física de longo prazo, emocionalmente embasada. Antes de saber como eu funcionava, tentei algumas coisas, mas eu sempre parava logo no começo. Nunca me senti bem... até você."

Christopher está me encarando, boquiaberto, então fecha a boca. Acho que talvez, quem sabe, esteja um pouco chateado. "Kate. Depois do paintball... Eu te joguei em cima do ombro e te prensei feito um animal na parede do banheiro."

"Tecnicamente, era uma *porta* de banheiro."

"Eu rasguei a sua calcinha na cozinha", ele murmura, apertando a palma das mãos nos olhos.

"Já estava velha mesmo."

"Katerina", Christopher me repreende. Ele tira as mãos do rosto e me fita com olhos escuros e perturbados. "Teria sido bom saber."

"Eu não estava tentando esconder de você. Não consigo nem explicar como foi incrível, como foi bom, depois de tanto tempo, tão frustrada e incompreendida por tanta gente, estar com você, e isso parecer tão *certo*." Engulo o nó na garganta. "Aquela noite depois do paintball só... aconteceu. A mesma coisa na cozinha. E todos os momentos desde então, está sendo tão bom. E, embora eu quisesse ter encontrado um jeito de te contar isso antes, você e eu somos pessoas bagunçadas, Christopher. A gente não faz as coisas do jeito mais fácil e não tomamos o caminho mais simples. Eu estou aqui agora e estou te contando. Por favor, não fica chateado comigo por isso."

Ele engole em seco, com a mão no meu queixo. "Jamais, Kate. É só que... Eu poderia ter te machucado, te magoado..."

"Mas você não machucou", eu o lembro, acomodando a bochecha em sua palma. "Você perguntou, e eu respondi, e você ouviu. Foi perfeito. E agora eu tô nervosa que não seja perfeito de novo, porque temos *isso* entre nós."

"Querida." Ele me encara com tanta ternura, tanto desejo. "Não tem mais nada nos impedindo. Somos só você e eu." Seus lábios roçam minha bochecha, suaves como um sussurro. "É isso que importa."

Olho para ele, vulnerável, desmoronando, mesmo estando firme. "Promete?"

Christopher levanta o mindinho e eu o fisgo com o meu. E assim como no nosso ritual de infância, ele beija o polegar, e eu beijo o meu. Quando os nossos polegares se encontram, carinhosos, lentos, como um beijo terno e confiante, a sua boca também encontra a minha e sussurra: "Prometo".

Quando nos afastamos, ele me fita nos olhos. Então um leve sorriso toca os seus lábios.

"O que foi?", pergunto.

O sorriso se aprofunda. "Aquela noite, depois do paintball, aquele foi o primeiro orgasmo que alguém te deu? O primeiro..."

"Credo!" Soco o seu ombro, fazendo-o rir, enquanto me abraça e me beija com mais força. "A 'importância' da 'primeira vez', a noção de virgindade, tudo isso são construções do patriarcado, Christopher Petruchio. Você não está sendo o *primeiro* a tirar nada de mim, você não está me reivindicando. Eu não sou propriedade sua."

"Tem razão", ele diz, me erguendo mais alto em seus braços e girando na cama de modo que fico presa embaixo dele.

"Diz ele, me jogando na cama feito um saco de batata."

"Por sorte, eu nunca joguei batatas na minha cama ou nutri fantasias com batatas como as que tenho com você."

Deixo escapar um sorriso sorrateiro, contra a minha vontade. "Por favor. Não faz disso uma coisa importante."

Ele fica sério e tira o cabelo do meu rosto. "Minha satisfação com a sua história não é por causa do que você pensa, Kate."

"Ah, não?" Arqueio uma sobrancelha.

"Não", ele diz, dando um beijo quente e molhado no meu pescoço. "Tenho total consciência de que existem muitos amantes por aí que, na pior das hipóteses, são egoístas e, na melhor, são medíocres, e você, Katerina Wilmot, só merece o melhor. É por isso que eu estou tão satisfeito. Porque eu posso ser um monte de coisas questionáveis, mas se tem uma coisa que eu não sou é um amante egoísta, nem medíocre."

Ser relembrada da sua vasta experiência me atinge em cheio. Eu me encolho em seus braços. "Talvez isso seja uma péssima ideia."

Christopher congela em cima de mim. "Por quê?"

"*Eu* não sei o que estou fazendo."

"A julgar por todas as vezes em que você me tocou, eu diria que sabe", ele murmura, passando a mão pela minha camisa e a levantando para expor minha barriga.

"É?", pergunto, mordendo o lábio quando ele pousa a mão espalmada na minha pele nua, os dedos entrando no cós da minha calça legging.

"Nossa, e como. Você não precisa de uma dezena de parceiros para saber como ser uma boa amante, Kate", ele diz, com intensidade. "Você só precisa ouvir e aprender, confiar, conversar e tentar. E você fez tudo isso. Você tem sido uma amante incrível pra mim."

Fico quente e vermelha na mesma hora. "Você não está só falando isso da boca pra fora?"

"Não." Ele me provoca com a mão nas minhas costelas, os dedos roçando meu seio. "Claro que não."

Christopher estuda os meus olhos enquanto o fito, o corpo tenso de preocupação, a mente girando com as inúmeras fantasias negativas de como eu poderia me atrapalhar com ele.

Lentamente, ele se apoia no cotovelo, então olha para além de mim, na direção do banheiro, com azulejos escuros e retangulares refletindo o brilho fraco de um abajur. Noto a borda de uma banheira grande com velas aromáticas apagadas ao redor.

"Você gosta de banho de banheira?", pergunta Christopher.

Olho para ele, com o coração batendo acelerado. Um banho de banheira seria divino. Fiquei tão concentrada na edição das fotos que nem tive tempo de tomar banho quando percebi que estava atrasada para o jantar. Entrar numa banheira de espuma, esfregar o cabelo, relaxar até ficar com o corpo solto e pesado, isso soa perfeito. "Adoro banho de banheira."

"Então eu vou encher a banheira. E pegar uma taça de vinho, se você quiser, pra te relaxar."

"Um banho e uma taça de vinho parecem uma boa", digo.

Ele dá um beijo suave na minha têmpora. "Ótimo."

Fecho os olhos e deito a cabeça na curva do pescoço dele. "Desculpa", sussurro. "Por estar tão nervosa. Por estar fazendo a gente ir mais devagar."

Ele segura meu rosto. "Eu nunca mais quero que você me diga isso, Kate. A gente vai levar o tempo que precisar. Não tem rápido, nem lento. Tem o que é certo pra gente."

"Você não... se importa? Você não precisa..."

"Eu preciso de você. Do jeito que eu puder te ter." Devo parecer na dúvida, porque ele continua: "Eu falei, já tem seis semanas que não faço isso, e vou esperar o tempo que você precisar". Ele me encara atentamente, acariciando minha bochecha com os dedos. "Eu fiz o teste na semana passada, só pra você saber. Deu negativo pra ISTS."

"Eu não tive nenhum parceiro desde o meu último check-up", digo. "E também estava negativa."

"Anticoncepcional?", ele pergunta. "A gente pode usar camisinha."

"Tomei a injeção essa semana", respondo, corando com o sorriso dele, satisfeito por eu estar claramente me planejando, como ele. "Dura três meses. Botei um lembrete na minha agenda pra quando precisar da próxima."

"Mas a gente pode usar camisinha", ele diz, baixinho. "O que você quiser..."

Faço que não. "Não precisa."

Ficamos em silêncio, e Christopher olha para mim, as mãos acariciando minha pele, acalmando os meus nervos, então ele se levanta e me traz consigo, até estarmos os dois de pé, com os braços um em volta do outro.

"E agora?", sussurro, sentindo uma onda de agitação.

Ele me dá um beijo na têmpora e cheira meu cabelo. "Agora eu vou encher a banheira, servir uma taça de vinho e fazer o que você quiser que eu faça."

Um rubor forte aquece o meu rosto. "Hummm."

Seu sorriso é suave e carinhoso, enquanto ele me balança em seus braços. "A banheira vai demorar um pouco pra encher. E o vinho está lá embaixo. Mas a gente pode começar por essa última parte agora."

"Eu dizer a você... o que eu quero? E o que você quer? O que você precisa?"

Ele baixa a cabeça e dá um beijo na minha têmpora, na bochecha, no lábio superior. "Eu tenho tudo o que eu quero... você nos meus braços, e o que eu preciso... bom, eu só preciso fazer você se sentir bem. Me diz como você quer, o que você quer, qualquer coisa."

"Me beija." Não reconheço o sussurro que sai de mim. Como estou sem controle. "Agora. Por favor."

Seus olhos brilham. Ele então leva a boca à minha, com movimentos gentis, macios e quentes da língua, um beijo tão delicado e carinhoso que sinto lágrimas ardendo em meus olhos.

Com gentileza, ele desce as mãos pela minha cintura até a bunda e a apalpa com carinho. Solto um som desesperado e carente.

Ele sorri contra os meus lábios. "Adoro os barulhos que você faz quando está com tesão."

"Cala a boca", sussurro.

Christopher ri enquanto o arrasto comigo e caio de volta na cama. Quando ele se abaixa e me beija, suspiro junto a ele, pura euforia.

Nunca as coisas foram fáceis entre nós. No entanto, aqui é tão reconfortante, o jeito como ele já sabe que eu gosto de ser segurada e beijada, profunda e lentamente, a língua acariciando a minha, provocando o desejo como uma chama dentro de mim, mais forte, mais forte...

Gentilmente, ele se afasta. Solto um barulho muito infantil de descontentamento.

Sorrindo, Christopher me beija de novo, com carinho. "Agora, que tal encher a banheira?"

32

CHRISTOPHER

Sirvo duas taças de vinho tinto com as mãos trêmulas, só um golinho para mim, para não arriscar a sorte indo além da taça que já tomei no jantar. O álcool desencadeia aquela dor na base do pescoço, a pressão já conhecida nas órbitas oculares. Com a lembrança de ter que sair depois do paintball ainda fresca na memória, não quero uma enxaqueca estragando mais uma noite com Kate.

Peço silenciosamente ao meu cérebro, que já demonstrou não estar nem aí para os meus planos ou quanto não quero vê-los arruinados, que tenha misericórdia de mim hoje.

E então pouso a garrafa de vinho na bancada, dizendo para as minhas mãos ficarem firmes, mas elas continuam tremendo. Nunca fiz isso, nunca estive com alguém que significasse tanto para mim, que eu quisesse tanto fazer com que se sinta bem e segura.

É a Kate, lembro, parando no hall diante de uma foto das nossas famílias lado a lado, num dia de verão, suadas e sorridentes, com velas de faíscas. Lá está ela, pequena e sorridente, com os joelhos largos e cheia de sardas, apertando os olhos para a câmera. Olho para ela e sorrio.

É a Kate. A Kate, que ri pelo nariz e fica enjoada quando sente cheiro de churrasco. A Kate, que ama criaturas indefesas tão profundamente quanto odeia injustiças. A Kate, que me provoca e me toca como ninguém antes dela, que me irrita e me excita, que me beija como se fosse a última vez e treme quando eu a toco como se quisesse que aquilo nunca acabasse.

Ao subir as escadas para o meu quarto, no segundo andar, repito como um mantra: *É a Kate. É a Kate. É a Kate.*

Taças de vinho na mão, paro e recosto na soleira da porta para aproveitar a vista. Kate está sentada na beirada da cama, olhando para as chamas dançando na lareira a gás que acendi. Parece pensativa, de tirar o fôlego, banhada pela luz de fogo que pinta a sua pele com um tom de ouro, transformando os cabelos castanho-avermelhados num bronze queimado.

Está perfeita. Parece em casa.

Olhando para mim, ela sorri, e o meu coração arfa pelo fato de a sua presença aqui parecer uma coisa tão certa.

"Mentiroso", ela diz.

Saio da porta, franzindo a testa. "O que foi?"

"Você *mudou* algumas coisas por aqui." Ela dá um tapinha no colchão. "Você se livrou da cama de carro de corrida."

Aliviado, sorrio e entrego a sua taça de vinho. "Tentei comprar uma maior, mas não fazem."

Ela pega a taça sem comentar como a minha tem menos, então a levanta e a inclina na minha direção. Ofereço a minha. As nossas taças se tocam e fazem um *tim-tim* delicado, ainda cantarolando quando as levamos aos lábios para beber.

Kate suspira, feliz. "Que vinho bom. Deve ser caro, né?"

"É."

Ela espreita as profundezas do vinho, girando-o no copo. "Acho que eu gosto um pouco de dinheiro, se for pra comprar isso."

Deixo escapar uma risada e passo um braço em volta dela, trazendo-a para mim e beijando a sua testa. "Dinheiro não compra felicidade. Mas compra comida e vinho muito bons, e isso chega bem perto."

"Um brinde a isso", ela diz, bebendo novamente e então pousando a cabeça no meu ombro. Olhando na direção do banheiro, ela fica muito quieta. "Espera. Era pra eu ter ficado de olho na banheira enchendo, não era?"

"Merda." Quase derrubo minha taça ao colocá-la no chão e correr para o banheiro.

"Desculpa!", Kate grita, atrás de mim.

"Tá tudo bem", digo por cima do ombro, fechando a torneira. "Transbordou só um pouco. Não tem muita água no chão. Só toma cuidado..."

"Fiquei viajando", ela diz, correndo para o banheiro, obviamente sem me ouvir, "e perdi total a noção do... *ai!*"

Kate escorrega no piso molhado e desliza pelo chão, batendo em mim. Eu a seguro com um dos braços e tento nos sustentar, girando o braço livre até agarrar uma toalha que está pendurada ali perto, o que só faz arrancar o toalheiro da parede.

Seguro Kate junto de mim, e nós caímos, eu de costas, Kate por cima. Tombamos com um *paf* alto e molhado.

O banheiro fica no mais completo silêncio.

Depois de uma longa pausa, Kate sussurra: "Ai, meu Deus, *desculpa*".

"Tudo bem", gaguejo.

De olhos arregalados, Kate levanta a cabeça do meu ombro e me fita. "Por que você está falando assim?"

"Sem ar", sussurro, apontando para o peito e levantando um dedo. "Me dá só um minuto." Ela morde o lábio. Seu rosto está ficando cada vez mais vermelho. "Eu juro por Deus, Katerina", murmuro. "Se você rir agora..."

Uma gargalhada irrompe tão alto dela que ecoa nos azulejos. "Desculpa!", ela grita, com lágrimas escorrendo do canto dos olhos. "Não consigo evitar." Ela se dobra com tanta força com outra gargalhada que também fica sem ar.

Meus ombros começam a se sacudir, e luto contra minha própria gargalhada, sem saber como os meus pulmões vão receber isso, já que acabei de ficar sem ar. Apesar da preocupação, deixo escapar uma risada rouca e profunda, deitando a cabeça no chão molhado.

"Christopher!" Ainda rindo, ela enterra o rosto no meu peito. "Me desculpa. Eu sou a pior."

"Shiu." Eu a puxo para os meus braços, arrastando-a por meu corpo e segurando seu rosto na mão, para roubar um beijo profundo e quente. Suavemente pego seu lábio com os dentes e ganho um tremor delicioso e sutil da cabeça aos pés. "Você é a *melhor*."

Kate para de rir. Ela me olha, sem pestanejar, e leva a mão ao meu rosto, tirando o cabelo que está na minha testa. "Acho que você também."

Inclinando-se, ela roça os lábios nos meus, num beijo doce e fugaz.

"Deixa eu limpar isso", diz. "Aí eu te chamo, tá bom?"

"Eu posso ajudar..."

"Christopher." Ela beija minha mandíbula, o meu pescoço, a mão deslizando por meu peito. Meus quadris se levantam, esperando que ela enfim me toque onde mais anseio, mas ela para antes de chegar aonde a quero. "Por favor, deixa eu arrumar minha bagunça."

Resmungando um pouco, me sento com ela com cuidado, então a deixo me tirar do banheiro e fechar a porta na minha cara.

De repente, a porta se abre uma frestinha, e vejo um olho azul lindo, meio cinza, meio verde, piscando para mim. "Ah, e aliás. Só pra ficar bem claro, quando eu te chamar. Por favor, esteja...", a bochecha que vejo fica tingida de rosa, "vestido. Pra começar, acho que só aguento um de nós pelado."

Eu me abaixo junto à fresta da porta e roubo um beijo. "Vestido, pode deixar."

Agora é minha vez de me sentar na beirada da cama e ficar olhando para o fogo.

"Pronto!", ela chama.

Fico rígido, como se tivesse levado um choque. Pigarreio e levanto. "Tô indo", respondo.

"Humm", ela diz. "Mas já?"

"Cuidado, hein, Wilmot", repreendo-a, embora esteja sorrindo ao pegar a maçaneta da porta e notar mais uma vez que minha mão está tremendo.

"Uhh, ele me chamou de Wilmot. Achei que *Katerina* era o mais sério que você podia fazer."

Abrindo a porta, digo a ela: "Katerina, você ainda não me viu sér...". Minha voz morre.

Kate está no meio de uma montanha de bolhas, que escondem a maior parte do seu corpo, mas não todo ele. As pontas dos dedos dos pés nus. Os joelhos salientes. As sardas nos ombros. O cabelo está todo preso no alto da cabeça, com fios delicados e molhados grudados no pescoço.

Seu rosto, corado e adorável, está tenso.

"Dá uma olhada", ela diz, levantando um longo braço da água para apontar os azulejos agora secos, a pilha arrumada de toalhas úmidas dobradas no canto do banheiro, junto ao toalheiro quebrado. "Sou bagunceira, mas pelo menos sei arrumar também. Que tal?"

Olhando para ela, fecho a porta. "Inacreditavelmente adorável."

Ela franze a testa. "Que jeito estranho de descrever um banheiro arrumado."

Sento na beirada da banheira e coloco sua taça de vinho do lado dela. "Não tô falando do banheiro."

Suas bochechas ficam coradas. "Esta banheira", ela diz, olhando para as bolhas, "é incrível. Aproveita. Eu perdoo qualquer coisa mergulhada aqui, até elogios gentis como esse."

Sorrio, tirando um fio preso em sua bochecha. "Você está me dizendo que tudo o que eu devia ter feito quando estava tentando consertar as coisas com você era te pegar e jogar na minha banheira?"

Ela ri. "É! E eu nem imaginava que bastava eu ficar bêbada e dar com a língua nos dentes pra você ser legal comigo."

Meu coração se aperta. "Só 'legal'?"

"Bom..." Ela pensa um pouco. "Acho que um pouco mais do que legal. Acho que carinhoso. E inesperadamente gentil. E cuidadoso. E excelente em proporcionar orgasmos comigo de pé, uma coisa que ainda não sou capaz de fazer sozinha."

Ela está divagando. O que significa que está nervosa. Pouso a mão na dela, traçando com a ponta dos dedos as gotículas de água em sua pele. É então que a sinto tremendo como eu também estava.

"Kate, querida..."

"Eu tô bem", ela diz, virando a palma da mão para apertar minha mão com força. "Eu juro."

Ela desliza para a frente na água, abraçando os joelhos e exibindo uma longa extensão de costas lisas e pálidas que só vi uma vez antes, na noite em seu apartamento em que ela me fez provar do meu próprio veneno. A sensação agora é completamente diferente. "Lava as minhas costas?", ela pede. "Meu ombro ainda está um pouco dolorido pra alcançar."

Levo a mão entre as suas omoplatas, traçando a ponta dos dedos em suas vértebras. "Lavo", digo, saboreando o rastro de arrepios que floresce em sua pele na esteira do meu toque.

Pego a esponja e mergulho na água, depois deslizo sobre as suas costas. Ela descansa o queixo nos joelhos e suspira. "Isso é gostoso."

"Que bom." Esfrego seus ombros, movendo-me com cuidado no que ela quebrou. "Kate, ainda era pra estar duro assim? Você tá precisando de fisioterapia?"

Ela vira a cabeça de lado, me olhando de perfil, e vejo seus dentes afundando no lábio inferior. "Talvez."

Me abaixo e beijo seu ombro. "Você tem que se cuidar melhor, Katerina. Ou eu vou dar uma de mandão e fazer isso por você."

Kate sorri. "Sou meio ruim de me cuidar, mas estou tentando melhorar, e parece que você gosta de mandar em mim. Quem sabe a gente não acha um meio-termo."

Sorrio contra a sua pele e a beijo novamente, antes de me sentar. "Combinado."

Ela pega minha mão que está segurando a esponja em seu ombro e guia o meu toque ao longo do braço sob o misterioso mar de bolhas. Sigo o seu comando, esfregando o braço enquanto ela encosta na banheira com um suspiro e apoia a têmpora no meu quadril. "Eu não percebi quanto estava me negligenciando até voltar pra casa. Fiquei tão concentrada no trabalho que coisas como roupas sem rasgos e refeições regulares pareciam insignificantes.

"Adorei fazer aquele trabalho e tenho orgulho do resultado. Sempre vou querer usar minha câmera para alertar as pessoas sobre as mazelas do mundo, arrancá-las da sua complacência, mostrando algo que é muito mais difícil de ignorar e não fazer nada depois que você *vê*. Mas também reconheço que o trabalho tirou muito de mim. Estou pronta para seguir em frente e me cuidar melhor."

Sinto um nó na garganta enquanto trago a esponja de volta pelo seu braço e a guio lentamente pela sua clavícula, acima das bolhas que escondem os seios. "E deixar os outros cuidarem de você também?"

"Não qualquer um." Ela hesita, depois olha para mim. "Acho que vou começar com algumas pessoas em quem confio. E que mais importam pra mim."

Engulo em seco, fitando seus olhos.

"Como você", ela diz, baixinho, agarrando o meu pulso, me puxando. O beijo é frio e fraco. Parece um pedido de perdão. Parece uma brisa de afeto, se infiltrando na minha pele, nos meus ossos, no coração que bate acelerado no meu peito.

"Se eu tivesse que fazer uma coisa para o resto da minha vida", digo a ela, "seria cuidar de você, Kate."

Ela me encara, um rubor feroz inundando o seu rosto.

Não acredito que acabei de dizer isso, que revelei tanto. Sigo para seu outro lado, arrastando a esponja pelo outro braço.

"Você escolheria isso a ficar inventariando o próprio império?", ela pergunta, com um sorriso na voz.

Estreito os olhos para encará-la. "Você sabe que sim. Nada disso importaria se você não fosse..." Lavo o seu pescoço, que ela me oferece, inclinando a cabeça. Curvando-me, deixo um beijo nele e sinto o seu cheiro. "Não significaria nada pra mim se você não estivesse comigo pra dividir isso."

"Boa resposta", ela sussurra.

"Eu sei", sussurro contra o seu pescoço.

Ela ri daquele jeito alto e rouco, e então se vira e pousa a mão molhada na minha bochecha, a sua boca encontra a minha, faminta e quente, as línguas se acariciando, com a nossa respiração ecoando no espaço. Eu me inclino na direção dela e enfio a mão no seu cabelo, desejando-a, inspirando seu cheiro.

O cabelo dela começa a se soltar sob o meu toque enquanto ela persuade com a boca a minha a se abrir, aprofundando o beijo.

"Kate", murmuro por entre os beijos. "Posso desfazer esse ninho de passarinho?"

Ela arfa, então se afasta e joga água em mim. "Idiota!"

Dou risada, espirrando água em suas costas. "Relaxa, pequena Kate. Eu adoro o seu ninho de passarinho."

"Que jeito de me mostrar isso", ela resmunga, dando as costas para mim.

Eu me abaixo e beijo o seu pescoço de novo, enfiando o rosto em seu cabelo, inspirando o seu cheiro. "Acho que sou um pouco obcecado por ele, na verdade."

Ela vira para mim, o nariz roçando o meu. "Você é obcecado pelo meu ninho de passarinho?"

"Nossa, e como. Quero ver ele solto."

Ela observa os meus olhos. Em seguida, leva as mãos ao cabelo. As minhas mãos disparam e seguram as dela, interrompendo-a.

"Você mesmo quer fazer isso?", ela pergunta.

Faço que sim.

Ela sorri. "Então tá. Pode soltar."

Ela afasta as mãos. Pego o elástico e solto com cuidado, indo mais devagar do que sei que ela faria, mas tentando não a machucar. E então o elástico está nas minhas mãos. Coloco na beirada da banheira e solto os cachos em círculos lentos, até que eles escorrem por suas costas, uma cachoeira de mechas castanhas que me tira o fôlego.

Ele afunda na água, tão comprido que chega quase ao quadril. Olho para aquela cena, deslizando as mãos pelos fios sedosos enquanto eles ficam mais molhados.

"Você está tão quieto", ela diz.

Pouso as mãos em seus ombros, passo pelos braços, até chegar nas ondas de cabelo flutuando na água. "Faz..." Engulo em seco. "Faz tempo que quero fazer isso."

Ela sorri, exibindo duas covinhas nas bochechas. "Tocar o meu cabelo?"

Faço que sim.

Ela se inclina para trás, mergulhando a cabeça na água, de modo que os fios ficam submersos, dançando como árvores escuras e desfolhadas, balançando ao amanhecer.

"Pode lavar, se quiser", ela diz, trazendo mais bolhas para junto do peito. "Na verdade, um pouco mais de espuma agora seria ótimo."

Coloco mais espuma de banho e abro a torneira, depois pego os frascos de xampu e condicionador na borda da banheira.

Esfrego o seu cabelo, e um silêncio se instala no banheiro, até que Kate começa a balançar os joelhos e mexer os dedos dos pés na beirada da banheira, cantarolando para si mesma.

Quando tiro o condicionador, ela me olha e pergunta: "O que você gosta tanto em cabelos?".

"Do *seu* cabelo."

"Tá, o que é que o *meu* cabelo tem? Por que você mesmo quis soltar?"

"Você sempre usa preso", digo, jogando água nas madeixas para enxaguar novamente. "Era como se, se fosse eu que tivesse o privilégio de poder soltá-lo, seria algo meio... íntimo."

Um sorriso encantador aquece o seu rosto. "Então você *lê* aqueles romances históricos que a Jules empurra pra cima da gente."

"Posso ter lido alguns", admito, sustentando o seu olhar, implorando para o meu corpo manter a linha, enquanto ela se aproxima e passa os dedos pelos meus cabelos, e depois dá um beijo suave na minha têmpora e no meu rosto. "Me beija, Kate."

Ela sorri contra minha bochecha. "Estou beijando."

"Na boca", peço, rouco, enquanto ela beija o meu nariz, o meu queixo, cada vez mais perto. "Me beija", imploro.

Ela obedece, a boca doce encontrando a minha, com movimentos suaves e mordidas leves que me fazem querer mais e que a fazem sorrir contra os meus lábios quando rosno de frustração.

"Você gosta quando eu te provoco", ela sussurra.

Faço que sim, com as mãos deslizando por seu cabelo e suas costas. "Quase tanto quanto quando você me dá o que eu quero."

Ela ri. "E o que você quer?"

Mais, quase digo. Mais do que toques e gostos fugazes, porque meros fragmentos e vislumbres do seu corpo não podem mais me contentar. Quero vê-la toda, estendida na minha cama, iluminada pelo fogo enquanto aprendo cada canto seu. Mas não quero que ela se sinta pressionada. Quero que se sinta segura. Quero mostrar a ela que posso esperar.

"Talvez eu devesse te dizer o que eu quero primeiro?", ela sugere, baixinho.

Faço que sim.

O seu olhar sustenta o meu. Ela pousa a mão nos meus ombros. Um sorriso suave se insinua em seus lábios. "Eu quero que você me leve pra sua cama."

Ai, Deus. Meu corpo está tenso feito uma corda esticada, a ponto de arrebentar. "Tem certeza?"

Ela faz que sim depressa, um rubor cobrindo as bochechas. "Tenho. Estou pronta."

Pego uma toalha grande e fico de pé, segurando para ela e desviando o olhar.

Ela sai da banheira, levanta os braços e se aproxima de uma das pontas da toalha. Então, com uma gargalhada, gira, enrolando-se feito um burrito.

Kate está na minha frente, com gotas de água cobrindo a pele cheia de sardas, os cabelos molhados e soltos descendo até a cintura. Eu a observo tomar o cuidado de pegar outra toalha e enrolar no cabelo, torcendo para secá-lo, enquanto sorri para mim.

Eu te amo, penso, olhando para ela. *Quero isso todos os dias para o resto da minha vida.*

Kate me desperta do transe, pousando a mão no meu peito e me guiando para fora do banheiro, até que as costas dos meus joelhos encontram a cama e caio no colchão.

De pé, entre as minhas pernas, iluminada pela lareira, ela pega a borda da toalha presa em si mesma e solta, deixando-a cair no chão.

Meu coração para. Graças a Deus, é só por um momento, e me recupero, o coração batendo como novo, mais forte, com mais urgência. A pele reluzindo polvilhada com constelações de sardinhas nos ombros e nos braços, nos joelhos e nas panturrilhas. Seios pequenos e leves com as pontas rosadas, o ligeiro afunilamento da cintura, a curva dos quadris, as pernas compridas, trêmulas nos joelhos.

"Fala alguma coisa", ela sussurra.

Faço que não com a cabeça, pondo as mãos nos seus quadris, aproximando-a de mim. Beijo o seu coração e pouso a cabeça ali. "Palavra nenhuma faz justiça à sua beleza."

A mão dela pousa no meu cabelo, me acariciando suavemente. "Que coisa mais gentil de se dizer."

"É a verdade."

"Você acha... que pode tirar a roupa também?", ela pergunta, meio insegura.

Eu me afasto e olho para ela. "Agora?"

Ela sorri, com aqueles dentes brilhantes, as covinhas profundas e as sardas iluminadas. "É. Agora."

Instintivamente, pego a parte de trás da gola da minha camisa, mas, como as minhas mãos fizeram com as suas, no cabelo dela, o seu toque me impede.

"Posso?", ela pergunta.

Sinto um calor me atravessar enquanto a encaro. "Pode."

Aproximando-se, Kate pega minha camisa pela bainha e a levanta pelo meu peito, até passar pela cabeça. Suas mãos descem por meus ombros e seguem até os meus braços. "Você é tão... sólido."

Dou risada baixinho, depois fico de pé enquanto ela pega minha fivela e desabotoa a calça jeans. "Sólido?", pergunto.

Kate faz que sim. "Você parece... uma vez, eu tava na Austrália, e veio um vento do nada, tão violento que juro que ia me arrancar do chão e me lançar direto no espaço. Eu fiquei em pânico e me agarrei a uma árvore que era tão grossa que mal dava para os meus braços envolverem o tronco, tão firme e sólida, e fiquei me segurando nela até o vento passar. É igual... a você." Ela sorri para mim, seu toque peneirando suavemente os meus cabelos. "A minha árvore na tempestade."

As minhas mãos vão para os seus quadris, enquanto engulo contra um nó que se forma em minha garganta.

"Agora, para de me deixar toda sentimental." Ela puxa minha calça jeans, e eu a ajudo, baixando-a, saindo de dentro dela e chutando para longe.

Kate leva os dedos à minha cueca boxer, deslizando pela linha da cintura. Solto uma expiração lenta e longa.

Ela me olha, parecendo preocupada. "Tudo bem se eu fizer isso?"

"Com certeza." Passo a mão no pescoço dela e massageio, acalmando-a. Então ela baixa minha cueca, ajoelhando-se. E fica de pé, desviando os olhos, até enfim olhar para mim. Um rubor vermelho cor de vinho toma o seu pescoço e sobe pelo seu rosto.

"E agora?", ela sussurra.

Sorrio, deslizando as mãos ao longo dos seus braços, saboreando como ela é bonita — macia e quente e *aqui*. "Agora a gente deita."

Kate pula na cama e pousa feito uma estrela-do-mar, me fazendo rir. Eu me arrasto por cima dela, os braços um de cada lado do seu corpo, e ela sorri para mim, linda e um pouco nervosa.

"Pode olhar pra mim", digo. "Me tocar. Onde você quiser."

Seus olhos percorrem o meu corpo, então ficam arregalados quando ela me vê, ereto, o pau curvado contra a barriga.

Começo a me ajeitar de lado, mas ela me impede, me segurando em cima dela. Então coloca as mãos no meu peito, seu toque alisando os meus músculos, traçando os meus mamilos. "Christopher", ela sussurra.

"Sim, Kate." Minha voz é firme, as minhas mãos se fecham em punhos no lençol de ambos os lados dela. Nunca me senti tão exposto, tão ávido, tão desesperado para tocar e ser tocado.

Ela desliza os dedos pela minha barriga, observando fascinada como os músculos saltam sob o seu toque. "Você é muito, muito bonito", ela sussurra.

"Você também", digo, me obrigando a ficar parado, a deixá-la aprender como é o meu corpo, do jeito que prometi a mim mesmo que faria.

Quando ela traça a linha do meu quadril com a ponta dos dedos, os músculos tensionando minha virilha, minha respiração vem áspera e entrecortada. Hesitante, ela leva a palma até minha coxa, depois sobe, testando o peso do meu pau na mão, envolvendo-o com os dedos.

"Todas as vezes em que estivemos juntos", ela diz, "você sempre soube como me tocar."

"Mas você me explicou", digo a ela. "Você me mostrou."

Ela faz que sim, com uma ruga na testa, experimentando como me sinto, como a pele se move no meu comprimento, enquanto ela me acaricia. "Você pode me mostrar como te tocar?", ela pergunta, baixinho.

Me estico para além dela e pego o lubrificante na mesinha de cabeceira. Então abro a palma da sua mão e coloco um pouco. Ela dá um gritinho. "Que delícia", diz.

Dou risada. "É ainda mais gostoso quando é usado em você." Deitando de costas, pego a mão dela e enrolo mais embaixo, na base, depois acarício para cima, girando o seu pulso, espalhando o lubrificante, e depois levando-a de volta para baixo. Sinto um calor me invadir. Meus dedos torcem os lençóis.

Ela me observa mexendo a mão, fascinada, depois hesita quando eu solto. "Por quê?" Kate me olha, ansiosa. "Por que você parou?"

"Você já sabe o que fazer", digo, entre os dentes, lutando para respirar normalmente. Ela se aproxima, passa uma perna por cima da minha e volta a me acariciar.

Quero fechar os olhos. Parece que o meu coração vai pular do peito. Ser tocado assim nunca foi tão incrível.

"Está tudo bem?", ela pergunta.

Faço que sim depressa, segurando o seu pescoço, trazendo-a para junto de mim. "Também gosto de beijo enquanto você me toca."

Ela me beija ansiosamente, com a boca aberta, o seu toque irregular e inseguro, mas ganhando confiança quando começo a fazer sons que não consigo evitar, suspiros profundos e roucos que me fazem esmagá-la contra mim, e o quadril se move na mão dela, cada vez mais rápido. Ela percebe e acelera, me apertando mais.

"Isso, assim", exclamo. "Isso é perfeito, querida. Tão bom. Bem assim."

Ela sorri contra a curva do meu pescoço e deixa um beijo longo e molhado.

Com um gemido, imploro para ela continuar, sentindo o corpo apertado, a respiração rápida e curta, enquanto ela me move mais rápido e provoca o meu pescoço, o meu peito, com beijos mais macios e molhados.

"Eu gosto de te beijar também", digo a ela, "quando estamos fazendo isso."

"Você está me beijando."

Sorrio. "Não só os seus lábios."

Numa gargalhada ofegante, ela cai de novo na cama e me deixa subir nela. Pego no seu seio, apertando-o, provocando o seu mamilo. Beijo-a abaixo da orelha, na curva do pescoço, no lugar onde sinto o seu coração batendo sob as costelas.

Quando chupo o seu mamilo, ela afunda as unhas nas minhas costas e suspira, me apertando ainda mais e acelerando o ritmo.

"Meu Deus, Kate", arfo, chupando o outro mamilo, balançando o quadril na sua mão. "Se você não diminuir o ritmo eu vou gozar."

"Então goza", ela diz, me afastando o suficiente para beijar o meu pescoço. Quando ela afunda os dentes no meu peito, bem acima do mamilo, e morde, para então acariciar com a língua, grito e gozo na sua mão, forte e rápido.

"Continua", peço, fazendo a sua mão se mover. "Assim. Mais devagar. Igual eu fiz com você. Até eu te dizer que não aguento mais. Até ser tocado ser demais." Diminuo a velocidade da mão dela até parar, acalmando-a, e deito a cabeça em seu pescoço, respirando bruscamente. "Meu Deus", murmuro.

"Uau", ela sussurra. "Foi rápido."

Dou uma gargalhada e caio de costas na cama, pegando a toalha que ela deixou no chão do quarto. Kate a tira de mim, limpa a mão e então me limpa também, com cuidado, antes de jogá-la de lado. Ela fica sentada, ereta, me encarando, tocando de leve as minhas coxas e o meu quadril.

"Vem cá", chamo, me erguendo no cotovelo, com a mão estendida. Kate me olha, parada, com a lareira refletindo em seus olhos. Então sobe em mim e me empurra de volta para a cama.

33

KATE

Achei que o dia em que encontrasse uma pessoa com quem quisesse compartilhar isso — nudez, toque, desejo — ia ser como atravessar uma ponte, alcançar um novo patamar, descobrir um poder que não conhecia antes.

Mas quando monto em Christopher e vejo a luz do fogo beijar o seu corpo e transformar os seus olhos em chamas ocres, quando minha pele toca a sua e nós dois ficamos com a respiração ofegante e sinuosa, não parece nada disso. Não é como se eu tivesse atravessado uma ponte, mas como se enfim me sentisse segura para aceitar uma verdade que sempre esteve dentro de mim. Não é como se eu tivesse alcançado um novo patamar, mas como se estivesse em queda livre, com um vento impetuoso e a promessa de um pouso seguro lá embaixo, doce e suave, me acolhendo em suas profundezas. Não como se eu tivesse descoberto algum poder novo, mas como se o próprio poder se dissolvesse, deixando eu e esse homem infinitamente mais vulneráveis — acolhendo um ao outro, apesar disso.

"Kate", ele chama, a voz baixa e calma, a mão quente e áspera, colocando o meu cabelo para trás, segurando o meu rosto. "Vem cá. Deixa eu te tocar."

Encaro-o, o seu corpo bonito, os braços largos e pesados estendidos na cama, uma perna preguiçosamente dobrada, a outra pendurada para fora do colchão, grossa e forte. Nunca quis tanto alguém. Nunca me senti tão impressionada.

Christopher parece sentir isso, porque ele pega o meu cotovelo e gentilmente me puxa com ele pela cama, até que desabamos juntos em travesseiros frios e felpudos. Ele passa o braço por baixo do meu pescoço e me enrola junto do seu corpo, com a outra mão nas minhas costas, fazendo um carinho circular que me acalma. Levanto a cabeça para vê-lo, para tentar me orientar em meio a essa vertigem emocional. Seus lábios tocam minha testa, então um lado, depois o outro.

"O que você tá fazendo?", sussurro.

"O que queria fazer há muito tempo", ele sussurra de volta. "Beijando as suas sardas."

Sinto as bochechas corarem. "Você gosta delas?"

"Igual eu 'gosto' do seu ninho de passarinho, eu *amo*."

"Ah." Pouso a mão na sua cintura, então começo a explorar o seu corpo — músculos fortes, pele lisa e quente, os sulcos fascinantes dos músculos unindo o quadril às nádegas e que parecem ter sido feitos para as minhas mãos. "Gostei dessa curva aqui", digo.

Christopher sorri contra minha bochecha e me beija também. "Obrigado."

"Não achei que pudesse ficar assim tão... boba por causa de um músculo, mas é o que está acontecendo."

Seu sorriso aumenta. "Quer saber uma parte de você que me deixa 'bobo'?"

Faço que sim depressa, e ele desce a mão pelas minhas costas, traçando com os dedos as covinhas em ambos os lados da minha coluna, bem acima da minha bunda.

"Isso aqui", ele diz, baixinho, com a boca na minha mandíbula, abaixo do ouvido, e a voz baixa e sensual. "Quando você me fez provar do meu próprio veneno no seu apartamento e tirou a blusa e fez questão que eu visse as suas costas nuas..."

"Não foi o meu momento mais racional."

Ele sorri junto da minha pele e dá um gemido. "Costas nuas e duas covinhas nunca foram uma imagem tão erótica. Você não tem ideia de quantas vezes eu me toquei com aquela lembrança — as suas costas, a cintura e aquelas covinhas —, todas as maneiras que eu tive você na minha cabeça, como te dei prazer, te fiz gritar o meu nome."

Meu corpo se move intuitivamente junto ao dele. Estou molhada entre as coxas, um desejo doce e feroz por tê-lo tocado e pelas palavras que ele está dizendo.

"Gosto de saber disso", digo. "Eu gosto quando você fala."

Ele roça o dedo no meu mamilo endurecido e me beija suavemente. "Dá pra ver."

"Eu quero que você me toque." Pego a mão dele e coloco entre as coxas. "Por favor."

Christopher me fita e abre as minhas pernas com carinho, então me toca. "Eu também quero tocar você."

Solto um suspiro e mordo o lábio diante do barulho que está preso em minha garganta, alto e desinibido. Christopher é tão gentil, tão atencioso.

"Fala pra mim, Kate", ele pede, baixinho.

"Mais rápido", sussurro. "Mais forte."

Seguro a sua mão e mostro o que aprendi sobre mim mesma, o que sei que já fez minha excitação aumentar no passado, mas que no entanto não reconheço nesse momento. Porque é diferente, quando você mostra a outra pessoa a sua nudez, a sua necessidade; quando essa pessoa valoriza isso e te protege, ouvindo do jeito que ele faz, gemendo num prazer silencioso enquanto minha mão se afasta, porque ele está fazendo o que mostrei, e tudo o que posso fazer é ficar deitada e segurar o seu braço, o seu cabelo, o seu peito, enquanto ele me beija e me faz desmoronar.

Enquanto ele me beija e me toca, o prazer me invade como um vórtice, rodopiando da ponta dos meus membros até o coração e culminando numa liberação forte e rápida que me faz gemer contra o seu beijo.

"Meu Deus", ele geme, me trazendo num abraço e deitando de costas. Ele me beija devagar, roça os dedos ao longo do meu rosto, e passo a perna por cima da dele, sentindo o corpo ao mesmo tempo sensível e já precisando de mais.

Nossos olhos se encontram. Ele está com os olhos estreitos, uma expressão quase de dor.

"O que foi?", pergunto.

Christopher suspira contra minha boca, ajeitando-se inquieto, enquanto minha perna se eleva mais acima da dele e minha mão pousa na sua barriga e desce ao longo daquele rastro de pelos que leva à sua ereção, grossa e dura, arqueando na direção da barriga. "Eu quase gozei só de te tocar agora", ele diz. "E eu *acabei* de gozar."

"Isso é bom?"

Ele sorri para mim. "É um pouco perturbador. Primeiro eu gozei na sua mão em dois minutos. Agora isso. Eu vou ter que te mostrar minha proeza sexual em *algum* momento."

Dá pra ver que ele está brincando pelo jeito como os seus olhos se iluminam, a maneira como sua mão faz um carinho em círculos nas minhas costas. É bom poder brincar enquanto fazemos isso, que nem tudo seja olhares longos e emoções intensas. O nosso riso é como um bote salva-vidas, quando estou quase me afogando em todos os sentimentos que me inundam.

"Sua proeza sexual, o que você aprendeu com... as outras", respondo. "Não digo isso como um julgamento... acho que nunca poderia querer ou fazer isso. Não entendo."

Seu polegar desenha um círculo na minha palma. "Eu sei. É por isso que me sinto muito sortudo, muito... honrado de que você queira isso comigo."

Sinto um pequeno nó na garganta. "Depois de tudo o que você já experimentou..."

"Kate", ele implora.

"... você vai se satisfazer só comigo? Dia após dia, vou ser suficiente?"

Seus olhos fitam intensamente os meus. Então ele se aproxima, me beijando suavemente, o nariz se aconchegando no meu. "Você acha que, uma vez que eu te tivesse, ia querer outra pessoa? Quando posso ter os seus olhos, o seu toque, a sua boca afiada e as corridas brutais que me lembram de como estou ficando velho, você acha que eu vou olhar pra outra pessoa e querer alguém além de você?"

Mordo o lábio, sentindo-o tremer. "Ah."

"Ah", ele murmura. Um músculo salta em sua mandíbula. Seus olhos escurecem ao se aproximarem de mim. "Katerina Elizabeth, eu já falei que eu sou seu pelo tempo que você me quiser, e eu estava falando sério. Diz que você acredita em mim. Diz que confia em mim."

Um calor transborda de mim, desejo e necessidade, enquanto ele brinca com os dedos sobre os meus. Passo a sola do pé pela sua panturrilha, sentindo os músculos duros e grossos, os pelos macios e enrolados.

De repente, me vem uma imagem de Christopher dormindo, embolado nos lençóis, o sol acariciando a pele lisa e os músculos largos e fortes, as pontas enroladas do cabelo. Penso em fotografá-lo quando ele rolar na cama e acordar sorrindo, me provocando por causa do meu ninho de passarinho e enrolando uma longa mecha do meu cabelo no dedo. Eu nos imagino na cozinha, em silêncio, com a luz do sol e a poeira dançando no ar, sentados na ilha, eu com uma das camisas grandes e macias dele, capturando com a câmera o momento em que os seus olhos escuros encontram os meus por trás de uma xícara de café.

Quero capturar os seus anos de vida com meus olhos, minhas mãos, minha câmera, quando aquelas linhas finas no canto dos seus olhos se tornarem mais profundas de tantas risadas que vamos compartilhar. Quero arrastá-lo para lugares sem planejar, só com uma Polaroid no pescoço para encher as paredes deste lugar com guirlandas de memórias capturadas em pequenos quadrados de alegria. Quero ele agora. Para sempre. E ele me quer também.

Pelo tempo que você me quiser, ele disse.

Pretendo fazer de tudo para garantir que seja um tempo *bem* longo.

"Eu acredito em você", digo, com a voz segura e firme. "Eu confio em você."

Ele suspira de satisfação, me puxando para cima de si até eu estar sentada em seu colo. Ele beija minha boca, quente e devagar, as mãos traçando o meu corpo, acomodando-me na minha bunda e me apertando com carinho. Eu me ajeito em cima dele, aliviando a dor entre as pernas e me esfregando contra a sua ereção.

Christopher expira com força enquanto me observa.

"Tá tudo bem?", pergunto.

Ele dá uma risada rouca. "'Bem' não é bem a palavra para o que estou sentindo agora." As suas mãos deslizam pela minha cintura. "Na verdade, eu não me importaria nem um pouco se você..." Ele pigarreia. *Ele* está corando? "Se você subisse mais ou menos até a cabeceira da cama."

Pisco para ele, sem entender. Fico boquiaberta. "Mas é onde está a sua cabeça."

"A minha cara", ele corrige, sorrindo. "É. Você sabe o que fazer aqui?"

Não é difícil de intuir. Mas ainda fico completamente vermelha. "Sim... e não."

As mãos de Christopher são suaves no meu quadril, e o seu sorriso é tão gentil. "Quer tentar?"

Sinto uma insegurança. Então respondo com honestidade. "Não sei."

"Tudo bem, querida." As suas mãos percorrem os meus quadris, depois descem, me massageando suavemente. "A gente pode ficar assim."

Fecho os olhos, sentindo as suas mãos fazendo esse circuito glorioso dos meus quadris até minha bunda e as minhas coxas, depois subindo, e penso em como poderia ser para ele fazer isso, enquanto me provoca com a boca e a língua, me levando ao orgasmo. Estar tão perto dele enquanto ele faz isso. Tocar no seu cabelo e sentir os seus sons sobre mim, me sentir tão entregue a ele e, ao mesmo tempo, ter tanto controle.

E, de repente, fico incrivelmente excitada.

"Acho que talvez... eu queira tentar."

Ele me fita nos olhos. "Sem pressão, Kate. Só se você quiser...."

Já estou subindo pelo corpo dele, parando por tempo suficiente para ele me puxar e me dar um beijo longo e profundo. "Eu quero", sussurro.

Christopher expira com força. Em seguida, afasta apressado todos os travesseiros, exceto um, que ajeita antes de se deitar com um suspiro contente.

Sorrio. "Você está parecendo uma criança no Natal."

"Isto é muito melhor do que Natal", ele responde, sorrindo. "Agora, vem aqui e senta na minha cara."

Cubro os olhos com a palma das mãos e dou uma gargalhada. "Não dá pra você simplesmente *dizer* uma coisa dessas!"

"Pois acabei de falar." Sua mão pousa na minha bunda com um tapa leve que faz as minhas coxas se comprimirem ao redor de suas costelas. "Senta aqui."

Suspirando, mas sorrindo feito uma boba, subo um pouco mais e paro. "Espera. Qual é a logística disso?"

"Segura na cabeceira", ele diz.

Obedeço.

"Agora, bota um joelho de cada lado da minha cabeça."

Obedeço de novo. E coro absurdamente. "Ai, meu Deus. Eu tô fazendo isso."

"*Nós* estamos fazendo isso." Ele dá um beijo lento e terno na minha coxa, que me ajuda a relaxar um pouco diante da noção de que minha vulva está a três centímetros do rosto dele. Erguendo os ombros, ele diz: "Tenta enfiar as panturrilhas embaixo de mim".

Me ajeitando devagar, fico mais perto, e o peso de seus ombros se instala em minhas pernas. A pressão e o peso me fazem suspirar, contente.

"O que significa esse suspiro?", ele pergunta.

Sorrio. "Significa que é bom."

Ele sorri, e tem algo de tão juvenil e doce no meu quadril e faz levar a mão aos seus cabelos. Ele pousa as mãos nos meus quadris e sustenta o meu olhar, depois gentilmente me puxa para si, só o suficiente para me mostrar o que quer, mas não com tanta firmeza que eu não possa me afastar e indicar que não estou pronta.

O ar foge dos meus pulmões, não por medo ou ansiedade, mas por emoção enquanto o deixo me guiar para baixo e sinto a sua boca, confiante e segura, quente e molhada, o primeiro toque da língua, o círculo suave em meu clitóris, do jeito que ele aprendeu depois do paintball e naquela noite na cozinha. Ele lembrou tão perfeitamente. Suspiro quando ele repete, um pouco mais forte. Seguro seu cabelo com mais força. "Assim", sussurro.

Ele geme baixinho, e seu zumbido contra minha pele me faz dar um pulo, e então rir de prazer. Meus dedos em volta da cabeceira ficam brancos da força que estou fazendo para tentar sustentar o meu peso.

Christopher se afasta com um barulhinho molhado que soa tão íntimo, sons que acho que duas pessoas só podem fazer quando estão fazendo isso. "Kate." A sua voz parece uma rocha áspera, quente como uma fogueira. "Eu falei pra você *sentar* na minha cara, e foi isso mesmo que eu quis dizer."

Engulo em seco, os dedos passando por entre os seus lindos cabelos escuros. "Mas e se eu te sufocar?"

Ele abre um sorriso tão grande que surgem duas covinhas profundas nas suas bochechas. "Você não vai me sufocar."

"Como você sabe?"

"Não vai, querida. Eu posso te levantar sem a menor dificuldade, Kate. Se eu não conseguir respirar, eu te mudo de posição, fácil."

"Mas eu vou ficar nervosa e, se eu estiver nervosa, não vou conseguir gozar."

Ele me olha, franzindo a testa. "E se a gente combinar um sinal?", sugere.

"Boa ideia", concordo, com a voz tremendo um pouco quando ele dá um beijo surpresa onde minha coxa encontra a pélvis e acaricia o clitóris. "Q-Que tal um tapinha duplo?"

"Não na sua bunda", ele murmura, me lambendo de novo, beijando o meu clitóris em movimentos rítmicos e suaves. "Vou dar umas boas palmadas nela."

"Quem disse?", exclamo.

"Você", ele murmura, "a julgar pelo quanto minha boca ficou mais molhada quando eu falei isso."

"Bom." Pigarreio. "Acho que gosto de uma palmada aqui e ali."

Ele sorri contra minha coxa. "Que tal um tapinha duplo na perna?"

"Boa ideia."

"Combinado", ele diz, com a voz grave, ajeitando o quadril na cama. "Agora faça o favor de sentar na minha cara e gozar em mim."

Mordo o lábio, sorrindo com quanto gosto das palavras, da certeza delas, como se a sua mão estivesse segurando a minha, não porque ele ache que eu não posso ficar sozinha, mas porque é melhor quando somos *nós*, juntos nesse caminho. Relaxo as coxas, ainda segurando a cabeceira com uma das mãos, e solto o peso nele. Um suspiro me escapa. É tão intenso assim, tão maravilhoso.

Christopher geme tão profundamente que sinto reverberar em seu pescoço, enquanto ele enfia as mãos na minha bunda e me puxa mais forte contra si.

Minha boca se abre enquanto a *sua* boca me faz desmoronar. Movimentos lentos e aveludados da língua. Toques provocantes e beijos quentes e molhados que fazem as minhas coxas tremerem e os meus quadris se moverem por vontade própria. Mas toda vez que chego perto de me entregar, algo me atrapalha, ou é ele se ajeitando embaixo de mim, o que me faz ficar preocupada de o estar sufocando, ou sou eu movendo o quadril, para não ficar com uma cãibra no pé que acaba com aquele calor crescente dentro de mim.

Christopher levanta meus quadris com facilidade e dá um beijo na minha coxa, respirando ofegante enquanto me fita. "Do que você precisa?"

"Eu..." Passo os dedos pelos cabelos dele. "Não tô conseguindo me concentrar. Minha mente fica dando voltas, e a sensação é maravilhosa, mas não consigo focar nisso. Desculpa..."

Num movimento suave, estou de costas na cama com o corpo de Christopher pesando em cima de mim. "Para de pedir desculpas por precisar de alguma coisa", ele diz, com severidade, suavizando a bronca com um beijo. Sinto o meu gosto em seus lábios e arqueio o corpo contra ele. "Katerina, me diz que você entendeu."

Meus olhos se fecham de prazer. "Entendi."

Ele pega um travesseiro e me beija de novo. "Agora, levanta o quadril."

Obedeço, e ele coloca um travesseiro embaixo de mim. "Me diz que você não vai mais pedir desculpa."

"Não vou mais pedir desculpa."

"Muito bem."

Arfo ao sentir o seu peso, o travesseiro embaixo de mim aproximando ainda mais os nossos corpos. Sinto um alívio com aquele conforto familiar da pressão que me aquieta os membros e acalma a estática na minha mente.

"Pronto", ele diz, contra minha têmpora. "Melhorou, né?"

Faço que sim. "Muito."

"Kate, querida." Ele me cutuca com o rosto até eu abrir os olhos. "Você nunca..." Ele me toca com carinho, as mãos se movendo em gestos suaves pelos meus braços e cintura. "Alguém já entrou em você assim?"

Faço que não.

"A gente vai devagar." Ele beija as minhas pálpebras, a ponta do meu nariz, o meu queixo. Sua mão cobre o meu peito e o acaricia suavemente.

"Devagar é melhor?", pergunto, já me contorcendo embaixo dele. "Estou tão perto, faz tempo, Christopher. Preciso gozar."

"É muito melhor", ele diz, baixinho. "Eu prometo que vai valer a pena esperar."

Com cuidado, ele ajusta o meu quadril até a sua ereção estar bem onde mais desejo. Então começa a se mover em cima de mim, quente e pesado, ainda me beijando, as mãos no meu cabelo, acariciando cada parte sensível do meu corpo, provocando os meus mamilos e os seios.

Sempre "soube" que o tempo é uma construção, uma abstração, mas agora entendo — como minutos podem perder o sentido, horas ficam totalmente imateriais. Tudo o que existe somos eu e ele e isto, o conhecimento de que estamos seguros, de que ele me quer, de que eu também o quero.

"É tão bom", digo, num sussurro entrecortado, enquanto o prazer começa a me consumir como papel pegando fogo, escaldante e rápido. Passo os dedos pelo cabelo dele e o encaro, com os olhos fixos em mim. Estou livre, sem peso, arqueando as costas enquanto me movo sob ele e grito o seu nome, implorando para ele não parar.

A liberação é uma misericórdia, um alívio glorioso, mergulhando o meu corpo derretido numa piscina fria de prazer de uma altura que não sabia que poderia escalar, quanto mais cair.

Estou ofegante, os cabelos e os membros emaranhados, enquanto ele me beija ferozmente, inspira forte, o coração batendo tão rápido no peito que o sinto contra o meu.

Suspiro enquanto as nossas línguas se entrelaçam, lentas e sedosas, e ele murmura baixinho: "Tão linda. Você é tão linda. Você *é*. Meu Deus, Kate".

Seguro o seu rosto e o beijo. "Você também", sussurro. Eu o seguro, grosso, aveludado, mas tão duro e quente, e o guio até mim. "Por favor, não me faz esperar mais."

Christopher geme, encostando a testa no meu ombro e me beijando ali.

Então se afasta e se estica na direção da mesinha de cabeceira de novo. Ele coloca um pouco de lubrificante nos dedos, então o leva entre as minhas pernas e passa dentro de mim, me fazendo suspirar.

"Passa a perna em volta do meu quadril", ele pede, enquanto encosto a cabeça num de seus braços dobrados, e a sua mão envolve minha cabeça, os dedos fundos no meu cabelo.

Passo a perna pelo quadril dele, deixando escapar um gemido, pois o movimento faz cada centímetro sensível de mim roçar a sua ereção.

"Respira", ele sussurra, enquanto se abaixa para me dar um beijo, os dedos fazendo coisas doces e maravilhosas dentro de mim, curvando-se para a frente, encontrando aquele ponto que fez as minhas pernas cederem quando me encostei na porta do banheiro depois do paintball. Ainda bem que dessa vez estou deitada.

Encosto a testa na mandíbula dele e me agarro ao seu braço. Ele treme quando faço isso, e eu me lembro do quanto ele já me deu, e do quanto quero dar a ele também — o toque que ele ama, o prazer que ele merece.

"É pra eu fazer assim?", pergunto, passando as mãos pelo braço dele, até os músculos redondos e fortes das suas costas, e mais embaixo, até as suas coxas.

Ele geme e assente com a cabeça. "É. O corpo todo. Só me toca."

Descanso a cabeça no seu braço, enquanto os seus dedos brincam com o meu cabelo, e os seus outros dedos convencem o meu corpo a se abrir, a desejar que ele o preencha. E o toco também, seu peito, seus mamilos, o rastro escuro e adorável de pelos na barriga, os músculos grossos das coxas, as suas bolas, pesadas e tensas, e eu as acaricio, saboreando a sensação enquanto ele geme contra minha boca e finalmente tira os dedos do meu corpo, molhados e quentes, e esfrega o meu clitóris.

Então ele está lá, entrando devagar, só um pouquinho, antes de parar e observar os meus olhos arregalados, o ar saindo dos meus pulmões. Não faço ideia de como isso funciona. Mas confio nele.

Christopher se abaixa e me beija de novo, mas dessa vez é diferente, a ternura dos seus lábios roçando os meus, o toque doce e sensual da sua língua. Estou tão atordoada e distraída com os beijos que o desconforto dele entrando em mim permanece periférico, distante.

"Você está bem?", ele pergunta.

Faço que sim. "É tão bom. Não para. Por favor, não para."

Ele me beija, e a sua mão segura minha bunda, me puxando para si, me enchendo. "Pronto. É isso, querida. Entrou tudo."

Arfo, com lágrimas ardendo nos olhos enquanto sinto o peso de seu corpo, totalmente dentro de mim, não por dor, mas por pura e profunda alegria. Antes que ele possa se preocupar com as lágrimas, passo um braço em volta dele e o puxo com força para mim, a boca encontrando a sua, esfomeada. Preciso estar o mais perto possível dele, preciso que o corpo dele seja uma parte do meu e o meu uma parte do dele.

Lentamente, ele começa a se mexer, e cada movimento dentro de mim desenrola um carretel de prazer líquido.

"Kate", ele arfa, me apertando, me beijando com força, as nossas bocas abertas e ofegantes, as línguas, como os nossos corpos, trabalhando num movimento rítmico, nebuloso e quente.

Christopher leva a mão entre nós e o seu polegar me esfrega suavemente, depressa, trazendo uma umidade ao que os nossos corpos estão fazendo. "Christopher", chamo. "Eu já gozei duas vezes, você não precisa..."

Ele me cala com um beijo e balança a cabeça. "Eu preciso de você comigo."

As palavras ecoam através de mim, ele com os olhos fixos nos meus. *Eu preciso de você comigo.*

"Eu estou com você", digo, devolvendo a própria promessa dele, "pelo tempo que você me quiser."

Ele expira, ofegante, então me esmaga e me esfrega com mais força, me beijando freneticamente, dentes e língua e suspiros em busca de ar. Soltando mais o peso em mim, ele começa a se mover mais depressa, mais fundo. Os seus olhos encontram os meus.

É então que eu sinto, aquele lugar dentro de mim que eu não conhecia, que eu não tinha descoberto, mas que ele encontrou. E, totalmente fora do meu controle, um grito agudo e desesperado salta da minha garganta, e depois outro. Não consigo falar, não posso descrever quão além do que eu imaginava isso é, mas ele sabe. Vejo em como ele olha para mim, em como a sua boca se abre também, e sons ásperos e roucos saem dela, sons que nunca ouvi, que falam de prazer e necessidade insuportáveis e de se perder à mercê do corpo junto ao meu.

Meus olhos se fecham, mas ele me puxa apertado, com a mão no meu cabelo. "Fica comigo, Kate."

Abro os olhos ao senti-lo engrossar dentro de mim, ao ouvi-lo chamar o meu nome e me abraçar apertado enquanto me desfaço, enquanto minha libertação jorra de mim como luz líquida, uma chuva pirotécnica de faíscas, brilhando incandescente ao percorrer o meu corpo no ritmo dos movimentos dele, e Christopher grita o meu nome e me enche com golpes quentes e molhados do quadril.

O despertar do momento é o silêncio que paira após um *grand finale* de fogos de artifício, ouvidos zumbindo, peitos ecoando com a beleza que iluminou o escuro e sacudiu o mundo.

Respiração ofegante, mãos gentis, nos tocamos, olhamos um para o outro e nos beijamos uma vez, longa e demoradamente. Depois é a intimidade após a intimidade — caminhar nus até o banheiro, vendo o seu corpo grande e nu se movendo, esquentando a água da pia, molhando uma toalha, me limpando suavemente entre as pernas enquanto me beija.

Depois disso, ele está de volta sob os lençóis, me puxando para si, enroscando as pernas nas minhas. O mundo está escuro e quieto, tirando o brilho fraco da lareira, as chamas silenciosas dançando. Passo o braço em sua cintura e suspiro profundamente, olhando para o fogo.

Seus dedos acariciam suavemente meu cabelo. Ele dá um beijo na minha têmpora. "No que você está pensando?", ele pergunta.

Olho para ele. "Pela primeira vez, minha mente está completamente vazia. Não tem nada do caos típico do meu cérebro, trabalhando com vinte e cinco abas abertas no navegador."

Ele desce a ponta do indicador ao longo do meu nariz até o lábio superior e ao redor dos meus lábios. "Completamente vazio ou sobrecarregado, acho o seu cérebro maravilhoso, Kate."

"Você acha?"

Eu o ouço engolir em seco. Seu dedo segue pela minha bochecha, pousando suavemente na minha têmpora, que ele circunda. "Acho. Eu costumava ter medo — bom, provavelmente ainda tenho, mas estou trabalhando nisso — do quão ousada você era, quão corajosa e inflexível. Como você já sabia no que acreditava e falava o que pensava e *fazia* algo a respeito. Agora eu só vejo como a maioria de nós somos uns covardes, comparados a você. Como eu gostaria que o mundo estivesse cheio de Kates."

"Mesmo com a incapacidade crônica delas de cuidar da roupa suja? A propensão a perder o celular uma vez por semana? As pernas inquietas e a dificuldade de ficar na mesma posição ou no mesmo lugar por mais que cinco minutos? Você ia querer mesmo um mundo cheio de Kates?"

"Principalmente por causa disso tudo", ele diz baixinho, beijando a ponta do meu nariz. "Ia ter um monte de Christophers por aí, para manter as coisas funcionando sem problemas."

Meu coração dá um pulo no peito. "Os Christophers lavam a roupa?"

"Os Christophers *adoram* lavar roupa."

"E eles são bons de achar celular perdido?"

Ele dá de ombros. "Eles nadam em dinheiro toda noite e têm bastante tempo disponível, depois de inventariar o império deles. Pra eles, comprar um celular novo ou procurar o que sumiu não é nada."

Sinto um nó na garganta. "E os Christophers são pacientes quando as Kates ficam ansiosas e desesperadas por aventura?"

Ele fica quieto por um bom tempo. "Os Christophers querem que as Kates vivam as suas aventuras... mesmo que isso as leve pra longe. Desde que elas façam o possível pra não cair de penhascos ou entrar em vans com estranhos suspeitos. Qualquer coisa que as faça felizes. Tudo vale a pena, por um mundo cheio de Kates."

Meu coração dá uma pirueta, então se acomoda como um pássaro que dançou o dia todo pelo ar, enfim pousando em seu galho, assentando as penas para descansar, contente. Me aconchego em Christopher, suspirando feliz enquanto ele me aperta com força. "Um mundo cheio de Kates", sussurro. "Ia ter uma falta de donuts em proporções catastróficas."

"Essa é a beleza do capitalismo, pequena Kate. A demanda impulsiona a oferta. A proliferação de Kates levaria a um crescimento sem precedentes da indústria de donuts."

Deixo escapar uma risada sonolenta. A ponta do dedo de Christopher roça minha testa, depois desce para a minha outra têmpora. Minhas pálpebras estão pesadas. "Provavelmente, é melhor que só haja uma de mim."

Ele fica quieto, o toque em minha têmpora ficando mais fraco. "Só poderia haver uma de você." Sua boca pressiona suavemente minha testa, enquanto ele inspira.

Estou tão aliviada, tão exausta, tão feliz, enquanto me entrego à felicidade de um cobertor pesado, um beijo suave na testa, dois braços fortes, o lugar quente e seguro de seu peito, com a mão sobre aquele coração cuja batida é tão importante para mim.

O coração o qual mantenho perto de mim a noite inteira.

34

CHRISTOPHER

A cozinha está silenciosa, exceto pelo leve chilrear de alguns pássaros teimosos que continuam aqui nesta época do ano, pairando no peitoril da janela. Sorrio para eles e tomo o meu café, saboreando como é diferente ter dormido bem, abraçado a Kate. Mesmo com a quantidade de vezes que as suas pernas compridas chutaram as minhas canelas, aqueles joelhos e cotovelos afiados me cutucando, o cabelo selvagem na minha boca, fazendo cócegas no meu rosto, foi o melhor sono que tive em muito tempo.

A paz que nunca senti antes, ao abraçá-la, foi saber que ela estava segura, que estava comigo. Sei que vai chegar o dia, e, meu Deus, espero que seja por pouco tempo, em que vou ter que abrir mão disso. Deixá-la entrar num avião e partir numa aventura e confiar que vai voltar inteira. Vou ter que procurar ajuda para lidar com essa questão, e vou buscar toda a ajuda que puder, o que for preciso para tornar isso possível.

Pego o celular, pensando que é um bom momento para procurar um psicólogo, e sinto o sorriso no meu rosto ao ver a imagem que já coloquei como fundo de tela. Uma foto que tirei dela quando acordei e a deixei na minha cama, roncando, estirada feito uma estrela-do-mar no colchão, iluminada pela luz mais tênue do amanhecer que se infiltrava pelas cortinas.

Enquanto as panquecas de abóbora chiam na frigideira, deixo minha xícara de café na bancada, mando uma mensagem para Curtis avisando que vou tirar o dia de folga e, em seguida, pesquiso no Google por psicólogos na região. O barulho na frigideira é um pouco mais alto do que eu queria, então abaixo o fogo.

E ouço passos retumbando pela escada.

Congelo ao ver Kate surgir na cozinha com uma montanha de lençóis nos braços e os olhos vermelhos.

Mil explicações passam pela minha cabeça, e nenhuma delas é boa.

Ela se arrependeu profundamente de dormir comigo.

A ponto de arrancar a roupa de cama para destruir as provas.

Ela me acha um pervertido porque implorei a ela para me sufocar com a sua vulva.

Três vezes.

"Oi", digo baixinho. Caminho com cuidado na direção dela, do jeito que faço com Puck quando ele está preso do lado de fora na chuva, molhado e irritado, e prestes a se enfiar debaixo da minha varanda.

Ela não chia feito um gato. Pior, ela olha para as panquecas de abóbora no fogão e desata a chorar.

"Ai, meu Deus." Me aproximo dela e a puxo para os meus braços, espremendo os lençóis entre nós. "Kate, querida, por que você saiu da cama? E por que você está chorando? O que houve?"

Ela solta um soluço. "Vo-você é perfeito."

"Não sou, e você sabe disso. Na verdade, em geral você me lembra do contrário. Do que você está falando?"

Ela limpa o nariz com as costas da mão. "Você me fez ter oito orgasmos ontem..."

"Dez, na verdade."

"... e ficou de conchinha comigo a noite inteira, e eu sei que é um pesadelo dividir a cama comigo. Eu chuto no meio do sono. Aí eu acordei com um bilhete dizendo que era pra eu ficar na cama, porque você estava fazendo panqueca de abóbora pra mim...", o seu lábio treme "e o que foi que eu fiz? Eu te sufoquei sentando na sua cara duas vezes ontem — não, *três* vezes — e acordei com o lençol todo sujo com o meu sangue."

"Ahhh." Eu me afasto o suficiente para enxugar as lágrimas dos seus olhos, antes de trazê-la de volta para os meus braços. "Então é por isso que você está chorando."

"Eu não estou *chorando*", ela choraminga. "Eu estou *pirando*. Porque você... você lavou minha roupa. Você transou comigo do jeito mais incrível a noite toda, fez café da manhã pra mim e ainda lavou minha roupa, e eu sangrei no seu lençol todo..."

"Kate." Tiro os lençóis dos seus braços e os jogo por cima do ombro. "Primeiro, foda-se o lençol."

"É de algodão egípcio", ela sussurra, rouca, enquanto acaricio as suas costas e ela passa os braços ao meu redor, esfregando a bochecha no meu peito. "Mil fios. Eu vi a etiqueta."

"E eu tenho outros no guarda-roupa. É só trocar."

"Fiz uma pesquisa rápida no celular, e um jogo de lençol desses custa trezentos dólares. Eu acabei de sangrar em lençóis de trezentos dólares", ela murmura, aos prantos.

Dou uma risada no seu cabelo e em troca recebo uma cara feia de olhos semicerrados. "Desculpa, pequena Kate. Eu não tô rindo de você."

"Aham."

"Faz tempo que eu não vejo esse lado seu. Em geral, você está fria ou irritada, e esse seu lado doce e emocional é muito precioso pra mim."

"Eu não sou *preciosa*", ela resmunga.

"Você é a coisa mais preciosa. Agora, me escuta. Eu *adorei* te dar aqueles orgasmos, sem falar de receber cada um dos orgasmos que você me deu. E embora o seu sono possa ser um pouco... ativo, dormi melhor abraçado com você do que em muito tempo."

"Dormiu?"

"Dormi", digo baixinho, beijando-a. "Então para de se preocupar com o que não está perfeito e se concentra no que está, Katerina. Isto. Bem aqui."

Ela se afunda em mim, me beijando de volta, com as mãos se enroscando no meu cabelo. Mas então se afasta de repente e fareja o ar. "Ei. Tem alguma coisa queimando?"

Olho por cima do ombro. "Merda!"

Caminhando pela calçada na direção do prédio dela, entrego a Kate um muffin de abóbora coberto de cream cheese, recém-tirado da caixa da Nanette's. "Café da manhã com alguma coisa de abóbora, tomada número dois."

Kate aceita o muffin e dá uma mordida, sorrindo e me observando.

"O que foi?", pergunto, sorrindo de volta para ela, ajeitando a bolsa com as roupas dela no ombro.

"Você é muito gentil", ela diz, dando de ombros. "Me sinto mimada."

Mordo o meu croissant e digo, de boca cheia: "Tenho más notícias pra você, Kate. Estou só começando, vou estragar você".

Ela revira os olhos e dá outra mordida no muffin, mas um belo rubor cobre as suas bochechas, e ela não consegue esconder o sorriso.

Fico olhando para ela, sentindo o meu coração bater, forte e emocionado. Nossa, como eu a amo. Eu a *amo*.

E quero mimá-la. Quero surpreendê-la com passagens de avião para onde o coração dela desejar ir e deixar de lado o trabalho, me dedicar apenas a esses sorrisos e rubores e aprender todas as coisas aleatórias e adoráveis que sua mente percebe e absorve.

Quero acordar todos os dias com a sua risada rouca e os beijos intensos. Quero a sua intensidade feroz e as corridas pelos motivos mais inesperados. Quero dormir enrolado nela e conversar enquanto ela toma banho e cozinhar com ela ao meu lado. Quero olhar para esses olhos tempestuosos e sentir a emoção de saber que há tanta coisa que já sei sobre ela e muito mais que não sei, esse coquetel vertiginoso de memória e mistério.

Observo-a sorrindo para mim, a mão encontrando a minha e entrelaçando os nossos dedos. E sinto o mundo girar sob meus pés.

Quero dar à Kate tudo o que ela merece. Quero prometer a ela e pedir tudo também. Espero que a gente descubra como isso é possível para duas pessoas que vivem de forma tão diferente, que de alguma maneira as nossas vidas possam se encontrar no meio do caminho.

Kate aperta minha mão e sorri para mim, me lembrando do que mudou — do que se trata.

Ainda não tenho as respostas, mas não preciso encontrá-las sozinho. Kate e eu vamos fazer isso *juntos*, de mãos dadas. Um passo de cada vez.

35

KATE

"Deixa que eu levo isso." Na porta do meu apartamento, tento pegar a bolsa enorme de roupa agora limpa do ombro de Christopher. Ele não parece querer me entregar.

"Deixa que eu levo", diz.

O meu quarto — quer dizer, o quarto de Juliet, onde estou hospedada — parece ter sido varrido por um tornado. Mesmo com a maior parte da roupa suja dentro de um saco, ele é um caos de coisas aleatórias, copos com água pela metade e embalagens de barrinha de cereal, porque esta semana eu quase que só comi barrinha de cereal. A última vez que ele viu o meu quarto foi naquela noite do paintball, e naquele dia ele estava no limite do "preciso escondê-lo de qualquer um cuja boa opinião a meu respeito eu valorize", mas quando ele me colocou para dormir já estava escuro, e ele foi embora antes de o sol nascer, então não teve problema.

Hoje, à luz do final da manhã, que sempre ilumina aquele quarto, vai ser como colocar um microscópio na minha bagunça e enfiar na cara dele.

Não, obrigada.

A casa de Christopher é gasta e lindamente antiga — o que eu adoro —, e há muitas coisas que outras pessoas poderiam considerar um defeito, mas arrumação e limpeza não estão entre elas. Christopher tem mania de limpeza. Ele gosta de fazer coisas do tipo limpar a máquina de café extravagante após cada uso e usar um aspirador de pó manual para pegar as migalhas nos cantinhos da cozinha depois de cozinhar. Ele se ofereceu para lavar minha roupa, pelo amor de Deus. Dobrou tudo. Até as calcinhas.

Minha calcinha larga de vovó, que um dia já foi branca, mas que agora está velha e encardida. Isso já foi constrangedor o suficiente.

Mas o Christopher é tão teimoso, e estou percebendo que, agora que os meus dias de fera ficaram para trás, o que essa situação pede é algo que ainda estamos começando a descobrir: meio-termo.

Recostando na porta do apartamento, tento uma posição descontraída e ofereço o que espero ser um sorriso gentil. "Eu proponho um acordo."

Christopher arqueia as sobrancelhas, ajeitando a alça da enorme bolsa no ombro como se estivesse cheia de produtos de papel, em vez de todo o meu guarda-roupa limpo. "Estou ouvindo."

"Você pode carregar minha bolsa pra dentro do apartamento."

Ele arqueia as sobrancelhas. "E...?"

"E é isso. Você pode levar só até dentro do apartamento, e pronto, definitivamente não vai levar até o meu quarto."

Christopher estreita os olhos. Ele franze os lábios, pensando a respeito. "Seus termos estão perto do que eu gostaria, mas não é exatamente o que pretendia. Proponho uma negociação."

"Não."

Ele suspira, balançando a cabeça. "Erro de principiante", murmura.

Fico irritada com o comentário e me viro para a porta, prestes a abrir, quando Christopher me interrompe, segurando o meu pulso com carinho. "Ei." A sua voz é calma, o breve fogo de desentendimento entre nós fica para trás.

"O quê?", pergunto.

Ele olha para a porta, e então de volta para mim. "A Bea vai estar em casa? Se estiver, só quero saber o que vamos dizer quando entrarmos juntos."

Franzo a testa. "A gente tem que dizer alguma coisa? Não pode simplesmente entrar e pronto?"

"Talvez. Ou pode ficar óbvio o que a gente fez."

Avalio os seus olhos, procurando alguma pista de como ele se sente em relação a isso. E então me lembro que tenho boca e pergunto: "E tudo bem, se ficasse?".

Ele abre um sorriso lento e satisfeito. "Por mim, tudo ótimo."

Fico quase tonta de alívio.

"E por você?", ele pergunta, também avaliando os meus olhos.

Faço que sim. "Tudo ótimo."

Seu sorriso aumenta. "Que bom."

"Podemos contar pros amigos também", acrescento.

Christopher sorri ainda mais, os olhos brilhando, calorosos e orgulhosos. "Eu ia gostar disso."

"Que bom." Viro para a porta, concentrada na fechadura, depois paro e olho para ele. "A Bea na verdade está no trabalho agora, então temos o lugar só pra gente por um tempo."

Ele arqueia uma sobrancelha. "Era por isso que você estava me apressando pra sair de casa, pra poder entrar sozinha e não ter que passar por essa situação comigo?"

"Eu estava te apressando porque não sabia se *você* ia querer que eles soubessem. Eu queria te dar uma opção, e também que eles não estivessem aqui com a gente."

Ele me encara, cruzando os braços. "Kate, eu gritaria do arranha-céu mais alto da cidade o que você significa pra mim, se você deixasse."

Ai, Deus, lá vou eu corar de novo. "Bom, agora eu sei. Mas eu não sabia. Era por isso que estava enchendo a sua paciência por que estava na hora de sair e era pra você parar de se embelezar na frente do espelho..."

"Eu estava me *barbeando*."

"Eu estava gostando da barba por fazer", exclamo. "E muito."

Ele deita a cabeça, com um olhar intenso. "Ah é?"

Faço que sim. "Gostei de como você ficou diferente, mas... continuava o mesmo. Não sei explicar."

Só que tudo isso é assim. Como se fosse você. Como se não fosse nada como você. Como se fosse melhor do que eu poderia imaginar.

"E gostei da sensação", admito, com as bochechas queimando.

Um daqueles sorrisos lentos e maliciosos se insinua na sua boca. Ele se recosta na parede ao lado da porta e cruza os pés nos tornozelos, muito feliz consigo mesmo. "E onde exatamente a sensação foi boa?"

Dou um tapa no braço dele. "Para. Você sabe exatamente onde."

"Aham, mas eu gosto de ouvir."

"Deus do céu." Viro as costas para ele, me atrapalhando com a chave enquanto tento abrir a porta antes de fazer uma bobeira, como agarrá-lo no corredor e beijá-lo até morrer.

"Kate", ele chama, parando atrás de mim, pousando o queixo no meu ombro. Ele se aconchega no meu cabelo.

"O quê, Christopher?"

"Quando a gente contar pra todo mundo. Eu quero dizer... que você é minha, e eu sou seu. Que somos exclusivos."

Meu coração bate no peito, a alegria fazendo bater cada vez mais rápido.

"Você..." Ele inspira o meu cheiro, o nariz enterrado no meu cabelo. "Você também quer isso?"

Abro um sorriso tão grande que as minhas bochechas doem, depois olho por cima do ombro, fazendo o meu nariz tocar o dele. "Quero. Muito."

O sorriso que ele me oferece ao se abaixar para me beijar é deslumbrante.

Quando me afasto e me reconcentro na porta, prestes a cruzar esse limiar, trazendo o meu primeiro amante e parceiro para casa, é que percebo. A realidade de tudo isso, a imensa, avassaladora e aterrorizante maravilha disso me paralisa.

"Kate?" Christopher faz um carinho nas minhas costas. "Tudo bem?"

Balanço a cabeça. "Tudo."

"Ei." Ele passa o braço pela minha cintura. "Não faz isso. Me diz o que você está sentindo. É o que a gente faz agora, Kate. Nós conversamos."

"É isso que a gente faz?", provoco, me enrolando com a chave. "Conversa?"

Sinto o seu sorriso junto do meu pescoço enquanto ele me beija ali, as mãos subindo pela minha cintura na direção dos meus seios. "Bom, isso e outras coisas."

"'Outras coisas' de fato, como eu xingando esta maldita porta cuja fechadura é minha arqui-inimiga."

Christopher dá um suspiro, abandona a sedução e envolve a mão na minha, me ajudando a girar a chave e depois a abrir a porta. Em seguida, ele a segura para mim.

"Obrigada", digo.

Enquanto jogo as chaves na bancada da cozinha, Christopher fecha a porta e segue pelo corredor na direção do meu quarto.

"Ei!" Corro atrás dele. "Fizemos um acordo, Petruchio!"

"Ah, eu me lembro", ele diz por cima do ombro. Christopher para na porta do meu quarto e faz questão de largar a bolsa do lado de fora. "Eu me ofereci pra negociar, e você recusou. Eu avisei que era um erro."

Virando a maçaneta, ele abre a porta e passa por cima da bolsa, entrando direto no meu quarto.

"Christopher!" Corro atrás dele, pulando a bolsa de roupa que ele deixou exatamente na frente da porta, como prometido. "Que diabos!"

"O quarto está uma bagunça, Kate." Ele dá de ombros, parando no meio do quarto, parecendo um príncipe num casebre, cercado pelo meu caos. "E daí?"

Olho para ele, as bochechas queimando. "É *minha* bagunça."

Ele me encara. "Então deixa eu ver. Você acha que eu me importo? Você acha que isso vai me assustar?"

Meus olhos se enchem de lágrimas. "Eu não sei."

"Então, o que a gente faz? Continua se escondendo um do outro? A gente vai só trepar..."

"Não fala assim", eu o interrompo. "É mais do que isso."

"Exatamente", ele diz, desviando com cuidado uma caixa de granola vazia. "O que significa que eu consigo ver e querer você não só quando você está nua nos meus braços e linda, usando as minhas roupas, mas quando você está se sentindo emotiva com a vida e o trabalho, quando o seu quarto está uma bagunça e quando você está se afogando em roupa suja."

"Pra você é fácil falar!" Aponto para ele, de cima a baixo. "Você é todo certinho."

Ele levanta as sobrancelhas, depois faz uma pausa e deita a cabeça. "Você acha que eu sou todo certinho?"

Solto uma risada exasperada pelo nariz.

Com gentileza, ele me pega pelo cotovelo e me puxa para os seus braços. "Eu não sou todo certinho, Kate."

"Você tem um quatrilhão de dólares. Uma carreira sólida. Uma casa bonita. Jeito com roupa suja. E um cérebro que não torna a vida uma maravilha, mas também profundamente frustrante às vezes."

"Ah, é?" Ele me olha. "Kate, você mais do que a maioria das pessoas sabe quão injusta e imerecida é a riqueza herdada de pai para filho. O meu pai era um empresário experiente que morreu jovem e me deixou uma boa empresa — isso não foi uma coisa que *eu* construí. Quanto à minha casa, de novo, herdada, e não é bonita para os padrões de muitas pessoas, só o seu, o que, francamente, é o que importa pra mim." Ele morde a bochecha. "E quanto ao meu cérebro... ele é muito, *muito* frustrante. Muitas vezes."

Olho para ele, notando pela primeira vez desde que saímos da casa dele as manchas sob os olhos, o sinal de dor nos cantos da boca. "E você me contou como o seu cérebro está hoje, de verdade?", pergunto.

Ele desvia o olhar, esfregando o pescoço. "Não... exatamente."

"Humm. E o que você está achando desse sermão quid pro quo agora?"

"Kate..." Ele solta um longo suspiro. "Tá bom. Minha cabeça tá doendo pra caralho. Pronto, tá feliz?"

"Feliz? Não." Passo a mão pelo braço dele. "Eu odeio que você esteja sentindo dor. Que eu não possa fazer nada quanto a isso. Mas fico grata que você tenha me contado."

"Hunf."

Sorrio para ele, gentilmente assumindo o controle sobre a massagem no pescoço. Ele solta um pequeno gemido. "Esse negócio de compartilhar os nossos problemas é mais fácil de falar do que fazer, né?"

Christopher passa os braços ao meu redor e pousa o queixo na minha cabeça. "É."

Abraçando-o também, descanso a cabeça no seu coração. "Me conta. Tenta falar."

Ele suspira com força. "O meu neurologista acha que eu preciso tentar uma medicação nova, mas quem diabos sabe se vai ajudar ou piorar as coisas, então estou adiando, com medo de me comprometer com esse plano. Então, sim, muitas vezes ultimamente e hoje também, minha cabeça dói pra caralho. Dormi bem com você o tempo que a gente dormiu, mas não dormi o suficiente. É como se tivesse uns monstrinhos raspando atrás dos meus globos oculares e o meu pescoço dói, e eu odeio isso. Porque eu queria dizer pra você colocar a sua playlist de Feminista Fodona no volume máximo e dançar com você enquanto a gente arruma essa bagunça, e depois deitar você na sua cama recém-feita e te dar alguns orgasmos, mas não sei se posso fazer nada disso agora."

"Então a gente não vai fazer isso", digo a ele, esfregando as suas costas. "*Eu* vou arrumar minha cama e colocar lençóis limpos nela. E aí você vai tirar essas roupas engomadas e colocar uma coisa confortável que você guarda aí na sua gavetinha mágica. E vai tomar o remédio que puder te ajudar a lidar com essa enxaqueca, e nós vamos cochilar ou fazer o que você precisa fazer pra lidar com isso. Vamos nos revezar. Você cuidou de mim quando eu perdi o controle hoje de manhã. Agora eu vou cuidar de você. Combinado?"

Ele engole em seco, a bochecha de repente descansando pesada na minha cabeça. "E eu aqui pensando que tinha uma negociadora novata nas mãos."

Sorrio contra o seu peito e o beijo bem ali. "Você já devia saber que eu aprendo muito rápido."

36

CHRISTOPHER

Por um momento, depois que os meus olhos se abrem, não faço ideia de onde estou. Estranhamente, não estou na minha cama. E, o que é mais estranho ainda, estou profundamente descansado. E mais estranho ainda, e mais maravilhoso, estou envolvendo a curva de uma cintura familiar. Um peito pequeno e macio é o meu travesseiro. Um batimento cardíaco constante sob minha orelha.

Minha visão se ajusta à luz suave e quente que vem de trás de mim, bem baixinha. Agora eu a vejo, e tudo faz sentido.

Kate.

Eu a observo enquanto o seu rosto entra em foco, os cílios projetando sombras em suas bochechas, a boca franzida de concentração. Ela está com os fones de ouvido grandes sobre aquele ninho de passarinho que eu amo, agulhas de tricô estalando nas mãos, novelos de lã espalhados pelo outro lado da cama.

É a coisa mais linda que já vi.

Ao observá-la, a porta do meu coração se abre rangendo, as dobradiças enferrujadas, sem uso, pesadas, lentas, porém decididas.

E quando ela me olha e me oferece um sorriso tão profundo e doce, e aqueles olhos como o oceano, pacíficos e calmos depois de uma tempestade, sei com certeza que nunca mais vou fechar essa porta — para ela, é como se já não existisse, virou pó, se dissolveu no vento.

Porque eu a amo.

"Eu te amo", digo, a voz rouca, antes de perceber o que saiu da minha boca. Meu coração é um elevador, despencando para a desgraça.

Até que as agulhas de tricô param, e ela tira os fones de ouvido e pergunta: "O quê?".

Exalo com força, salvo. "Oi", digo a ela.

Seu sorriso se aprofunda. De volta ao tricô, as agulhas trabalhando, ela pergunta: "Está confortável?".

Faço que sim e então sinto a água escorrendo pela minha têmpora. Levando a mão à cabeça, encontro um plástico frio. Me vem uma lembrança de vegetais congelados sendo colocados na minha cabeça. Lembro de Kate fechando as cortinas do quarto, resmungando irritada por eu ter ajudado a arrumar a cama. Lembro da maneira gentil como ela me empurrou de volta para o colchão e tirou as minhas botas e a calça jeans, depois tirou minha blusa e beijou minha testa. Lembro de Kate passando uma camisa limpa e macia pela minha cabeça, e como aquilo parecia impossivelmente mais sensual, mais íntimo, do que ter as roupas tiradas.

Lembro de suas mãos esfregando meus ombros e o pescoço, acalmando-os, quando ficaram tensos. Lembro de quando a dor diminuiu o suficiente para se tornar suportável, de enroscar as pernas nas dela, trazê-la para perto até que os nossos corpos se agarrassem um ao outro como cipós e o sono me engolisse.

Eu deveria odiar isso. A bagunça que eu sou. Como o meu corpo parece frágil quando dói assim, quando me desobedece, por mais que eu tente administrá-lo. Como me sinto nu, mesmo estando vestido.

Mas não odeio isso de jeito nenhum. Não odeio Kate por me arrastar para a cama no meio do dia, por esfregar o meu pescoço e colocar gelo na minha cabeça e me segurar enquanto eu lutava com a dor até que o sono e a medicina moderna misericordiosamente venceram.

Deitado aqui, seminu, abraçado a Kate, meus problemas tão expostos quanto os dela, me sinto despojado e aliviado — uma queda livre nua e de braços largos na água fria num dia quente de verão.

"Como tá?", ela pergunta, acenando com o queixo na direção da minha cabeça. Nada de *Melhorou?* ou *Já passou?* Nenhuma expectativa ou pressão de que a dor tenha convenientemente desaparecido, porém, graças a Deus, ela diminuiu drasticamente.

"A dor tá melhor", digo. "Não sumiu, mas tá muito melhor. Graças ao cochilo que você me obrigou a tirar e..." Levanto o saco molhado da cabeça para inspecionar. "Um saco de cenoura com ervilha."

Kate solta um suspiro dramático. "Lá se vai o meu refogado de hoje."

"Como se você fosse cozinhar alguma coisa."

Ela sorri, e meu Deus, é uma espada e um presente, me cortando fundo, me lembrando de quanto Kate me faz *sentir*, com tanta intensidade. "Eu tinha planos para o jantar de hoje", ela diz, afetadamente. "Mas alguém tinha que dar uma de dramático e ter dor de cabeça."

As minhas mãos afundam nos seus quadris e vão subindo, por dentro da sua camiseta, porque mesmo com ela me provocando, eu tenho que tocá-la e senti-la assim, quente e sussurrando sob os lençóis, as pernas entrelaçadas nas minhas. "O que eu posso dizer?", respondo. "Eu gosto de ser o centro das atenções."

"Está na cara." Levantando o saco de legumes não tão congelados da minha cabeça, ela o coloca atrás de si, na cama. "E está na cara também que você gosta de ter dor de cabeça", continua. "Se não, faria alguma coisa pra resolver isso, Christopher. Já tentou cortar o glúten? Os laticínios? Beber mais cafeína quando a dor chega? Beber menos cafeína pra não causar isso? Eliminar o estresse? Pedir demissão? Relaxar mais? Se exercitar mais? Evitar comida processada? Fazer acupuntura? Tomar banhos criogênicos?"

"Seria mais engraçado se eu já não tivesse ouvido cada um desses conselhos inúmeras vezes, mesmo sem ter pedido."

"As pessoas realmente acham que quem tem enxaqueca ainda não fez de tudo o que podia para evitar", ela resmunga. "Minha vontade é dar um soco na cara de cada uma delas por você, mas acho que eu não ia me dar muito bem na cadeia, então melhor me conter."

"Prefiro você fora da cadeia", murmuro contra o seu pescoço, depois deixo um beijo quente e lento ali.

"Ei", ela diz, batendo no meu ombro com as agulhas de tricô. "Nada de gracinhas. Ainda estamos convalescendo."

"Convalescendo porra nenhuma." Enfio o rosto no seu peito e depois o beijo por cima da camiseta. "A não ser que você precise. Se estiver dolorida, a gente pode fazer outras coisas."

"Eu não tô tão dolorida, mas — *ah!*" Ela inspira com força quando chupo o seu mamilo. "Christopher, não se força."

"Por favor", sussurro sobre o seu coração, beijando-a ali. "Confia em mim pra decidir isso. Além do mais", digo a ela, deslizando a mão sob as cobertas, sentindo a sua perna se mover inquieta pela cama, os quadris se moverem em direção ao meu toque. "Depois de toda aquela dor, acho que mereço um pouco de prazer, não mereço?"

Agulhas de tricô, novelos e um saco meio descongelado de legumes voam da cama. Kate se enfia nos lençóis comigo e sussurra: "É, acho que merece".

37

KATE

Pra variar, quem não consegue dormir agora sou eu. Minha mente está agitada, os membros inquietos, e então me levanto da cama na manhã seguinte assim que a alvorada começa a iluminar a sala do apartamento. Parte de mim quer ficar deitada, vendo Christopher dormir, enquanto a luz do sol aquece a sua pele, ilumina as pontas enroladas dos seus cabelos e reflete na barba que surgiu durante a noite — a barba que gostei muito de sentir arranhando os meus seios, a barriga e as coxas enquanto ele me levava a um orgasmo depois do outro.

Eu poderia ficar aqui a manhã inteira, olhando para ele, relembrando aqueles momentos maravilhosos, imaginando os que ainda estão por vir. Mas sei que se ficar o vendo dormir, vou me mexer e acabar o acordando, e depois de anos de sono tão ruim, Christopher precisa descansar.

Silenciosamente, fecho a porta do quarto ao sair, laptop e fones de ouvido debaixo do braço, vou até a cozinha e ligo a cafeteira, que Bea ou Jamie devem ter montado, porque sei que Christopher e eu não fizemos isso.

Enquanto espero o café ficar pronto, entro no minúsculo estúdio de Bea nos fundos do apartamento, com a poltrona de veludo dourada e desbotada junto da janela, de frente para o nascer do sol.

Me acomodando nela, abro o laptop, coloco os fones de ouvido e escolho uma música suave, preparada para trabalhar na edição do restante das fotos para a ONG. Um lembrete aparece no meu calendário:

Jules pega o voo de volta hoje.

Pisco para a tela, atordoada, o coração batendo forte. Fiquei tão envolvida com Christopher, tão focada no trabalho, que perdi completamente a contagem regressiva para a volta de Jules para casa. Ela vai chegar *hoje*. O que significa que preciso descobrir o que eu vou fazer agora. E preciso fazer uma limpeza geral no quarto dela.

Eu não deveria estar tão em pânico. Sabia que isso ia acontecer. Mas, como o meu eu clássico, não fiz muita coisa — nada, na verdade — para me preparar para isso. Minha mala continua aberta, e é lá que guardo as minhas roupas. Não pensei para onde ir ou o que fazer quando ela voltar.

Mas talvez esteja tudo bem.

Talvez eu não tenha tido que *pensar* — eu *escolhi*, pouco a pouco, ao longo do caminho. Escolhi trabalhar na Edgy Envelope, escolhi novos caminhos para minha fotografia, para me conectar com as pessoas e capturar as suas histórias. Escolhi cultivar amizades, passar um tempo com minha família, estar presente nos momentos de que sentia saudade.

Talvez eu tenha escolhido o que quero esse tempo todo, desde que cheguei e esbarrei em Christopher, e agora que ela está aqui — a vida que reflete essas escolhas —, já estou onde achei que nunca fosse chegar.

As minhas engrenagens giram enquanto penso no que vem a seguir. Posso passar um mês na casa dos meus pais, economizar um dinheiro para dar entrada num quarto e sala em algum lugar. Ou posso ficar com Christopher.

Não. Isso ia ser rápido demais. Cedo demais.

Mesmo sabendo que eu iria adorar. Mesmo sabendo que iríamos dar uma quantidade absurda de prazer e conforto um para o outro. Iríamos rir, discutir, nos provocar e fazer amor...

Amor.

É disso que se trata. O que eu quero, o que eu escolhi, é o que eu amo — *quem* eu amo. E uma dessas pessoas está bem ali do outro lado do corredor, dormindo.

Pelo menos estava.

Percebo um movimento na cozinha, e sei que é Christopher, corpo largo e sólido, cachos descabelados. Sorrio e tiro os fones de ouvido, me preparando para chamar o seu nome e dizer bom-dia.

Mas antes que eu possa fazer isso, Christopher diz a alguém que não consigo ver: "Por que você está me olhando assim?".

Franzo a testa. Ele está falando baixinho, mas a voz ecoa pelo corredor da cozinha até o estúdio. E com quem ele está falando?

A voz de Jamie responde. "Não estou olhando pra você de jeito nenhum. Eu tô... surpreso de te ver aqui. Não achei..." Ele solta um suspiro pesado. "Não sei o que pensar do fato de que você está aqui. Achei que você ia consertar as coisas com ela, fazer as pazes. Foi só isso que a gente pediu."

Foi só isso que a gente pediu?

As minhas orelhas começam a zumbir. Sei que devo deixar claro que estou aqui. Sei que estou espionando. Mas sou como um animal no campo, olhando para o cano da arma de um caçador, congelado, atordoado.

Alguém *pediu* a Christopher para "consertar as coisas"? Por que ele nunca me falou isso? Por que isso parece como se algum grande arranjo tivesse sido feito para lidar comigo e com as complicações que aparentemente apresentei?

E por que parece que vou vomitar?

Choramingo, um soluço sobe pela garganta, lágrimas ardem em meus olhos, mas então me detenho, balançando a cabeça.

Não. Não vou fazer isso. Não vou pular dez passos e presumir o pior. Não vou pegar um fragmento de uma conversa e preenchê-la com todos os meus medos e minhas inseguranças.

Vou fazer o que não tem sido fácil, mas funcionou comigo e com Christopher, dar uma oportunidade para finalmente vivermos no presente, e não distorcidos no nosso passado.

Vou me comunicar como uma adulta.

Uma vez que os meus ouvidos pararem de zumbir. E eu consiga respirar direito.

Estou tão focada em me acalmar que não ouço o que eles continuam dizendo no corredor, mas não quero mesmo ouvir.

Não quero ouvir o Christopher se explicando e se defendendo.

Não preciso de provas da minha crença de que ele se importa muito comigo, de que não foi qualquer apelo da minha família, talvez até mesmo dos nossos amigos, que fez o coração de Christopher ver minha dor — foi *minha* honestidade, *minha* verdade e a dele também, que nos permitiram ver de fato e escolher um ao outro.

Nós é que escolhemos isso.

E escolho confiar nele. É por isso que, agora que os meus pulmões voltaram a funcionar e os meus ouvidos não soam como se uma sirene estivesse explodindo dentro deles, deixo o laptop e os fones de ouvido de lado, abro a porta do estúdio e marcho direto pelo corredor para a pessoa que precisa ouvir isso.

38

CHRISTOPHER

É a primeira vez que Jamie e eu nos desentendemos, e odeio quase tudo nisso. Está cedo demais. Acordei numa cama sem a Kate. Estou faminto por ela e por uma refeição sólida, já que não tive apetite ontem por causa da enxaqueca e do pouco tempo que tive fazendo-a gozar com as mãos e a boca.

A única parte boa desse momento altamente desagradável é que Jamie está me interrogando porque se sente responsável por o seu pedido para resolver as coisas com Kate poder acabar machucando a mulher que eu amo, e por isso não posso culpá-lo.

Só quero muito que ele acredite e confie em mim.

"Jamie." Respiro fundo, lentamente. "Eu reconheço que me comprometi a suavizar as coisas com a Kate a pedido seu e do Bill, até por causa do pobre Nick, mas a única coisa que eu consegui com isso foram uns dedos machucados na noite do Tacos e Tangos e a decisão de me manter longe dela, e está na cara que não fui capaz, porque uma semana depois eu estava aqui, na noite dos jogos de tabuleiro e não conseguia ficar longe dela. Foi isso que fez... tudo mudar.

"As coisas mudaram quando a *Kate* me falou quanto eu a tinha machucado. O que ela disse me destruiu, e eu jurei pra mim e pra ela que ia consertar isso. O que aconteceu depois, onde estou agora, isso é o resultado. O que você está vendo, eu aqui, nasceu de algo que — sem ofensa — não tem *nada* a ver com ninguém além de nós dois. Por favor, acredita em mim quando digo que preferia morrer a machucar a Kate deliberadamente. Ela está segura comigo."

Jamie expira com força e esfrega os olhos. "Nossa, fico feliz de ouvir isso."

"Você acredita em mim?"

Ele me olha como se eu tivesse acabado de dizer algum absurdo. "Claro que sim. Eu só não podia deixar de verificar. Se, mesmo que acidentalmente, o que eu pedi levasse a irmã da Bea a se machucar..."

"Não precisa explicar. O fato de que você se importa com ela, de que veio falar comigo pra ter certeza de que ela está segura, significa muito pra mim."

Ofereço a mão. Jamie aceita. E, como sempre, trocamos um abraço com palmadas nas costas.

"Petruchio."

Viro a cabeça na direção do som da voz de Kate chamando o meu nome e a vejo chegando pelo corredor. Meu olhar passa por ela e vê a porta aberta do estúdio, e o sangue em minhas veias vira gelo. O que ela ouviu? O que ela achou do que ouviu?

Kate cumprimenta Jamie com um aceno de cabeça e diz: "Bom dia". Então pega minha mão com força e continua caminhando. Eu me viro, seguindo-a, enquanto ela me puxa pelo corredor na direção do seu quarto.

"Kate, eu não sei o que você ouviu..."

"Shiu." Ela abre a porta do quarto, me contorna, me pega pela camiseta e me puxa para um beijo forte e contundente. "Não preciso de uma palavra de explicação", diz, contra minha boca. "Eu confio em você, seja lá o que for isso. Eu acredito em você."

Eu não sabia quanto precisava ouvir essas palavras, quão desesperadamente eu precisava saber que ela queria mesmo dizer aquilo.

"Kate", sussurro, gaguejando, levantando-a, passando as suas pernas na minha cintura, segurando-a com muita força. "Me escuta."

Ela beija minha bochecha, minha têmpora. "Estou ouvindo."

"A sua família te ama. Tanto que eles me deram uma bronca por ter sido um idiota no Dia de Ação de Graças e me mandaram pegar leve. Como você pode imaginar, eu não encarei isso muito bem."

"Christopher, eu já falei, não preciso..."

"Eu sei que não. Mas *eu* preciso." Olhando em seus olhos, digo: "Eu decidi que iria manter distância, pra acalmar as coisas, esperar até você ir embora. Mas aí você não foi, e partiu o meu coração quando me mostrou quanto eu tinha te machucado. Nunca fiquei tão contente por ter comprado uma garrafa de uísque irlandês e por você ter bebido um quarto dela, e por eu ter te carregado e te colocado na cama, e você ter me contado a verdade, em meio à bebedeira. Mas eu sou ainda mais grato por agora a gente não precisar de forças externas ou de coragem líquida para nos ajudar a enfrentar a nossa verdade e sermos honestos. Porque, sim, tem sido confuso, mas é isso que temos feito desde aquela noite — estamos tentando tanto falar um com o outro, nos ver e nos entender, e eu não quero que isso pare".

Inspiro, afastando um fio selvagem do cabelo dela enquanto a fito, a mulher que eu amo tão profundamente.

"E eu quero fazer isso porque eu te amo, Kate."

Seus olhos se enchem de lágrimas. Eu me abaixo e beijo essas lágrimas, antes de fitá-la nos olhos novamente.

"Porque eu te amei de cem maneiras diferentes por tanto tempo que não sei quando o meu amor por você começou, só sei que não passei nem perto de tempo o suficiente da minha vida me certificando de que você sabe disso. Eu não espero que você me ame por enquanto, Kate. Sei que não mereço. Mas um dia, espero que você acredite que sou digno do seu coração."

Ela balança a cabeça, um sorriso atravessando o seu rosto como o nascer do sol enchendo o quarto à nossa volta. Lágrimas frescas escorrem por suas bochechas, e ela as enxuga. "Você não vai esperar muito."

Meus olhos avaliam os seus desesperadamente. "Não?"

"Não", ela sussurra.

Fico sem fôlego, apertando-a com força, e enterro o rosto no seu pescoço, inspirando-a, mal conseguindo acreditar que esta é a realidade, que não é um sonho do qual estou prestes a acordar.

Com a respiração entrecortada, ela levanta o meu queixo até meus olhos encontrarem os dela. E então me presenteia com o beijo mais carinhoso. "Eu te amo, Christopher Petruchio. Com todo o meu coração rebelde. Eu te amo tanto que não há palavras para explicar."

Me estico até a porta atrás de mim, então a fecho e vou com ela até a cama. "Posso pensar em outras maneiras de você me explicar quanto me ama."

Kate solta uma risada rouca e animada. "Ah, é mesmo? Bom, eu posso pensar em algumas maneiras de retribuir o favor."

"Katerina", murmuro, caindo em cima dela na cama. "Nós dois sabemos que vou mais do que dobrar o favor que você me fizer."

Ela levanta uma sobrancelha. "Isso é um desafio, Petruchio?"

"Ô, se é."

A gente se atrapalha com as roupas do outro enquanto as tira, rindo quando os braços ficam presos, os tornozelos se retorcem, na pressa de ficarmos nus.

Sem aviso, Kate me coloca deitado na cama, passando uma longa perna por cima do meu corpo até estar sentada sobre mim. Me olhando nos olhos, ela sorri, depois se abaixa e me beija com ternura. Enfio as mãos no seu cabelo e solto o coque, até que ele pende por suas costas, em cima de nós, numa cortina bloqueando o mundo.

"Agora", ela sussurra, me beijando. "Por favor, Christopher, agora."

Quando ela levanta os quadris, guio a cabeça do meu pau para dentro dela, mas a impeço de descer em mim. "Devagar, Kate. Você vai se machucar."

"Por favor", ela diz, segurando meu rosto, a boca roçando a minha no beijo mais suave e doce. E então ela me devolve as mesmas palavras que eu usei: "Confia em mim pra decidir isso".

Olho para ela enquanto coloca as mãos na minha cintura para se apoiar e desce, um centímetro de cada vez, os olhos fixos nos meus.

Então ela se abaixa, os seios tocando meu peito, a boca encontrando a minha. Solto um gemido de alívio enquanto ela se mexe, seu corpo sedoso e quente, os quadris se movendo depressa.

"Toca em mim", ela pede. "Me faz gozar."

Eu a puxo para mim, prendendo o seu quadril no meu, tomando conta do ritmo, para ela se esfregar exatamente onde precisa. Seu suspiro enche minha boca enquanto sinto que ela começa a gozar em ondas suaves e apertadas ao meu redor.

"Isso", ela grita contra minha boca, afundando as unhas feito garras no meu peito. Ofego junto à sua boca e, quando a sua língua roça a minha, um golpe quente e sensual, eu me arqueio e gozo com tanta força que as minhas pernas formigam de leve, o prazer feroz de ficar absolutamente esgotado.

"Meu Deus, Kate", ofego, atraindo-a para um beijo lento e saboroso. Ela aperta o corpo no meu e ri contra minha boca enquanto solto gemidos, impotente. "E pensar", ela sussurra, "que estou só começando."

39

KATE

SEIS MESES DEPOIS

"Katerina!"

Sorrio para mim mesma, porque não consigo evitar. Toda vez que ouço Christopher chamando meu nome assim, sinto um arrepio na pele e um frio absurdo na barriga.

"O que foi, Petruchio?"

Sua risada grave ecoa na cozinha. "Bom, já que você diz assim."

A porta da cozinha para a sala de jantar se abre. Christopher entra e caminha até estar em cima de mim enquanto eu me curvo para tirar a foto perfeita das flores lindas e dos pratos deliciosos, prontos para a festa conjunta do aniversário de Jules e Bea.

Ele leva a boca ao meu cabelo e então o levanta com carinho, afastando a trança para o lado para beijar meu pescoço.

"Christopher." Tiro uma foto. "Você está atrapalhando meu foco."

"Eu tô carente, Katerina. Um homem merece um beijo depois de ficar sem nada uma semana inteira, enquanto você dava as suas voltas pelo mundo."

Revirando os olhos, abaixo a câmera. "Eu fiquei cinco dias fora."

"Pareceram cinco anos." Ele me vira em seus braços, me arrastando para si.

"É", eu sussurro, ficando na ponta dos pés e o beijando. "Pareceram mesmo."

Ele me olha pensativo, me balançando nos braços. "E daqui a pouco você vai embora de novo." Ele suspira. "Sorte a sua ser tão boa de cama quando está aqui. E que eu tenho um ótimo psicólogo pros outros dias."

Dou risada. "Pros dias em que eu não sou boa de cama?"

"Você é sempre boa na cama. Pros dias em que *você não está aqui*, sua espertinha."

Rindo, eu o beijo. "Eu te amo."

"Eu também te amo. Tanto que estou disposto a organizar uma festa de Natal em julho com as pessoas mais festivas que eu conheço, só porque você pediu."

"Ei, me dá um crédito, eu concordei em usar suéter combinando."

Ele sorri. "É verdade."

Meu suéter vermelho com flocos de neve bordados diz: EU NÃO USO SUÉTER COMBINANDO. O dele, idêntico, diz: MAS EU USO.

Sorrio, olhando por cima do seu ombro, observando a casa dele. "Está tudo perfeito."

Enquanto eu estava fora, Christopher se jogou na decoração para a festa de Natal em julho, para comemorar o aniversário das minhas irmãs e torturar os convidados com suéteres natalinos bizarros, com o ar-condicionado ligado no máximo.

O lugar está lotado de decorações de Natal antigas, do tempo em que Christopher era criança e dos meus garimpos em brechós. Uma vitrola enche o ar com clássicos natalinos.

À medida que os nossos amigos e familiares começam a chegar usando suéteres natalinos engraçados, a gemada alcoólica (pasteurizada, por causa de Jamie) e o vinho quente de Margo são distribuídos, até estar todo mundo sentado na sala de estar, com pratos cheios da comida maravilhosa de Christopher, além dos donuts, bolos e biscoitos caseiros de Toni.

Jules se senta ao meu lado no sofá, quase tão animada e feliz quanto me lembro da minha irmã mais velha — o cabelo escuro e bonito penteado em ondas suaves de atriz de filme em preto e branco, as covinhas profundas, aquele sorriso contagiante que conquista o coração de qualquer um para quem ela o oferece.

Quando ela ri de algo que a Sula diz do outro lado da sala, suas bochechas ficam quase tão rosadas quanto o seu moletom, que diz: NUM MUNDO DE GRINCHES, SEJA UMA CINDY LOU WHO.

Olho para Bea, que está do outro lado de Jules com um suéter com o Papai Noel chupando provocativamente uma bengala de Natal, com os dizeres ÀS VEZES UM PIRULITO DE HORTELÃ É SÓ UM PIRULITO DE HORTELÃ.

Encontro os seus olhos, e compartilhamos um pequeno momento de gratidão por Jules estar aos poucos voltando, não mais a mulher do sorriso forçado e quieta que chegou no Natal passado, mas rindo alto, levemente animada por causa do vinho quente da Margo e um sorriso feliz no rosto.

"Tá, mas qual *é* a ciência por trás disso?", pergunta Jamie, as bochechas um pouco rosadas, gemada na mão. O suéter dele tem uma árvore de Natal com uma pirâmide de gatos verdes cujos olhos brilhantes parecem os enfeites da árvore e, embaixo, a frase: TENHA UM NATAL GATÁSTICO. "Como os signos do zodíaco podem ser tão precisos?"

"Pra não falar das *combinações* de signos", comenta Sula, com um suéter verde-limão de lantejoulas que diz, em letras vermelhas: EU NÃO FUI UMA BOA MENINA; enquanto o suéter vermelho de Margo diz, em letras verdes: EU FUI UMA BOA MENINA, e então mais embaixo: PIOR AINDA. "A precisão da compatibilidade nos casais é o que mais me impressiona."

Toni, acomodado no braço de Hamza, se empertiga todo no sofá. Os dois recém-casados são a única exceção ao tema inusitado de suéteres de Natal. Estão com suéteres branco-prateados que dizem apenas, em letra cursiva, MARIDO, com um gorro de Papai Noel pendurado no M. Sacando o celular, Toni diz: "Vamos ver. Os signos dos parceiros de todo mundo são altamente compatíveis?".

Enquanto ele pesquisa em algum site dedicado ao assunto, estico a mão e entrelaço o mindinho com o de Jules, a única solteira aqui.

Sei como é se sentir a estranha, e nunca mais quero que ela se sinta assim. Nunca mais quero que nenhum de nós sinta isso.

Olhando para mim, Jules diz: "Obrigada por planejar tudo isso, KitKat. É muito especial".

Sorrio. "Claro, JuJu. Mas eu tive ajuda." Aponto com a cabeça para Christopher, que está sentado aos meus pés, a mão enrolada na minha panturrilha, fazendo carinho para cima e para baixo. "Obrigada por ter adiado a comemoração até eu voltar da minha viagem de trabalho."

"Você não podia faltar." Ela passa a mão na minha e aperta. "Mas eu tenho uma reclamação a fazer das suas viagens de trabalho", ela diz, com um brilho nos olhos. "Você quase não viaja mais, e eu tô querendo fazer outra troca de vida. O que eu vou fazer agora?"

"Não sei o que dizer. Acho que fui domada." Isso a faz rir. "Talvez esteja na hora de você ceder ao chamado do nosso gene errante e fazer a própria viagem."

Ela sorri para si mesma, bebericando o vinho quente. "Talvez eu faça isso mesmo. Tentar um lugar mais calmo por um tempo. Quem sabe no interior. Quem sabe um lugar do outro lado do mundo. Vamos ver."

"Como todo mundo já imaginava...", anuncia Toni, nos atraindo de volta para a conversa do grupo. "Os signos do Nick e da Bianca são *altamente* compatíveis." Ele olha para os dois pombinhos, com suéteres azuis combinando, cobertos de apliques brancos de flocos de neve fofos. Cada um tem um boneco de neve costurado como se estivessem se inclinando para a lateral do suéter, os lábios prontos para um beijo, e como Nick e Bianca estão sentados lado a lado, parece que eles estão se beijando. "Lógico", ele acrescenta, docemente.

"Lógico", repetem todos, com alguns *ahhhh* adicionais, fazendo Nick sorrir e Bianca rir de felicidade enquanto ele beija a sua bochecha.

"Próximo!", exclama Toni, dramaticamente. "Kate, a nossa rainha de aquário." Faço uma reverência exagerada. "E Christopher! Mais taurino, impossível."

As pessoas gritam. Sentado aos meus pés, Christopher revira os olhos. Sua mão desce pela minha perna e se prende ao redor do meu tornozelo, apertando-o suavemente.

Toni aperta os olhos, lendo a tela. "Então vamos ver a compatibilidade dos signos de touro e aquário."

"É péssima", diz Christopher.

Todos ficam em silêncio.

Christopher se vira para mim. "Vocês são todos tão obcecados com essa coisa de astrologia que eu resolvi olhar, há uns meses, e quando vi no resumo que, de acordo com toda a sabedoria do zodíaco, uma aquariana e um taurino dão um péssimo par, resolvi que era besteira."

Lentamente, ele se vira, esticando o braço por cima do meu colo e entrelaçando a mão na minha.

"Mas depois eu continuei lendo e encontrei um pequeno parágrafo que dizia que tem uma chance mínima de que duas pessoas desses signos possam ser a exceção que prova a regra. Dito isso, se essas pessoas estiverem dispostas a se esforçar para chegar num lugar de confiança e compreensão, elas serão recompensadas com uma conexão apaixonada e elétrica — o tipo de amor que parece novo a cada dia." Ele abre um sorriso enorme, com um olhar cálido e terno para mim. "Então eu decidi que não era completamente besteira, no final das contas."

Ainda tenho vergonha de demonstrar carinho na frente dos outros, mas não hesito em me inclinar e dar um beijo longo e lento em Christopher, para todos verem.

"Então tá!", exclama Sula, levantando da cadeira na direção da vitrola vintage atrás dela. "Tá na hora de dançar. Hoje não é só a festa dos quarenta anos da Jules e da Bea..."

"Ei!", elas gritam, ofendidas.

"Tá bom, trinta anos", Sula se corrige, repassando os discos, "mas uma celebração do amor!"

"Hum, espera", digo, me soltando com relutância de Christopher para em seguida correr até o toca-discos. "Deixa eu escolher."

Encontro o disco que queria e levanto a agulha. Quando ela desce, com um estalo, seguido pelos acordes iniciais de um tango, eu me viro e caminho até ele.

"Christopher."

Ele sorri para mim do chão, um brilho de empolgação nos belos olhos. "Katerina."

Ofereço a mão, sorrindo para o homem que amo de todo o coração. "Me concede esta dança?"

Christopher pega minha mão e se levanta, depois me puxa com força para si. Um passo lento, mais outro e então uma volta rápida. Por fim, ele me curva para baixo daquele jeito emocionante que eu sabia que ia acontecer.

Ele dá um beijo debaixo da minha orelha e sussurra: "Achei que você nunca fosse me convidar".

A cada vez que viajo, fica mais difícil. Ainda amo experimentar lugares novos a trabalho, claro, conhecer gente nova, contar outras histórias. Mas, toda vez que estou longe de casa, a dor parece ficar mais aguda e a saudade tem sido maior.

Eu deveria estar aproveitando a beleza branca e quente da Croácia em julho, orgulhosa e feliz que meu trabalho para um longo artigo sobre empreendedorismo feminino e economias em crescimento esteja indo tão bem, mas ao me sentar para comer, olhando a vista maravilhosa do mar Adriático ao pôr do sol, só consigo pensar em como nos divertimos na festa de aniversário das minhas irmãs na semana passada, nos meus pais, que foram e se juntaram à dança, e em como conversei tanto e ri tanto que estava rouca ao me despedir das pessoas, e então, depois que todos se foram e Christopher fez amor comigo repetidamente, gritei tanto de prazer que perdi a voz completamente.

Voltando à minha comida, cutuco uma azeitona, sem fome.

Mas então uma sombra se projeta sobre minha mesa, encobrindo o sol e tornando o mundo tão escuro quanto me sinto por dentro.

Franzo a testa para meu prato, preparada para expulsar quem quer que esteja atrás de mim, e é então que eu gelo.

É Christopher, uma visão de tirar o fôlego — calças claras cobrindo as pernas longas e grossas, uma camisa de linho arregaçada até os cotovelos, a luz do sol dourada cobrindo os cabelos escuros soprados pelo vento. Seus olhos cor de âmbar estão brilhando, cálidos e gentis, enquanto ele olha para mim. "Oi, pequena Katy."

Meu garfo cai no prato. Sinto lágrimas nos olhos. "Como assim?", arfo. Então me jogo em cima dele, arrancando uma risada espantada e profunda de Christopher que me envolve em seus braços, me balançando. "O que você tá fazendo aqui?", grito.

"Seguindo você, feito um bobo apaixonado, claro", ele responde, antes de me beijar, devagar e com carinho. "Enquanto você viajava a trabalho, eu andei praticando, peguei alguns voos domésticos e usei a oportunidade para aumentar minha área de networking. Depois que consegui voar pra costa oposta do país, meu terapeuta e eu concordamos que eu provavelmente conseguiria sobreviver a um voo transatlântico."

Sinto o coração apertado. Pouso a mão no peito dele, acalmando-o, com gentileza. "E sobreviveu?"

Ele leva a cabeça de um lado ao outro. "Hum, mais ou menos. Acho que ter você do meu lado no voo da volta vai ajudar. E isso só significa que vou ter que viajar com você pra todos os lugares a partir de agora."

As lágrimas escorrem pelas minhas bochechas enquanto dou risada. "E eu aqui, com saudade de casa e decidindo que os meus dias de viagem a trabalho tinham acabado."

"Bom, eu não vou reclamar se você quiser ficar mais em casa", ele comenta, antes de me dar um selinho. "Mas também não vou desistir de viajar com você. Acho que podemos chegar a um equilíbrio que seja bom para os dois."

"Eu também." Eu lhe dou um beijo faminto e intenso, trazendo-o para junto de mim. "Vem pra cama."

"Katerina", ele diz, fingindo-se de ofendido, enquanto as minhas mãos começam a descer por suas costas, mais para baixo, sobre as nádegas. "Eu acabei de chegar, e você já está me objetificando."

"E como."

Ele ri no meu cabelo enquanto me levanto. Christopher deposita um chumaço do dinheiro local na mesa e começa a me levar pela rua. "Pra que lado é o hotel?", pergunta, me beijando enquanto fala. "Por favor, me diz que é perto."

"É perto." Aponto para o pequeno prédio de apartamentos à minha esquerda, e Christopher se vira bruscamente para a entrada. Não é a primeira vez que nos atrapalhamos com fechaduras e maçanetas de um apartamento, e então entramos tropeçando pela soleira, fechando a porta, arrancando as roupas um do outro.

Após um puxão particularmente entusiasmado da minha parte, batemos ruidosamente na parede.

Caímos na gargalhada, enquanto ele me beija, as mãos acariciando os meus seios, as minhas descendo por suas costas nuas, puxando-o para perto.

"Essas paredes parecem de papel", sussurro. "Não posso fazer barulho."

"Ih, Katerina. Você? Sem fazer barulho? Os coitados dos seus vizinhos mal sabem o que os espera."

Rio contra o seu beijo, enquanto ele me pega e me leva em direção à pequena cama que definitivamente estamos prestes a quebrar. "Eu diria que me sinto mal por eles", sussurro, "mas a alternativa seria eles me ouvirem chorar e cantar música triste, porque estava com tanta saudade de você. Então, de todas as coisas que eles podiam ouvir, nós dois fazendo amor selvagem e bem alto não é a pior delas."

"A pior?", devolve Christopher, com amor nos olhos enquanto me deita na cama. "Katerina, estamos nos braços um do outro, com a vida toda pela frente, nada poderia ser melhor."

Agradecimentos

Segundos livros são notoriamente difíceis de escrever, mas eu disse a mim mesma, já que este não era meu segundo livro *da vida* (só o segundo desta coleção), que não seria o caso.

Opa. Eu estava muito enganada.

Por sorte, tive as melhores pessoas à minha volta enquanto batalhava com o manuscrito, a revisão e, por fim, me envolvia com esta história. Os meus amigos, cuja empatia, apoio e humor me fizeram me sentir muito menos sozinha — eles são meu porto seguro, pessoas que me veem e me amam do jeito que eu sou, e que me deixam vê-las e amá-las como elas são também, e isso significa muito. Becs e Sarah, que entendem como essa vida às vezes pode ser uma montanha-russa desgastante e insegura, e cujos GIFs, mensagens e Marco Polos matinais me ajudaram a seguir em frente — obrigada por lerem esta história com o coração e por me encorajarem enquanto eu a escrevia. Obrigada a Sarah, Ellie e Amanda pela leitura sensível e pelo feedback inestimável sobre representatividade nesta história. Kristine, minha editora superstar, sempre paciente com as minhas perguntas intermináveis e muito solidária com o meu trabalho — obrigada por me ajudar a moldar esta história até chegar ao seu melhor formato, principalmente o segundo ato, que passou a brilhar após os seus sábios comentários. Samantha, a melhor agente do mundo, que acredita tão profundamente no que faço e está sempre animada em relação a como eu faço isso — não tenho palavras para agradecer por você estar neste caminho comigo, por toda a sua orientação e seu apoio.

E por último, mas não menos importante, meus filhos (já não tão pequenos — por favor, parem de crescer tão rápido, tá bom?), dois serelepes, vocês são minha maior alegria e a minha obra-prima. A cada livro que escrevo, quero deixar vocês orgulhosos. Se vocês um dia lerem isto, espero que reconheçam nesta história o amor que eu almejo para vocês, como sua mãe, e o que acredito que vocês merecem dos seus amigos, da sua família e (se vocês um dia quiserem isso) dos seus parceiros — um amor que não diminui o seu fogo, mas alimenta as suas chamas.

Nunca vou deixar de me beliscar para lembrar que não é um sonho o fato de que meu trabalho é escrever livros como este, vasculhar nos cantos assustadores, bonitos e ternos da existência e escrever sobre pessoas que se amam não apesar disso, mas *por causa* dessas coisas assustadoras, bonitas e ternas. Sou profundamente grata aos meus leitores, que me possibilitam escrever e publicar romances que refletem minha crença de que todos merecem uma história de amor, e pela minha editora, Berkley, e todos os talentos incríveis que trabalharam incansavelmente na edição, no design, na publicidade e no marketing. Não tenho palavras para agradecer a vocês.

Por fim, a qualquer pessoa que tenha um dia se sentido como um estranho em sua própria família ou que tenha amado e perdido a família que tinha; a qualquer um que, como eu, tenha lutado para confiar em outra pessoa para compartilhar como seu cérebro e seu corpo funcionam, por medo de não ser algo que alguém pudesse ver plenamente e amar como tal: sinto muito pela dor que isso às vezes pode causar e espero que você seja gentil consigo mesmo, que tenha orgulhoso de si mesmo por cada pequeno passo que der ao abrir o seu coração novamente, à medida que encontrar a coragem de dizer a sua verdade, ao se reerguer após a mágoa, a decepção ou a tristeza. Pode não parecer, mas o amor — em suas muitas iterações únicas e poderosas, por si próprio, pelos outros — sempre vale a pena, e você é sempre digno disso. Acredito nisso de todo o coração, e espero que esta história tenha ajudado você, mesmo que um pouco, a acreditar nisso também.

TIPOGRAFIA Adriane por Marconi Lima
DIAGRAMAÇÃO Vanessa Lima
PAPEL Pólen Natural, Suzano S.A.
IMPRESSÃO Gráfica Bartira, junho de 2024

A marca FSC® é a garantia de que a madeira utilizada na fabricação do papel deste livro provém de florestas que foram gerenciadas de maneira ambientalmente correta, socialmente justa e economicamente viável, além de outras fontes de origem controlada.